教育部人文社会科学研究规划基金项目“华裔翻译家王际真中国文学经典译介之译者行为研究”（编号：19YJA740020）最终成果

王际真中国文学经典译介之译者行为研究

A Study on Chi-Chen Wang's Translation of Chinese Literary Classics: From the Perspective of Translator Behavior

黄　勤　著

科 学 出 版 社

北　京

内 容 简 介

美籍华裔翻译家王际真（1899—2001）是中国文学经典英译的先行者，在20世纪40年代翻译与编辑出版了《红楼梦》等五部中国文学经典，为当时的西方读者了解中国开启了窗口。他后期还英译了《列子》等中国古代思想经典的少数篇目和我国台湾作家陈若曦的两部短篇小说，节译了《镜花缘》等。本书结合文本分析与实证调查，分析王际真英译多部中国文学经典所采取的不同翻译策略与翻译方法，考察译作的译内与译外效果，阐释王际真的译者行为。本书充实了王际真的译者行为研究，能为如何通过翻译中国文学经典"讲好中国故事"提供启示。

本书主要面向国内外从事翻译，尤其是典籍翻译理论与实践研究的专家学者与高校师生，以及对中外文化交流与传播感兴趣的读者。

图书在版编目(CIP)数据

王际真中国文学经典译介之译者行为研究 / 黄勤著. —北京：科学出版社，2022.7

ISBN 978-7-03-072651-3

Ⅰ. ①王… Ⅱ. ①黄… Ⅲ. ①中国文学-文学翻译-研究 Ⅳ. ①I046

中国版本图书馆CIP数据核字（2022）第117337号

责任编辑：王 丹 贾雪玲 / 责任校对：贾伟娟
责任印制：徐晓晨 / 封面设计：蓝正设计

科学出版社 出版
北京东黄城根北街16号
邮政编码：100717
http://www.sciencep.com

北京建宏印刷有限公司 印刷

科学出版社发行 各地新华书店经销

*

2022年7月第 一 版 开本：720×1000 1/16
2022年7月第一次印刷 印张：18 1/2
字数：310 000

定价：98.00元

（如有印装质量问题，我社负责调换）

目　录

第 1 章

绪　　论

1.1 选题背景

在全球化语境下，随着中国经济实力的不断增强和国际影响力的不断扩大，中国的文化也需要进一步走向世界。尤其是在新时代，随着中国文化软实力的不断增强，承载中国文化精髓的中国文学经典的翻译成为迫切需要。然而，对于中国文学经典外译的译者而言，不仅需要具有深厚的双语造诣，还需要对中西文化有较为深刻的了解，除此之外，还需要具有立志传播中国文化的高度责任心与使命感。

目前，对于中国文化与中国文学外译的译者模式，不少学者进行了有益的探讨，大致可以归纳为以下四种译者模式：本土译者模式、海外汉学家译者模式、中西译者合译模式和离散译者模式（胡安江，2010；胡安江、胡晨飞，2012；张倩，2015；刘红华，2017；黄勤、谢攀，2018）。然而，对于哪种类型的译者才可以称得上是最为理想的中国文学经典外译的译者，学者们各执己见，观点不尽一致。

以上提及的离散译者模式中，既包括离散在中国的外裔译者，如戴乃迭（Gladys Yang）、路易·艾黎（Rewi Alley）、沙博理（Sidney Shapiro）等，也包括离散在外国的华裔译者，如王际真（Chi-Chen Wang）、聂华苓、施友忠等，他们对中国文学经典的对外译介与传播均作出了不可磨灭的贡献。就美籍华裔离散译者而言，著名的翻译家王际真就是其中杰出的一例，他是中国文学经典英译的先锋，早在 20 世纪 40 年代就翻译并编辑出版了五部重要的中国文学经典，它们分别为：《红楼梦》（*Dream of the Red Chamber*）、《中国传统故事集》（*Traditional Chinese Tales*）、《现代中国小说选》（*Contemporary Chinese Stories*）、

《中国战时小说选》（*Stories of China at War*）、《阿Q正传及其他：鲁迅小说选》（*Ah Q and Others：Selected Stories of Lusin*）。这些译作在20世纪中期为西方读者开启了了解中国最为直接，同时也是最为有效的窗口。王际真在他生活后期还英译了其他一些中国文学经典。毋庸讳言，王际真为中国文化的海外传播作出了不可磨灭的重要贡献，但目前对王际真等这类译作等身的华裔翻译家的关注度不高、研究不多。就王际真的英译作品研究而言，主要集中在他对《红楼梦》的英译上。此外，目前有关王际真的译者研究，主要集中在从译者主体性、生态翻译学、互文性、接受美学以及女性主义翻译学等单一的理论视角出发，通过对译本进行个案分析来探讨王际真作为译者所采用的翻译策略与翻译方法，未能深入探析其译者行为。

本书拟对华裔离散译者的代表王际真进行较为全面与具体的个案研究，通过对王际真的多部代表性译作的接受度的调查来考察王际真译者行为的译外效果、原文本与王际真译本以及王际真译本与其他多个他译本的文本对比分析，从语言和社会两个层面来深度阐释王际真的译者行为的内因和外因，以期对当下的中国文学经典以及中国文化的外译有所借鉴与启示。

1.2 文献综述

鉴于本书将探讨王际真中国文学经典英译的译者行为，以下文献综述将分为两部分来进行，其一是回顾与评述有关翻译家王际真的研究，其二是总结与评述有关译者行为批评的应用研究。

1.2.1 翻译家王际真研究综述

在对王际真的现有研究进行综述之前，首先应对王际真其人有一个较为全面的了解。

1. 王际真生平简介

王际真，出生于山东省桓台县索镇马家村，于1922年毕业于清华学校。同年，他考取了清华学校留美预备名额并前往美国进行深造。在1922～1924年，最初王际真是在美国的威斯康星大学麦迪逊分校（University of Wisconsin-Madison）

攻读经济学，1924 年又前往美国纽约的哥伦比亚大学（Columbia University in the City of New York）学习，并于 1927 年顺利完成学业。在哥伦比亚大学学习期间，王际真起初就读于新闻专业，中途转入商科，最后又转到了哲学系。在这三年中，王际真并没有虚度在美留学的大学学习时光，他的英文水平也由传统的中式英语迅速提高到了甚至比美国人还要纯正优美的英语，这也为他日后在翻译生涯中取得辉煌成就打下了坚实的英语语言基础。

在美国完成大学学业之后，由于当时的中国时局不清，王际真便选择了继续留在美国生活。但因为没有稳定的经济来源，他只能通过给一些杂志和报纸写稿来维持自己的生计。由于王际真自身具有出色的英汉双语表达能力，他很快于 1929 年受聘于美国哥伦比亚大学的东亚系，在此主要教授中国语言文学。与此同时，他还担任纽约大都会艺术博物馆的研究助理。王际真是自 1928 年以来受雇于美国大学的少数中国学者之一。在 1929 年和 1935 年，王际真曾两次返回中国山东老家，探望他的家人。正是在此期间，诗人徐志摩将他介绍给了著名作家沈从文。自此以后，王际真与沈从文保持长时间的通信交往，就有关《红楼梦》的问题进行了深入探讨。

如上文所述，自哥伦比亚大学毕业后，王际真便受美国一些杂志社的邀请撰写相关的文章来介绍中国最好的古典小说。正是通过阅读他所撰写的介绍性文章，许多美国人便对中国文学产生了兴趣，出版商由此看到了其中的商机，便邀约王际真对《红楼梦》进行英译。由于中美两国存在巨大的中西方文化差异，西方读者无法理解《红楼梦》中所蕴藏的丰富的文化含义和钟鸣鼎食的富贵景象。因此，出版商要求王际真采取节译的方式，主要介绍《红楼梦》中的情节，即贾宝玉与林黛玉之间的爱情悲剧。出于对《红楼梦》这样一部中国古代经典小说的钟爱，同时也为了关照当时的西方目的语读者对于中国古代封建社会的理解程度，王际真在考虑出版商要求的同时，还是尽力去还原《红楼梦》中丰富多彩的中国文化特色。为了翻译好《红楼梦》这一部中国古代经典小说，王际真曾搬到美国的乡下去居住，在那里潜心进行《红楼梦》的英译半年，最终才得以完成译作。作为向西方英译《红楼梦》的第一人，王际真的节译本于 1929 年正式在伦敦和纽约两地同时出版，共 39 章。

王际真的《红楼梦》节译本一经出版便受到了广泛好评，但他本人对这个译本却感到有些遗憾。王际真认为，他的第一个《红楼梦》译本未能反映出中国传统文化的特色，如行酒令和诗词等，于是在 1958 年，他对 1929 年的译本进行了修订，分别出版了 60 章的英语节译本和 40 章的英语节译本。相比 1929 年出版的 39 章的节译本，1958 年出版的 60 章的第二版节译本和 40 章的第三版节译本在对原小说内容的翻译上更加详尽。显而易见，王际真对《红楼梦》的英译倾注了极大心血，这从他与研究《红楼梦》的著名专家及作家沈从文的来信中便可见一斑。此外，王际真也曾与胡适研讨过有关《红楼梦》的问题。

王际真一直以来致力于将中国传统文学与文化作品向西方世界传播。除了英译《红楼梦》之外，他的翻译作品集《中国传统故事集》共收录了 20 篇文言文和白话小说，包括六朝时期的志怪小说《阳羡鹅笼》，唐朝时期的传奇故事《古镜记》、《柳毅传》和《杜子春》以及三言小说《崔待诏生死冤家》和《卖油郎独占花魁》等。1944 年由哥伦比亚大学出版社（Columbia University Press）出版，1968 年由格林伍德出版社（Greenwood Press）再版，1976 年又由格林伍德出版社再版。

王际真在英译中国近现代文学经典作品上也是成果斐然，其中尤以他翻译的鲁迅的作品最为突出。受到五四运动思想的巨大影响，王际真在 20 世纪 30～40 年代就翻译了多篇鲁迅的短、中篇小说，例如《故乡》、《阿 Q 正传》、《风波》、《祝福》和《狂人日记》等作品。1941 年，哥伦比亚大学出版社对王际真的鲁迅英译作品进行了收录并加以整合，出版了《阿 Q 正传及其他：鲁迅小说选》这部译文集。这部译文集首次将鲁迅的作品带到了美国。与此同时，王际真广泛选取了优秀的中国现代文学作品，将它们英译后介绍给西方读者。1944 年，由王际真本人翻译并编辑的《现代中国小说选》译文集也由哥伦比亚大学出版社出版。这部译文集主要包括中国著名作家老舍、巴金、沈从文、张天翼、杨振声等在 1918～1937 年所创作的重要短篇小说，共计 21 篇。王际真也十分重视向西方读者介绍中国抗战时期的文学作品，由他编辑并翻译的《中国战时小说选》于 1947 年由哥伦比亚大学出版社出版，收录了中国著名作家老舍、端木蕻良、茅盾、郭沫若等在 1937～1942 年创作的抗日战争时期的小说。

王际真于 1965 年从哥伦比亚大学退休，之后便未再出版任何著作，但是他仍然继续着自己的翻译事业。后期还翻译了在西方受过教育、了解西方社会与文化、熟悉西方文学创作技巧的中国台湾女作家陈若曦（Jo-hsi Chen）的短篇小说《丁云》（*Ting Yun*）与《地道》（*The Tunnel*），后收录在由高克毅（George Kao）

编辑，1980 年在香港出版的《两位作家与文化革命：老舍与陈若曦》（*Two Writers and the Cultural Revolution: Lao She and Chen Jo-hsi*）译文集中。值得一提的是，自从王际真与陈若曦在温哥华见面后，两人便一见如故，很快成了忘年交。陈若曦回忆："他（王际真）是我朋友中年龄最大的，也是最直率和最有个性的人。我为他对我的鼓励、对我的信仰和对我的关注而感到自豪，正如我珍视他的批评一样。"（Kao，1980：132）同时，王际真仍然继续进行中国传统文学与文化典籍的英译实践。在其晚年，王际真还英译了《列子》《韩非子》《战国策》等中国古代著名文献的少数篇目。他还节译了《西游记》的前七回，并且与埃塞尔·安德鲁斯（Ethel Andrews）合作翻译了《镜花缘》的 7～12 回以及《儒林外史》的第 2～4 回，以上这些译作后来均收录于由高克毅编辑在 1946 年出版的《中国幽默文选》（*Chinese Wit and Humor*）。此外，王际真还英译了《醒世姻缘传》的前 20 章，该译文于 1984 年发表在香港中文大学出版的《丛书专号：清代至民初言情小说》（*Chinese Middlebrow Fiction: From the Ch'ing and Early Republican Eras*）上。

2. 国内王际真相关研究

笔者于 2021 年 12 月 31 日以主题"王际真"在中国知网上检索并筛选出相关论文共约 110 篇，大致可以归纳为以下两类。

（1）译者研究。介评王际真的生平和翻译活动（夏志清、董诗顶，2011）；分析译者注、前言等史料，结合译例考证王际真"凸显中国文化"和"适应读者"的两大翻译观（徐晓敏，2014）；从王际真的生平、翻译活动、翻译目的和翻译风格等方面探讨其翻译思想（黄赛赛，2014）。

（2）文本研究。分为译本翻译策略分析和文本译介研究两类。译本翻译策略分析体现在使用某个理论来对比阐释原文本与译本之间的异同。如借助文化翻译学派的理论探讨制约王际真对老舍短篇小说进行增译、改译等的文本内外因素（李越，2012）；使用系统功能语法理论分析《红楼梦》节译本对原小说中回目的处理策略（刘泽权、王若涵，2014）；基于翻译叙事理论分析《阿 Q 正传及其他：鲁迅小说选》译本中的叙事建构策略（李慎、朱健平，2018）；基于译者姿态理论阐释王际真对《阿 Q 正传》中文化因素的不同英译策略（汪宝荣，2018c）；运用评价理论分析《祝福》的王际真译本和他译本的翻译策略之异同（杨坚定，

2018）；从节译本的编译策略对比分析王际真与麦克休姐妹（Florence McHugh and Isabel Mchugh）对《红楼梦》原文本内容的取舍异同（刘泽权、汤洁，2019）。文本译介研究涉及对王际真鲁迅作品译介的介评（顾钧，2012；管兴忠，2016）；对王际真的《红楼梦》英译和其他中国古代与现代小说英译的海外接受的介评（管兴忠，2016）；对王际真的中国现代文学英译选本影响中国现代文学在海外的传播与接受的介评（李刚、谢燕红，2020）。

国内尚未有关于王际真研究的专著面世，仅有少量专著的部分章节分别对王际真的《红楼梦》节译和《儒林外史》英译作了简要而肯定的评价（马祖毅、任荣珍，1997；谢天振，2009；江帆，2014）。

依据年份，我们对有关王际真研究的发文进行了统计，结果如图 1-1 和图 1-2 所示。

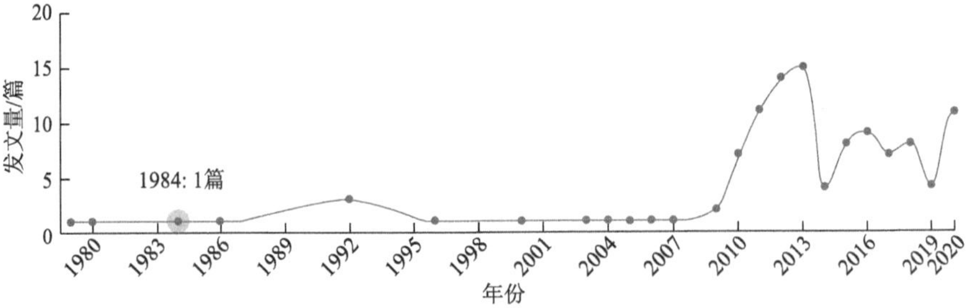

图 1-1　1980～2020 年有关王际真研究的论文数量统计图

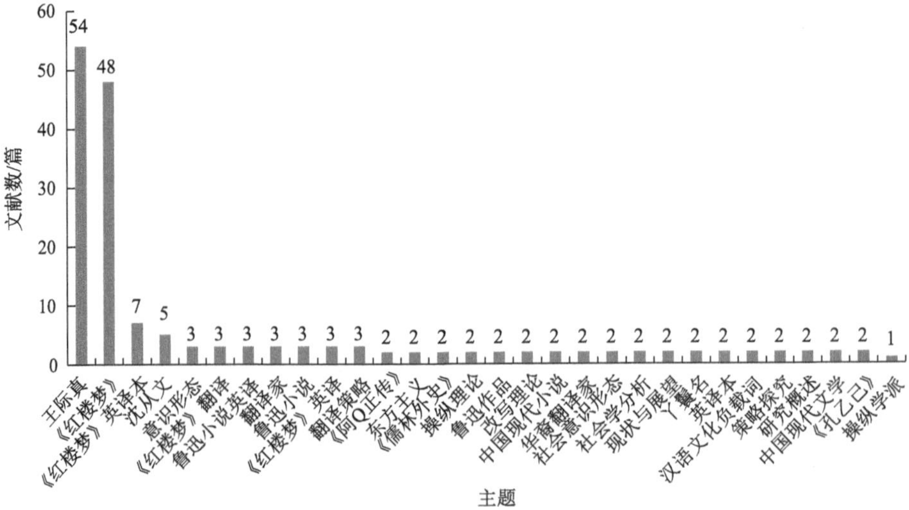

图 1-2　1980～2020 年有关王际真的研究主题分布图

从图 1-1 中，我们可以看出，在 1980～2020 年，有关王际真研究的论文稀少且分布不均匀。但自 2010 年之后，有关王际真的研究逐渐得到了重视，在 2013 年的发文数量达到了 15 篇。随后又呈现一定的波动趋势，2014 年和 2019 年都只有 4 篇，到了 2020 年才又出现了回升，达到了 11 篇。从图 1-2 可以看出，有关王际真的研究主题主要集中在对王际真本人的介绍以及对王际真的《红楼梦》英译本的研究与分析上，且研究视角较为单一，发文数量总体来说仍然较少。

3. 国外王际真相关研究

国外有关王际真的研究未见于专著，仅有散见于不同报刊的书评或作为王际真的译本序言的译评，归纳起来有以下几类。

（1）赞誉王际真的《红楼梦》两个英文节译本。阿瑟・韦利（Arthur Waley）在王际真 1929 年的《红楼梦》节译本的序中称赞"译文非常精确，展现出译者对原作所进行的娴熟改编"（Wang，1929：xiii）。马克・范・多伦（Mark Van Doren）在王际真 1958 年的《红楼梦》序言中称赞王际真"对原作的传译与风格的表现近乎完美，灵活而又充分地展现了原作精神"（Wang，1958a：VI）。佩吉・杜尔丁（Peggy Durdin，1958）也在《纽约时报》（*The New York Times*）上评价王际真的节译本比麦克休姐妹的译本更具有可读性。

（2）赞誉王际真对鲁迅作品的英译。赛珍珠（Pearl Buck，1941a）认为王际真的译本翻译出了鲁迅的写作风格，可能会让鲁迅自己也非常高兴。欧文・拉铁摩尔（Owen Lattimore）认为王际真的译本是迄今最好的鲁迅小说译本（Wang，1944a）。

（3）赞誉王际真的《中国传统故事集》和《现代中国小说选》两部英译集。斯诺夫人尼姆・威尔斯（Nym Wales）指出这两部小说英译集和《阿 Q 正传》的翻译已经足以使王际真立足于比较文学杰出贡献者之列，他的翻译既准确又简洁，能为想尽量靠近原作的目的语读者带来享受（Wales，1944）；陈荣捷（Wing-tsit Chan）也认为王际真好比一位弹琴的高手，既忠实地对原文进行了诠释，也表达出了作曲者想要真正表达的东西（Chan，1944）。

（4）赞誉王际真的《中国战时小说选》英译集。杜克大学（Duke University）历史系教授保罗・克莱德（Paul Clyde，1947）认为译作充分展示了王际真的翻译才华，其译本的英语表达自然地道，并且在很大程度上保留了原文的味道。

综上，国内学者已经逐步认识到了王际真通过译介中国文学经典成功传播中国文化的卓越贡献，研究成果总体上来看呈现出上升的趋势，国外学界的相关研究仅仅限于译评，但已高度认可王际真的翻译能力以及贡献。但总体而言，现有研究仍然存在以下几方面的不足。

（1）研究对象片面。现有研究过多集中于对王际真的《红楼梦》英语节译本的研究，对其他译本的研究不多，无法全面与客观地评价王际真对中国文化对外传播的贡献。

（2）译者行为研究意识淡薄。现有研究囿于使用某一个单一的理论来分析王际真对于某一特定文学经典的英译策略，未能综合应用社会学、叙事学、文化学和文学等跨学科的理论来全面与客观地考察译者的语言内求真和社会性务实的译者行为，未能完整探究王际真成功译介中国文学经典从而推动中国文化对外传播之动因。

（3）研究方法单一。基于个案的定性研究多，基于语料库的定量研究少；比较研究法主要限于对《红楼梦》三个节译本及与他译本的比较，对其他文学经典的王际真译本与他译本的共时与历时比较研究少；目的语读者评价、馆藏统计等实证调查法未能用于客观与全面地考察王际真译本在海外的接受与传播。

1.2.2 译者行为批评研究综述

1. 国内译者行为批评相关研究

周领顺（2014a，2014b）通过出版两本专著探讨了译者行为的定义，提出了译者行为批评的理论框架，探索了译者行为的具体分析路径。周领顺当属国内译者行为批评研究的领军人物。以主题“译者行为批评研究”在中国知网上检索并筛选出相关论文有近 200 篇，详情如图 1-3 和图 1-4 所示。

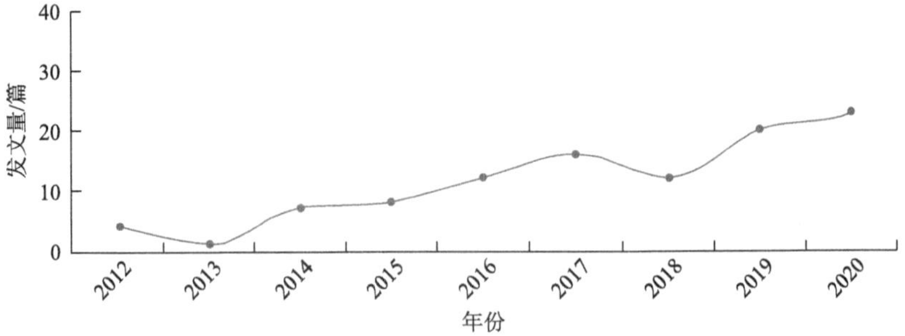

图 1-3　2012～2020 年译者行为批评研究的论文数量统计图

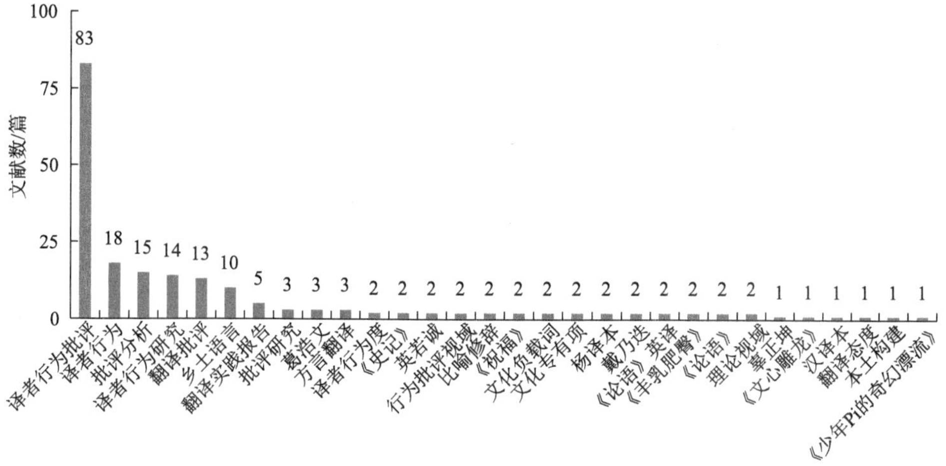

图 1-4　2012～2020 年译者行为批评相关研究主题分布图

从图 1-3 和图 1-4 可以看出，现有关于译者行为批评的研究，从研究论文的数量上看，整体呈现逐年上升的趋势。从研究内容上看，大致分为以下三类。

（1）周领顺对译者行为批评的理论阐释和实践分析。此类论文约占总论文数的五分之一。

（2）对周领顺的两本专著的书评。如赵国月（2015）阐述这两本专著构成了译者行为批评从实践到理论又复归实践的完整研究路径。

（3）译者行为批评理论的实际应用。如张虹、段彦艳（2016）运用译者行为批评理论阐述了《孝经》的两个英译本对原文评价意义的改变正是译者为务实于社会所做出的主体性选择，凸显出意志体译者的社会属性。戴文静（2017）对《文心雕龙》10 个英译本的翻译策略进行了归类，从译者身份的角度对不同翻译策略选择的动因进行了解码分析。黄勤、王琴玲（2018）借助“求真—务实”的译者行为连续统评价模式考察了林太乙英译《镜花缘》的翻译规范。黄勤、刘晓黎（2019）借助哈维尔·佛朗哥·艾克西拉（Javier Franco Aixelá）总结的 11 种文化专有项（culture-specific item）的翻译策略，在译者行为批评视阈之下对比分析了鲁迅小说《肥皂》的四个英译本中绍兴方言的翻译策略使用的异同以及所导致的译本在求真和务实度上的差异，并进行了归因分析。冯正斌、林嘉新（2020）同样基于“求真—务实”的译者行为连续统评价模式，从微观角度解读了贾平凹小说《极花》的英译本，考察了译者韩斌的译者行为及背后的社会制约因素。

2. 国外译者行为批评相关研究

以主题 translator behavior 在国外文献数据库中仅仅搜索到三篇相关论文和一部专著。沃尔弗拉姆·威尔斯（Wolfram Wilss，1989）较早提出了 translator behavior 的概念，认为译者行为应该体现在语境、文化和认知等多个层面，但未就各层面展开深入论述。此后他再次呼吁翻译研究应重视译者行为研究这一重要领域（Wilss，1996）。伊恩·梅森（Ian Mason，2001）认为译文语言规范不仅受两种语言结构差异的影响，同时还受翻译目的、社会语境等影响译者行为的一些译外因素的支配。但他对这些因素如何影响译者行为未作阐释。

综上，相较于国外零星而且尚不深入的研究，国内的译者行为批评研究已显示出较强的理论系统性与解释力。但仍然存在以下几方面的不足。

（1）研究群体力量薄弱。为数不多的相关研究成果大部分都来自个别的学者，团队研究力量薄弱。译者行为批评是翻译批评的一个重要领域，应引起广大研究者的广泛关注与深入研究。

（2）研究角度片面。现有的译者行为批评研究大多从译者身份、译文的求真与务实度等单一角度对译者所选取的翻译策略进行阐释，对于译本的接受度即译外效果的研究不多，研究的全面性有待提升。

（3）研究对象不足。现有研究只囿于对几部译作的分析来阐释少数几个译者的译者行为，而对于华裔翻译家王际真的译者行为鲜有论及，因而无法全面评价其通过译介中国文学经典成功传播中国文化的贡献。

基于上述，本书希望弥补以上研究中的一些不足，为后续相关研究提供一些启示。

1.3 研究问题与研究方法

本书拟主要解决如下几个研究问题。

（1）王际真主要英译了哪些中国文学经典？其传播效果如何？

（2）王际真在不同译作中分别采取了哪些翻译策略与翻译方法？

（3）王际真的译作体现出其怎样的译者行为？

（4）王际真的译者行为与其他同类译作的译者行为有什么异同性？其原因

何在？

（5）王际真的中国文学经典英译的译者行为对当下的中国文学经典英译有什么启示？

本书拟主要采取以下研究方法。

（1）跨学科研究法。将社会学、叙事学、文学文体学、认知语言学等学科的研究方法运用于译者行为批评中。

（2）比较研究法。对华裔翻译家王际真的英译本与本土译者和外国译者的英译本进行共时与历时比较，探究王际真译者行为的个性特征。

（3）语料库研究法。基于双语平行语料库，全面分析王际真对于文化负载词、方言等文化专有项和一些特殊句型的英译。

（4）实证调查法。使用读者和专家评价、馆藏、销量与再版情况查询等方法了解王际真译者行为的译外效果。

1.4　研究意义与创新

1.4.1　本书的理论意义

（1）充实翻译批评理论。基于社会学、叙事学和翻译学等学科理论，建立较为全面的译者行为批评模式，用以探究华裔翻译家王际真的翻译外社会行为和翻译内语言行为，考察其译本的译外与译内效果，对译者行为批评理论进行有益补充。

（2）丰富中国翻译史研究。对 20 世纪译介中国文学经典贡献卓越的华裔翻译家个案进行全面研究，深入阐释其译者行为，彰显其在中国现代翻译史上的历史贡献和重要地位。

（3）服务政府宏观决策。总结华裔翻译家王际真的译者行为所产生的通过翻译成功传播中国文化这一效果之动因，为“讲好中国故事”的理想译者与译介模式提供必要建构要素，为政府决策提供参考。

1.4.2　本书的应用价值

（1）指导文学经典译介。对多部中国古代和近现代文学经典的原文本与王际真英译本以及王际真译本与他译本进行共时与历时的比较分析，阐述王际真及其他译者的翻译风格和翻译策略，对中国文学经典对外译介实践提供全方位和多角度的指导。

（2）提升中华文化影响力。通过实证调查，全面与客观地了解王际真译作的海外接受度和不同文化层次的目的语读者对中国文学主题、语言形式、文化等的喜好，有助于中国文化在新时代通过文学经典译介有效对外传播。

（3）提供翻译研究与实践的语料。建立王际真多部译作的英汉双语平行语料库，供研究者参考与应用。将王际真多个译本中的文化专有项和特殊句型的典型译例汇编成小型词典，供高校翻译教学借鉴。

1.4.3 本书的创新点

本书主要体现出以下几个方面的创新。

（1）研究角度新颖，切合时代需求。坚持以文本分析为基础，结合译者翻译活动的社会语境，辅之以语料库、图书馆馆藏统计等多种研究方法，力求从翻译学、社会学、叙事学、文体学、认知语言学和文化学等跨学科的理论视角来客观全面了解王际真中国文学翻译与海外传播的全貌，为中国文学最佳译者模式的建构提供有益借鉴。

（2）研究领域重要，亟待专题开拓。翻译作为传播中国文化最重要的手段之一，其目的要让译文话语及呈现方式对国际受众真正产生影响力、感召力和吸引力，让世界正面理解中国而不是误解中国（陈小慰，2013）。在通过翻译将中国文学推向世界的过程中，我们不仅要考虑译本的选材、翻译方法和营销策略等方面的内容，更需要时刻关注目标语文化系统内部的政治、经济和文化语境，只有充分考虑了上述这些因素，在对外译介过程中注意翻译选材和译介渠道的多样化、翻译方法和译介策略的灵活性，才可能更有效地促使中国文学“走出去”（耿强，2010）。因此，对翻译家的译者行为及其译本对外传播的影响研究应建立在一个多维视角上。

（3）研究过程严谨，呈现系统性。研究计划环环相扣，既重视理论的运用，也重视翻译实践的分析和译介效果的考察，体现出研究过程的科学性；通过读者调查、馆藏查询等方法考察译后的传播效果，显示出研究方法的可行性；通过语料库考察译者的翻译风格，注重研究结果的可靠性，采用社会学、叙事学和文化学的跨学科视角来分析，体现出研究角度的系统性。

1.5 全书结构

第 1 章　作为绪论，主要介绍目前对于译者模式研究的现状，然后进行文献综述。文献综述分为两部分来展开，第一部分主要介绍国内外对于华裔翻译家王际真研究的现状，第二部分主要介绍国内外译者行为批评研究的现状，总结研究成果，指出其不足。进而介绍本书的研究问题和研究方法、阐明本书的意义以及创新点，最后介绍了本书的大致结构。

第 2 章　具体介绍本书的研究路径。首先对“翻译行为”和“译者行为”这两个在翻译批评中经常出现，但常常被混为一谈的概念进行介绍，阐述其异同，进而明确提出本书对于译者行为的定义，在此基础上提出本书进行译者行为批评的具体研究对象与研究路径。

第 3 章　主要通过书评、读者评价与馆藏统计、再版和销量等实证研究方法考察王际真的多部译作在海外的传播效果。

第 4 章　主要对比分析王际真的《红楼梦》三个英语节译本在删减和改写上的异同，并对这一译者行为进行归因分析。

第 5 章　主要考察王际真的《阿 Q 正传及其他：鲁迅小说选》译文集的译者行为。选择其中三部鲁迅小说的译作作为代表，分别为《狂人日记》、《阿 Q 正传》和《肥皂》的王际真英译本，与其他三个英译本在翻译风格、文化负载词的翻译、方言的翻译等方面进行详细的对比分析，探讨王际真与其他三位译者的译者行为的异同及其成因。

第 6 章　主要考察王际真的《现代中国小说选》译文集的译者行为。选择其中八部代表性译作进行分析，具体为老舍的《黑白李》、张天翼的《老明的故事》、杨振声的《玉君》、茅盾的《春蚕》以及《“一个真正的中国人”》、凌叔华的《太太》、叶绍钧的《李太太的头发》和老向的《村儿辍学记》的王际真英译本，通过对原文本与王际真译本或王际真译本与他译本的对比分析来阐释王际真的译者行为。

第 7 章　主要考察王际真的《中国战时小说选》译文集的译者行为。选择其中两部代表性译作——茅盾的小说《报施》和张天翼的小说《“新生”》的王际真英译本，从不同的理论视角分析其采取的翻译方法，并进行归因分析，从而阐释其译者行为。

第 8 章　主要考察王际真的《中国传统故事集》译文集和其他古典小说英译的译者行为。前者选择收入该译文集中的唐朝传奇小说——《柳毅传》的王际真英译本作为代表，后者则选择古典小说《镜花缘》的王际真节译本与林太乙译本作为代表，通过具体分析来探讨王际真的译者行为并进行阐释。

第 9 章　主要考察王际真英译中国台湾女作家陈若曦的两部短篇小说《丁云》和《地道》的译者行为。通过对两部小说的英译方法的具体分析，对王际真的译者行为进行归因分析。

第 10 章　是本书的结论部分，首先对本书的主要发现进行总结，其次指出本书存在的一些不足之处，同时对未来的研究进行展望。

第2章

本书的研究路径

2.1 翻译批评概述

过去几十年间，翻译研究已经发展成为一门充满活力的综合性学科，翻译批评研究是其中的一大重要分支，但翻译研究的学者们对翻译批评的定义各不相同。英国著名的翻译研究学者彼得·纽马克（Peter Newmark）认为全面的翻译批评应建立在对原文和译文的比较分析基础之上（Newmark，2001）；德国功能翻译学派的重要代表人物卡特琳娜·莱斯（Katharina Reiss）将翻译批评定义为由熟知源语和目标语的批评者在相关标准下对双语文本所进行的客观对比分析（Reiss，2004）；我国学者林煌天（1997）认为，翻译批评是指参照一定的标准，对翻译过程及其译作的质量和价值进行全面的评价，是连接翻译理论及实践的重要一环；王恩冕（1999）认为，翻译批评是根据有关翻译理论对翻译思想、翻译活动及译作进行分析与评论的过程；杨晓荣（2005）指出翻译批评应该按照一定的翻译标准并采用某种论证方法来对某一译本进行分析和评论，或比较同一作品的不同译本，评价其中的某种翻译现象；方梦之（2011：77）站在更加宏观的角度，认为“翻译批评是一种具有一定实践手段和理论目标的精神活动，是从一定的价值观念出发，对具体的翻译现象（包括译作和译论）进行分析和评价的学术活动，是审美评价与科学判断的有机统一”；许钧（2012）通过分析得出，翻译批评不仅包括对翻译现象和文本的具体评论，还包括对翻译本质、过程、技巧、手段、作用及其影响的总体评价，其目的不仅在于评判具体的译作或译法，更在于对翻译活动开展的方式和手段进行检讨；刘云虹（2015）基于对前人研究成果的总结，从三个方面定义了翻译批评，她认为翻译批评以对翻译活动的理解和评价为基础，立足特定的历史文化背景，依据相关理论的基础及一定标准，对翻译作品、过程和现象进行分析、诠释和评论。

综上，我们认为刘云虹对翻译批评的定义较为全面。

近年来，国内已有相当多的学者在翻译批评领域针对理论构建与翻译批评的实践进行了有益探索，相关研究成果可以概括为以下几个主要方面。

第一类是对于翻译批评的定义，翻译批评的标准、内容和目的等不断深化的认识。廖七一（2020）回顾了中国翻译批评研究史，从核心问题、模式、方法与标准等方面重新阐释了翻译批评的内涵，认为翻译批评话语的本质是主流话语的延伸、强化、颠覆；蓝红军（2020）就冯唐的《飞鸟集》译本引发争论一事进行了反思，进一步呼吁学界关注翻译批评话语力量缺失的问题，强调批评主体的事实描述、价值立场、价值判断是翻译批评中必不可少的元素，并指出提高翻译批评理论品质的紧迫性和重要性；一些学者梳理翻译批评研究的脉络，从中外研究互补、话语系统建构、翻译实务问题等角度探讨了翻译批评研究发展进程中的成功与不足以及相应的改进措施（杨晓荣，2017；刘云虹，2020；傅敬民、张红，2020；李金树，2020）。

第二类是围绕翻译批评研究视角的多样性展开的讨论。刘云虹（2021）认为，文学翻译批评应重视审美维度的批评，通过对文本审美价值的解释、阐释和评论对读者与译者加以引导，将有助于向世界真实再现中国文学作品的“文学”本貌，从而为中外文化平等交流提供新机遇；胡开宝、盛丹丹（2020）认为，基于语料库的文学翻译批评研究亟须得到拓展和深化，在语料库技术辅助下的译作及译者的个案研究将为文学翻译批评理论建构提供重要的理论素材；姚振军（2014）基于认知翻译观，完善了认知翻译批评体系，并结合安伯托 · 艾柯（Umberto Eco）的文艺阐释理论进一步丰富了认知翻译批评模式的理论基础（姚振军、冯志伟，2020）。

第三类是对翻译的主体译者进行的研究。其中较为常见的有翻译家研究，如方梦之、庄智象编著的《中国翻译家研究》（2017 年），对中国翻译史上近百位翻译家的生平、翻译活动、翻译作品、翻译思想和影响进行了较为系统的介绍和评价。此外，还有对译者主体性的研究，如屠国元（2015）从皮埃尔 · 布迪厄（Pierre Bourdieu）的“惯习”理论概念切入，通过分析翻译家马君武的翻译选材行为，揭示其“以译报国”的译者主体性指向；周领顺、周怡珂（2018）以美国翻译家葛浩文（Howard Goldblatt）为例，探究了译者主体性与编辑主体性之间是如何相互作用，并实现二者之间的生态平衡的。

鉴于近年来翻译研究的对象逐渐转向译者，我们似乎有理由认为以译者为中心的翻译批评研究在当前已经越来越普遍。诚然，译者研究在翻译研究领域并不陌生，正如查明建、田雨（2003：19）所指出的，“译者是翻译的主体，也是民族文化建构的重要参与者……随着翻译研究的‘文化转向’，翻译主体研究得到了应有的重视，并逐渐走向深入”。也有一些翻译学者认为翻译的主体译者是翻译史研究应当关注的重点（Pym，2007；方梦之、庄智象，2016）。事实上，翻译批评研究往往涉及对翻译文本、翻译策略的功能及效果的研究，例如劳伦斯·韦努蒂（Lawrence Venuti，1995）提出的归化与异化翻译理论就暗示了对译者主体地位的关注，在其对文本和翻译策略本身的分析过程中，一直将译者归为影响因素。

然而，这些围绕译者展开的翻译批评研究往往比较抽象、过于主观，且针对实际译者行为的研究较少，现存相关研究往往缺乏全面、客观的评价标准，大多无法系统、科学地评析译者行为。如霍跃红（2014）在《译者研究——典籍英译译者的文体分析与文本的译者识别》一文中探讨如何从译文中发掘译者的个性化文体特征，但并未提及译者的文体风格可能对译本接受产生的影响；此外，王璟（2014）在《译者的介入——张爱玲文学翻译研究》一文中，仅仅注重探讨了译者生平、翻译策略选择的原因，未能探讨译者行为、社会因素及译文影响三者之间的关系，导致研究缺乏全面性和客观性。

综上，以上几类研究表明，针对译者的翻译批评研究中的理论缺失问题亟待解决。许多翻译研究者仍然倾向通过单一的文本或者译者的分析来研究译者行为。周领顺（2012：90）曾指出：“随着‘文化转向’对翻译外译者行为的关注和译者主体性研究的蓬勃开展……译者行为批评正在成为翻译批评新的聚焦点。”他在 2014 年出版的《译者行为批评：理论框架》和《译者行为批评：路径探索》两本专著，被誉为译者行为批评理论的“开山之作”（黄勤、刘红华，2015：125）。译者行为批评理论从社会学视阈丰富了翻译批评的研究内容，实现了译者、译作、社会三者的有机统一，对中国翻译学学科的发展具有重大的理论和实践指导意义，是一条“可持续发展之路”（许钧，2014：112）。

2.2 翻译行为与译者行为概念区分

在翻译批评中，翻译行为与译者行为是两个经常被提及并且频繁运用的概念，但两者又常常被混为一谈，鉴于“译者行为”是本书的核心概念，在此，有必要对这两个概念进行探讨，以阐述其区别与联系。

方梦之（2011：11）认为，“翻译行为”（translational action）是跨文化的信息传递过程，包括文本、图片、声音、肢体语言等。钱春花等（2015）认为，对翻译行为的研究能够有助于确定译者在翻译实践中的特征和规律，从而评价并促进其翻译质量的提升。

国内外对于翻译行为的研究最早可追溯至 1984 年德国功能学派的代表性学者贾斯塔·赫兹-曼塔利（Justa Holz-Mänttäri）在其著作《翻译行为：理论与方法》（*Translatorisches Handeln: Theorie und Methode*）中提出的翻译行动论（theory of translational action），她将翻译行动视为一种多个角色参与的跨文化的交际行为。7 年后，翻译文化学派的重要代表学者西奥·赫曼斯（Theo Hermans）使用了翻译行为（translational behaviour）一词来特指所有涉及翻译的连续和非连续性的动作（Hermans，1991）。赫兹-曼塔利强调翻译行动的目的及功能，而赫曼斯则更强调翻译的过程。我国学者姜秋霞、权晓辉（2002）则认为翻译行为就是指翻译的动态过程，一切与此过程有关的转换活动、选择活动都属于翻译行为。不管是译者的无意识的/习惯性的活动（operation），还是有意识的活动（action），都属于翻译行为的范畴。译者的翻译行为存在于翻译过程的所有活动中，包含各种行为内容、行为方式、行为结果，是各种译学理论长期关注的主要内容。

随后，桑德拉·哈维森（Sandra Halverson）又进一步结合认知心理学，从认知思维过程方面丰富了翻译行为的内涵。她认为，译者的认知能力与认知结构在翻译行为过程中起着决定性的作用。基于此，哈维森提出了“引力假设”模型，并成功验证了语言系统间语义构成的不对称导致的翻译语言共性特征，即 translation universals（Halverson，2003：213-241）。

周领顺（2013）认为广义的翻译行为在行为主体方面涉及包括译者、原文作者在内的多个参与者，有时一个人还可以担任多个不同的角色。承认译者可以同时担任不同的角色，就指向了广义上的译者行为。

1982 年，威尔斯就提出了译者行为的概念，他认为译者行为是对语际话语的分析和综合（Wilss，1982）。威尔斯在其 1996 年出版的著作《翻译行为中的知识与技能》（*Knowledge and Skills in Translator Behavior*）中正式提出了 translator behavior 这一术语。他指出译者行为是通过对具体翻译过程的研究与应用翻译信息加工的结果（Wilss，1996）。针对不同领域的翻译任务，如文学文本翻译和技术性文本翻译，译者能够根据自身的分析能力选择相应的翻译策略，这种分析能力是由其智力所决定的。

在翻译批评研究中，译者行为指的是以译者为中心的连续性行为，可以译为 translator behavior，它体现于受到个人意志驱动的译者，作为具有语言性和社会性双重属性的人，实行的有目的性的翻译活动过程。国内学者周领顺（2014a）引入了译者行为的“译内行为”和“译外行为”两个概念，对“译者行为”进行了更加明确和细致的界定，即狭义上的译者行为属于译内行为，是译者的语言性行为，追求的是译文与原文在语义和功能上的对等；广义上的译者行为则包含译内行为和译外行为，指译者以社会人的身份，对原文意义进行的调整改造，使其满足流通领域的读者需求的行为。因此，译者行为还体现于译者作为翻译实践的实施者，将翻译进行社会化的过程（周领顺，2012）。为了使译文更好地贴合社会需求、务实社会，从而促进目的语读者对译文的接受，译者会有意识地选择不同的翻译策略，翻译活动因此具有社会性。比如当译者的翻译目的与原作的意图相悖时，译者会对原文进行改编甚至再创作，使译文传达的信息更贴近其自身的目的。译文可以反映译者行为的社会性以及翻译的社会化程度，当译者的社会性过于膨胀时，译者的身份就会被颠覆，译者的角色行为就超出了翻译的范畴（周领顺，2014a），译者行为批评研究聚焦译者行为下的社会化译文，评判其翻译效果。具体而言，译者行为批评把译者视作整个翻译活动的中间枢纽，与此同时也关注翻译内的研究与翻译外的研究，兼顾译者的语言转换和译文的社会化，力求全面与客观地对译者行为进行评价。

由上可知，翻译行为和译者行为在概念上的区别是明显的，主要表现在如下三个方面。

（1）行为主体不同。翻译行为一般指译者在实施“译者”这一角色时所进行的语言转换，译者是主要的行为主体；广义上的翻译行为则可能涉及译者、读者、原文作者等多个行为主体。但如果笼统地将所有与翻译有关的行为都归为翻译行为，则有可能超出翻译的范畴；译者行为强调译者一人身兼数职，站在不同角色的立场上考虑影响译文接受的各种因素，并且根据个人的意志选取不同的翻译策略，此时，译者行为就已经超出了“译者”的基本职责，也超越了翻译的范畴。

（2）发生的时序不同。狭义的翻译行为通常只发生在整个翻译活动的实践阶段，而在译者行为批评的语境之下，译者可能身兼多个身份，参与不同的创作阶段，比如，同时具有原文作者和译者身份的“自译者”——具备深厚的双语能力并且擅长自译的文学家与翻译家林语堂。此外，为了使译文能够满足不同的特定需求，译者可能在翻译活动的实践过程中多次调整自己的行为角色，这就是译者的社会化选择和角色化的过程。在一个完整的翻译活动实践中，可能存在同一位译者在不同的角色行为之下采取不同的翻译策略所产出的译文，这些译文也会呈现出不一样的特征。

（3）所属的范畴不同。翻译行为属于翻译学的范畴，译者行为则属于社会学的范畴。传统的翻译批评大多集中于文本研究，主要对比分析译文与原文，研究译文是否满足“忠实”和“信达雅”等的翻译评判之标准。有一些研究涉及译者因素，但大多集中于对译者的生平经历以及译者的翻译思想和风格等的介绍与简述，并且多数只是对某个译者单独进行研究。译者行为批评则是把译者看作拥有个人意志的人，并将翻译实践视为一种具有目的性的活动，由此突显了译者的社会性，因此我们需要跳出单纯的翻译学的范畴，在社会学的语境之下看待译者社会化后的译文以及译者的译者行为。比如，中国乡土文学作品中的“乡土语言”往往具有浓厚的地域色彩，这正是乡土文化的外在表现。探究译者如何通过翻译来还原“乡土语言”原有的“土味”是值得研究的课题，需要我们从社会学的视角来对译者行为进行评价。因此，在研究“乡土语言”的英译时，应遵循“从文本到译者，从语言到文化，从语言内部到外部”的研究思路，达到客观与全面（周领顺、陈静，2018：119）。由此我们有理由认为译者行为批评进一步丰富了传统译者研究的内涵，不仅涉及译者的语言性语码转换行为，同时还研究译者为务实社会而角色化并作用于文本的过程。与传统的翻译批评相比，译者行为批评还聚焦于某一类译者群体的研究，如汉学家译者群体、华裔翻译家群体、离散译者群体等，抑或者对译者身份进行分类，如将《圣经》的译者分为非宗教译者和宗教译者两类等。

通过以上讨论可知，广义的译者行为包含译内与译外两种行为，狭义的翻译行为实际上是广义的译者行为的一部分。但如果也把翻译行为细分为狭义和广义两种，笼统地把超出翻译范围的行为也归入其中，则有把这一概念泛化的风险。构建以译者为中心的译者行为批评理论体系能够解决该问题，并有助于开展更为全面、客观的翻译批评研究。

2.3　译者行为批评路径

本书旨在对王际真的中国文学经典英译的译者行为进行批评，既然译者行为包括“作为译者角色的语言性翻译行为和作为社会角色的非语言性翻译行为”（周领顺，2014a：25），译者行为批评就应该以“译者”为本，考察译者在译本中留下的各种痕迹，即译本的译外效果与译内效果，继而探究产生译者行为效果的译外行为和译内行为的形成过程与成因。本书拟基于周领顺（2014a，2014b）提出的“求真—务实”译者行为连续统评价模式，结合王际真的多重文化身份，借鉴翻译学、语言学、社会学、叙事学、文化学和文学文体学等多学科理论，按照以下研究路径对王际真的中国文学经典英译的译者行为进行定性与定量相结合的批评，具体步骤如下。

2.3.1　确定研究对象

王际真对中国文学经典的对外译介集中体现在其译者行为上，具体化为以下相互联系的五个研究对象：①行为主体，即译者王际真。主要考察王际真的人生轨迹、中国文学经典英译成就及翻译观。②行为客体，即原文本。将选择具有代表性的中国文学经典作为原文本。③行为结果，即译文本。将选择第二点中的王际真的英译本以及他译本。④行为环境，主要考察 20 世纪中后期对外译介中国古代和现代文学经典的国内外社会语境、行为主体华裔翻译家王际真的多重文化身份等多种译外环境和王际真的双语能力等译内环境。⑤行为手段。主要探讨作为行为主体的王际真所采用的翻译策略与方法。

2.3.2　评价译者行为

由于译者的译外和译内行为、译本的译外与译内效果、译本的译外和译内环境是不可割裂的译者行为整体，对于王际真的译者行为批评拟从以下几个方面同时展开。

（1）考察译外效果。通过专家和专业读者评论、网络口碑和馆藏查询、译作再版等多渠道的调查，了解王际真的多部译作的传播效果。考察译作的务实度。

（2）考察译内效果。对文化负载词、方言、习语及其他文化特色词、修辞手法、一些特殊句型等语言现象，基于语料库等定量的分析来考察译本的翻译质量与求真度。

（3）阐释译外环境与译外行为。基于英国翻译学家莫娜·贝克（Mona Baker，2006）的叙事学、文化学派的改写理论等阐释哪些文本外的因素制约了王际真对翻译文本的选择以及翻译策略的选择。

（4）阐释译内环境与译内行为。阐述王际真具体运用了哪些翻译方法对原文的词义、句式、语篇、修辞、语义、文化特色以及文体风格等进行忠实的再现。运用语言学、认知心理学、文体学等学科的理论阐释王际真的双语与双文化能力、翻译能力等对其翻译策略与翻译方法选择的影响。

基于上述的分析，最后总结王际真译者行为的典型特征，探讨王际真通过翻译成功传播中国文化在译内与译外效果上的具体表现，以及语言和社会环境对其译内和译外行为的影响，为新时代如何通过翻译“讲好中国故事”的最佳译介模式的构建提供参考。

第 3 章

王际真主要译作传播效果的考察

对于中国文学译作在海外的传播效果，一般有如下七个考察指标：①译作在国外的发行销量；②译作在国外图书馆的借阅流通量；③译作的再版与修订；④西方学者对于译作的参考与引用；⑤译作的获奖情况；⑥译作的世界图书馆馆藏量；⑦媒体提及率（罗选民、杨文地，2012；鲍晓英，2014）。由于研究条件的限制，本书对于王际真译作的传播效果的考察主要从译本的再版与修订、专业读者对译本的书评、西方学者对译本的参考与引用、译本的世界图书馆馆藏量以及网络口碑等几个方面来进行。

3.1 译本的再版与修订

1929 年，王际真完成了《红楼梦》英语节译本的翻译并出版。该译本共有 39 章，共计 371 页，分为三卷。前两卷是对原小说前 57 回的节译，第三卷是对原小说后 63 回内容的节译。同年，该译本由美国纽约的道布戴尔·杜兰公司（Doubleday & Doran Company, Inc.）出版，同时也在英国伦敦的劳特里奇·桑斯出版公司（George Routledge & Sons，Ltd.）出版，并在扉页上说明其版权来自道布戴尔·杜兰公司。1958 年，王际真将《红楼梦》英语节译本增补到了 60 章。这一修订本由纽约的吐温出版社（Twayne Publishers，Inc.）出版。同年，吐温出版社授权纽约的铁锚书系（Anchor Books）出版了 329 页的 40 章简本。1959 年，伦敦视野出版社（Vision Press）重版了 1958 年的修订本。1989 年，铁锚书系重版了 1958 年的 329 页简本。除了这几个主要的重印版本之外，王际真的《红楼梦》英语节译本还重印了几次。笔者通过查阅 WorldCat 数据库，发现的具体信息如表 3-1 所示。

表 3-1 王际真《红楼梦》英语节译本再版信息统计

书名	出版社及国别	出版时间
Dream of the Red Chamber	Doubleday（美）/Routledge（英）	1929 年
	Doubleday（美）/Twayne Publishers（美）/Amereon House（美）/Anchor Books（美）	1958 年
	Vision Press（英）	1959 年/1963 年/1968 年/1972 年
	Graham Brash（新加坡）	1983 年
	Anchor Books（美）	1989 年
	Doubleday（美）	2000 年

除了《红楼梦》的英语节译本之外，王际真的英译作品《阿 Q 正传及其他：鲁迅小说选》、《现代中国小说选》、《中国传统故事集》和《中国战时小说选》主要由哥伦比亚大学出版社出版，之后再由专营绝版图书再版的格林伍德出版社出版。作为大学出版社的哥伦比亚大学出版社，出版物主要面向的是学术界和图书馆，在出版周期、销路与销量以及图书的价格方面均无法与商业出版社抗衡，它出版的中国文学译作一般只出精装本，优先卖给各大图书馆（汪宝荣，2019）。1967 年成立的格林伍德出版社，由古董书商与图书管理员哈罗德・梅森（Harold Mason）和具有贸易出版背景的哈罗德・施瓦茨（Harold Schwartz）创立，主营绝版书的重印业务。

王际真的《阿 Q 正传及其他：鲁迅小说选》译文集于 1941 年由哥伦比亚大学出版社出版，1971 年又由图书馆出版社（Books for Libraries Press）再版，同年由主营绝版书重印业务的格林伍德出版社再版。王际真的《现代中国小说选》译文集，1944 年 2 月由哥伦比亚大学出版社第一次出版。1968 年由格林伍德出版社再版，1972 年和 1976 年分别由格林伍德出版社再次印刷。2005 年和 2013 年由凯辛格出版社（Kessinger Publishing）[①]再次重印出版，选集的影响由此不可小觑。王际真的《中国传统故事集》译文集于 1944 年由哥伦比亚大学出版社第一次出版，1968 年由格林伍德出版社再版，1976 年又由格林伍德出版社再版。王际真的《中国战时小说选》译文集在 1947 年 8 月由哥伦比亚大学出版社第一次出版，

① 与格林伍德出版社相同，凯辛格出版社也主营绝版重印业务（rare, scarce, and hard-to-find books），具体资料可见 https://www.kessingerpublishing.com/。

同年由英国杰弗里·剑桥（Geoffrey Cambridge）与牛津大学出版社（Oxford University Press）出版，并于 1975 年由格林伍德出版社再版。这几部译作的具体出版信息见表 3-2。

表 3-2　王际真其他四部主要英译作品出版信息统计

英译作品	出版社及国别	出版时间
Ah Q and Others: Selected Stories of Lusin	Columbia University Press（美）	1941 年
	Greenwood Press（美）/ Books for Libraries Press（美）	1971 年
Contemporary Chinese Stories	Columbia University Press（美）	1944 年
	Greenwood Press（美）	1968 年/1972 年/1976 年
	Kessinger Publishing（美）	2005 年/2013 年
Traditional Chinese Tales	Columbia University Press（美）	1944 年
	Greenwood Press（美）	1968 年
	Greenwood Press（美）	1976 年
Stories of China at War	Columbia University Press（美）/Geoffrey Cambridge（英）/Oxford University Press（英）	1947 年
	Greenwood Press（美）	1975 年

由于研究条件的限制，对于王际真英译作品的实际销量，迄今为止我们未能查阅到总的销量。但可以肯定的是，王际真的英译本在西方世界，主要是在美国不温不火地销售、再版和流通了至少 70 年的时间，曾经是作为几代中国历史和中国文学专业的美国大学本科生、研究生及研究学者与教师的案头必备书，在美国的读者世界中产生了较为深远的影响，为中国文学与文化的对外传播作出了重大贡献。

3.2　专业读者对译本的书评

3.2.1　有关《红楼梦》英译本的书评

第一次世界大战前后，美国就计划要把东亚作为其战略的重点之一，对中国也相当关注，在对华政策方面也作出了种种所谓的“友善之举”，主流媒体对普通民众的影响和暗示使得部分读者对《红楼梦》产生了阅读兴趣与需求。在这样的历史背景下，美国对于中国的宣传逐渐增多。1917 年 10 月 21 日，《纽约时报》在列举当年秋天世界各地出版的 500 种重要书籍时就将《红楼梦》列入其中。此后，几个重要的中国研究机构也相继在美国产生，如 1925 年成立了太平洋国际学会（Institute of Pacific Relations），1926 年成立了华美协进社（China Institute），1928 年又成立了远东研究促进会（今远东学会及亚洲研究学会的前身）和哈佛燕京学社（Harvard-Yenching Institute）（江帆，2014）。

因此，这一时期的《红楼梦》英译行为主要是由美国国内客观存在的市场需求所驱动的，预期的目的语读者主要为英美本土的普通读者，译本较多考虑了这些读者的接受能力，对原文都进行了较大规模的压缩和改编。此外，出于政治宣传的需要，美国的畅销书出版社和大众媒体也推动了《红楼梦》的英译与传播，使得这几个译本都取得了从传播时间来看较为持久的市场效果，可以说，迄今为止，王际真的这几个《红楼梦》英译本在英美普通读者中所产生的影响远远超过了其他时期的《红楼梦》英译本。笔者搜集到的有关王际真《红楼梦》英译本的书评结果如表 3-3 所示。

表 3-3　王际真《红楼梦》英译本书评信息统计

译作	出版时间	评论人	评论期刊	评论时间
Dream of the Red Chamber	1929 年	Younghill Kang	*The Saturday Review of Literature*	1929-04-20
		John Carter	*The New York Times*	1929-06-02
	1958 年	Peggy Durdin	*The New York Times*	1958-05-30
		Anthony West	*The New Yorker*	1958-11-22
	1959～1960 年	Cyril Birch	*The Journal of Asian Studies*	1959，（5）
		John Bishop	*Books Abroad*	1960，4（3）

1929 年，王际真的《红楼梦》英译本正式出版，王际真将这一译本定位为“改编”（adaptation），并详细阐述了他对原文进行删改的方式，即译本保留了宝黛爱情主线的主要故事情节以及反映中国民俗的主要内容。著名翻译家韦利为其作了五千字的序言，序言结尾处指出“可以向读者保证王先生的翻译是完全可靠的，其译文精确，这一改编的作品展示了王先生娴熟的翻译能力”（Wang，1929:

xiiii）。康永熙（Younghill Kang）在《星期六文学评论》（*The Saturday Review of Literature*）上发表评论，赞扬王际真的翻译很出色，认为对于这部具有浓厚的东方思想的古典文学作品，王际真当数最佳的译者，高度赞扬这部译作为学习东方文学的英语学生作出了贡献（Kang，1929）。约翰·卡特（John Carter）在《纽约时报》上发表评论时对王际真的节译予以了肯定评价，但同时他也指出西方读者可能会觉得原作的人物关系过于复杂，篇幅过长，结构不紧凑，对于原作"伏笔千里"的叙事手法不能完全适应（Carter，1929）。

1958 年，王际真《红楼梦》英译本的 60 章修订本出版，对于这一译本，王际真不再自称是 adaptation，而将其称作 translation，并在导言中明确指出"就所包含的原小说的主要内容而言，该译本是 1929 译本的两倍"（Wang，1958a：xix）。译本除保留了 1929 年译本的情节外，还加上了大家庭内部纷争这一主线。由于王际真的《红楼梦》英译本与麦克休姐妹的英译本在同年出版，评论者们往往通过对比分析这两个译本来推介王际真译本。普利策奖得主、美国哥伦比亚大学知名教授、著名诗人多伦为王际真 1958 年的《红楼梦》60 章英译本作序。他在序言中评价王际真对原小说的章节进行取舍，并以现代英语将其表达出来实为不易，但也认为翻译过于自由有可能会剥夺原文的古典风格。多伦在其序言中还通过类比式的介绍拉近了译作与西方读者之间的距离，从而增加了英语读者的阅读兴趣（Wang，1958a）。

1959 年 5 月，汉学家白芝（Cyril Birch）在《亚洲研究期刊》（*The Journal of Asian Studies*）上发表评论，认为"王际真非常准确地描绘出了芒种的庆祝场景"（Birch，1959：386），认为同年出版的麦克休姐妹译本不够准确，影响到了读者的阅读效果，如把贾琏因为平儿协助掩盖自己和多姑娘的私情而称呼后者为"心肝肠肉"翻译为"My heart! My Liver! My little meat ball!"，与原文的旨趣相去甚远。一些章节如黛玉葬花、芒种闺中祭奠花神一节也远没有王际真译本那么细致（Birch，1959）。

知名新闻记者、亚洲问题研究专家杜尔丁在《纽约时报》上发文对比分析了王际真译本和麦克休姐妹译本，认为王际真译本更为简洁，口语性更强，因而可读性也更强，认为普通的读者应该会更加喜爱王际真译本（Durdin，1958）。哈佛燕京学社（Harvard-Yenching Institute）的约翰·毕晓普（John Bishop）也认为，麦克休姐妹译本的语言生硬且单调，而王际真译本的翻译风格更加具有可读性（Bishop，1960）。

《纽约客》（*The New Yorker*）的文学评论家安东尼·韦斯特（Anthony West）虽然并未读过原文，但是在讨论两种《红楼梦》英译本给他留下的不同印象时也赞扬了王际真译本，认为“王教授译本中的宝玉，是一位在成长过程中数度陷入困境和摆脱困境的人，他的历史似乎带着一种轻松的喜剧色彩。……在王教授迷人的译本后面，可窥见一部引人入胜的轶事文集”（West，1958：139）。

3.2.2 有关《阿 Q 正传及其他：鲁迅小说选》英译本的书评

1941 年珍珠港事件爆发后，美国加入了第二次世界大战。此时的美国已经清楚地认识到了中国作为第二次世界大战主战场的重要性和潜力，并将其视作“忠诚的盟友”（沙勒，1982：89）。庞大的战争宣传在客观上需要与中国、与抗日实况相关的材料。“英人对我国文化，论热情，论知识，论兴趣，皆比过苏联有过之而无不及”是 20 世纪 40 年代英美场域中的读者对中国需要的真实写照（萧乾，2005：389）。这个时期的王际真英译作品，属于“华裔学者发起并翻译+西方学术出版社出版模式”（汪宝荣，2019：3）。译作主要面向的是专业读者，用于教学和研究。译作书评人，都是英美文学文化场域中的权威人士，主要分为以下四类：①在知名大学任教的政治与历史教授；②资深编辑和小说家；③翻译人士；④职业书评人。这个时期对王际真英译作品进行评价的书评主要发表在美国的主流媒体以及与中国研究相关的期刊上，具体信息如表 3-4 所示。

表 3-4 王际真英译本书评期刊信息统计

期刊名称	期刊信息
The New York Times	美国主流日报，全世界发行，流通与传播范围广
Books Abroad	文学类刊物，美国俄克拉荷马大学现代语言系于 1927 年创办的一份致力于介绍世界各地文学作品的季刊
Current History	关注全球和区域性新闻的美国期刊
Pacific Historical Review	美国加利福尼亚大学出版社出版的学术季刊
The Far Eastern Quarterly	美国研究中国问题的重要机构之一，美国亚洲研究学会创办的一份季刊，是当时对译作进行评论最多的一份期刊
The Journal of Asian Studies	美国亚洲研究学会的会刊
The Washington Post	美国出版的十分有影响力的顶级日报，在全世界发行，流通与传播范围广
The Spectator	英国一份以当前时政为主题的周报

在王际真 1941 年出版的《阿 Q 正传及其他：鲁迅小说选》英译本中，他将鲁迅精神和西方正密切关注的抗日战争紧密联系起来，在扉页，王际真直言该选集是献给 1940 年在抗日战争中死去的弟弟王际可的，因为鲁迅比任何人更多地消除了生活道路上“传统”的杂草和“人吃人”制度之下的圈套与陷阱（Wang，1941）。王际真译本诞生之初，获得了广泛的媒体关注和部分书评人的赞誉，如表 3-5 所示。

表 3-5　王际真《阿 Q 正传及其他：鲁迅小说选》英译本书评信息统计

译作	出版时间	评论人	评论期刊	评论时间
Ah Q and Others: Selected Stories of Lusin	1941 年	Hsiao Ch'ien	*The Spectator*	1941-12-12
		Pearl Buck	*Asia*	1941，41（9）
		Pearl Buck	*New York Herald Tribune Books*	1941-06-29
		Olive Hawes	*Books Abroad*	1942，16（1）
		Earl Pritchard	*The Far Eastern Quarterly*	1942-05
		George Kao	*The Far Eastern Quarterly*	1942-05
		Katherine Woods	*The New York Times*	1941-07-20

凯瑟琳·伍兹（Katherine Woods）和奥利弗·霍伊斯（Olive Hawes）均属于职业书评人，他们的评论极少论及译作本身，而是阐述译作在新的文学系统中所起的作用。在评论《阿 Q 正传及其他：鲁迅小说选》时，他们都强调了这本译文集的写实性与批判性，体现出该译文集作为了解中国社会的窗口的价值。但他们的观点在一定程度上反映出当时还是有许多美国人对中国和中国社会怀有偏见。比如，霍伊斯认为该译文集中收录的小说《阿 Q 正传》和《狂人日记》中“有些比较有趣，但却带有悲伤的情调”（Hawes，1942：96）。

诺贝尔文学奖得主赛珍珠和美国哥伦比亚大学教授高克毅也曾指出，鲁迅作品的风格与美国读者的审美习惯和阅读期待不相符合，书中短篇小说的“故事性不强”（Buck，1941a：521），“读起来有些无聊，不适合喜欢阅读曲折情节的美国读者”（Kao，1942：280）。但他们对王际真英译本均作出了积极的评价。高克毅认为，“译作译出了原文简洁与犀利的风格。至少从部分上来说，译作可以说是王际真的再创作，而只有同作者达到心灵上的契合才能够达到这样的一种高度。……他的翻译使英语国家的读者能接触到并能够理解这些作品，因此，王际真可称得上是中国文学的杰出传播者，他的这本鲁迅小说选集的译文集虽然篇幅不大，却填补了英语国家的中文书架上一个巨大的空缺”（Kao，1942：281）。赛珍珠发表评论，高度赞扬王际真翻译出了鲁迅的写作风格，非常成功，与原作相比“几无损耗”，认为“这可能会让鲁迅自己也非常高兴”（Buck，1941a：521）。

萧乾在《旁观者》（*The Spectator*）期刊上发表书评，认为“王际真先生是一位称职而又不辞劳苦的译者。在将他的译本与原文本进行比较后，我惊异于他的成就”（Hsiao，1941：562）。时任《远东季刊》（*The Far Eastern Quarterly*）主编的美国历史学家厄尔·普里查德（Earl Pritchard）在评论中也指出《阿Q正传及其他：鲁迅小说选》“绝对属于纯文学，通过王际真出色的翻译，把杰出的短篇小说家鲁迅的代表性作品呈献给了英语读者”（Pritchard，1942：251）。

3.2.3 有关《中国传统故事集》和《现代中国小说选》英译本的书评

《中国传统故事集》与《现代中国小说选》都是由王际真负责编译的，并于1944年由哥伦比亚大学出版社出版。《中国传统故事集》收录了六朝志怪小说14篇以及多篇三言话本小说。《现代中国小说选》则收录鲁迅、老舍、张天翼等11位作家的21篇作品。相关书评信息如表3-6所示。

表3-6 王际真《中国传统故事集》和《现代中国小说选》英译本书评信息统计

译作	出版时间	评论人	评论期刊	评论时间
Contemporary Chinese Stories	1944年	Humphrey Milford	*The Spectator*	1944-09-22
		Joseph Lalley	*The Washington Post*	1944-03-13
		Lois Frauchiger	*Books Abroad*	1945，19（1）
Traditional Chinese Tales	1944年	Orville Prescott	*The New York Times*	1944-03-03
		Meribeth Cameron	*The Far Eastern Quarterly*	1944，3（4）
		Humphrey Milford	*The Spectator*	1944-09-22
		Lois Frauchiger	*Books Abroad*	1945，19（4）

汉弗莱·米尔福德（Humphrey Milford）曾这样评价王际真的《现代中国小说选》，认为巴金《激流》中的《傀儡之死》选段，和任何一位在世的欧洲小说家的水平相当（Milford，1944）。《华盛顿邮报》（*The Washington Post*）社论

作者、美国作家约瑟夫・拉利（Joseph Lalley）也指出，《现代中国小说选》的作家都是文学革命的代表（Lalley，1944）。

加利福尼亚大学伯克利分校的费迪南・雷森（Ferdinand Lessing）教授认为，《中国传统故事集》打破了多年来中国小说在西方不被重视的状态，在篇目的选择上具有代表性，对于研究中国文化和中国社会风俗具有较大价值，读者从中可以领略到唐朝时期长安作为“亚洲的罗马”的盛况，译者王际真的译介努力值得肯定（Lessing，1945）。罗德尼・吉尔伯特（Rodney Gilbert）将《中国传统故事集》比作“中国的《天方夜谭》”，赞扬王际真译文“英语地道流畅但又忠实于原文，几乎没有晦涩的语言，译文丝毫未见捉襟见肘的困境”（Gilbert，1944：15）。

美国俄克拉荷马大学（University of Oklahoma）的教授罗伊斯・弗朗齐杰（Lois Frauchiger）也将《中国传统故事集》比作“中国的《天方夜谭》”，认为译作的注释会让普通读者产生很强烈的阅读兴趣（Frauchiger，1945：409）。在评论《现代中国小说选》时，他认为译者王际真“深谙美国与中国的生活哲学，该译文集唤醒了读者对中国的极大同情和为两个伟大的国家更好地了解彼此而努力的愿望”（Frauchiger，1945：81-82）。

奥维尔・普雷斯科特（Orville Prescott）认为，王际真的两本译作读起来都非常流畅和专业。《现代中国小说选》中的中国故事以真挚而直接的笔墨勾勒出了一幅知识分子眼中的现代中国的画卷，读起来很有趣，具有揭示性和消遣性。但欣赏《中国传统故事集》却需要作为东方读书人的特殊心境，但美国的读者可能会更喜欢现代小说（Prescott，1944）。

美国曼荷莲文理学院（Mount Holyoke College）的中国学专家、历史系教授、《远东季刊》主创编辑之一梅里贝斯・喀麦隆（Meribeth Cameron）评论道，王际真的翻译再一次证明了其作为“中国文学的杰出翻译者和诠释者的声誉”。《中国传统故事集》具有超自然特性，反映了中国旧时说书人和文人小说中常见的主题，例如古镜、狐妖、魔怪和歌伎等，但是《现代中国小说选》更具有现实性。与此同时，她也指出，“这些小说是一种政治上的宣传”，用来猛击一个腐朽的社会制度、腐朽的机构及贫穷与迷信（Cameron，1944：385）。另外，喀麦隆还建议，希望译者能够增添一些注释，用来帮助普通读者了解中国文学的性质及发展（Cameron，1944）。

斯诺夫人指出，《中国传统故事集》、《现代中国小说选》和《阿 Q 正传及其他：鲁迅小说选》的翻译足以使其译者王际真立足于比较文学杰出贡献者的行列。王际真的翻译既准确又简洁，毫无做作之处，不会给译文多施加粉饰来追求所谓的“文艺”效果。对于那些想尽可能接近原作的目的语读者来说，王际真的译文正好可以给他们带来这样的一种享受（Wales，1944）。

3.2.4 有关《中国战时小说选》英译本的书评

1947 年出版的《中国战时小说选》译文集由 16 篇小说的英译文组成，王际真负责编译，其中有 9 篇由王际真本人亲自翻译，另外 7 篇收录自其他译者之前已发表的译作。有关该译文集的书评信息见表 3-7。

表 3-7 王际真《中国战时小说选》译文集书评信息统计

译作	出版时间	评论人	评论期刊	评论时间
Stories of China at War	1947 年	Theodore White	*The New York Times*	1947-01-12
		Roy Temple House	*Books Abroad*	1947，21（4）
		Roy Hillbrook	*Current History*	1947，13（73）
		J. Farrelly	*Current History*	1947-03-01
		Paul Clyde	*Pacific Historical Review*	1942-04-28

战时美国《纽约时报》的驻华记者、费正清（John King Fairbank）教授的学生白修德（Theodore White）认为可以通过《中国战时小说选》中中国本土的习语了解中国、感受中国，而不是听外国专家们冠冕堂皇地描绘与分析中国（White，1947）。喀麦隆认为在这部译文集中，王际真再次展示了他作为译者的能力，小说的语言能力高超（Cameron，1944）。《当代史》（*Current History*）的职业书评人罗伊·西布洛克（Roy Hillbrook）称这部译文集里的故事“都是平民的生活，反映了人类的全部情感”（Hillbrook，1947：152）。

杜克大学历史系教授、著名的远东历史问题研究专家克莱德认为这部译文集远比大多数政府的宣传更能够反映出 1937 年后战乱中的现实中国，集中反映了战争对社会各阶层的冲击。他认为王际真在这部译文集中充分展示了他作为译者的才华，英语地道，又在很大程度上保留了原文的味道。译作对于 1937 年被战争蹂躏后的中国的现实描写非常深刻。《海外图书》（*Books Abroad*）的职业书评人罗依·坦普尔·豪斯（Roy Temple House）认为，王际真十分努力地将中国语言和文学介绍给英语世界的读者大众。他同时指出，该译文集的译者都是中国人，他们的英语都有一种东方味，简洁中带有一种非美国式的庄重感，温和之中又带有几分狡黠，读者可能会非常喜欢。尽管不是每篇文章都同样重要，但阅读每一篇都是一次不同的经历（House，1947）。

美国得克萨斯大学（University of Texas System）的中国问题专家爱德华·路康乐（Edward Rhoads）对《中国战时小说选》重印本发表了以下评论：《中国战时小说选》里的小说质量虽然不如《现代中国小说选》里的那些小说出色，但它们却记录下了抗日战争初期中国人民的乐观精神，这些作品有着自身重要的价值，值得那些学术性的图书馆和大一些的公共图书馆收藏（Rhoads，1977）。

3.3　西方学者对译本的参考与引用

王际真英译作品在西方世界的传播，离不开学者们对译作的参考与引用。布迪厄认为，一本书被知名学者或重要研究文献反复参引，是其被学术场域所认可的一个重要指标（Bourdieu，1996）。

1942 年 5 月，美国亚洲研究学会主办的杂志《远东季刊》举办 1941 年在美国出版的“关于远东的 10 本畅销书”的评选活动，最后由 25 位本领域的专家评选出了共 12 本书，而《阿 Q 正传及其他：鲁迅小说选》就位列其中（Pritchard，1942）。1943 年 1 月，美国国际关系委员会全国英语教师委员会主席、英语与拉丁语系系主任哈利·多明科维奇（Harry Domincovich）为英语课堂开列中国文学书目清单，其中就包括了王际真的《阿 Q 正传及其他：鲁迅小说选》（Domincovich，1943）。中国问题研究专家费正清在其专著《美国与中国》（*The United States and China*）中就把“阅读现有的许多优秀英文译本”称作“了解中国一个被忽视的捷径”（Fairbank，1983：516）。附录中将王际真英译的《阿 Q 正传及其他：鲁迅小说选》《现代中国小说选》等中国现代小说作为研究现代中国的书目。1966 年，柳无忌的《中国文学概论》（*An Introduction to Chinese Literature*）在论及《红楼梦》时，引用了六段译文，其中有五段皆出自王际真的译本（Liu，1966）。1993 年出版的《新不列颠百科全书》（*The New Encyclopædia Britannica*）第 15 版中有 6 处关于《红楼梦》的介绍，其中两处就提到了王际真的这一译本（Robert，1993）。夏志清在《中国现代小说史》（*A History of Modern Chinese Fiction*）一书中就在多处参引了王际真的译本，并在书后的注释中特意说明“除了取自《药》的一段文字，在翻译本段及鲁迅小说其他段落时，我参考了王际真翻译的《阿 Q 正传及其他：鲁迅小说选》”（Hsia，1961：611）。著名美国汉学家韩南（Patrick Hanan）在 1974 年发表的论文中仍然推荐王际真翻译的《头发的故事》、《端午节》和《示众》（Hanan，1974）。

3.4 译本的馆藏情况

纸质图书或者电子图书的馆藏情况是考察图书影响力的一个重要指标，能够反映著作的接受程度。从目前各种图书馆馆藏量的检索工具来看，联机计算机图书馆中心（Online Computer Library Center，Inc.，OCLC）旗下的 WorldCat 数据库（全球图书馆联机联合目录数据库）使用得最为频繁。WorldCat 数据库作为世界上最综合、最大的联机书目数据库，文献资源极其丰富，文献类型极其全面。通过使用该网站的搜索功能，可以获得全球图书馆所收藏的图书的数据信息，因而具有极高的信息价值。

2021 年 6 月 28 日，我们通过访问 OCLC First Search 基本组数据库，并选择 WorldCat 数据库加以检索，分别以王际真的各个英译作品题目、原作作者、译作作者作为关键词，以具体年份作为限制内容，以“书”作为限制类型，整理出王际真英译作品的馆藏情况，具体统计见表 3-8。

表 3-8 王际真英译作品馆藏量统计

书名	出版社及国别	出版时间	美国收藏馆数量/个	全球收藏馆数量（包含美国）/个	馆藏总数/个
Dream of the Red Chamber	Doubleday（美）	1929 年	112	123	1667
	Routledge（英）	1929 年	47	67	
	Twayne Publishers（美）	1958 年	582	625	
	Doubleday（美）	1958 年	486	522	
	Anchor Books（美）	1989 年	305	330	

续表

书名	出版社及国别	出版时间	美国收藏馆数量/个	全球收藏馆数量（包含美国）/个	馆藏总数/个
Ah Q and others: Selected Stories of Lusin	Columbia University Press（美）	1941 年	199	212	487
	Greenwood Press（美）	1971 年	132	149	
	Books for Libraries Press（美）	1971 年	116	126	
Traditional Chinese Tales	Columbia University Press（美）	1944 年	361	385	759
	Greenwood Press（美）	1968 年	326	361	
	Greenwood Press（美）	1976 年	9	13	
Contemporary Chinese Stories	Columbia University Press（美）	1944 年	336	364	722
	Greenwood Press（美）	1968 年	294	326	
	Greenwood Press（美）	1972 年	14	17	
	Greenwood Press（美）	1976 年	12	15	
Stories of China at War	Columbia University Press（美）	1947 年	214	254	369
	Geoffrey Cambridge（英）	1947 年	8	12	
	Oxford University Press（英）	1947 年	7	10	
	Greenwood Press（美）	1975 年	77	93	

笔者检索 WorldCat 数据库发现，截至 2021 年 6 月，如表 3-8 所示，全球有众多图书馆馆藏有王际真英译本，其中《红楼梦》英译本的馆藏量最多，馆藏主要分布在美国的图书馆，少量分布在澳大利亚、加拿大、英国、德国、日本、新加坡等国家的图书馆，这在一定程度上说明王际真英译本的流通范围及影响主要还是集中在美国。

3.5　译本的网络口碑

图书的网络口碑是指在一些图书销售，如亚马逊（Amazon，其网站为：https://www.amazon.com/）和读书分享，如好读网（Goodreads，其网址为：

www.goodreads.com）的网站上查到的读者评论。由于王际真英译作品产生的年代较早，其中《现代中国小说选》、《中国传统故事集》和《中国战时小说选》均由学术出版社——哥伦比亚大学出版社出版，而西方学术出版社出版的书籍通常难以进入商业流通渠道，主要面向的是学术界和图书馆，因此，在出版的周期、销路与销量及图书的价格等多个方面都无法与商业出版社抗衡。而且，这些学术出版社出版的中国文学译作一般只出精装本，优先卖给各大图书馆（汪宝荣，2020）。所以目前在亚马逊与好读网的网站上，这四个英译本鲜有评分与评论。王际真的《红楼梦》英译本由商业出版社出版，进入的是商业流通渠道，因此传播范围较广。其中由铁锚书系于 1958 年 11 月 20 日出版的《红楼梦》40 章的缩写本及其再版仍然在售，在亚马逊与好读网的网站上，均有诸多读者评论，因此王际真英译作品网络口碑的读者调查主要集中在 1958 年由铁锚书系出版的 40 章的《红楼梦》英译本上。

相对霍克斯翁婿（David Hawkes & John Minford）和杨宪益夫妇（Xianyi Yang & Gladys Yang）的全译本，王际真的节译本由于内容精致与简要，篇幅详略得当，因此仍然具有其独特的参考价值，在好读网以及亚马逊网站的读者中拥有不少的拥趸和良好的口碑，众多的读者都给予了其 4 星以上的评价，具体见表 3-9。

表 3-9　王际真英译作品的网站读者评论统计

译作篇名	网站名称	评论次数/次	5 分制评分人数/个	5 分制评分得分/分
Dream of the Red Chamber	好读网	352	4008	4.14
	亚马逊	90	90	4.30

好读网是一家读书分享网站，世界各地的网友在此处分享各自读书的心得。查阅有关《红楼梦》英译本的评论，发现读者主要是评价原小说的主题与风格。对于王际真节译本的评价大多数是肯定的，但也有少数的批评意见，且 352 条评论并非完全针对《红楼梦》的王际真英译本。因此，笔者尝试摘录部分好读网中有关王际真《红楼梦》英译本的读者评论进行分析。

This is an abridgment of the original 6 volume "The Story of the Stone", and it follows the spiritual journey of a piece of Jade that is sent to Earth. It has a lot of powerful themes but is also very beautifully written. The ideals are an interesting blend of Confucian and Buddhist teachings, which is a perfect example of Chinese culture in the 18th century when the book was written.

Daniel Jones, July 26, 2007[①]

This is a shortened version of the tale but just as riveting. It reads like a Chinese fairy tale and I can see why it stands the test of time. I'm very big on Chinese literature and history and it was the first of the 4 classic Chinese tales that I've read. I recommend it for those who don't want to take the time reading the longer, 5 book version. But I'm definitely going to!

Desiree Norwood, December 20, 2012[②]

This is an abridged English version of an amazing Chinese novel called *Dream of the Red Chamber* or *Story of the Stone*, I would recommend reading this if you would like to know the general story, which you should, as it is one of the most important novels in history. …

It is also a good 'starter' version if you are interested in testing it before you delve into the much longer unabridged version. Which really, you must read. After reading this, I read the David Hawkes translation (5 volumes) which I highly recommend.

Edit: I just wanted to add that the main reason I recommend this book as a starter is that it gave me in many places the same emotional 'punch' as the original, which I think it a remarkable achievement considering how greatly it has been condensed.

Lysmerry, July 2, 2015[③]

Although this version is only 15% of the original one that is over

① 具体参见：https://www.goodreads.com/book/show/535739.Dream_of_the_Red_Chamber#other_reviews。
② 具体参见：https://www.goodreads.com/book/show/535739.Dream_of_the_Red_Chamber#other_reviews。
③ 具体参见：https://www.goodreads.com/book/show/535739.Dream_of_the_Red_Chamber#other_reviews。

2,500 pages, I can see why it has become a classic. This short version already gives a good glance at the way of life of the well-to-do families of the time in China.

I didn't find the story itself particularly "hooking" as it seemed to me to be more like a series of vignettes of family rather than a flowing story.

Gilberto, June 18, 2016[①]

A very, very complicated, lightly "censored" and literal translation of the first 56 chapters (out of 120) of the novel. Any translator living with illusion that, in order to transmit the beauty of the source language completely, one should translate every word and most idioms literally into the target language, should read this edition. He/she will be permanently cured…

Astrida, January 14, 2021[②]

I have conflicted feelings about *Dream of the Red Chamber*. On the one hand, I'm happy to have read one of the Four Classic Chinese Novels, and I'm sure the book is more meaningful than I realize. On the other hand, there were so many problematic elements in the book that I didn't appreciate, and I don't think this particular translation was the best I could have chosen (though it's the only translation available to me at the moment). I was upset that the Chinese names were either directly translated into English or written in the outdated Wade-Giles romanization system instead of in pinyin, and that several scenes were missing in this version.

Mary L, July 5, 2021[③]

阅读这些读者评论后，我们可以发现，好读网的读者如 Daniel Jones、Desiree

① 具体参见：https://www.goodreads.com/book/show/535739.Dream_of_the_Red_Chamber#other_reviews。
② 具体参见：https://www.goodreads.com/book/show/535739.Dream_of_the_Red_Chamber#other_reviews。
③ 具体参见：https://www.goodreads.com/book/show/535739.Dream_of_the_Red_Chamber#other_reviews。

Norwood、Gilberto 和 Astrida 等都认为，正是通过阅读王际真的节译本，他们才了解了《红楼梦》这部伟大的中国小说的主题和主要情节，这从侧面对王际真的节译本进行了肯定。读者 Lysmerry 在分别阅读完王际真与霍克斯的《红楼梦》英译本后，仍然向其他读者推荐王际真的英译本。她认为，王际真的翻译十分得当，部分译文给人的情感冲击与原文所产生的情感冲击是一样的。该读者还认为，王际真的删减十分得当，是一本优秀的《红楼梦》启蒙书。但也有读者如 Mary L 虽然对原作的主题和故事情节给予了肯定评价，但不认为王际真的译本是最好的译本，特别是不赞成王际真的译本对人名所采取的直接翻译的方法。

亚马逊网站的读者评论群体是英语世界中一个任意抽取的普通读者群体。作为英语世界最大的购书网站，亚马逊网站的顾客反馈是能够代表某一书籍在英语世界中的整体市场效果和读者反映的。关于在售的 1958 年王际真《红楼梦》40 章的缩译本，亚马逊网站上截至 2021 年 7 月 5 日共有 90 条评论，因部分读者评价过于宽泛以及部分读者只对物流服务做出评价，故以下我们只列出部分在亚马逊网站上找到的读者的一些有针对性的评论。

> I love this book. People compare it to Romeo and Juliet but I say that it is far better as far as the storyline goes. Great book!
>
> Nicole A. Escobar, October 13, 2015①
>
> Abridged from a multi-volume mid-18-century novel, this lively retelling captures the essence and the details of life and love in a rich Chinese household. Multiple intrigues and myriad characters mix, some characters disappear, some plots remain unresolved. But there is no complete version, so this greatly shortened rendition is quite satisfactory.
>
> KDean, May 30, 2016②
>
> *Dream of the Red Chamber* may be a great novel in its original Mandarin Chinese, but I gave up reading it about one-third of the

① 具体参见：https://www.amazon.com/Dream-Red-Chamber-Tsao-Hsueh-Chin/product-reviews/0385093799/ref=cm_cr_getr_d_paging_btm_next_4?ie=UTF8&reviewerType=all_reviews&pageNumber=4。

② 具体参见：https://www.amazon.com/Dream-Red-Chamber-Tsao-Hsueh-Chin/dp/0385093799/ref=sr_1_1?keywords=Dream+of+the+Red+Chamber+Chi-chen+Wang&qid=1639573685&sr=8-1。

way through. Because of the huge numbers of characters and difficulty of remembering all the Chinese names, I was getting little out of the book. This apparently is a great translation by the late Professor Wang and his English translation is very literate. However, I just got totally confused about who was who in the extended family compound headed by the Matriarch and their various servants and guests...

J. C. Beadles, January 30, 2020①

...The narrative structure and form of a Chinese classical novel differs from what Western readers are accustomed to, and for that reason *Dream of the Red Chamber* makes for a challenging read. That difference, however, is also one of the enticements to read the novel, because in doing so, the reader discovers firsthand the beauty and power of a foreign and unfamiliar art form. Any reader with an avid interest in Chinese history and culture will find this book worth the effort. I wouldn't enthusiastically recommend the Wang translation, but then again I haven't experienced any other. Before investing a lot of time in the novel, I would suggest reading a few sample paragraphs from different editions to decide which version is the most comfortable.

Karl Janssen, March 14, 2020②

以上撷取的评论都是对王际真节译的《红楼梦》的直接评论。阅读这些读者的评论可见，读者如 Nicole A. Escobar 认为，《红楼梦》是一个比《罗密欧与朱丽叶》更精彩的爱情故事。但是，小说《红楼梦》中的人物众多，对于不了解中国文化的普通读者（如 J. C. Beadles 和 KDean）来说，阅读王际真 1958 年的缩译本还存在一定的困难。读者“无法弄清人物身份”，“故事情节无法读懂”。

---

① 具体参见：https://www.amazon.com/Dream-Red-Chamber-Tsao-Hsueh-Chin/dp/0385093799/ref=sr_1_1? keywords=Dream+of+the+Red+Chamber+Chi-chen+Wang&qid=1639573685&sr=8-1。

② 具体参见：https://www.amazon.com/Dream-Red-Chamber-Tsao-Hsueh-Chin/product-reviews/0385093799/ref=cm_cr_getr_d_paging_btm_next_3?ie=UTF8&reviewerType=all_reviews&pageNumber=3。

Karl Janssen 则认为，因为中国古典小说的叙述结构与叙述形式与西方读者所习惯的阅读方式不同，对于读者来说，阅读王际真的《红楼梦》英译本是一个挑战。但正因如此，异域读者才能领略其不同的艺术表现形式与美，但 Karl Janssen 认为要多读几个译本才能判断哪一个译本最合适。

这些评论表明，王际真的《红楼梦》英译本在读者方面主要为肯定的一面，但也有待改进之处。

图书的网络口碑也可见之于图书销售排名。我们于 2021 年 7 月 5 日访问了亚马逊网站，统计了王际真英译作品在亚马逊热销商品排名（Amazon Best Sellers Rank）的情况。具体情况如表 3-10 所示。

表 3-10　王际真英译作品在 Amazon 上的销售排名统计

译作篇名	译者	出版时间及出版社	销量排名
Dream of the Red Chamber	Chi-Chen Wang	1958 年，Anchor Books（平装版）	257 293
A Dream of Red Mansions	Xianyi Yang & Gladys Yang	2001 年，Foreign Language Press（平装版） 2016 年，Olympia Press（Kindle）	204 468（平装版） 781 163（Kindle）
The Story of the Stone	David Hawkes & John Minford	1974 年，Penguin Classics（平装版） 2012 年，Penguin（Kindle）	209 658（平装版） 260 859（Kindle）

从表 3-10 中的数据可见，在亚马逊网站在售的几个《红楼梦》英译本中，王际真英译本热销产品排名最低，其在亚马逊热销商品（图书类）排名榜位居第 257 293 名，且无电子版在售，流通性不如杨宪益夫妇和霍克斯翁婿的两个全译本。这可能是因为另外两个英译本都是全译本，而王际真英译本只是节译本，读者是对中国文化感兴趣的西方人士，希望通过更加全面的译文了解完整的故事情节。

从以上的调查与统计中，我们不难看出，从总体上来看，从 20 世纪 40 年代至今，王际真的中国文学英译作品在海外仍然受到欢迎。这与其对原作的选择、翻译目的、翻译风格以及译文质量有着不可分割的关系。在以下的各章中，我们将选择其多部代表性的译作进行具体分析，考察其译者行为。

3.6 本章小结

本章主要基于对王际真《红楼梦》英译本的再版与修订的考察，专业读者对王际真的《红楼梦》、《阿Q正传及其他：鲁迅小说选》、《现代中国小说选》、《中国传统故事集》和《中国战时小说选》五部译文集的评论，西方读者对王际真的多部代表性译作的评价，王际真的上述五部代表性译作的馆藏量统计以及王际真《红楼梦》译本的网络口碑的调查和销售量的统计等，总结出了王际真的多部中国文学经典英译本在海外的传播情况与影响。总体来看，从20世纪40年代至今，王际真的译作普遍受到了西方读者的好评，反映出译者行为的合理度以及译外效果的务实性。但由于研究条件的限制，本书无法针对不同的读者群体进行问卷调查与访谈，因为不能全面与深刻地了解王际真译本的译内效果。在后面的章节中，本书将通过较为细致的文本分析来尽量弥补这方面的缺陷，力图尽可能客观、真实地考察王际真多个译本的译内效果与译内行为。

第 4 章

王际真三个《红楼梦》英语节译本之译者行为阐释

4.1 《红楼梦》英译本简介

《红楼梦》是公认的中国最伟大的小说之一，描写了清代大家族的兴衰变迁以及贾宝玉和林黛玉之间令人心碎的爱情故事。这部中国文学经典记录了许多关于贾家的生活细节，如烹饪、服饰、诗词、节日、建筑和音乐等，令人惊叹。《红楼梦》被认为是中国文化的一部百科全书。通常认为，这部小说的前 80 回为清代文人曹雪芹所创作，而后面的 40 回则是高鹗续写的版本。截至 2021 年 5 月，《红楼梦》已经被翻译成 20 多种语言，在世界各地出版、发行与传播。其部分英译本的具体信息如表 4-1 所示。

表 4-1 《红楼梦》英译本信息统计

序号	出版时间	英文译名	译者	节译/全译
1	1830 年	*On the Poetry of the Chinese*	约翰·弗朗西斯·戴维斯（John Francis Davis）	第三回
2	1846 年	*Dream of Red Chamber*	罗伯特·汤姆（Robert Tom）	第六回
3	1868 年	*The Dream of Red Chamber*	爱德华·查尔斯·麦金托什·鲍拉（Edward Charles Macintosh Bowra）	第一到第八回
4	1892～1893 年	*Dream of Red Chamber*	赫·本克拉夫特·乔利（Henry Bencraft Joly）	第一到第五十六回
5	1927 年	*Dream of the Red Chamber*	王良志（Liangzhi Wang）	节译
6	1929 年	*Dream of Red Chamber*	王际真	节译本
7	1958 年	*Dream of Red Chamber*	王际真	节译（60 章）

续表

序号	出版时间	英文译名	译者	节译/全译
8	1958 年	*Dream of Red Chamber*	王际真	节译（40 章）
9	1958 年	*The Dream of Red Chamber*	麦克休姐妹	节译
10	1974～1986 年	*The Story of the Stone*	霍克斯翁婿	全译
11	1978～1980 年	*A Dream of Red Mansions*	杨宪益夫妇	全译
12	1994 年	*A Dream of Red Chamber: Saga of a Noble Chinese Family*	黄新渠（Xinqu Huang）	双语节译

自 1830 年以来，王际真、乔利、麦克休姐妹、黄新渠等译者翻译了《红楼梦》的节译本，霍克斯翁婿和杨宪益夫妇等人则提供了《红楼梦》的全译本。

在节译本中，王际真的三个节译本在 20 世纪 70 年代之前最受欢迎，为后来的《红楼梦》译者提供了重要的参考（肖珠，2013）。如第三章所介绍的，这三个节译本分别是：1929 年由美国纽约的道布戴尔·杜兰公司和英国伦敦的劳特里奇·桑斯出版公司出版的 39 章的译本；1958 年由美国纽约的吐温出版社出版的 60 章的节译本，在第一个节译本的基础上进行了修改和补充；1958 年由吐温出版社授权、铁锚书系出版的 40 章的缩写本。

4.2 王际真《红楼梦》英语节译本研究现状

一些学者认为，王际真《红楼梦》节译本的影响力仅次于霍克斯翁婿的全译本和杨宪益夫妇的全译本（肖珠，2013）。相较于王际真其他译作的研究而言，目前有关王际真《红楼梦》三个节译本的研究相对较多。大多探究王际真英译本的翻译策略，如牛艳（2010）以安德烈·勒菲弗尔（André Lefevere）的操纵理论和韦努蒂的归化和异化翻译理论为指导，研究了社会意识形态对王际真的 60 章的节译本中翻译策略选取的影响。杨安文、胡云（2011）分析了王际真 1929 年出版的《红楼梦》39 章的节译本中成语的翻译策略。有些学者对 1929 年的 39 章的节译本与 1958 年的 40 章的节译本进行过对比研究，如刘泽权、王若涵（2014）对比分析了这两个节译本中章节标题翻译的异同。孙乐（2018）从情节的角度，阐述王际真 1929 年的《红楼梦》节译本的删减过程，认为这可以被视为译者对原作故事素材的重新筛选和编排。汤洁（2018）在其硕士学位论文中，对王际真和麦克休姐妹的两个《红楼梦》英译本在整体语言特征、情节处理、删节策略和技巧等几个方面进行了较为细致的比较分析。迄今，笔者尚未发现有针对原小说《红楼梦》的情节方面，对王际真的三个节译本是如何进行节译而进行的对比研究。

因此，本章拟以改写理论为指导，对比分析王际真的三个《红楼梦》节译本的情节改编策略，旨在探讨以下三个研究问题。

（1）与原小说《红楼梦》相比，王际真在三个节译本中对情节进行了哪些改编？

（2）《红楼梦》三个节译本的情节改编有何异同？

（3）从改写理论的视角来分析，不同情节改编的译者行为的原因何在？

4.3　三个《红楼梦》英语节译本的节译对比分析

在进行三个节译本的具体对比分析之前，我们首先探讨节译方法。黄忠廉（2002：93）认为："变译的实质是译者据特定条件下特定读者的特殊需求采用增、减、编、述、缩、并、改等变通手段摄取原作有关内容的翻译活动。"保罗·贝克（Paul Baker）将节译方法和步骤分为"改写、省略、扩张、异化、更新、移境、改编"（转引自刘泽权、石高原，2018：235）。

故事由情节组成，情节由事件组成，事件按照一定的因果关系和时间顺序有目的地组合在一起，包括起因、经过和结果。刘泽权、石高原（2018）在研究林语堂《红楼梦》英译本的情节安排时，将删节方法分为以下四种类型：删减、概括、补充和调整。删减是指删除原文中与故事主题关系较小的细枝末节部分，在译本中不呈现相关内容。概括是指对原文中那些复杂和篇幅较长的情节进行提炼与概括以阐明因果关系或者提高叙事的连贯性。补充是指总结需要省略的较短情节，从而以合乎逻辑的方式呈现出译文，或在译文中添加必要的评论。调整是指对原有情节和事件进行组合和重新安排，如将不同章节中的相关段落连接起来，为叙事服务（刘泽权、石高原，2018）。

王际真的三个《红楼梦》节译本都围绕着贾宝玉和林黛玉的爱情故事展开，同时保留了一些反映中国文化习俗的内容。因此，三个节译本保留了许多相同的情节，特别是关于宝黛爱情的情节，例如宝黛初见（黛玉进荣国府）、误解、表白、宝钗婚礼以及黛玉之死等情节。

在 1929 年的 39 章的节译本前言中，王际真称这个译本为“改编”，并阐述了对情节进行删减和保留的原则。王际真认为他“基本保留了所有展示宝玉和黛玉关系的情节……”，并“试图保留一些显示中国特色习俗、习惯或特点的情节和段落，如第九回和第十回中关于秦可卿盛大葬礼的描写”（Wang，1929：xx）。此外，王际真翻译的诗歌数量相当有限。与此同时，在红学的影响下，“前 80 回得到了充分的处理”，而后 40 回“用几页纸来概括”（Wang，1929：xx）。相比之下，王际真认为 1958 年的 60 章的节译本是“翻译”，而不是“改编”，而同样是 1958 年出版的 40 章的节译本则是基于 60 章节译本的删节。以下，我们具体探讨三个节译本在对原文情节进行改编方面的异同。

4.3.1 章节的改编

1929 年的节译本分为三个部分，共 39 章，371 页。这一译本的开头有一个序言，几乎完整地翻译了原著的第一回，力图让英语读者了解故事的起源和具有中国特色的写作风格。这一部分被命名为“序言”，以便想要快速开始的读者可以跳过它（Wang，1929）。

在 1958 年出版的 40 章的节译本中，王际真保留的章节基本与 1929 年的 39 章的节译本相同，同时增加了更详细的描述。因此，王际真认为这个译本是“翻译”但也是经过“改编”的，而不是纯粹的“翻译”。《红楼梦》的第一章不再是序言，而是成为这个译本的第一章，删除了街头艺人说书式的语言风格，直接从石头的起源女娲补天开始。这一节译本共分为两部分：第一部分约 280 页，共 33 章，包括曹雪芹原著小说的前 80 回；第二部分约 48 页，共 7 章，包括原著小说的后 40 回，即高鹗续写的部分。

同样是 1958 年出版的另一个节译本，共 565 页，60 章。王际真指出，这一节译本“实际包含的重要情节的数量是旧译本的两倍”（Wang，1958a：xix）。60 章共分为两卷，原小说的前 80 回被节译为 53 章，情节几乎没有遗漏，后 40 回高鹗续写的部分则被节译为 7 章，这表明王际真因为受到红学研究成果的影响，对原著的前 80 回进行了高度肯定与评价，因此删减的部分相对较少。与最初的节译本相比，王际真将原著中的 15 个章回，包括第 16～18、第 21、第 36、第 39～43、第 48 和第 50～53 回，扩写成了这个译本中的独立章节，这些章节要么是全新的，要么是在旧的节译本中只是一笔带过。但对原著的后 40 回则进行了大量的概括处理。

4.3.2　情节的改编

关于情节，39 章的节译本和 40 章的节译本仍然是对原文情节进行了大量改编的译本，而 60 章的节译本则是一个更为忠实于原文本的译本，尤其是在对原小说前 80 回内容的翻译方面，对其中的主要情节均进行了保留。表 4-2 显示了三个节译本中情节改编的差异（O 代表省略，T 代表译出，A 为调整，G 代表概括）。

表 4-2　三个节译本的情节改编对比

对应原著章节	情节	39 章的节译本	40 章的节译本	60 章的节译本
第四回 薄命女偏逢薄命郎 葫芦僧乱判葫芦案	薛蟠因女婢买卖杀冯渊 贾雨村迫于势力判冤案	O	O	T
第十六回 贾元春才选凤藻宫 秦鲸卿夭逝黄泉路	元春晋升，被封为凤藻宫尚书	G	T	T
	秦钟逝世	G	T	T
第十七回至十八回 大观园试才题对额 荣国府归省庆元宵 皇恩重元妃省父母 天伦乐宝玉呈才藻	贾政测试宝玉功课，宝玉大观园题对额	G	G	G
	黛玉吃醋剪宝玉的荷包	T	T	T
	元春省亲，贾府欢迎	T	T	T
	元春让宝玉及各姊妹作诗庆佳节	G	G	G
第十九回 情切切良宵花解语 意绵绵静日玉生香	袭人劝谏宝玉认真学习、注意行为举止	O	O	T
	宝玉杜撰林子洞耗子精故事取悦黛玉	O	O	T
第二十回 王熙凤正言弹妒意 林黛玉俏语谑娇音	一碗酥酪引祸端，李妈妈大骂袭人	O	T	T
	贾环输钱给仆人并想赖账	O	T	T
	宝玉和别人嬉戏，黛玉吃醋言语刻薄	O	T	T

续表

对应原著章节	情节	39章的节译本	40章的节译本	60章的节译本
第二十一回 贤袭人娇嗔箴宝玉 俏平儿软语救贾琏	宝玉怪癖被发现	O	T	T
	平儿机智救贾琏	O	T	T
第二十四回 醉金刚轻财尚义侠 痴女儿遗帕惹相思	贾芸被亲戚羞辱，倪二帮助贾芸完成在贾府的差事	O	O	T
第二十七回 滴翠亭杨妃戏彩蝶 埋香冢飞燕泣残红	黛玉作《葬花吟》	T	O	T
第二十八回 蒋玉菡情赠茜香罗 薛宝钗羞笼红麝串	元春送礼区别对待，宝黛因此再起争执	T	O	T
第三十二回 诉肺腑心迷活宝玉 含耻辱情烈死金钏	史湘云在家中受苦	G	T	T
第三十三回 手足耽耽小动唇舌 不肖种种大承笞挞	宝玉受鞭笞，薛蟠被疑挑起祸端	O	T	T
第三十七回 秋爽斋偶结海棠社 蘅芜苑夜拟菊花题	迎春组建海棠诗社，众人齐聚作诗	G	G	T
第三十八回 林潇湘魁夺菊花诗 薛蘅芜讽和螃蟹咏	众人以菊花和螃蟹为题吟诗，钗黛表现出色	G	O	T
第四十五回 金兰契互剖金兰语 风雨夕闷制风雨词	王熙凤成为诗社监理人	T	O	T
	钗黛风雨夜谈消嫌隙，宝钗获黛玉信任	T	O	T
第四十八回 滥情人情误思游艺 慕雅女雅集苦吟诗	香菱学诗	T	G	T
第五十二回 俏平儿情掩虾须镯 勇晴雯病补雀金裘	平儿妙计掩盖盗窃案	O	O	T
	晴雯发怒赶女婢	O	O	T

续表

对应原著章节	情节	39 章的节译本	40 章的节译本	60 章的节译本
第五十七回 慧紫鹃情辞试莽玉 慈姨妈爱语慰痴颦	邢岫烟许配给薛蝌	O	O	T
	薛姨妈安慰黛玉	O	O	T
	史湘云因不公待遇发怒迎春仆人	O	O	T
第五十八回 杏子阴假凤泣虚凰 茜纱窗真情揆痴理	宝玉帮藕官说情 芳官戏弄养母	O	O	T
第五十九回 柳叶渚边嗔莺咤燕 绛云轩里召将飞符	春燕被姑妈责骂出气以羞辱莺儿 平儿出面评理	O	O	T
第六十回 茉莉粉替去蔷薇硝 玫瑰露引来茯苓霜	赵姨娘掌掴芳官引喧哗 柳嫂子巴结芳官为女谋利	O	O	T
第六十一回 投鼠忌器宝玉瞒赃 判冤决狱平儿行权	迎春仆人因蛋羹发难	O	O	T
	林之孝家的在内厨房发现赃物玫瑰露	O	O	T
第七十二回 王熙凤恃强羞说病 来旺妇倚势霸成亲	来旺倚仗王熙凤权势替儿子说亲	O	O	T
第七十三回 痴丫头误拾绣春囊 懦小姐不问累金凤	懦弱迎春受仆人威胁	O	O	T
第七十四回 惑奸谗抄检大观园 矢孤介杜绝宁国府	王夫人下令搜查大观园	G	G	T
第七十五回 开夜宴异兆发悲音 赏中秋新词得佳谶	邢德全闹事出丑	O	O	T
	贾赦讲笑话反刺痛贾母	O	O	T
第七十七回 俏丫鬟抱屈夭风流 美优伶斩情归水月	晴雯被赶出大观园，不久过世	A	A	T
第七十九回 薛文龙悔娶河东狮 贾迎春误嫁中山狼	薛蟠娶河东狮夏金桂 迎春嫁中山狼孙绍祖	G	T	T

续表

对应原著章节	情节	39 章的节译本	40 章的节译本	60 章的节译本
第九十六回 瞒消息凤姐设奇谋 泄机关颦儿迷本性	王熙凤设局隐瞒宝玉和宝钗婚事	T	G	T

以下我们具体对比分析这三个节译本分别运用了哪些策略来对原文情节进行改编。

1. 删减

在这三个节译本中，王际真对情节的删减存在共性。首先是删减了一些梦境，如真假宝玉相遇。因为这些梦对于主线爱情故事来说并不是必要的，如果翻译出来甚至可能会使英语读者难以理解。其次是删减了缺乏后续情节的人物，如宝玉的仆人小红。在脂砚斋的评论里，小红本来应当发挥重要作用，但在接下来的章节中她却消失了，这使这个角色变得几乎毫无用处。因此，王际真在三个节译本中都删去了这个人物。此外还删减了展现次要人物性格的情节，因为这些情节与爱情故事或大家族的文化生活没有直接联系。例如，宝玉斥责晴雯后，晴雯撕扇这一原文中的经典情节在三个节译本中均被删减。

值得注意的是，39 章的节译本和 40 章的节译本中所删减的情节都比 60 章的节译本删减的情节要多。这些删减的情节可以分为以下两类。首先是与宝黛爱情故事不太相关的次要角色的情节，例如有关芳官的情节，赵姨娘因为自己的儿子掌掴芳官，后来柳氏又为了自己的女儿巴结芳官。这些情节与宝黛爱情主线故事的情节关联不大，所以在两个节译本中均被删除。其次是"斤斤计较、争风吃醋和仆人斗嘴"的情节，例如钗黛因道士的言语起了冲突以及她们后来的和解（Wang，1958a：xx）。《红楼梦》仿效街头艺人说书的风格进行写作，每个章节都是一个独立的故事，这样的作品通常会有展示相同主题的重复情节，因此译者在翻译过程中选择删减此类情节很常见，也很容易理解。

从表 4-2 中我们可以发现，39 章的节译本和 40 章的节译本所保留的原著情节基本上是相同的，因为这两个节译本仍然是围绕着宝黛的爱情故事展开的，但 40 章的节译本还扩充了一些次要人物的故事。60 章的节译本则尽量保留了原小说前

80 回的情节，只删减了一些没有后续发展的人物的情节。王际真在这一节译本中大量扩充了支线人物和情节，试图展示更大的社会图景。例如，在原文的第 72 回中有个人物来旺，他是王熙凤的贴身仆人，倚仗主子的权力为嗜酒好赌的儿子强求了一门婚事。王际真在节译本中对此进行了保留。另外，王际真在 60 章的节译本中对高鹗续写的原小说的后 40 回的细节做了进一步的删减以节省节译本的空间。

2. 概括

三个节译本中被概括的情节有两种。首先是含有文化元素的情节，特别是含有大量诗词歌赋的情节，王际真认为这些篇章主要是原著作者用来展示自己的才华的，例如中秋节猜灯谜和众人组成海棠诗社后以螃蟹和菊为题的诗会。在处理这些章节时，王际真通常会在译本中总结其主旨大意和事件的始末，但不会翻译出诗歌本身所使用的华丽辞藻。在 40 章的节译本中，王际真甚至删除了黛玉的《葬花吟》，虽然这首诗对于展示黛玉的个性表现和暗示其悲剧结尾均意义重大，在 39 章的节译本和 60 章的节译本中都是被完整译出的，但考虑到译文的长度的限制，同时为了更好地突出译文中所要展现的宝黛爱情这一主线，王际真在 40 章的节译本中则对其进行了删除。除此之外，39 章的节译本和 40 章的节译本经常对涉及次要角色的情节进行概括处理，使他们的故事完整，又不会占用太多空间来干扰原小说中的主线即宝黛爱情故事的推进。

虽然 39 章的节译本和 40 章的节译本在总体上保留了与原文相同的情节，但 40 章的节译本的特点是描写更为详细，而不是像 39 章的节译本那样对原文情节进行大量的概括处理，这在一定程度上可能是因为 39 章的节译本保留了中文原著中街头说书式的写作风格。因此，39 章的节译本概括了许多情节，转述了许多对话，其中的一个典型例子就是袭人和宝钗在谈论史湘云在自己家里的情况时的对话。

例 1. 原文本：宝钗因而问道："云丫头在你们家做什么呢？"袭人笑道："才说了一会子闲话。你瞧，我前儿粘的那双鞋，明儿叫他做去。"宝钗听见这话，便两边回头，看无人来往，便笑道："你这么个明白人，怎么一时半刻的就不会体谅人情。我近来看着云丫头神情，再风里言风里语的听起来，那云丫头在家里竟一点儿作不得主。他们家嫌费用大，竟不用那些针线上的人，差不多的东西多是他们娘儿们动手。为什么这几次他来了，他和我说话儿，见没人在跟前，他就说家里累的很。我再问他两句家常过日子的话，他就连眼圈儿都红了，口里含含糊糊待说不说的。想其形景来，自然从小儿没爹娘的苦。我看着他，也不觉的伤起心来。”

（曹雪芹、高鹗，2005：436）

王译本 1：Pao-Yu recovered himself and went away a little embarrassed. Pervading Fragrance was joined by Precious Virtue. They discussed Hsiang-Yun's troubles in her home, for the latter's family was poor and she had to do a good deal of her own sewing.

（Wang，1929：172）

王译本 2：“What's Shih Ku-niang doing?”

“We were just chatting,” the maid answered. “I was making a pair of shoes, but she is so much better at it. I am thinking of asking her to make a pair for me.”

When Precious Virtue heard this, she looked about to make sure that no one was near and then said to Pervading Fragrance in a lowered voice, “Haven't you noticed, thoughtful as you are? I am afraid that she has her hands full at home, She hasn't said anything to me exactly, but I gather that her people do not have all the hands they need and that they have to do a lot of their own sewing. How do you expect her to have time to sew anything for you, flattering as your request might be?”

（Wang，1958b：161-162）

在此例中，两个节译本虽然基本上都对原文的情节进行了概括，但概括的重点内容有所不同，39 章的节译本主要突出了对湘云的同情。40 章的节译本所概括的情节要更加细致一些，中间转译了原文的一些具体对话情节。

3. 调整

除了省略和概括之外，王际真还擅长使用调整的节译方法使译文行文连贯。众所周知，中国小说的叙事常常不按时间顺序展开，尤其是《红楼梦》这样人物众多、情节复杂、叙事交错的巨著。为了重建情节之间的统一和连贯，王际真将关于一个人物的相关情节和事件放在同一章中来重组叙事。在每一章中，有时是每两章中，都包含一个完整的故事，节译本的标题清楚地呈现出出场的人物和事件。无论王际真想要展现何种主题，一个清晰而有吸引力的故事始终是其翻译的核心目标。晴雯之死就是关于调整的一个典型例子，这一情节在 39 章和 40 章的节译本中都被放到抄检大观园之后，与此紧密相连。

例 2. 王译本 2: Though the search turned up nothing incriminating against Bright Design, she was banished together with Chess. She had not been well at the time. The disgrace aggravated her illness, and she who was so proud and sensitive died not long afterward.

（Wang，1958b：271）

4.4　改写理论视角下王际真译者行为阐释

4.4.1　改写理论简介

翻译并非在“两种语言相遇的真空环境里”（Lefevere，2006：6）发生的，而是对两种语言进行调和的过程。文化是复杂的“系统集合体中的一个系统”，“文学则是一个次级系统”（Lefevere，1992：11）。文学是一种被“限制因素”（constraint）或称“动因”（motivation）所操控的改写，其目的是在特定社会中以特定方式发挥作用（Lefevere，1992：11）。

勒菲弗尔认为，翻译“是在权力作用下的对原文的改写……操控”（Lefevere，1992：preface）。因此，翻译受到规范和限制因素的制约。在勒菲弗尔看来，意识形态和占主导地位的诗学基本上决定了翻译将如何反映一部文学作品。除了这两个因素，勒菲弗尔在他的代表作《翻译、改写以及对文学名声的制控》（*Translation, Rewriting, and the Manipulation of Literary Fame*）中也提到了赞助人和论域。这四个制约因素一起制约着译者在作品、内容和翻译策略方面的选择。关于这四个“制约因素”的详细描述如下。

（1）赞助人。主要在文学系统之外发挥作用，是“个人或群体施加的权力”，可以促进或阻碍改写（Lefevere，1992：15）。这一限制因素由三个部分组成，即赞助者的意识形态、经济支持和地位。赞助者将权力委托给与诗学有关的专业人士，专业人士使文学作品符合某种意识形态。勒菲弗尔提出，文学系统及它与其他子系统的相互作用受两类因素的控制：一类是专业人士，如翻译者、评论家、批评家和教师，在文学系统内运作，使其符合普遍接受的思想；另一类主要在文学系统之外运作并发挥决定性的作用，勒菲弗尔称之为赞助人（Lefevere，1992）。

（2）诗学。包括（文学技巧）序列以及功能观念，指文学在社会系统中的作用是什么或应该是什么。一方面，考虑到占主导地位的诗学，译者需要让某部作品适应目标文化和社会；另一方面，译者在翻译时关注的主题将受到文学作用的影响，因为如果作品想要流行，其内容就必须与社会密切相关。

（3）意识形态。意味着社会的应然状态或可以被接受的状态，意识形态在改写理论中并不是一个纯粹的政治术语（Lefevere，1992）。勒菲弗尔引用了弗雷德里克·詹姆森（Fredric Jameson）对意识形态的定义，即意识形态指的是“指引我们行动的形式、惯例和信仰的框架”（Lefevere，1992：16）。意识形态不仅包含赞助人的意识形态，还包含译者的意识形态。意识形态决定了译者采取什么样的翻译策略，也决定了译者在语言转换过程中如何处理论域的问题。

（4）论域。指的是“作家可以在他们的作品中随意提到的知识、学识，以及特定时代的对象和习俗”（Lefevere，1992：20）。然而，正如赫曼斯所言，论域的定义模糊不清，在改写理论内部引起了混乱（转引自肖珠，2013）。因此，当代学者通常并不援引这一概念。

4.4.2 三个节译本中的操控

鉴于论域这一概念在学界存在争议，以下我们主要探讨赞助人、诗学和意识形态这三个因素对三个节译本的操控。

1. 赞助人的操控

当时，因为王际真写了一篇介绍《红楼梦》的英语文章，激起了美国人寻找一个不同于以往描述的中国的兴趣，出版商于是抓住机会将《红楼梦》介绍到美国，并希望王际真能翻译（刘仕敏，2011a）。然而，当时的美国人对于异域风情和东方爱情故事充满了好奇，出版商则渴望从这种好奇心中获利，其志并不在于宣传与译介《红楼梦》中深厚的中国文化以及真挚复杂的情感（王海龙，2000）。因此，为了满足读者对令人心碎的中国爱情故事的期待，王际真翻译时对原著进行了大量删减，保持了一条清晰的爱情故事主线。

正如王际真在 60 章的节译本的前言中如下写道。

> 在我的第一个英译本中，我认为《红楼梦》基本上是一个爱情故事，省略了……当时在我看来是琐碎的细节。但是……曹雪芹试图描述一个大家庭的生活，这些“琐碎的细节”对这本书来说和宝黛的故事一样重要（Wang，1958a：xiii）。

因此，三个英译本的改编反映了王际真根据赞助人要求做出的折中处理。西方读者期待看到一个东方版本的《罗密欧与朱丽叶》，出版商忽视经典文学的艺术价值，受限于此，王际真在三个节译本中都以悲剧爱情和某些展现异域风情的中国传统为基础，部分地改写了《红楼梦》，其代价就是减少了次要人物的情节和诗歌等文化元素。

2. 诗学的操控

诗学包括（文学技巧）序列和功能观念，即定义文学在社会系统中应当或可以发挥什么作用的概念（Levefere，1992）。

就（文学技巧）序列而言，《红楼梦》的特点首先是口语化和街头说书式的写作风格。正如王际真如下所指出的。

> 中国有两种截然不同的文学传统。一种是从儒家经典和其他古代作品中获得灵感……另一种是从口头传统演变而来，由出身微末的吟游诗人和说书人创作……第一种是用古文或古典语言写的；第二种，用白话或口语风格，这部小说属于第二种传统，最近才被认为是一种文学形式。（Wang，1958a：xii）

王际真特别留意并希望保留这种说书人的风格，尤其表现在 39 章的第一个节译本中。在原文的第 63 回中有这样一个情节，即仆人传来贾敬过世的信息。

例 3. 原文本：正顽笑不绝，忽见东府中几个人慌慌张张跑来说："老爷宾天了。"众人听了，唬了一大跳，忙都说："好好的并无疾病，怎么就没了？"家下人说，"老爷天天修炼，定是功行圆满，升仙去了。"

（曹雪芹、高鹗，2005：879）

王译本 1：It is an axiom with story-tellers that incidents make the story and that the length of the story depends upon the absence or the presence of incidents. Consequently, half a year's time may be passed over in a few pages while a month or even a day may take up a goodly portion of the book. This is no less true of our story. And so we come to the death of Chia Ching, the master of the Ningkuofu, who had forsaken what this world might bring for the uncertain rewards of the magician's elixir pot.

（Wang，1929：269）

王译本 2：**One day shortly after the preceding events**, word was received from the Taoist temple where Chia Cing had been living that he had died of an overdose of an elixir that he had prepared himself.

（Wang，1958a：238）

街头说书式写作风格影响着小说的形式。在《红楼梦》中，每一回都是一个统一的整体，在结尾处往往会让事情处于悬念状态，以吸引观众的注意力。说书人习惯朗诵，长篇大论，不断增加新的人物和转折，作品常常会超过正常长度（Wang，1929）。因此，在改编过程中，处理这种街头艺术的冗余和章节之间的不连贯是王际真面临的一个重要问题。例 3 中第一个 39 章的节译本完全保留了原文的街头说书式的诗学特征，但在第二个 60 章的节译本中，可能出于节译本的篇幅长度的考虑，王际真对其进行了另一种处理，即直接用加粗部分所示的一句话来引入接下来要描述的贾敬过世的情节，起承上启下的作用，更加符合目的语的诗学特征。

此外，《红楼梦》文备众体。统计显示，《红楼梦》中共有 207 首古诗和古文（周雷，1986）。考虑到译作的可读性，王际真只保留了少量诗歌。以 60 章的节译本为例，译出的诗歌只有 15 首；展现主要女性角色命运的十二金钗判词中仅有 3 首被译出（即晴雯、袭人和香菱的诗）；元春探视贾府和诗社活动中的创作环节几乎未保留任何诗作；甚至黛玉哀叹自己生活经历的《葬花吟》也被删减了。此外，涵盖诗歌的部分大多采取意译，较少再现诗歌的具体词句和韵律。

在功能观念方面，译者为了使作品受到潜在读者的注意，有目的地让情节围绕与目标社会相关的主题展开。根据陈宏薇和江帆的划分，西方世界对《红楼梦》的译介可以分为三个阶段，每个阶段都发挥了不同的社会功能。第一个阶段是 1830～1893 年，主要目的是为汉语学习提供源语语料，而英语读者在一定程度上体验到了中国作品的文学性（陈宏薇、江帆，2003）。第二阶段以 20 世纪 20 年代西方中心主义为特点，《红楼梦》的引入在于展现其异域风情和传奇情节（陈宏薇、江帆，2003）。第三阶段，全译本蓬勃发展，译介主要是为了充分展示中国经典的艺术魅力（陈宏薇、江帆，2003）。从第一个节译本开始，王际真就努力保留独特的中国习俗，如秦可卿的葬礼，以向英语读者展示中国风味。在后面的 60 章和 40 章的两个节译本中，王际真保留了更多的文化元素，如女娲补天的民间传说（女娲补天留下的一块石头也正是故事的起源），以及猜谜语等元宵节庆祝活动。

3. 意识形态的操控

意识形态包括特定时代的历史背景和专业人士的力量，意识形态决定了译者的翻译策略和语言表达的具体选择。

1919 年五四运动前后，中国兴起了新文化运动，科学系统方法论的采用预示着《红楼梦》研究的新篇章。王国维在研究中应用了西方文学批评的方法论，其《红楼梦评论》标志着中国近代红楼梦研究的开始（陈宏薇、江帆，2003）。胡适的《红楼梦研究》从历史的角度研究《红楼梦》，而俞平伯的《红楼梦辩》则是考证学派的代表作（陈宏薇、江帆，2003）。他们的研究被统称为“新红学运动”，自此，中国知识分子不再把《红楼梦》视为一本仅供消遣的浪漫的爱情小说，而是发现了其新的哲学、社会学、历史、文学和美学价值。在 60 章的节译本前言中，王际真提到了这些学者对他的翻译所产生的影响，他指出越来越多的新材料证实了这部小说的自传性质，胡适博士在他 1921 年的开创性研究中首次指出了这一点，而周汝昌先生于 1953 年在北京出版的长达 634 页的《红楼梦新证》则是迄今有关此方面最详尽的论述。王际真指出他在前言接下来的几页中对《红楼梦》及其作者的评论主要是基于这两个文献（Wang，1958a：xiv）。

因此，可以看出，在新红学的影响下，在60章的节译本中，王际真基本上进行了以下两种改写。首先，王际真扩充了60章的节译本的内容，增加了21个新章节，丰富了前两个译本已有的章节，例如简单介绍了众人以菊作诗时的押韵和语言。60章的节译本把《红楼梦》从爱情故事扩展成了社会悲剧。同时，60章的节译本增加的一些情节与主线无关，但在更大的社会图景中反映出了当时社会的衰落。例如，贾雨村乱断案以及来旺仗势逼婚。40章的节译本中也扩展了一些情节，因为它是基于60章的节译本的删节版本。

其次，王际真批评了高鹗对后40回的续写，认为其续写水平一般，并且没有完全实现曹雪芹的悲剧意图，这也解释了他在翻译过程中对该部分的处理（Wang，1958a）。即原小说后40回中的情节在前两个节译本中只翻译成了7章，而为了节省空间，60章的节译本甚至进一步删减了该部分的细节。

4.5 本章小结

本章以王际真的三个《红楼梦》节译本作为研究对象，比较了情节改编的异同，并运用改写理论对制约王际真的译者行为的因素进行了分析。

王际真在这三个节译本中主要进行了三种改编：删减、概括和调整。第一个39章的节译本以宝黛的悲剧爱情故事为中心。第二个60章的节译本则补充了更多的次要人物和详细的情节描写，对原文的前80回而言，基本上是对原小说的忠实翻译。第三个40章的节译本是对60章的节译本的缩写，其中的故事虽然仍然以宝黛钗三角恋为中心，但减少了爱情的细节，增加了关于次要人物的内容。

翻译是两种文化进行冲突与不断调和的结果，王际真的翻译受到赞助人、诗学和意识形态的操纵。一方面，街头说书式的写作风格使原著成为一部内容丰富的鸿篇巨制，而出版商希望让《红楼梦》的译本变为一部具有异国情调但可以为西方读者所理解的作品，这就要求王际真删减和概括原作的部分内容。另一方面，新红学加深了王际真对《红楼梦》的理解，因此，他在60章的节译本中保留了更多的中国文化元素，并进一步删减了由高颚续写的原小说的后40回中的内容。

综上所述，作为一名美籍华裔译者，王际真在翻译过程中受到多重因素的操控，包括国内外研究《红楼梦》所形成的意识形态、目的语的诗学因素，以及赞助人（出版商）和目的语读者的要求和期望等译外环境的影响。

节译本作为吸引读者和推广作品的有效方式，也需要翻译技巧和文化意识。节译本应同时考虑故事的连贯性、不同主题的展示、原作风格的再现和目的语读者的可接受性。从这个意义上说，王际真做出了良好示范，他的翻译建立在东西方文化的协调和互动之上，用英语再现了中国人的文化身份，其译本体现出较好的务实度，译者行为具有合理性。

王际真在尽可能保留中国文化的同时，努力使一部文化深厚的经典著作适应英语读者的需求和习惯。做到了既求真，又务实，因此，王际真的节译本广受好评，也影响了后来《红楼梦》的翻译，这对中国文学在当代世界的传播具有启发意义。

第5章

王际真《阿Q正传及其他：鲁迅小说选》之译者行为阐释

如前文所述，王际真一生共翻译和编辑出版了五部代表性译著，还有其他一些以单篇发表的译作及收入其他译文集的一些译作。由于篇幅所限，从本章开始，我们选取王际真翻译和编辑的每一部译著或译文集中的代表性译作及收入他人编辑的译文集中的王际真的一些重要译本来阐释其译者行为。本章的主要研究对象为《阿Q正传及其他：鲁迅小说选》这部译文集，选择《狂人日记》、《阿Q正传》和《肥皂》这三部具有代表性的鲁迅小说的王际真英译本，从不同的理论视角，主要采取基于定量分析基础上的定性分析法，通过对比分析原文本和王际真译本与他译本来探析王际真的译者行为。

5.1 基于语料库的《狂人日记》王译本与他译本英译风格比较

截至目前，《狂人日记》最有影响力的四个英译本分别为王际真译本（1941年）、杨宪益夫妇译本（1960年）、威廉·莱尔（William Lyell）译本（1990年）及蓝诗玲（Julia Lovell）译本（2009年）。在中国知网学术文献总库、超星期刊数据库、万方数据知识服务平台等数据库以主题词“狂人日记”检索发现，截至2021年6月15日，有关《狂人日记》的研究文献有近2000篇，但其中有关《狂人日记》英译本的研究文献只有近20篇。这与《狂人日记》这部小说在中国文学史上的重要性极不相符，此外，现有研究中使用语料库的研究方法很少，导致分析结果缺乏客观数据的支撑，可信性不足；未能对这四部译作的翻译风格进行系统性对比研究，未能总结归纳出不同译本的翻译风格的共性与个性特征，也未能探究翻译风格背后的译者行为。因此，本节拟基于英汉平行语料库，借鉴计量文体学对风格的分析参数，对比分析王际真英译本与其他三个英译本在风格表现上的异同，并探讨译本的翻译风格与译者行为之间的关系。

5.1.1　计量文体学与风格分析方法

计量文体学是研究如何使用统计学的方法来统计文学作品的文体特征并对其进行分析的一门学科。目前，计量文体学在国内学术界又被冠以计算文体学、计算风格学、统计文体学等多个名称。笔者在此仍旧采用计量文体学这一术语。姚建军（2017）认为计量文体学可用来对特定作家的作品风格进行精密计算与表述。计量文体学的统计与分析必须是建立在能充分反映出作家或作品的写作风格的文体特征基础之上的。有学者认为能够用于文体特征测量的文体特征项多达 500 种，实际上在文体风格测量中常加以采用并且被认为是有效的文体特征项的却不是很多。此外，由于语种不同，要既反映出作者的写作风格所呈现出的语言特征的共性，但同时也反映出具有与语种相对应的一些独特性也不容易。本节结合语料库翻译学和计量文体学的方法，最终确定了拟考察的 9 个风格参数，它们分别是平均句长、标准类符/形符比（standardised type/token ratio，STTR）、词汇密度、词级、高频词、关键词、陈述句比例、疑问句比例和感叹句比例。在笔者所收集到的数据的基础上，对四个译本的风格计量特征的指标进行定性与定量相结合的分析。旨在回答以下几个主要研究问题。

（1）《狂人日记》的王际真英译本与其他三个英译本的计量文体学特征在词汇和句法层面存在哪些差异？

（2）上述差异是否构成了四个英译本在翻译风格上的差异？

（3）如果存在差异，那么这种翻译风格的差异的形成原因有哪些？

5.1.2　研究方法与步骤

本研究以计量文体学为理论基础，以语料库为工具，整合了定量分析和定性分析两种研究方法，具体运用如下。

（1）定量分析。首先利用语料库分析软件提取四个英译本的计量文体学特征，并利用 SPSS 软件进行独立样本 t 检验，判断译本语言特征是否有明显差异。

（2）定性分析。基于译本的计量文体学特征回归文本进行质性分析，结合译者的翻译思想，分析四个译本翻译风格差异的起因和翻译策略的异同以及与译者行为的关系。

本研究具体分为以下六步来进行。

（1）搜集语料。汉语源语语料为鲁迅小说《狂人日记》的原文，英语译文语料来自王际真收录在《阿Q正传及其他：鲁迅小说选》（1941年）中的英译本（以下简称王译本），杨宪益夫妇合译的英译本《狂人日记》（*A Madman's Diary*）（1960年，以下简称杨戴译本），莱尔的英译本《狂人日记及其他故事》（*Diary of a Madman and Other Stories*）（1990年，以下简称莱尔译本），蓝诗玲收录在《阿Q正传及其他中国故事：鲁迅小说全集》（*The Real Story of Ah-Q and Other Tales of China：The Complete Fiction of Lu Xun*）（2009年）中的英译本（以下简称蓝译本）。

（2）使用WordSmith 6.0和AntConc 3.4.3作为主要的语料检索工具，从词汇和句子两个层面对四个译本的风格计量特征进行数据收集，并使用SPSS对四个译本的平均词长、总句数、平均句长、标准类符/形符比、词汇密度等风格计量特征进行独立样本 t 检验以判断四个译本的计量风格特征数据是否存在显著差异。

（3）使用AntConc 3.4.3提取四个译本中的高频词和关键词，具体考察和分析四个译本在词汇层面的翻译风格差异，即采取的翻译策略和措辞的不同。

（4）在句子层面，通过不同类型（陈述句、疑问句、感叹句、无主句）的句子数量和占比以及汉英句对类型，考察译文受原文的约束程度和句法结构的选择，综合分析叙事策略的选择和叙事视角的转换。

（5）基于四个译本所呈现出的数据特征，分析其翻译风格的特征及异同，并回归文本进行质性分析。

（6）结合译者的翻译思想，分析王际真译本与其他三个译本翻译风格之特征差异和翻译策略异同之原因及与译者行为的关系。

5.1.3 数据统计与分析

1. 词汇层面

1）标准类符/形符比

贝克（Baker，2004）认为，文本的类符/形符比（type/token ratio，TTR）

可以反映作者的词汇量与文本的词汇丰富度，类符/形符比越高，词汇量越大，译本的词汇丰富度越高。标准类符/形符比则是文本中每一千词的类符（type）与形符（token）的比例的平均数，排除了文本总字数的干扰，测量结果更加客观。借助语料库工具 WordSmith 6.0，我们分别获取了四个英译本中的词汇的基本数据，包括形符数量、类符数量、类符/形符比以及标准类符/形符比，并使用 SPSS 对标准类符/形符比及平均词长的四组数据进行了独立样本 t 检验，所得结果如表 5-1 所示。

表 5-1　四个英译本标准类符/形符比相关数据统计

词汇的基本数据	译本			
	王译本	杨戴译本	莱尔译本	蓝译本
形符/个	4244	3881	4767	3410
类符/个	991	966	1082	1029
类符/形符比/%	23.35	24.89	22.70	30.18
标准类符/形符比/%	38.67	40.73	40.67	43.80

表 5-1 的数据分析结果显示，四个译本在词汇丰富度上存在明显差异。从形符数量来看，莱尔译本最长，蓝译本最简洁，前者比后者的形符数量多出 1357 个。这两位外国译者的译本的类符数量明显多于两位中国译者的译本即王译本和杨戴译本的数量，说明外国译者用词更加丰富。从标准类符/形符比值来看，王译本的标准类符/形符比值最小，反映出其词汇丰富度较低，杨戴译本和莱尔译本的标准类符/形符比值相近，蓝译本的则显著高于其他三个译本，再次印证了蓝译本词汇丰富、用语灵活的特点。

2）实词、词汇密度和词长分布

英文中的实词指的是名词、动词、形容词、副词、数词和代词。如果英译本中的实词越多，则译文中所传递的信息越多。词汇密度是指译文中实词所占的比例。我们所采用的是简・乌尔（Jean Ure，1971）提出的篇章词汇密度计算公式，即词汇密度=（实词数量/总词数）×100%。表 5-2 所显示的是四个译本中词汇密度的对比情况。

表 5-2　四个译本中词汇密度与词长相关数据统计

词类	王译本		杨戴译本		莱尔译本		蓝译本	
	频次/次	占总词百分比/%	频次/次	占总词百分比/%	频次/次	占总词百分比/%	频次/次	占总词百分比/%
名词	737	17.40	732	18.87	884	18.47	648	19.02
形容词	280	6.61	239	6.16	326	6.81	193	5.66
副词	318	7.51	376	9.69	502	10.49	304	8.92
动词	954	22.52	891	22.97	1 108	23.15	782	22.95
代词	614	14.49	580	14.95	685	14.31	594	17.43
数词	31	0.73	29	0.75	32	0.67	26	0.76
总实词数/个	2 934	69.26	2 847	73.40	3 537	73.90	2 547	74.76
总词数/个	4 236		3 879		4 786		3 407	
总字符数/个	17 725		16 385		20 429		14 911	
词汇密度/%	0.69		0.73		0.74		0.75	
平均词长/个	4.18		4.22		4.27		4.38	

表 5-2 显示，四个译本中，王译本的词汇密度最低，为 0.69，杨戴译本、莱尔译本和蓝译本的词汇密度接近，蓝译本的词汇密度最高，为 0.75。从使用词汇的词性数量和所占比例来看，王译本中副词使用的频率最低，为 7.51%，其余词汇的使用频率和四个译本的平均水平相近。莱尔译本中使用了较多的形容词、副词和动词，反映出该译本可能更注重描写的准确性与生动性的倾向，有大量解释性内容和补充性内容，这也是莱尔译本的总词数显著多于其他译本的重要原因。蓝译本中名词和代词的使用比例高于其他三个译本，而副词、形容词的使用频率较低。下面举几例加以说明。

例 1. 原文本：书上写着这许多字，佃户说了这许多话，却都笑吟吟的睁着怪眼睛看我。

（鲁迅，2011：11）

王译本：It was written in the book and hinted at by the tenant, and they all looked at me with such strange eyes—though they smiled all the time!

（Wang，1941：209）

杨戴译本：All these words written in the book, all the words spoken by our tenant, eye me quizzically with an enigmatic smile.

（Yang & Yang，1960：13）

莱尔译本：The words written in the history book, the things the tenant farmer said—all of it began to stare at me with hideous eyes, began to snarl and growl at me from behind bared teeth!

（Lyell，1990：32）

蓝译本：All these words—written in books, spoken by the farmer—stare strangely, smirkingly at me.

（Lovell，2009：24）

在翻译“笑吟吟的睁着怪眼睛看我”这一句时，王译本、杨戴译本和蓝译本都是基于原文而采用了语义翻译，王译本和杨戴译本使用了两个形容词、动词或副词来表达“笑吟吟”和“睁着怪眼睛”之意，蓝译本使用了一个动词和两个副词，而莱尔译本则使用了 hideous 和 bared 两个形容词以及 stare、snarl 和 growl 三个动词，由此可见，莱尔善于使用形容词和动词来使译文更加生动，并非逐字逐句翻译，而是增添了渲染氛围的语言表达。

3）词级

英国国家语料库（British National Corpus，BNC）将英文词汇按使用率由高到低分为 14 类，本小节采纳该分类标准，在 AntWordProfiler 中分析四个译本的词汇难度及词汇丰富度，具体统计见表 5-3。

表 5-3　四个译本的词级分布统计

词级分布	译本			
	王译本	杨戴译本	莱尔译本	蓝译本
一级词汇占比/%	52.84	54.77	55.96	67.86

由表 5-3 的数据可知，一级词汇，即在英文中使用频率最高的词汇，在蓝译本中出现的频率显著高于其他三个译本，在莱尔译本中占比也较高，杨戴译本中一级词汇占比相对较低，而王译本中一级词汇占比最低，这反映出王译本的词汇难度较高，而蓝译本的词汇难度最低。莱尔译本和杨戴译本的词汇难度居中，

相比较而言，两位中国译者译本的词汇难度要比两位外国译者译本的词汇难度高一些。

4）高频词

本研究通过 AntConc 3.4.3 获取了四个译本的高频词，表 5-4 统计出了在四个译本中使用频率最高的前 20 个词的频次及占比情况。

表 5-4　四个译本中使用频率最高的 20 个词统计

王译本			杨戴译本			莱尔译本			蓝译本		
频次/次	百分比/%	词	频次/次	百分比/%	词	频次/次	百分比/%	词	频次/次	百分比/%	词
182	4.30	the	142	3.66	the	186	3.89	the	139	4.08	the
147	3.47	and	123	3.17	I	148	3.09	to	131	3.85	I
139	3.28	I	102	2.63	to	138	2.88	and	87	2.55	of
117	2.76	to	89	2.29	and	130	2.72	I	81	2.38	a
101	2.38	of	81	2.09	of	100	2.09	a	80	2.35	to
83	1.96	that	66	1.70	a	96	2.01	that	69	2.03	my
80	1.89	a	60	1.55	in	92	1.92	of	61	1.79	me
74	1.75	it	59	1.52	it	87	1.82	it	51	1.50	it
64	1.51	not	56	1.44	he	86	1.80	they	50	1.47	in
59	1.39	was	55	1.42	me	73	1.53	in	46	1.35	and
58	1.37	me	54	1.39	my	68	1.42	me	42	1.23	he
57	1.35	in	52	1.34	they	55	1.15	he	41	1.20	they
57	1.35	they	51	1.31	that	53	1.11	was	40	1.17	his
51	1.20	is	45	1.16	was	46	0.96	all	39	1.14	their
48	1.13	he	39	1.01	not	40	0.84	but	36	1.06	that
45	1.06	but	35	0.90	but	39	0.81	be	30	0.88	brother
45	1.06	my	35	0.90	is	38	0.79	my	30	0.88	have
38	0.90	as	33	0.85	have	38	0.79	you	29	0.85	was
37	0.87	their	31	0.80	broth-er	37	0.77	with	25	0.73	all
36	0.85	his	31	0.80	his	33	0.69	his	25	0.73	as

表 5-4 显示，四个译本中使用频率最高的前五个词相似，为虚词 the、and、

to、of 和 I，但排列顺序稍有不同。四个译本都有的高频词是 the、to 和 I。第一人称代词 I 的出现反映出四个译本都保留了《狂人日记》原文的日记体特征。四个译本在前五个高频词的使用方面基本上一致。根据英国国家语料库 1998 年的统计，英语作为母语使用中频率最高的前五个词依次为 the、of、to、and 和 a（Hunston，2002），而在英语翻译语料库中，前五个使用频率最高的词依次为 the、and、to、of 和 a（Olohan，2004）。由此可见，四个译本在前五个高频词的使用方面都与英语翻译语料库相近，而与英国国家语料库的排列顺序出入较大。具体而言，蓝译本中 and 的使用频率为 1.35%，约为其他三个译本使用频率的一半，也低于英国国家语料库和英语翻译语料库的使用频率。这反映出蓝译本中句子并列结构较少，成分简单，语言更为简练。此外，四个译本中词频排列在最前面的 20 个单词中的共有人称代词为 they、I/me/my 和 he/his，加上虚词和短词的大量使用，充分表明译语明显具有小说类的文体风格特征。

除了上述提到的虚词和代词使用方面的异同外，其他高频词在使用上也呈现出显著差异，经过回归文本的质性分析后，可以总结出四个译本不同的翻译风格，具体表现如下。

在王译本和杨戴译本中，not 都是排在前 15 的高频使用词，而莱尔译本和蓝译本中 not 的使用频率较低，未能进入前 20 的高频使用词汇表中。通过检索，我们发现莱尔译本中的 not 都被并入了缩合结构（contraction），如 wouldn't，而杨戴译本和王译本都采取的是 not 的原型。梅芙·奥罗汉（Maeve Olohan）发现在 not 的两种形式中，缩合形式"n't"在英国国家语料库中的出现频率为 80.3%，显著高于其在英语翻译语料库中的出现频率 54.7%（Olohan，2004）。莱尔译本中大量使用 n't 的缩合结构，使整个译文的文体风格更接近口语体。所以从翻译语言和原创语言对比的角度来看，莱尔译本的翻译风格更接近原创语言；相反，王译本和杨戴译本在这一方面更具有明显的翻译语言特征和语言范化特征。

that 在莱尔译本中使用频率最高，达到 2.01%，紧随其后的为王译本，使用频率为 1.96%，而杨戴译本和蓝译本中 that 的使用频率相对较低，分别为 1.31% 和 1.06%。that 用作从句引导词的数量占其在几个译本中总数的比例分别约为 79.52%（66/83）、68.63%（35/51）、59.38%（57/96）和 50.00%（18/36）。由此可见，王译本中 that 用作从句引导词的次数最多、使用频率也最高，这反映出王译本中使用的长句比较多，并且多为复合句（compound sentence）和复杂句

（complex sentence），且未省略引导叙述内容的 that。王译本的出版年代明显要早于其他三个译本，这可能反映出英语译语的历时性差异。

杨戴译本和蓝译本中的 have 为前 20 的高频词，使用频率分别为 0.85%和 0.88%，但 have 在王译本和莱尔译本中使用频率较低，分别为 0.65%和 0.66%；形成对比的是，王译本中 had 的使用频率略高于杨戴译本和蓝译本，莱尔译本中 had 的使用频率低于其他三个译本。但在译本中检索后发现，蓝译本对 have 和 had 的使用情况最为丰富，包括表示推测，作实义动词，引导将来完成时、现在完成时和过去完成时。杨戴译本也使用了 8 处表示推测的用法。然而，莱尔译本中只出现了用作实义动词和用来引导完成时的用法。四个译本在翻译《狂人日记》的序言以及在正文中描述过去的事情时都采取了过去完成时，但王译本在正文中也倾向使用了过去完成时。

综合前四项指标，四个译本在翻译风格上存在较大差异，具体表现在：王译本和杨戴译本中的词汇丰富度低于莱尔译本和蓝译本，使用词汇难度相对较高，具有明显的翻译语言特征和语言范化特征，且王译本中长句较多、翻译风格更加朴实；莱尔译本中使用了大量动词、形容词、副词、缩合结构，语言风格生动，口语化特征明显；蓝译本在用词和时态的运用上都体现了其丰富灵活的特点，译文信息密集，但是译者偏好使用一级词汇，译本注重可读性。下面举例加以说明。

例 2. 原文本：但是我有勇气，他们便越想吃我，沾光一点这勇气。

（鲁迅，2011：12）

王译本：But the more courage I had the more they would want to eat me in order to partake of my courage.

（Wang，1941：211）

杨戴译本：But my courage just makes them all the more eager to eat me, to acquire some of my courage for themselves.

（Yang & Yang，1960：14）

莱尔译本：But the more courage I had, the more that made them want to eat me so that they could get a little of it for free.

（Lyell，1999：34）

蓝译本：But my boldness succeeded only in sharpening their

appetites–the braver the prey, the more glory for the hunter.

（Lovell，2009：25）

对于“沾光一点这勇气”的翻译，中国译者的译本都使用了较为书面正式的表达，如王译本使用了 partake 和杨戴译本使用了 acquire，而莱尔译本则使用了 get a little of it for free，口语化特色明显。蓝译本的“the braver the prey, the more glory for the hunter”在原文结构的基础上进行了改写，将狂人与吃人的人比喻为 prey 和 hunter，可见其灵活多变。

例 3. 原文本：前天赵家的狗，看我几眼，可见他也同谋，早已接洽。

（鲁迅，2011：13-14）

王译本：The other day Chao's dog eyed me several times, which proves that it is also in the plot.

（Wang，1941：213）

杨戴译本：The other day the Zhaos' dog eyed me several times: it is obviously in the plot too as their accomplice.

（Yang & Yang，1960：16）.

莱尔译本：...and just a few days ago the Zhao family dog gave me a funny look. It's easy to see that he's in on it too.

（Lyell，1999：36）

蓝译本：The way the Zhaos' dog looked at me the day before yesterday, he's in on it...

（Lovell，2009：27）

对于上面的“可见他也同谋，早已接洽”一句，王译本和杨戴译本的用词 in the plot 和 accomplice 更为正式，莱尔译本和蓝译本中的句长显著短于前两个中国译者的译本，并且都使用了 in 和 on it 这种口语化的表达。

5）关键词

本研究通过 AntConc 3.4.3 获取了四个译本的关键词，并通过回归文本筛选出了具有文化负载意义的关键词，统计见表 5-5。

表 5-5　四个译本关键词中的文化负载词翻译统计

关键词	王译本	杨戴译本	莱尔译本	蓝译本
赵贵翁	Chao Kuei-weng	Mr. Zhao	the Venerable Old Zhao	Mr Zhao
古久先生	Mr. Hoary Tradition	Mr. Ku Chiu	Mr. Antiquity	the Past
流水簿子	the daily account book	ledgers	the account books	the Records of the Past
打枷	bambooed and put into cangues	pilloried	wear the cangue	pilloried
衙役	the constables	bailiffs	yamen clerks	bailiffs
青面獠牙	blue faces and protruding tusks	green-faced, long-toothed	green faces and protruding fangs	bleached faces and bared fangs
狼子村	the Wolf Village	Wolf Cub Village	Wolf Cub Village	Wolf Cub Village
告荒	complain of hard times	report the failure of the crops	report a famine	report a famine
做论	composition	write compositions	composition	write essays
仁义道德	Benevolence and Righteousness	Virtue and Morality	BENEVOLENCE, RIGHTEOUSNESS, and MORALITY	"benevolence, righteousness, morality"
吃人	man-eating	eat people	EAT PEOPLE/cannibalism	eat people
吃人的人	man-eater	eater of human flesh/man-eater	cannibal	cannibal
陈老五	Chen Lao-wu	Old Chen	Old Fifth Chen	Mr Chen
李时珍	Li Shih-chen	Li Shih-chen	Li Shizhen	Li Shizhen
"本草什么"	*Pen Ts'ao* something or other	that book on herbs	Medicinal…something or other	Herbs? …
"海乙那"	hyena	hyena	haiyina	hyena
易牙	Yi-ya	Yi Ya	Yi Ya	the royal cook Yi Ya
桀纣	Chieh and Chou	Chieh and Chou	Jie Zhou	his king
盘古	P'an Ku	Pan Gu	Pan Gu	—

从以上对四个译本文化负载词翻译的统计中，我们不难发现英语译语的一些规范的历时性变化，此外，不同译者传递文化内涵的翻译策略与方法也不同，具有各自鲜明的特色。

王译本在处理文化负载词的英译时，以音译和直译为主，目的是准确传达原文的信息。杨戴译本的翻译方法则以音译和省译为主，方便受众更加容易地理解原文的内容，如将原文“本草什么”翻译成 that book on herbs。莱尔译本则注重音译法和意译法的结合，力求兼顾文化内涵和达意之要求。例如，“赵贵翁”一名，莱尔将其译为 the Venerable Old Zhao，每个字的文化含义都得到了保留。且比起杨戴译本的 Mr. Zhao、蓝译本的 Mr Zhao 和王译本的 Chao Kuei-weng 来，一个 venerable 加上一个 old 很好地塑造出“赵贵翁”这个封建社会的群众代表的形象。莱尔译本在还原原文信息这一点上近乎做到了极致，“海乙那”原本就是一个来自英文的音译词，但莱尔没有将其还原成 hyena 而是继续采用音译法译为了 haiyina。为了强调文化内涵，莱尔在翻译“仁义道德”一词时还以词汇的大写形式突出其特殊意义。蓝译本则更多采取“归化”的翻译策略，抛弃了原文隐喻式的写作风格的限制，注重传递语义。例如，“古久先生”在原文中指的是封建地主阶级，代表维护封建传统的人物，蓝译本选择直接译出其隐喻义 the Past，“先生”二字也略去不译，喻指记录封建社会历史文化的册子“（古久先生的）陈年流水簿子”也直接显化译为了 the Records of the Past。

四个译本在传递原文文化内涵时特色鲜明，除了文化负载词的翻译，语篇的翻译也明显体现出这一点。以“老子呀！我要咬你几口才出气！”一句为例，王际真的译文“Your father's——, I won't feel right until I have taken a few bites at you!”忠实于原文，杨戴译本在处理这类语句时则采取了意译法，直接点明了文章的主题“吃人”——“'Little devil!' She cried. 'I'm so angry I could eat you!'”莱尔译本则一如既往采取了异化翻译的策略，大量使用英文习语，用地道的英文表达力求复原中文原义，如 damn it、riled up 以及 take a good bite 等。蓝译本则采取了和杨戴译本相同的处理方式，出发点都是为了让读者更准确地理解原文的意义。

再以序言的翻译为例，鲁迅在《狂人日记》的序言中使用了文言文来进行叙述，而后在正文的日记部分却又转用白话文，文体上的反差实际上是常人视角和狂人视角的转换，也是文章采取的一种结构反讽手法。莱尔在忠实原文的基础上十分注重原文语言风格的再现，努力延续原著作者的风格，为了再现序言和正文的文体差异，莱尔将序言均处理为斜体，这与将文化负载词大写有异曲同工之妙，并且使用了“I beg your indulgence to...”“Suffice it to say that...”等正式句式，试图模仿和重现“日记”前言中文言文的风格。

就序言中落款的日期而言，一些研究者指出，原文的日期有特定的讽刺意义，鲁迅通过这一日期将批判矛头直指中国旧社会遗留的弊端。王译本中按照英语习惯用法译为“April 2, 1918”，杨戴译本直接将其省略，蓝译本按照公历将其翻译为“2 April 1918”，莱尔译本则将这个日期按照民国纪年译为“the 7th Year of the Republic”（民国七年），充分传达出其所蕴含的深层含义，符合辛亥革命胜利之后中国所采用的新纪年方式，让读者对当时的社会背景和所处时期有更加准确的把握。

2. 句子层面

译者在翻译过程中选择的句子长短和不同句式也会反映出其翻译风格。本研究通过检索文本中的句号、感叹号、问号和省略号的数量得到了原文本和四个译本的总句数，同时我们还就各类句式进行了统计，具体情况见表 5-6。

表 5-6 四个译本平均句长和句式选用相关数据统计

句式	原文		王译本		杨戴译本		莱尔译本		蓝译本	
	频次/次	占总句数百分比/%	频次/次	占总句数百分比/%	频次/次	占总句数百分比/%	频次/次	占总句数百分比/%	频次/次	占总句数百分比/%
陈述句	163	78.37	184	77.64	208	81.57	226	71.07	210	82.03
疑问句	15	7.21	22	9.28	24	9.41	33	10.38	23	8.98
感叹句	30	14.42	31	13.08	23	9.02	51	16.04	23	8.98
总句数/个	208		237		255		318		256	
总词数/个	4 031		4 236		3 879		4 786		3 407	
平均句长/个	19.38		17.87		15.21		15.05		13.31	

从总句数来看，莱尔译本的总句数明显多于其他三个译本以及原文本，达到了 318 句，而王译本、杨戴译本和蓝译本的总句数较为接近，分别是 237 句、255 句和 256 句。莱尔译本的总句数多、总词数多，反映出其对原文有较多补充性内容或解释性内容。从平均句长来看，蓝译本平均句长显著低于其他三个译本，仅为 13.31，反映出蓝译本句子短小精悍，语言精练，这也印证了前文由蓝译本中

and 使用较少得出的结论。从各种句式占比来看，王译本和原文较为接近；杨戴译本和蓝译本则都倾向将感叹句译为陈述句，陈述句比例很高；莱尔译本中感叹句和疑问句的使用比例明显增加，感叹句的使用明显多于其他三个译本，下面举例加以说明。

例 4. 原文本：我直跳起来，张开眼，这人便不见了。全身出了一大片汗。

（鲁迅，2011：15）

王译本：I jumped up and opened my eyes, only to find that the man had disappeared and that I was bathed in sweat.

（Wang，1941：214）

杨戴译本：I leaped up and opened my eyes wide, but the man had vanished. I was soaked with sweat.

（Yang & Yang，1960：17）

莱尔译本：I leaped from my chair, opened my eyes, and looked around—but the fellow was nowhere to be seen.

（Lyell，1990：37）

蓝译本：I sprang to my feet, my eyes flying open. He had disappeared. I was covered in sweat.

（Lovell，2009：28）

原文由几个极短的动作组成，原文中使用了流水句“跳起来、张开眼、人便不见了、出了一大片汗”，中间没有连接词，语句短促而有力，表现出这个噩梦给“我”带来的惊吓。蓝译本句长最短，并且蓝诗玲在翻译时几乎不使用 and 等连词，其他三位译者都比较注重语法和句子之间的关系，使用了 and 和 but 两个连词来表示句际之间的衔接，王译本还使用了两个 that 引导的宾语从句。可见，王译本中长句较多，蓝译本中的句子则短小精悍。

例 5. 原文本：但是小孩子呢？那时候，他们还没有出世，何以今天也睁着怪眼睛，似乎怕我，似乎想害我。这真教我怕，教我纳罕而且伤心。

我明白了。这是他们娘老子教的！

（鲁迅，2011：9）

王译本：But how about the children? They were not even born at the time; why should they stare at me today with such fearful eyes, as if afraid of me and thinking of doing me harm? This frightens and puzzles me and makes me sad.

I understand now! Their mothers and fathers must have told them!

（Wang，1941：207）

杨戴译本：But then what of the children? At that time they were not yet born, so why should they eye me so strangely today, as if they were afraid of me, as if they wanted to murder me? This really frightens me, it is so bewildering and upsetting. I know. They must have learned this from their parents!

（Yang & Yang，1960：12）

莱尔译本：But the children? Back then they hadn't even come into the world yet. Why should they have given me those funny looks today? Seemed as though they were afraid of me and yet, at the same time, looked as though they would like to do me some harm. That really frightens me. Bewilders me. Hurts me.

I have it! Their fathers and mothers have taught them to be like that!

（Lyell，1990：30）

蓝译本：But what about the children? They weren't even born twenty years ago—so why do they stare so strangely at me, as if they fear me, or wish me harm? I am hurt, bewildered, afraid.

Then the answer came to me. Their parents must have taught them.

（Lovell，2009：22-23）

对于“这真教我怕，教我纳罕而且伤心”这一句的翻译，王译本和杨戴译本相对较长，且词性不一致或句型不工整，出现了动词和形容词混用的情况，而莱尔译本则别出心裁，将原文拆分成了三个排比小句“That really frightens me. Bewilders me. Hurts me.”，蓝译本则使用了三个形容词“I am hurt, bewildered, afraid.”。莱尔好拆分句子，且解释较多，这导致其译本的句子数量显著多于其他三位译者的译本，译者风格鲜明。蓝诗玲则注重传达原文的意义，在此基础上使用了简洁、地道的英文，因此平均句子长度较短。

在翻译“我明白了。这是他们娘老子教的！”一句时，王译本和杨戴译本均忠实遵循了原文所使用的一个陈述句和一个感叹句的句型。莱尔译本则将陈述句改为感叹句，译文风格生动，注重加强情感。蓝译本与莱尔译本不同，将第二个感叹句改为陈述句，译本风格更加朴实，注重原文语义传达，但对于情感的加强未予以重视。

5.1.4　王译本与其他三个译本翻译风格的异同与归因分析

本节基于计量文体学的相关参数，采用语料库研究方法，对《狂人日记》四个英译本的翻译风格选取了平均句长、标准类符/形符比、词汇密度、虚词比例、关键词、陈述句比例、疑问句比例、感叹句比例八个风格参数进行了对比分析。以下，我们将结合译者行为所处的翻译内外环境，具体总结与分析四个译本的翻译风格与其译者行为之间的关系。

首先，我们发现四个译本在翻译风格上存在以下异同点。

（1）王译本和杨戴译本词汇丰富度相对较低，用语较为正式，具有明显的翻译语言特征和语言范化特征；莱尔译本使用了大量动词、形容词、副词、缩合结构，善于将中文长句切分为英文短句，增加了感叹句和疑问句的应用，语言风格生动，口语化特征明显；蓝译本在用词和时态运用上都体现出丰富灵活的特点，倾向删减不必要的信息，如介词、连词等，以达意为首要目标，译文信息密集，译者倾向使用一级词汇，注重可读性。

（2）王译本采用了“园丁式”的翻译策略，善于通过意译、增加连词、构造从句等方式重组原文信息，力求既翻译原文字面意义，又传递原文内涵；杨戴译本遵循“忠实”翻译原则，可读性强，但对鲁迅风格的再现有所弱化，行文平淡；莱尔译本异化特征明显，译者根据自己的理解试图再现原文的文体风格；蓝译本短小精悍，删减了其认为不必要的细节，照顾到西方读者的阅读习惯和接受视域，但导致了原文文化内涵存在部分流失的现象。

四个译本之所以呈现出不同的翻译风格，与译者所处的翻译内外环境以及译者行为有着不可分割的关系，下面分别予以阐述。

王际真作为近代以来第一批中国文学经典英译的翻译家之一，具有强烈的传播中国文化的使命感。同时，作为定居美国的华人，他自青年时代求学时就开始大量吸收西方的语言与文化，能敏锐觉察汉英两种语言与文化间的差异。总体而言，王际真的翻译内外环境对于其《狂人日记》翻译风格的影响主要体现在以下三个方面：第一，王际真进行翻译的年代早于杨宪益夫妇、莱尔和蓝诗玲。收录王际真英译的《狂人日记》的《阿 Q 正传及其他：鲁迅小说选》译文集出版于 1941 年，此时鲁迅作品的英译尚处于发轫期，受众有限（张奂瑶，2018）。并且这本译文集由哥伦比亚大学出版社出版，其主要受众为研究中国历史、文学的学生和学者，文化水平普遍较高。因此，王际真在翻译时常常采用书面表达。第二，王际真的翻译目的主要是向西方读者传播中国文学故事的语言和文化魅力。在翻译中，他倾向采取直译法，力求译文语序和原文保持一致，如保留原文的双重否定结构，将“他们会吃人，就未必不会吃我”翻译成“it is not at all inconceivable that they might eat me”，体现出译者行为“忠实”于原文的倾向。杨戴译本和蓝译本都选择将上述例句译成肯定句。译者行为偏向务实一端。第三，在翻译晦涩语句时，王际真不完全拘于中文，而采用“园丁式”策略进行删减修改，使语句之间更具有逻辑感，译者行为也偏向务实一端。如例 6 所示。

例 6. 原文本：没有吃过人的孩子，或者还有？

（鲁迅，2011：18）

王译本：Maybe there are still some infants that have not yet eaten men.

（Wang，1941：219）

例 6 中，王译本将原文的疑问句转换为陈述句，两句的衔接更加自然，其他三个译本则保留了疑问句，对原文语气的再现略逊一筹。

杨宪益强调翻译时“不能作过多的解释。译者应尽量忠实于原文的形象，既不要夸张，也不要夹带任何别的东西。当然，如果翻译中确实找不到等同的东西，那就肯定会牺牲一些原文的意思。但是，过分强调创造性则是不对的，因为这样一来，就不是在翻译，而是在改写文章了”（杨宪益，2011：4-5）。除了空间上的不同与文化间的差异，杨宪益还注意到时间上的变化对翻译造成的问题，即译者与历史的距离。杨宪益认为翻译可以补上读者理解和文本意义之间的差距。弥补历史距离的具体方法，就是译者尽可能地将自己置于作者的位置，按照作者的审美和文化背景来感知原文的意义并忠实地通过译文再现，这样做才能确保读者能获得与原文读者相似的阅读体验（谢士波，2012）。杨戴译本推出的时代正值世界范围内冷战格局形成时，由外国主导的对中国小说的译介陷入冰封期。中国政府为了对外宣传中国文化，尤其是对具有革命进步色彩的鲁迅作品（骆忠武，2013），开展了许多官方主导的翻译活动。在 1952 年，经中国外文出版发行事业局批准同意，杨宪益与戴乃迭开始合作翻译鲁迅小说，因此杨戴译本也留下了时代烙印，其主要翻译目的是忠实地传播中国文化，译者追求“忠实”的翻译，采取的是不完全与原文文字对应的直译法，但有时也会根据文章主题进行意译，在不影响原文意义的情况下注重提高读者的阅读体验。如例 7 所示。

例 7. 原文本：“老子呀！我要咬你几口才出气！”

（鲁迅，2011：10）

杨戴译本：“Little devil!” She cried. “I'm so angry I could eat you!”

（Yang & Yang，1960：12）

在例 7 中，杨戴译本在处理“老子呀”这一带有文化负载词的语句时，采取了意译法，将其翻译为 little devil 更利于西方读者接受，而对“咬你几口”同样也采取了意译，译为 eat you，突出原文“吃人”的主题。

莱尔是美国著名的汉学家与翻译家，对鲁迅这位中国文坛巨匠深有研究。莱尔在翻译选材上，注重文本类型的多样化，喜欢用研究成果丰富的原文底本，偏爱反映中国国民性的题材（郑周林、黄勤，2019）。莱尔对鲁迅作品情有独钟，可能源于他和鲁迅在某些方面有相似的价值观，他在评价鲁迅时写道：“鲁迅的伟大，部分地在于他对中国和西方的文化持有非常独立而坚定的见解，并且在以

后几十年的思想界和政界的变化潮流中，他一直发展着这种特点。”（寇志明，2006：89）

首先，莱尔译本顺应读者的文化语境，他将译本的主要目的语读者确定为“熟谙中国历史与文化的圈外读者”（Lyell，1990：xlii），他认为“首先，译者应尽可能地还原原文信息，确保目的语读者能获取与源语读者基本一致的理解；其次，译者应努力为其翻译争取到尽可能多的读者，进一步扩大读者群”（Lyell，1990：xiii）。莱尔在翻译中使用了美式英语中的俚语、俗语等独特表达，用英文的表达习惯替代中文所传达的隐含义。例如：莱尔运用了英文习语 out of things 来表达原文的“发昏”，传达出置身局外的意思；运用习语 pull a fellow's leg 来表示和某人开玩笑等。此外，莱尔译本注重表现原小说中角色的情感，如将“老医生”译为 old buzzard，buzzard 在英语中有时可以作为卑鄙贪婪小人的意象，这一称呼体现了“我”对老医生的鄙夷憎恶。其次，莱尔在翻译中极为注重对鲁迅风格的再现。他“经常问自己，如果鲁迅的母语是美国英语，他的言语方式又应该会是怎样的”，另一方面他又要“赢得尽可能多的读者”（Lyell，1990：xi-xiii）。因此，莱尔译本口语化特征明显，善于使用动词加介词的形式，例如 ganged up、gouged out、fried them up、horn in on、give up that way of thinking、leave it all behind them、hold each other back 等显得语言随意，不过分正式，口语化色彩浓厚。在处理“你真会……说笑话。……今天天气很好。”的时候，莱尔译本为“You really know how to...uh...how to pull a fellow's leg.”，添加了停顿的语气词 uh 并且通过重复 how to 来表现说话的迟疑，更贴近口语。最后，莱尔译本运用了大写、斜体、不同语域的词汇来再现原文风格，传递出了原文所蕴含的讽刺意味。莱尔译本的另一大特色是句式变换，将中文的长句切分为英文中的若干小句，同时又将原文的部分陈述句改写为感叹句或疑问句。

蓝诗玲是英国著名的新生代的汉学家、翻译家和专栏作家，毕业于剑桥大学（University of Cambridge）中文系，拥有现当代中国文学博士学位。现任教于英国伦敦大学伯贝克学院（Birkbeck College）。蓝诗玲曾成功地向西方译介了鲁迅、张爱玲、韩少功、阎连科、朱文等中国现当代作家的多部文学作品，受到海外读者的普遍好评。最令人瞩目的是蓝诗玲将“现代中国文学之父”鲁迅的小说通过翻译引入英语世界中影响力大的“企鹅经典文库”之中。蓝译本被美国汉学家华志坚（Jeffrey Wasserstrom）称为可能是有史以来最为重要的一部企鹅经典（Wasserstrom，2009）。蓝诗玲在翻译文本的选择方面有自己独特的眼光和动机。她深刻地意识到“鲁迅代表了一个‘愤怒、灼热的中国形象’，任何一个想研究中国现当代文学的人都无法跳过鲁迅。他像英国大文豪查尔斯·狄更斯一样，备受尊崇却在今天有点受到冷落”（李梓新，2009）。蓝诗玲将自己的翻译作品定位于英国、美国和澳大利亚受过教育的普通读者（李德凤等，2018）。蓝诗玲在《鲁迅小说全集》的《译者手记》中就曾明确提出了自己的翻译原则，即在总体上不影响准确性的情况下，会选择提高译文的通顺与流畅度（汪宝荣，2013）。她还提出了“忠实性再创造”（faithful recreation）的概念（Lovell，2009：xiiv），在难以兼顾译文的可读性和文化内涵时，蓝译本的重心往往会偏向读者一方。她曾说她的总体基本原则是忠实于原文；但是在不可调和的地方，过分的忠实只会牺牲英语的流畅性（Abrahamsen，2009）。蓝译本以归化翻译策略为主，注重译文的可接受性，对原文有较为明显的删节；其选词方面较为丰富，变化较大，例如将原文中的“随后眼光便凶狠起来”，翻译为“his lips curled back into a scornful smile”，其中 curl back 生动形象地将表情变化的动态效果展示出来，体现出语言的张力。同时将“满脸都变成青色了”翻译为“the colour drained dreadfully from his face”，运用了头韵法，语言表达更具动态效果。在还原原文文化内涵方面，蓝译本不倾向在译文中使用脚注，而是在保证译文流畅性原则的前提下在译文中插入一些文内注释。此外，蓝译本注重语意表达，尽可能避免长句、从句的使用，句子简短，文字凝练流畅。

蓝译本重视西方读者对于中国文学作品的理解。例如，在翻译“这只是一条门槛，一个关头。”时，蓝译本直接将译文处理为“Such a tiny thing.”，译文非常简洁明了。对于那些英语读者不太容易接受的背景信息，蓝译本常常借助解释说明，自然而然地融入译文的肌理中去，而避免使用拗口的名字，从而提升了阅读的连贯性。例如，直接使用 his king 来翻译“桀纣”，虽然在一定程度上遗漏了一些中国的传统历史和文化背景，但易于目的语读者理解。

由上述分析可知，由于译者的翻译活动发生在不同的历史时期，翻译目的和翻译理念不同，意向中的目的语读者也不同，因而，四个译本在翻译风格上存在差异，但这四个译本都对中国文化与文学的对外传播作出了贡献，体现出译者行为的务实效果和合理性。

5.2 基于语料库的《阿 Q 正传》王译本与莱尔译本中文化负载词的翻译策略比较

5.2.1 《阿 Q 正传》英译研究概况

鲁迅的中篇小说《阿 Q 正传》最初发表于北京《晨报副刊》，后收入《呐喊》，是鲁迅的代表作之一。该小说以辛亥革命前后的中国农村为背景，塑造了未庄流浪雇农阿 Q 这一以精神胜利和奴隶意识为标志的经典形象，批判了当时中国社会的封建、保守、庸俗和腐败等社会特点，有力地揭示了旧中国人民的生活场景和处在水深火热中的病态。自 1921 年问世以来，《阿 Q 正传》被陆续翻译成英、法、日、俄等 20 余种语言传播海外，对中国文化对外传播起到了不可忽视的作用。我们发现，截至 2021 年 6 月，《阿 Q 正传》最有影响力的五部英译本分别为梁社乾译本（1926 年，简称梁译本）、王际真译本（1941 年，简称王译本）、杨宪益夫妇译本（1960 年，简称杨戴译本）、莱尔译本（1990 年，简称莱尔译本）和蓝诗玲译本（2009 年，简称蓝译本）。在中国知网学术文献总库、超星期刊数据库、万方数据知识服务平台等数据库检索发现，截至 2021 年 6 月 30 日，有关《阿 Q 正传》的研究文献有近 400 篇，其中有关《阿 Q 正传》英译本的研究文献有 100 余篇。但现有研究存在以下几个方面的不足：其一是鲜有对王译本和莱尔译本的比较研究；其二是对于《阿 Q 正传》中出现的大量文化负载词，现有研究很少涉及不同译本对其翻译的对比研究；其三是鲜有学者基于翻译心理学的视角阐释译者英译《阿 Q 正传》的翻译过程和译者行为；其四是使用语料库研究方法少，造成现有分析结果不够客观、可信度不足。

《阿 Q 正传》作为鲁迅的代表作之一，运用了大量文化负载词，反映了民族文化中人民的宗教信仰、社会生活、历史变迁、人文习俗等方面的特点，使汉语语言特色与中国传统文化特色体现得淋漓尽致。然而，中西方文化之间的巨大差异却给文化负载词的翻译带来了极大的困难与挑战。文化负载词的准确翻译是准确地将源语文化内涵传达给目的语读者的关键，因为文化负载词最直接而又最为真实与鲜明地反映了中华民族的文化特性。因此，分析和探讨文化负载词及其翻译策略具有重要的现实意义。

基于以上，本研究旨在回答以下研究问题。

（1）王译本和莱尔译本在不同类别文化负载词英译的平均词长、平均单词数、词汇密度和词级等方面有什么异同？这种异同代表什么？

（2）王译本和莱尔译本对不同文化负载词英译分别采取了何种翻译策略，有什么异同？

（3）王译本和莱尔译本对文化负载词英译所采取不同的翻译策略的原因有哪些？

5.2.2　文化负载词的定义与分类

在文化的传承与弘扬中，每一种语言中的很多词汇都承载了丰富的文化信息，极具地域性、民族性、代表性，并且与宗教信仰、社会活动或饮食习俗都有一定关联。廖七一（2000：232）认为“文化负载词”（culture-loaded word）是指“标志某种文化中特有事物的词、词组和习语。这些词汇反映了特定民族在漫长的历史进程中逐渐积累的、有别于其他民族的、独特的活动方式”。王革（2002）认为，文化负载词是指在一定的语境中承载特定文化意义的词。包惠南、包昂（2004）将文化负载词称为“词汇空缺”，因为其源语中所包含的文化信息在目的语中没有对应词。从总体上看，文化负载词是反映本民族特色、象征本民族文化的词语。

与此同时，贝克也指出，文化负载词是指一些源语有而译语没有的概念（Baker，2000a）。这些概念的存在形式可以各不相同。

美国著名语言学家、翻译家尤金·奈达（Eugene Nida）根据每个国家不同的社会、语言和文化等特点把翻译中涉及的文化因素分为五大类：生态文化、物质文化、社会文化、宗教文化和语言文化。生态文化是指由于地理环境、气候变化、动植物的多样性，不同国家对同一事物形成了独有的好恶偏向。物质文化是指特定文化中的不同对象，与生活生产中的物质资料息息相关。社会文化包括传统习俗、社会道德、意识形态等。宗教文化包括一个民族的宗教信仰、宗教系统、宗教著作、宗教制度和规章等。语言文化反映了不同语言的语音、语素、词汇和句法的差异。我们将文化负载词也分成相应的五类，即生态文化负载词、物质文化负载词、社会文化负载词、宗教文化负载词和语言文化负载词（Nida，2001）。

正如王佐良（1985：6）指出：“翻译里最大的困难是什么呢？就是两种文化

的不同。在一种文化里头有一些不言而喻的东西，在另一种文化里头却要费很大力气加以解释。”在语言系统中，文化负载词是最能体现语言所承载的文化信息、反映人类社会生活的词汇。如何将这些具有鲜明民族特色和文化内涵的词准确又生动地传递给目的语读者，一直是翻译研究的重难点。

5.2.3 翻译策略的定义

翻译策略、翻译方法、翻译技巧是三个并不相同却常常容易被人们混淆的概念。熊兵（2014）认为翻译策略包含翻译方法，而翻译技巧归属于翻译方法。具体来说，翻译策略包括异化和归化两种，其中异化包含零翻译、音译、逐词翻译、直译的翻译方法；归化包括意译、仿译、改译、创译的翻译方法。翻译技巧可以是增译、减译、分译以及拼写层面、句法层面、语义语篇层面的转换等。

为了便于从微观层面具体分析两位译者对文化负载词的翻译处理，本研究将翻译策略分为以下三类：①异化策略，一般指逐词逐句地直接翻译，主要包含了音译和直译两种翻译方法；②归化策略，不拘泥于语言形式，重在表述原作内涵意义，主要包含了意译、意译+脚注、省译、省译+脚注几种翻译方法；③异化+归化策略，译语中保留源语的文化色彩并加上简要的注释说明以突出其形象性，主要包含了音译+增释、直译+增释、音译+脚注、直译+脚注几种翻译方法。

5.2.4 翻译过程的定义

苏联翻译理论家巴尔胡达罗夫（Л. С. Бархударова）在其专著《语言与翻译》中指出，“人们所使用的‘翻译’一词具有两层含义，一是指‘一定过程的结果’，即译文本身；二是指‘翻译过程本身’，即翻译这一动词表示的行为”（转引自吴义诚，李英垣，1998：55）。在过去很长时间里，翻译研究大多集中关注翻译过程的结果，鲜有人问津翻译过程本身，大多采用人为归纳的翻译标准进行定性分析。这主要是因为翻译过程是发生在译者大脑内难以描述的复杂过程，研究起来的确具有较大的困难和挑战。1991 年，罗杰·贝尔（Roger Bell）在其著作《翻译与翻译过程：理论与实践》（*Translation and Translating: Theory and Practice*）一书中尝试结合心理语言学和人工智能理论，描述译者在翻译过程中大脑的工作过程，他提供了一个较为完整的翻译过程的理论研究模式。但国内学者刘绍龙（2007）在《翻译心理学》中指出，贝尔采用静态、思辨式的描述方法，未能对翻译活动中复杂的动态关系和心理过程做出有效解释。刘绍龙（2007）在《翻译心理学》一书中首次提出了翻译心理学这门交叉学科的理论框架，其研究领域包含翻译、心理、语言三大层面。他认为翻译是两种语言和语码之间的转换，这种转换常常包括接受、解码、记忆、编码和表达五个阶段。其中，前四个阶段反映了译者的认知心理方面或双语转换的内在过程，而接受（源语的）、解码和表达（译入语的）则体现了语言理解和语言产出的全部过程。翻译心理学以认知心理学为理论基础之一且用信息加工的观点来表现人类认知的过程，与上面提及的贝尔的翻译过程理论模式正好相互补充，能用于解释在翻译过程中译者对于源语理解、信息加工和译语生成的一系列动态心理过程。

如上所述，和翻译过程相关的不仅有结果问题，还有过程问题，过程在前，结果在后。语言系统中的文化负载词最能体现语言所承载的文化信息，反映了人类的社会生活。因此，对文化负载词的翻译过程，也包含了译者丰富的翻译心理活动过程。

德国功能学派的代表之一汉斯·弗米尔（Hans Vermeer）在 20 世纪 70 年代提出了翻译目的论（skopos theory，skopos 一词是希腊语，意思为“目的”或者“目标”），认为翻译是因为某种目的而产生的语篇，并且针对一定的目标受众（Vermeer，1996）。因此，译者在翻译过程中，应在给定的翻译语境中明确其特定目的，在目的的驱使下，选择合适的翻译策略与翻译方法。在本书中，我们将结合翻译目的和翻译心理对两位译者的翻译过程进行深入分析，从而阐释两者翻译策略的异同以及译者行为的动因。

5.2.5　研究方法与步骤

我们将整合定量分析和定性分析两种研究方法：定量分析主要采用语料库分析法，对两个译本汉英双语平行语料库中的文化负载词进行数据统计，并选择一定的参数进行分析，以期对文化负载词的翻译有更深入的认知；定性分析主要根据上述数据分析，结合相关理论，阐释两位译者翻译策略与翻译方法的特点及形成原因。具体分为以下七个步骤来进行。

（1）搜集语料。本研究的汉语源语语料为鲁迅的《阿 Q 正传》原文，英语译文语料中王译本选自《阿 Q 正传及其他：鲁迅小说选》、莱尔译本选自《狂人日记及其他故事》。

（2）对语料进行处理。根据上文对文化负载词的定义和分类，本研究对《阿Q正传》汉语语料进行了文化负载词的筛选与标注，将源语文本中的文化负载词进行标注并提取保存为 txt 文件。

（3）建立双语平行语料库。我们采用计算机辅助翻译工具 SDL Trados Studio 所带的文本对齐工具 WinAlign 进行中文与其译文的对齐，并通过人工进行核对与检查，建立了两个平行语料库，分别是《阿Q正传》汉语与王译本的对齐语料库、《阿Q正传》汉语与莱尔译本的对齐语料库，并将语料库导出为后缀名为 tmx 的格式化文件。同时，参考鲁迅小说汉英平行语料库，译文按照文化负载词的分类进行了人工提取并统计，形成表格。

（4）使用 python 脚本对导出的两个 tmx 格式化文件进行解析，并将源数据转换为以文化负载词为关键词的倒排索引，保存为 js 文件；然后在页面内导入 js 文件，根据输入的词语查询上面步骤的索引，获取两组包含文化负载词的原文及译文信息并制作成网页。可以直接搜索上一步人工提取的文化负载词的原文及两个译文的语境，从而可以高效地对其翻译策略与翻译方法进行一一识别并形成表格。

（5）使用 TreeTagger 软件对两位译者对原文本中文化负载词的翻译进行词性标注，并用 Excel 表格进行数据统计，统计两位译者对文化负载词翻译的平均字符长度、平均单词数目和词汇密度，并对结果进行独立样本 t 检验，制成表格，分析两位译者在翻译复杂程度上的异同。与此同时，将两位译者的文化负载词翻译语料库用 Range32 词汇分级分布统计软件制成文化负载词使用词汇的词级比较，对比分析两位译者文化负载词翻译用词的难易程度。

（6）对文化负载词的每一种翻译策略所包含的翻译方法的数量及其所占比例情况进行统计，制成表格，分析两位译者的翻译策略的异同点，利用第四步中制作的网页搜索出典型的例证进行分析佐证。

（7）根据上述数据分析，具体分析两位译者的翻译过程，从译者的翻译心理、文化身份、翻译目的、双语能力等多角度阐释两位译者在翻译过程中对文化负载词翻译策略异同的深层原因及影响因素。

5.2.6 数据分析

基于以上对文化负载词的定义及分类，我们对各类文化负载词进行了认真的甄别与统计，结果如表 5-7 所示。

表 5-7　原文本中各类文化负载词的数量统计

文化负载词类别	生态文化负载词	语言文化负载词	物质文化负载词	社会文化负载词	宗教文化负载词	合计
文化负载词数量/个	7	79	78	61	17	242

采用语料库分析软件 TreeTagger 对两位译者的译文进行词性标注后，对两位译者英译文化负载词的平均词长、平均词目数、词汇密度和词级进行了统计，总词数的占比情况如表 5-8 所示。

表 5-8　原文本与两个译本中文化负载词所占百分比统计

项目	原文本	王译本	莱尔译本
原文本和译文本的词数量/个	21 417	16 210	24 183
文化负载词的数量/个	719	775	947
文化负载词所占百分比/%	3.36	4.78	3.92

由表 5-8 数据可知，文化负载词在两个译本中的词数的占比均高于在原文本中的比例，说明两位译者在翻译过程中都注重对文化负载词的保留，体现出对该类词语的重视程度。

以下，我们将对一些参数进行具体分析。

1. 平均词长

在译文中，译者所使用的词汇的平均词长越长，则相应的译文阅读难度也越大。表 5-9 所示的是莱尔译本和王译本所译文化负载词的平均词长。

表 5-9　两个译本的词长对比统计

项目	王译本	莱尔译本
总词长/个	3844	4760
平均词长/个	16.08	20.00
标准差	13.74	17.33
t 检验	0.007630562 差异不显著	

由表 5-9 可知，王译本和莱尔译本中文化负载词的平均词长分别为 16.08 和 20.00 个。独立样本 *t* 检验显示两者差异不显著，说明暂时没有证据表明这两个译文在此方面具有明显差异。

2. 平均词目数

译文中每个文化负载词所含的单词数越多，则说明其更倾向采用解释类的语言，便于读者理解。表 5-10 所示的是两个译本中每个文化负载词中所含的平均单词数。

表 5-10　两个译本中每个文化负载词所含的单词数对比

项目	王译本	莱尔译本
文化负载词数量/个	236	236
总单词数量/个	775	947
平均单词数量/个	3.28	4.01
标准差	3.19	4.00
t 检验	0.029236975 差异不显著	

由表 5-10 可知，全文共有 242 个文化负载词，其中王译本翻译了 236 个，莱尔译本也翻译了 236 个；王译本中使用了 775 个单词，而莱尔译本中共使用了 947 个单词，明显多于王译本。在平均单词数量方面，二者分别为 3.28、4.01 个，差异较小。由此可知，两位译者在翻译文化负载词使用的平均单词数上无太大差别。

3. 词汇密度

词汇密度是指译文中实词所占的比例。英文中的实词指的是名词、动词、形容词、副词、数词和代词。实词越多，译文所传递的信息越多。在此节，我们仍旧采用乌尔（Ure，1971）提出的篇章词汇密度计算公式，即词汇密度=（实词数量/总词数）×100%。表 5-11 所示的是两个译本中词汇密度的对比。

表 5-11　两个译本的词汇密度对比

项目	王译本	莱尔译本
总词数量/个	775	947
实词数量/个	601	718
词汇密度百分比/%	77.55	75.82

由表 5-11 可知，王译本的词汇密度为 77.55%，莱尔译本的词汇密度为 75.82%，二者数据相近，说明两位译者在翻译过程中对实词的使用都较为重视。

4. 词级

英国国家语料库将英文词汇按使用率由高到低分为 14 类，本节采纳该分类标准，在 AntWordProfiler 中分析两个译文的词汇难度及词汇丰富度。统计结果如表 5-12 所示。

表 5-12　两个译本的词级对比

两个译本	一级词汇占比/%	形符数/个	类符数/个	类符/形符比/%
王译本	60.10	482	230	47.72
莱尔译本	64.10	650	239	36.77

由表 5-12 可知，王译本中一级词汇占比为 60.10%，莱尔译本中一级词汇占比为 64.10%，数字之间的差距说明莱尔译本的词汇量更大，译本中所使用的词汇更为高级。表 5-12 还显示出，莱尔译本中所使用的形符数大于王译本中所使用的形符数，说明莱尔在翻译文化负载词的过程中更倾向使用解释性语言，而王译本则更加简练。从类符/形符比来看，王译本的占比更高，说明王译本的词汇丰富度更高，语言更加生动多变。

5. 两个译本的翻译策略比较

按照上述翻译策略的分类，两个译本对五类文化负载词翻译策略的统计结果见表 5-13 和表 5-14。

表 5-13　王译本文化负载词翻译策略使用情况统计

翻译策略		生态文化负载词/次	语言文化负载词/次	物质文化负载词/次	社会文化负载词/次	宗教文化负载词/次	各类文化负载词总数量/次	各类翻译方法与策略占比总计/%
异化策略	音译	0	3	5	12	1	21	8.68
	直译	5	21	31	18	5	80	33.06
	小计	5	24	36	30	6	101	41.74

续表

翻译策略		生态文化负载词/次	语言文化负载词/次	物质文化负载词/次	社会文化负载词/次	宗教文化负载词/次	各类文化负载词总数量/次	各类翻译方法与策略占比总计/%
归化策略	意译	0	29	34	23	6	92	38.02
	意译+脚注	0	3	2	3	0	8	3.31
	省译	2	5	4	2	3	16	6.61
	省译+脚注	0	0	0	0	2	2	0.82
	小计	2	37	40	28	11	118	48.76
异化+归化策略	音译+增释	0	0	1	0	0	1	0.41
	直译+增释	0	8	0	0	0	8	3.31
	音译+脚注	0	1	0	1	0	2	0.82
	直译+脚注	0	9	1	2	0	12	4.96
	小计	0	18	2	3	0	23	9.50
	总计	7	79	78	61	17	242	100

表 5-14　莱尔译本文化负载词翻译策略使用情况统计

翻译策略		生态文化负载词/次	语言文化负载词/次	物质文化负载词/次	社会文化负载词/次	宗教文化负载词/次	各类翻译方法与策略总计/次	各类翻译方法与策略占比总计/%
异化策略	音译	0	1	1	7	0	9	3.72
	直译	6	41	48	30	8	133	54.96
	小计	6	42	49	37	8	142	58.68
归化策略	意译	0	12	11	13	6	42	17.36
	意译+脚注	1	4	0	4	0	9	3.72
	省译	0	3	8	0	0	11	4.55
	省译+脚注	0	0	1	0	0	1	0.41
	小计	1	19	20	17	6	63	26.04
异化+归化策略	音译+增释	0	0	0	0	0	0	0
	直译+增释	0	4	3	2	1	10	4.13
	音译+脚注	0	2	1	3	1	7	2.89
	直译+脚注	0	12	5	2	1	20	8.26
	小计	0	18	9	7	3	37	15.28
	总计	7	79	78	61	17	242	100

由表 5-13 和表 5-14 可知，两位译者对文化负载词的翻译使用异化和归化两种策略均较多，尤其需要注意的是，译者对于较容易产生冲突和误解的宗教文化负载词倾向采用直译和意译的方法；对于反映时代背景下日常生活的社会文化负载词及物质文化负载词倾向采用直译和意译的方法；对于具有鲜明民族文化特征的语言文化负载词倾向采用直译、意译和直译+脚注的方法。

根据表 5-13、表 5-14 所显示的数据，我们可总结出两个译本对于文化负载词所采用的翻译策略具有以下相同点。

（1）两位译者在翻译过程中都采取了三种翻译策略，并且结合具体语境，使用了多种翻译方法。由表 5-13 和表 5-14 可知，王际真在翻译过程中使用了 10 种翻译方法，莱尔在翻译过程中同时使用了 9 种翻译方法，除了常用的直译和意译之外，还有注释和省译等其他翻译方法，多种翻译方法的结合使得两个译本更加生动形象且简洁易懂。下面举例加以说明。

例 1. 原文本：夫“不孝有三无后为大”，而“若敖之鬼馁而”，也是一件人生的大哀……

（鲁迅，2011：80-81）

王译本：…“Of the three filial impieties, the greatest is to be without heirs.”

（Wang，1941：92）

莱尔译本：…lest *the ghosts of the Ruo'ao clan go hungry, woman and man*—a great human tragedy, indeed!…

（Lyell，1990：124）

例 1 中，王际真基于对原作的理解，采用了省译的方法，他明白此处原文用典只是为了加强“不孝有三无后为大”的原因，为方便读者阅读，只译出原文前半句“不孝有三无后为大”，并未加以解释“若敖之鬼馁而”这一典故。莱尔采用直译加脚注的翻译方法，将原文中的典故“若敖之鬼馁而”逐字翻译且加上脚注解释其出处，完整保留了原作信息。此处两位译者虽采取不同的翻译方法，但原文信息及风格均得以完整表达。

例 2. 原文本：……“惩一儆百!……

（鲁迅，2011：106）

王译本：..."We must punish him as a warning to others.

（Wang，1941：125）

莱尔译本：..."*Make an example of only one/And a hundred crimes will go undone.*

（Lyell，1990：168）

例 2 中，王译本使用了直译的方法，指出了“惩一儆百”的目的，虽未阐述其产生的效果，但简洁易懂。莱尔译本采用了直译加增释的方法，不仅译出“惩一儆百”的行为，更翻译出其目的和影响，准确生动。

（2）对于生态文化负载词和社会文化负载词的翻译，两位译者都主要采用了异化策略。由上文对生态文化负载词的定义可知，该类文化负载词涉及一系列的地形地貌和动植物等较为客观的存在，这类词在两种文化中较易出现相应的对等词，由于其客观性强，因此在翻译过程中解释和省译等方法使用较少，两位译者主要采取了直译的翻译方法。见例 3 所示。

例 3. 原文本：村外多是水田，满眼是新秧的嫩绿……

（鲁迅，2011：87）

王译本：Wei was not a large village and Ah Q soon left it behind and found himself among the fresh green of the rice fields…

（Wang，1941：101）

莱尔译本：Then he came to a sea of rice paddies covered with fresh green sprouts and extending as far as the eye could see.

（Lyell，1990：137）

例 3 中，“水田”是指能够种植水稻的田地，对于文化负载词“水田”的翻译，王译本和莱尔译本都采用了逐字对应的翻译方法，即“水稻+田地”，具体而言，莱尔译本将其译为 rice paddies，王译本则译为 rice fields。

例 4. 原文本：打虫豸，好不好？

（鲁迅，2011：74）

王译本：I am nothing but a worm. How is that? Now let me go!

（Wang，1941：84）

莱尔译本：Beatin' up on a *bug*, does that make you happy?

（Lyell，1990：111）

例 4 中，原文“虫豸”字面指小昆虫，实则指阿 Q 为了向他人求饶而嘲讽自己为“微不足道的小人物”，王译本和莱尔译本均采用了直译法，还原了原文的讽刺风格。

两个译本对各类文化负载词所采取的翻译策略也存在以下不同点。

（1）对于语言文化、物质文化和宗教文化类文化负载词，王译本采用归化策略较多，其译文较注重原著内涵和风格的体现。莱尔译本采用异化策略较多，其译文更注重原文信息的准确传达，以下具体举例加以说明。

第一，关于语言文化负载词翻译策略的比较。

例 5. 原文本：谁知道他将到“而立”之年……

（鲁迅，2011：82）

王译本：Who would have thought that at the “age of moral independence”...

（Wang，1941：93）

莱尔译本：...he was approaching the age when, like Confucius, he should have “stood firm”,...

（Lyell，1990：125）

例 5 中，对于“而立”这一语言文化负载词，王译本采用了意译法，将其归化为英语中的 moral independence，便于目的语读者理解，即“到了应该独立的年龄”；莱尔译本将“立”这个字的字面意思直接译出，即 stand，虽然加上了引号强调不只是字面义，但是没有明确将其深层含义翻译出来，目的语读者在理解上也可能存在一定的困难。

例 6. 原文本：孔子曰“名不正则言不顺。”

（鲁迅，2011：68）

王译本：...for did not Confucius say, “if names are incorrectly defined, it will be impossible to attain truth”?

（Wang，1941：77）

莱尔译本：As Confucius once said, "*Be the title not just so/Then the words refuse to flow.*"

（Lyell，1990：101）

例 6 中，对于"名不正则言不顺"这一语言文化负载词，王译本采用了意译法，将其归化为目的语中的表达，便于目的语读者理解；莱尔译本则保留了原文中的表达形式，采取直译法，并且添加了注释，表明这一格言出自《论语》，帮助目的语读者更加深入地理解原文中所包含的文化内涵。

第二，关于物质文化负载词翻译策略的比较。

例 7. 原文本：……有一只大乌篷船到了赵府上的河埠头。

（鲁迅，2011：94）

王译本：...a big, covered boat stopped at the Chaos' landing.

（Wang，1941：109）

莱尔译本：...a large black-canopied boat tied up at the Zhao family wharf.

（Lyell，1990：147）

例 7 中，由于西方文化中缺乏与乌篷船相对应的意象，王译本采取归化策略进行意译，使得译文简洁，着重突出了"有盖子"这一特点，而对盖子的颜色等细节做了取舍，减轻了目的语读者的阅读负担。莱尔译本则采取异化策略进行直译，将乌篷船的特点描述得十分精确，即"有着大的黑色篷子的船"，这一描述可以具体形象地让读者感受到乌篷船的样子。

例 8. 原文本：……即如未庄的乡下人不过打三十二张的竹牌……

（鲁迅，2011：90）

王译本：For instance, in Wei they played only a game of dominoes of thirty-two pieces;...

（Wang，1941：105）

莱尔译本：For instance, when it came to gambling, the Wei Village bumpkins couldn't manage anything better than a simple game played with thirty-two bamboo counters.

（Lyell，1990：142）

例 8 中，王际真考虑到对应文化中相应存在的意象，将竹牌的翻译进行归化，译为西方文化中与之类似的“多米诺骨牌”，这一译法既传达了竹牌的用途，又便于海外读者理解。莱尔译本仍旧采取异化策略，进行逐字逐句翻译，竹牌翻译成 bamboo counters，即“竹子做成的棋牌类的筹码”。

第三，关于宗教文化负载词翻译策略的比较。

例 9. 原文本：……因为太太拜佛的时候可以用……

（鲁迅，2011：85）

王译本：...incense for future occasions when the mistress made offerings to Buddha.

（Wang，1941：97）

莱尔译本：...but since the Old Missus could make good use of them when she worshipped Buddha...

（Lyell，1990：130）

例 9 中，“拜佛”这个词也极具中华文化特色，王译本将其意译为 made offerings to Buddha，准确地体现了内涵义，即在中国拜佛时要向佛祖提供贡品；莱尔译本则直接将拜佛译为 worshipped Buddha，十分贴合原文，西方读者也能理解。

（2）对于语言文化负载词、物质文化负载词和宗教文化负载词，莱尔译本使用“注释”翻译方法较多。

第一，关于语言文化负载词翻译策略的比较。

例 10. 原文本：“臣诚惶诚恐死罪死罪”，……

（鲁迅，2011：80）

王译本：...abject slaves that chant the familiar refrain of “Your subject trembles and quakes because he knows that he deserves death.”

（Wang，1941：92）

莱尔译本：“In fear and trembling, thy servant draws his breath,

who, in addressing you, deserveth only death."

（Lyell，1990：122）

例 10 中，莱尔使用直译加脚注的翻译方法，将原文中败于胜利者的“诚惶诚恐”一类的人译为“只配走向死亡”的人，并解释说此处采用了夸张的修辞手法，形容在强者面前卑微到极致的一类人；王译本中采用直译，直接将这类失败者翻译为“战战兢兢，在帝王面前只配死亡”，简明准确。

第二，关于物质文化负载词翻译策略的比较。

例 11. 原文本：……阿 Q 见自己被搀进一所破衙门……

（鲁迅，2011：104）

王译本：Ah Q was dragged into a dilapidated yamen...

（Wang，1941：122）

莱尔译本：He watched himself supported under the arms and escorted into a rundown yamen…

（Lyell，1990：163）

例 11 中，两位译者对“衙门”一词都首选了音译，但是鉴于该意象对于目的语读者来说较为陌生，因此莱尔译本在文后增加了脚注便于读者理解，即“衙门”是“当地地方政府的一个机关”。

第三，关于宗教文化负载词翻译策略的比较。

例 12. 原文本：这一夜没有月，未庄在黑暗里很寂静，寂静到像羲皇时候一般太平。

（鲁迅，2011：103）

王译本：...such as prevailed in the primeval days of Fu Hsi.

（Wang，1941：121）

莱尔译本：Wei Village lay very quiet in the darkness, as quiet as it might have lain during the reign of Fu Xi.

（Lyell，1990：161）

原文中的羲皇（伏羲）是中国古代传说中的人物，对于目的语读者来说，伏羲这一人物形象较为陌生，因此，莱尔译本在翻译过程中加入了脚注以对其进行详细解释，而王译本可能基于读者只需知道其是远古时期的人物名称即可这样一个翻译目的，对这一人物采用了音译法。

（3）对于语言文化负载词和宗教文化负载词，王译本使用省译法多于莱尔译本。

第一，关于语言文化负载词翻译策略的比较。

例 13. 原文本：……被人揪住黄辫子……

（鲁迅，2011：73）

王译本：...being held by the queue...

（Wang，1941：84）

莱尔译本：...he would be grabbed by his discolored queue...

（Lyell，1990：109）

例 13 中，王译本对辫子的“黄”这一颜色进行了省译，而莱尔译本则使用了 discolored 进行意译，译出了“黄”这一颜色代表的内涵，即已经褪色的辫子，暗示阿 Q 已经不再年轻。

第二，关于宗教文化负载词翻译策略的比较。

例 14. 原文本：这是未庄赛神的晚上。

（鲁迅，2011：75）

王译本：It happened during the village festival.

（Wang，1941：85）

莱尔译本：It was on a night when Wei Village was holding a festival of thanksgiving to the gods.

（Lyell，1990：113）

原文中的“赛神”是中国特有的一个节日，王译本为了减轻目的语读者的阅读负担，对其进行了省译，只简洁交代是村里的一个节日，对于大部分读者来说掌握这些信息就足以，王译本同时将对该文化负载词的具体解释放在了文末的脚注中，以供需要进一步了解这一中国宗教节日的目的语读者参阅；莱尔译本则使用了直译加解释的翻译方法，将这个节日的举办目的清晰地翻译出来——a festival of thanksgiving to the gods，即“为了感谢神而举办的节日”。

（4）对于物质文化负载词的翻译，莱尔译本中采用的省译法多于王译本。

例 15. 原文本：……来了一阵白盔白甲的革命党，都拿着板刀，钢鞭，炸弹，洋炮，三尖两刃刀，钩镰枪，走过土谷祠……

（鲁迅，2011：96）

王译本：He saw the revolutionaries pass by the temple in white helmets and white armor, holding broadswords, steel whips, bombs, cannons, spears, and halberd...

（Wang，1941：113）

莱尔译本：...all decked out in white armor and white helmets, wearin' sabers too!

（Lyell，1990：152）

例 15 中，对于原文中“革命党”所持的六种兵器，由于西方文化中没有一一对应的物质文化负载词，莱尔译本对原文进行了省译，只将“板刀”意译为 sabers（军刀）；深谙中国传统文化的王际真则采用直译的方法将这六种兵器完整译出。

5.2.7 两位译者所采用的翻译策略的异同归因分析

本节基于语料库研究方法，对《阿 Q 正传》王译本和莱尔译本中文化负载词的平均词长、平均单词数、词汇密度、词级和翻译策略及对应的翻译方法进行了统计与分析，发现两个译本在翻译策略的选择上具有上述异同点，以下我们进行归因分析。

心理学认为，在个体强烈需要，又有外在诱因的条件下，就能引起个体强烈的动机，并决定他的行为。译者为实现其翻译目的总会采取一些翻译策略和手段以保障译文实现其最大的预期效应，即目的决定手段和过程。因此，两位译者对于翻译活动思考的起始，同时也贯穿于译者的翻译心理过程，便是译者清晰的翻译动机与目的。

1. 王译本翻译策略选择的翻译心理过程分析

王际真毕生致力于将中国文学介绍给西方，在中国现代作家中，他最推崇鲁迅。在美国哥伦比亚大学任职的 20 世纪 30～40 年代，王际真便翻译了鲁迅的《阿 Q 正传》等其他作品，鉴于王际真的中华文化身份，以及中国文学在当时中西翻译场域中的弱势地位，他翻译鲁迅作品旨在提升中国文学的域外影响，只有通过阅读中国文学作品，西方读者才能真正了解中国。正如王际真在其导言中所述，他首选鲁迅作品海外译介的原因不仅在于鲁迅小说高超的艺术成就，更重要的是其社会价值和认识价值（Wang，1941）。也正因此，鲁迅鲜明的写作风格以及独树一帜的思想内涵也增添其海外译介的困难。按照纽马克的分类，《阿 Q 正传》是一个严肃的文学作品，属于“表达型文本”，在翻译时应采取更忠实于原文的“语义翻译”，囿于译者王际真传播中华文化的心理及其所处的时代背景，王译本采取了“语义翻译”与“交际翻译”的折中处理（Newmark，2001）。在翻译生态文化负载词及部分语言、物质和社会文化中具有鲜明中华文化特色和时代背景的文化负载词时，王译本以原文为基础，坚守在源语文化的阵地之中，较多采用直译的异化翻译策略解释源语文化的内涵，增强目的语读者对源语文化的兴趣。如翻译“状元”这一中国特有的语言文化负载词时，莱尔译本将其译为 Metropolitan Graduate 并附上脚注，而王译本则直接音译为 Chuang-yuan。

另一方面，王译本由哥伦比亚大学出版社出版，向攻读中国历史、文学的美国大学生和研究生这些对中国文化有兴趣的读者阐释中华文化是王际真的翻译目的。与此同时，在翻译鲁迅小说时，王际真为哥伦比亚大学的中文教员，需要有准确可靠的中国现代文学作品英译本来作为教材使用，让更多海外学生对中国文学产生兴趣也是其主要翻译目的。因此，王际真在译介语言、物质、社会和宗教类文化负载词时，较多地使用了意译法，但对一小部分这四类文化负载词，有时也有意使用了省译法，基于自己对鲁迅作品及中华文化的深刻理解，保留了他认为美国读者应该了解的中华传统文化，省译了他认为目的语读者不需要掌握的文化负载词。如在小说开头讨论《阿 Q 正传》属于何种类别的传记时，原作写道“因为文体卑下，是‘引车卖浆者流’所用的话”，显然，此“引车卖浆者流”的话代指那些粗俗上不得台面的话。王译本将“引车卖浆者流”意译为 written in the vulgar language of the street，解释出原作暗指的含义；在翻译“既经圣人下箸，先儒们便不敢妄动了”中“先儒”一词时，基于对原作的理解与把握，王际真采用了省译：“先儒”只是鲁迅先生作比于此，讽刺大家因为谣传阿 Q 是赵太爷本家而尊敬阿 Q 的无知做法。尽管合理地对原作进行省译和意译有助于减轻目的语读者的阅读和理解负担，激发他们的阅读兴趣，但也在一定程度上影响了源语文化的保留与原作风格的传递，这也可能在一定程度上造成了王译本的传播受限。

2. 莱尔译本翻译策略选择的翻译心理过程分析

20世纪80年代末期，美国汉学家莱尔翻译了鲁迅的26篇小说，收录在《狂人日记及其他故事》中。莱尔在序言中明确地阐释了他的翻译目的："首先，译者应该尽可能地还原原文的信息，确保目的语读者能获得与源语读者基本一致的理解；其次，译者应努力为其翻译争取到尽可能多的读者，进一步扩大读者群。"（Lyell，1990：xlii）所以莱尔在译介时创新地使用美式英语中的俚语、俗语等独特表达，旨在还原原文风格，在翻译文化负载词时亦是如此；在以采取直译的异化翻译策略为主的情况下，莱尔在译文中还添加了大量脚注和文内释义，也在其译文中与时俱进地使用现代汉语拼音代替威妥玛式拼音。莱尔在翻译时很重视译文效果，强调目的语读者对译本的理解与接受程度；在他看来，原文作者在源语文学历史和文化上的崇高地位并不一定会影响翻译的策略，决定一切的是能否确保读者能够基本获取与译者阅读原文时一致的理解。对于文化负载词的翻译，莱尔译本美语化的译文相较于王译本而言，更主动地向目的语读者靠近，更能打动目的语读者。学者邓腾克（Kirk Denton）认为"莱尔使用高度美语化的英语是一个很重要的翻译策略，使得这些小说更易于北美的读者接受"（Denton，1993：174）。如翻译"名不正则言不顺"这一俗语时，莱尔译为"Be the title not just so/Then the words refuse to flow"，此处莱尔将说话言不由衷译为 the words refuse to flow，实属非常地道的美语，且在达意的同时也和原俗语句式相近，完整地传达了原文的信息与风格，拉近了与美国读者的距离；王译本则将整句译为"if names are incorrectly defined, it will be impossible to attain truth"，虽然意思传达准确，但少了些生动。

莱尔深知其译本面向的是海外读者，他们对中国文化的了解较为匮乏，因此在翻译与其美籍文化身份冲突的部分，如语言、物质和宗教类文化负载词时，莱尔还加入了丰富的注释以使目的语读者对原文本的内容有更加清晰的了解，如将文化负载词"三教九流"译作 Three Cults and Nine Schools，并附上注释解释"三教九流"分别为儒教、道教、佛教三大教派和儒家学者、道家学者、法家学者等九大学术流派，颇有科普意味，对于读者理解作品及了解中华文化均具有很大的帮助；王译本则直接将其转换译为 Humble storytellers，表达出原作的影射含义，还原了鲁迅作品辛辣的讽刺风格。不同于身负中华文化身份、怀揣扩大中华文化的影响这一翻译目的的王际真，莱尔在翻译过程中更注重鲁迅作品的文学文体特征，对文学语调进行深入剖析。他认为，鲁迅的白话文绝不仅仅是中国传统白话文的继续，鲁迅的语言风格既受外国文学的强烈影响，又从中国古典文学中得益颇多，有着高度的文学性（乐黛云，1981）。因此，莱尔在译文中添加了丰富的注释，为目的语读者提供足够的信息，尽量让他们能够获取与源语读者基本一致的信息，让更多读者理解鲁迅文本丰富的文学价值。在翻译源语文化与译语文化中不对等的文化负载词时，莱尔在翻译策略的使用上更多地考虑目的语读者，多注释、多直译，信息量也十分完整清晰，译文可接受性也更高一些。

在本节，我们通过对两个译本中的文化负载词翻译的数据分析，发现两位译者对文化负载词翻译的异同之处主要是由其翻译目的决定的，同时受到译者文化身份的影响。译本的完成效果则受出版商、社会环境、时代背景等外部因素的影响较大。

上述的分析对我国文学作品的海外译介可以提供一定启示。

（1）对于源语中难以在译入语中找到对等意象的语言、生态和物质类文化负载词，可大胆采用直译的异化翻译策略。

（2）对于容易产生社会冲突和文化误解的宗教和社会类文化负载词，应谨慎使用意译法和省译法等归化翻译策略。

（3）在译介各类文化负载词时，译者应尽可能淡化自身身份及文化偏见，尽量保留源语中的文化现象，担负起客观传播文化的责任。

（4）小到文化负载词，大到整部文学作品，译者在翻译过程中均应把握时代背景，译介为当代大众读者所接受或紧密契合正确政治舆论导向的文学作品，以促进中华文学作品与中国文化向海外传播。

5.3　《肥皂》王译本与他译本中绍兴方言英译策略比较

鲁迅小说《肥皂》于 1924 年 3 月 27～28 日在《晨报副镌》上连续发表，后收录于其短篇小说集《彷徨》。小说以肥皂为线索，截取了四铭一家日常生活的一个断面：四铭带着肥皂回家，从而引发了四太太从新奇到抵触再到接受的心理渐变。其间贯穿了夫与妻、父与子、民众与新文化运动等多组矛盾，波澜叠起，层层推进。夏志清（2001：39）认为，“就写作技巧来看，《肥皂》是鲁迅最成功的作品，因为它比其他作品更能充分地表现鲁迅敏锐的讽刺感”。

小说的成功离不开作者对语言的精致打磨。鲁迅（1981a：296-297）主张“从活人的嘴上，采取有生命的词汇，搬到纸上来”，“博取民众的口语”（鲁迅，1981b：384）熔铸于作品中。因此，鲁迅小说中总是夹杂出现方言土语，这是一种在北方口语的基础上带有明显绍兴方言痕迹的“炼话”，是经过加工的文学方言，故具有突出的研究价值。本节拟考察《肥皂》中绍兴方言的使用情况，基于译者行为批评视域，借助艾克西拉总结的 11 种文化专有项的翻译策略类别，对比分析王际真译本与其他不同时代的三个英译本对原文中方言再现的异同并探究其译者行为之动因，以期对后续的方言翻译研究有所助益。

5.3.1 《肥皂》中方言的功能

依照相关工具书（如谢德铣，1979，1993；倪大白，1981；任宝根，2005；吴子慧，2007），笔者对《肥皂》中的绍兴方言仔细甄别，发现典型绍兴方言共 49 处，可分为拟声类方言、詈言、地方民俗类方言、俗谚和地方特有表达用语五类。

纽马克指出，在翻译方言时，译者的首要任务是识别出原文中方言的具体功能。这主要体现在展示语言的俗俚用法、强调社会阶级差异、突出当地文化特征等三个方面（Newmark，2001）。李颖玉等（2008）认为，方言的使用有确立地理背景、表明人物身份、反映地方民俗、产生幽默效果、使语言简洁、使人物生动等几种功能，而且时常是兼而有之。但具体文本不同，方言功能有异。我们在吸收借鉴前人成果的基础上，归纳出《肥皂》中绍兴方言主要具有以下功能。

（1）展现地方特有风俗，强化作品真实感。

例 1. 四铭太太正在斜日光中背着北窗和她八岁的女儿秀儿糊纸锭，忽听得又重又缓的布鞋底声响，知道四铭进来了，并不去看他，只是糊纸锭。

（鲁迅，2011：180）

例 1 中“糊纸锭”系典型绍兴旧俗。纸锭是用锡箔制成的一种迷信品，一般糊成元宝形，其中较大的金元宝用以祀神，较小的银元宝用于祭祀先祖或是故人。中华人民共和国成立前，绍兴几乎有一半人以从事锡箔业、制造冥币为生，故获“锡半城”之称（裘士雄等，1985）。小说以四铭妻女糊纸锭为开篇，奠定了写作场景的地域真实性，同时也揭示其家境的寒微，以此反映出四铭购买肥皂行为的反常性，为后文谋篇布局埋下引子。

（2）帮助刻画人物形象，生动展现人物行为。

> 例 2. ……伙计本来是势利鬼，眼睛生在额角上的，早就撅着狗嘴的了；可恨那学生这坏小子又都挤眉弄眼的说着鬼话笑。
>
> （鲁迅，2011：184）

例 2 中的“眼睛生在额角上”和“撅着狗嘴”均为绍兴俗语。其中“眼睛生在额角上”意为“眼睛只是朝上看。比喻高傲而又势利的人”（谢德铣，1993：25），是鲁迅对绍兴俗谚“眼睛生东额角头”的改造使用。《越谚》卷上《语言·“头”字之谚第十三》收录有“眼睛生东额角头”，注曰“傲视世人”（侯友兰等，2006：92）。此处“东”为绍兴方言介词，意为“在”。“撅着狗嘴”指“嘴巴高高翘起，显出一副瞧不起人或很不高兴的样子”（汪宝荣，2015：177）。小说中四铭到杂货店买肥皂，囊中羞涩却又东挑西拣，遭遇店铺伙计嘲笑，事后四铭在家人面前用这两处俗语抱怨伙计势利，其表达效果远远比“势利”二字生动具体，活灵活现地还原出伙计当时对四铭行为的不屑。

（3）节省文字，增强文学感染力。

> 例 3. 他眉头一皱，擎向窗口，细着眼睛，就学程所指的一行念过去：……
>
> （鲁迅，2011：183）

例 3 中的“擎”和“细”均为绍兴方言动词。“擎”指“举起、用手托着”（任宝根，2005：24）；“细”指“眯着（眼睛）”（倪大白，1981：154）。这两个词精简地描摹出四铭阅读字典时的动作和神情：四铭皱着眉头，手托着字典迈向窗边，借着光线眯起双眼看下去。文字的节俭与生动强化了这一连串动作的感染力。

（4）产生幽默效果，增加作品的讽刺力量。

例 4. 他好容易曲曲折折的汇出手来，手里就有一个小小的长方包，葵绿色的，一径递给四太太。

（鲁迅，2011：180）

例 4 中的“汇出手来”体现了鲁迅娴熟的乡语驾驭能力。“汇出手来”意为“从怀里或衣服袋里拿出手来，或手伸进窄小而弯曲的地方，然后费力地把手拿出来”（谢德铣，1993：25），强调拿回过程的曲折缓慢。文中以此描绘四铭从“布马褂底下的袍子的大襟后面的口袋”里掏出肥皂的艰难，暗讽其形态的可笑与心性的肮脏。

上述几种方言所发挥的不同功能对小说的成功作用不可小觑。因此，如何在译入语文化中找到与原文本中的方言意义相当、功能相仿的对应语，是摆在译者面前的难题，也催化了译评者观念的分野。

5.3.2 译者行为批评视域下《肥皂》中绍兴方言英译策略的对比分析

长期以来，方言翻译策略批评的争论焦点停留于“方言对译”的合理性，其主要支持者有林以亮（1984）、郭著章（1994）、刘重德（1991）和王恩科（2015）等，而主要反对者有傅雷（1984）、王佐良（陈国华，1998）、孙致礼（2003）和韩子满（2004）等。争论主题多为英语方言汉译，其经典例证便是张谷若先生将《德伯家的苔丝》（*Tess of the D'urbervilles*）中英国威塞克斯方言译为我国山东方言。另外，方言翻译补偿策略如采用目的语中比较通俗、口语化的语言来翻译源语方言也为不少论者所赞成（如韩子满，2002；王艳红，2008；陈胜利，2013）。

然而，学术研究所探讨的往往是方言翻译的理想情况，是具有规定性倾向的该怎么译的问题。译者的翻译实践受多方因素的制约，体现出的是会怎么译。二者往往处于相互割裂的状态。译者行为批评理论为此种二元对立做出了有效调和。

1. 译者行为批评与“求真—务实”译者行为连续统评价模式

译者行为批评是一项“集中于意志体译者在翻译社会化过程中的角色化及其作用于文本的一般性行为规律特征”（周领顺，2014a：1）的研究。该研究基于充分描写，统筹翻译内外，将译者视为语言人身份与社会性角色的双重载体，不仅面对原文，也面向社会，由此延展出“求真—务实”译者行为连续统评价模式。

“求真—务实”译者行为连续统评价模式的现实出发点在于“人是典型的意志体”，而“意志体译者不仅具有语言性的属性，同时也拥有社会性的属性，兼及服务‘作者/原文’和‘读者/社会’的双重责任”（周领顺，2014a：64-65），因此既要“求真”，又要“务实”。“求真”是指“译者为实现务实目标而全部或部分求取原文语言所负载意义真相的行为”；“务实”表示“译者在对原文语言所负载的意义全部或部分求真的基础上为满足务实性需要所采取的态度和方法”（周领顺，2014a：76-77）。“求真”和“务实”分别位于连续统的两端，中间是各种渐变状态，渐变的过程反映了译者角色的微妙变化，由“求真”滑向“务实”，从语言性朝向社会性。

“求真”与“务实”是辩证的关系，二者相互区别又融为一体。“求真”是“务实”的基础，是确保翻译之为“翻译”的根本，而翻译活动本身是一项目的性的社会行为，因此译者行为又表现为“务实”高于“求真”，却又不能无视“求真”。落实到译者行为准则上，便是“求真为本、求真兼顾务实；务实为用（上）、务实兼顾求真”；相应的译者行为评价标准则建立在“对求真度（译文和原文）和务实度（译文和社会）及其对二者之间平衡度的把握上”（周领顺，2014a：106）。下文我们将依托该标准分析评价小说《肥皂》中绍兴方言的翻译情况。

2. 方言翻译策略类别

西班牙学者艾克西拉对于文化专有项的翻译划分出了 11 种翻译策略（Aixelá，1996）。张南峰（2004）认为，艾克西拉的这一分类以描述为基础，以方便翻译的描述研究为设计目的，展示出不同程度的异化和归化，排列有序，细致详尽。在此，我们采用这 11 种翻译策略对《肥皂》中的方言翻译策略进行判断与标注[①]，依次为：①重复，照抄原文；②音译法；③语言翻译法，尽量保留原文中文化专有项的指示意义；④文外注释；⑤文内注释；⑥使用同义词；⑦有限一般化，选用译文读者较熟悉的另一源语文化专有项进行替换，使译文读者更易接受；⑧绝对一般化，选用目的语中一个中性的非文化专有项来翻译文化专有项；⑨归化法；⑩删除法；⑪自创法。其中前五种是文化保留法，后六种是文化替代

① 笔者已经运用该分类标准对小说《离婚》中方言的翻译策略进行判别与统计（黄勤，2016）。

法，从策略①到策略⑪，译文的归化程度递增。

对译者行为的研究只有在尽可能客观描写的基础上才有可能给予比较合情合理的解释（周领顺，2014a）。鉴于上述 11 种翻译策略是对译者行为的客观描写，基于此统计结果的译者行为阐述与批评具有解释力与合理性。

3. 《肥皂》中方言的四个英译本对比分析

我们选择《肥皂》的四个重要的英文译本：王际真译本（Wang，1941）、杨宪益夫妇合译本（Yang & Yang，1960）、莱尔译本（Lyell，1990）和蓝诗玲译本（Lovell，2009）进行对比分析，力图反映这四个产生于不同时代的经典译本中方言翻译策略的具体表现形式，并阐述其不同译者行为的动因，以期对方言翻译有所启示。四个译本以下分别简称为王译本、杨戴译本、莱尔译本和蓝译本。表 5-15～表 5-19 中的数字分别对应上文的 11 种翻译策略。

表 5-15 《肥皂》中拟声类方言四个英译本之翻译策略统计

原文	王译本	杨戴译本	莱尔译本	蓝译本
吓	Huh ⑨	Pah ⑨	Hah ⑨	Well ⑧
橐橐	clap, clap ⑨	tramp ⑧	squeak squeak ③	(deleted) ⑩
喤喤	(deleted) ⑩	(deleted) ⑩	with a boom that left one's ears ringing ⑧	(deleted) ⑩
咯支咯支	k-chee, k-chee ②	scrubbing ⑧	rub-a-dub-dub ⑨	scrub up lovely ⑧
叽叽咕咕	chatter glibly away ⑧	chatter away ⑧	chit-chit chat-chat ③	prattle away ⑧
唧唧足足	cluck and twit ⑧	Cheep ⑧	cluck-cluck heep-cheep ③	cheeps ⑧

拟声类方言使描写生动逼真，富有音乐性。表 5-15 显示，在处理拟声类方言时四位译者采取了多元化的翻译策略。王译本和杨戴译本以绝对一般化和归化法为主，蓝译本以绝对一般化和删除法为主，莱尔译本多用语言翻译法。

以“橐橐”为例，“橐橐”在绍兴话里读作“笃笃”，指在楼梯和地板上较轻的走动声（任宝根，2005）。四个译本选用了各不相同的英译策略。王译本的“clap, clap”在形式上契合归化法，但在语义上与原文有所偏离。文中的“橐橐”是学程在走动时其皮鞋底与地面摩擦而发出的声响，与“clap, clap”所示的手掌拍击声在意义上有所差别，其文本指示意义的求真度不高，但鉴于其还原了拟声音效，实现了部分文学功能，该译文仍具有一定的效果务实度。杨戴译本的 tramp 属于绝对一般化，意为沉重的脚步声，程度过深，其语义求真度一般。不过对目的语读者来说，他们并不知晓原文中该拟声词的音响程度，同时 tramp 对他们而言是一个熟悉的概念，放在译文语境中也衔接自然，故该译文的务实性较强。莱尔译本的 squeak squeak 十分特别，该组合方式或先将“橐”译为 squeak，再进行叠加，以对原文形式进行最大限度的求真，按类别当数语言翻译法。然而，squeak 有“尖厉”的语义倾向，与原文有较大差异，其语义求真度较弱，不过读者尚能从中获取拟声信息，故具有一定的务实度。蓝译本采用删除法，是对原文的零求真，但译本上下文衔接紧凑，未对读者产生干扰，不失为一项务实之举。

下面通过表 5-16 分析《肥皂》中詈言的翻译情况。

表 5-16 《肥皂》中詈言四个英译本之翻译策略统计

原文	王译本	杨戴译本	莱尔译本	蓝译本
坏种	bad eggs ⑨	a bad lot ⑨	be no damned good ⑨	the youth of— ⑨
鬼子话	foreign language ⑧	foreign devils' language ③	deviltalk ③	foreign-devil talk ③
闷胡卢	riddle ⑧	Be puzzling ⑧	a riddle out of nowhere ⑧	riddles ⑧
势利鬼	snobs that toady to the rich ⑧	supercilious young fellows ⑧	stuck-up little snob ⑨	Snotty imps ⑨
撅着狗嘴	assume a doggish snout ③	pull a long dog's face ③	make faces ⑧	sneer at ⑧
打鸡骂狗	strike the chicks and curse the dogs ③	hit the hen while pointing at the dog ③	fly off the handle ⑨	(deleted) ⑩
全无心肝	have no heart anymore ⑧	be utterly heartless ⑧	not have feelings anymore ⑧	break your heart ⑧

原文中共有詈言 7 处，均出自四铭与妻子的私下对话，作者以此生动刻画四铭人前斯文、人后刻薄的真实面目。四个译本选取的翻译策略的差异并不显著，均以绝对一般化、归化法和语言翻译法为主，其中绝对一般化使用频率最高。

以“撅着狗嘴”为例，这是四铭攻击店铺伙计势利眼的骂詈俗语，其文学功能在于凸显四铭尖嘴薄舌的人物特征。王译本与杨戴译本采取语言翻译法，将“狗”的文化意象保留，分别将其译为 assume a doggish snout 和 pull a long dog's face，力图形象地再现四铭眼中小伙计的傲慢与势利，在译者行为连续统上更偏向语言性求真，靠近“原文/作者”一端。不过，“狗”在东西方文化中的附加色彩或有不一，西方读者能否感知出其中的谩骂意味直接影响译文的效果务实度。莱尔译本与蓝译本选择绝对一般化，将其处理为目的语读者更为熟悉的概念 make faces 和 sneer at，是译者为避免引发读者理解困扰的社会性务实行为，同时在一定程度上减损了原文的骂詈效果与文学功能。原文的形象化语言特征被抹去，方言詈辞的粗俗色彩全无，人物个性也由此趋于平淡化，故文本求真度较弱。

除了拟声词与詈言，还有不少地方民俗类方言还原了绍兴风土人文。表 5-17 为《肥皂》中地方民俗类方言的英译情况。

表 5-17 《肥皂》中地方民俗类方言四个英译本之翻译策略统计

原文	王译本	杨戴译本	莱尔译本	蓝译本
堂前	the hall ⑧	the hall ⑧	the living room ⑧	the hall ⑧
堂屋	the hall ⑧	the hall ⑧	the living room ⑧	the sitting room ⑧
上首	the head of the table ⑧	the head ⑧	the head ⑧	the head ⑧
下横	(deleted) ⑩	the lower end of the table ⑧	the foot of the table ⑧	the foot of the table ⑧
左横	the left ⑧	the left ⑧	the left side of the table ⑧	the left-hand flank of the table ⑧
右横	the right ⑧	the right ⑧	the right ⑧	the right ⑧
厨下	the kitchen ⑧	the kitchen ⑧	the kitchen ⑧	the kitchen ⑧
糊纸锭	make paper ingots ③	paste paper coins for the dead ⑤+③	paste paper coins for the dead ⑤+③	paste paper funeral money ⑤+③

地方民俗类方言发挥着展现地方独特习俗、强化作品真实感的文学功能。表 5-17 显示，对于地方民俗类方言的翻译，四个译本基本采取了绝对一般化。

较为特殊的是“糊纸锭”的翻译，“糊纸锭”是绍兴旧习，也是鲁迅小说世界里的重要道具，用以增强作品的写实性。王译本采用语言翻译法，仅翻译其字面含义为 make paper ingots，并未说明其特殊用途，不免让读者茫然，故其务实度较弱。其他三个译本均先采用语言翻译法，再加以文内注释 for the dead、funeral，指明了该祭祀习俗的文化意义，通过译出绍兴文化的异质成分保留了译文的地域色彩，看似与“原文/作者”一端更为靠近，实则客观上帮助读者进一步了解原文内涵，吸引其阅读兴趣，更好地实现了务实目的。不过，四个译本均忽略了纸锭的材质，即锡箔纸，或许可以处理为 paste tinfoil ingots for the dead，以兼及语言性求真与社会性务实。

除了民俗民风，一方百姓在生产生活中创造的俗谚也极具地方特色。表 5-18 为《肥皂》中绍兴俗谚的翻译策略。

表 5-18 《肥皂》中绍兴俗谚四个英译本之翻译策略统计

原文	王译本	杨戴译本	莱尔译本	蓝译本
天不打吃饭人	even Heaven would not strike one who is eating ③	even thunder won't strike folk at meal ③	even Heaven will not beat anybody when they eat ③	(deleted) ⑩
眼睛生在额角上	with his eyes growing upward on his forehead ③	with eyes on the top of his head ③	(deleted) ⑩	with eyes in the top of their heads ③
对着和尚骂贼秃	curse a bald head in front a monk ③	curse bald heads to a monk ③	be bad-mouthing bald headed men in front of a monk ③	(deleted) ⑩

谚语通俗凝练，富有感染力。对于绍兴俗谚的英译，四个译本表现出明显的趋同性，即采用语言翻译法。不过，在仅 3 个俗谚中，蓝译本 2 处采取了删除法。

以“天不打吃饭人”为例，该谚语意为雷不打正在吃饭的人，比喻一个人有多大的罪过也须待他用完餐再处理（谢德铣，1993）。原文为晚餐时分四太太对四铭的规劝，文字节俭，明快有力。四个译本中，仅有蓝译本采取删除法，其他三个译本均选用语言翻译法，直译出该俗谚的指示意义，但在对“天”的翻译上存在细微差别。王译本与莱尔译本将其译为 Heaven，独有杨戴译本译为 thunder，更贴近原文内涵，正如口语中常用的“雷（轰）”，故具有最佳的语义求真度。不过，直译法无可避免地损害了俗谚的文学功能，译文稍显拖沓，上口性较差，无法显露出四太太的灵机巧思。在顾及原文语义求真的同时，三个译本也体现出了较高的社会务实度，这是由于直译该俗谚的字面义恰好符合原文的饭桌语境，读者可轻松获取文本信息。

《肥皂》中还有大量的其他一般性绍兴方言，大多用以描写人物动作、外貌、语气和个性等特征，此处合并归为“地方特有表达用语”。表 5-19 统计了《肥皂》中地方特有表达用语的翻译策略。

表 5-19 《肥皂》中地方特有表达用语四个英译本之翻译策略统计

原文	王译本	杨戴译本	莱尔译本	蓝译本
踱	stroll out ⑧	go ⑧	stride out ⑧	go ⑧
偏	selfishly precede you ⑧	eat ⑧	eat ⑧	dine ⑧
偏劳	impose this errand on ⑧	(deleted) ⑩	Trouble ⑧	trouble ⑧
噜苏	Troublesome ⑧	pernickety ⑧	fussy ⑧	fussy ⑧
顶小	the youngest ⑧	the youngest ⑧	the youngest ⑧	the youngest ⑧
真个	Certainly ⑧	really ⑧	(deleted) ⑩	(deleted) ⑩
货色	piece of goods ⑧	piece of goods ⑧	the goods ⑧	(deleted) ⑩
亏煞	(deleted) ⑩	(deleted) ⑩	isn't it fortunate that ⑧	(deleted) ⑩
老泥	ancient dirt ⑧	the accumulated dirt ⑧	the accumulated dirt ⑧	long-accumulated dirt ⑧
特诚	specially ⑧	specially ⑧	not for anyone else but ⑨	her ⑨
中通	take some medium-priced variety ⑧	strike a happy mean ⑨	strike a happy mean ⑨	something in the middle ⑧
相干	that has everything to do with it ⑧	there's a connection all right ⑧	it's got a *lot* to do with it, if you ask me ⑨	what's this got to do with anything? ⑨
外路人	stranger ⑧	be not from these parts ⑧	outlander ⑧	be not from round here ⑧
死板板	immobile and expressionless ⑧	impassive⑧	be perfectly wooden ⑨	inscrutable ⑧
细簇簇	elaborate ⑧	a network of tiny…⑧	fine-lined bouquet… ⑧	finely wrought ⑧
欠过身去	reach up ⑧	lean over to ⑧	bend over ⑧	(deleted) ⑩
汇出手来	extricate his hand from ⑧	extract his hand ⑧	recover a hand ⑧	(deleted) ⑩

续表

原文	王译本	杨戴译本	莱尔译本	蓝译本
怒得可观	burst out angrily ⑨	furious ⑧	wax more than a little wroth ⑨	rage ⑧
一阵一阵	parade ⑧	wander up and down ⑧	one group after another+(footnote) ⑧+④	parade ⑧
擎向窗口	take…over to the window ⑧	turn Towards the window ⑧	hold…up to the light of the window ⑧	hold…up to the light ⑧
细着眼睛	squint ⑧	screw up his eyes ⑨	squint ⑧	squint⑧
存身不住	the atmosphere is none too Favorable ⑧	this is no place for him⑧	…be no place for him ⑧	be on enemy territory ⑨
也不听见	can't you hear your *dieh* calling? ⑧	Why didn't you hear your father call? ⑧	You didn't hear your dad calling you? ⑧	Why didn't you hear your father calling you? ⑧
倒反去打趣	look on them as objects for their amusement ⑧	but only to jeer at them ⑧	even have the gall to make fun of her ⑨	make fun of them ⑧
很严的办一办	be punished ⑧	be very severely dealt with indeed ⑨	be given a good lesson ⑨	be taught a lesson they won't forget ⑨

地方特有表达用语多用于人物描摹，具有节俭文字、生动展现人物行为、产生幽默讥讽效果等文学功能。表 5-19 显示，在对地方特有表达用语的英译中，绝对一般化使用频率最高，仅有少量译文采取归化法和删除法，且删除法多为蓝译本所采用。

以“汇出手来”为例，“汇”在小说里指四铭伸手从窄小的衣袋里缓慢费力地掏出肥皂的微妙肢体动作，幽默并富有讽刺意味。裘士雄等（1985）认为，“汇”字精当而传神，成功刻画出四铭的肮脏心理。王译本与杨戴译本采取绝对一般化，将其处理为 extricate 与 extract，这两个词都含有几经曲折最终好不容易抽出手来的意思，与原文语义贴近，并且实现了与原文相似的幽默讥讽功能，四铭急切而又滑稽的猥琐形象呼之欲出，因此其求真性和务实性都很高。莱尔译本采用绝对一般化将其译为 recover，仅保存了“收回、抽回”的意思，肢体动作的简化遮蔽了人物内心活动，人物个性也因此而平淡化，其文本求真度一般。不过，译文通俗晓畅，务实性较强。蓝译本采取删除法，上下文语境连贯，务实性较强。

5.3.3 《肥皂》中方言英译策略总结与探因

综合四个英译本对小说《肥皂》中五种方言类别的再现情况，可以发现绝对一般化、归化法、语言翻译法和删除法出现次数最多，其中又以绝对一般化的使用频率最高，四个译本的使用率分别为 71%、69%、57%和 61%。删除法以蓝译本使用居多，其使用率高达 20%，而其他三个译本删除法的使用率仅在 5%左右。同时，重复策略几无涉及。这不得不引起我们的深思与重视。

“求真—务实”译者行为连续统评价模式的内核在于对已有翻译现象的描写和解释，分析译者行为背后的社会性动因。鉴于上文已描写并归纳了《肥皂》中方言的英译策略，以下将尝试基于这一理论模式对其中呈现的突出特点进行解释与归因。

首先，方言的标准化译法在国外的翻译批评中历来颇受冷遇。米尔顿·阿泽维多（Milton Azevedo）认为，方言的标准化译法会窜改原文风格，扭曲人物形象，丢失文化含义，因此译者应尽量避免采用（Azevedo，2009）。玛丽娅·桑切斯（María Sánchez）指出，用标准语翻译方言最不让译者劳神费力，虽然效果往往会不尽如人意（Sánchez，2009）。国内方言翻译批评对此更是鲜有涉及。如前文所述，在针对方言翻译策略的探讨中，国内论者大多围绕方言对译、方言的通俗化翻译等话题争执不下，对方言的标准化译法几无涉足。

事实上，在方言翻译的实践层面，标准化译法早已被广泛采用，以至成为一种翻译共性（Pinto，2012）。这种被视为“最激进”的译法（Berezowski，1997：88）虽为主流译评所忽视，却也有其存在的合理性与必然性。里特瓦·莱皮哈尔梅（Ritva Leppihalme）在对一部芬兰语小说的英译文进行实证考察后指出，将原作中的方言译成标准英语确实会损害方言所提供的营造社会文化语境、刻画人物鲜明个性、增强幽默感等功能，但其结果未必全是负面的，因为读者往往并不在意原文作者的语言身份（linguistic identity），吸引他们的更可能是译文的其他方面（Leppihalme，2000）。欣赏原文不一定落在欣赏原文的语言表述上，也可以是欣赏作者的思想（部分求真）的，所以就有了读者定位这样的务实之举（周领顺，2014a）。值得注意的是，方言的标准化译法可由其他诸多社会性因素引致。比如在酬赏结构（reward structure）的支配下，译者一般倾向将原文语言标准化以规避风险（Pym，2008）。此外，编辑指南、时间紧缺、翻译辅助资源缺乏等因素均会促使译者采用标准化译法（Rosa，2012）。

其次，蓝译本较之其他译本更多采用删除法也有其根据。这是译者基于社会需求从而掺杂个人私念的目的性取舍行为，是一种务实性调整。在一次采访中，被问及对方言翻译的看法时，蓝诗玲坦言自己并不懂绍兴方言，也不想把方言带进译文里。她认为方言很难翻译，因为它是最自然、最口语化的表达，一般而言在目的语中找不到对等物。尽管译者有多种处理方式，如方言对译，但她认为这种策略的危险很大。她还特别强调，自己的书主要是给普通英国读者看的，他们并不关心译文是否准确地再现原作风貌，因为他们也没有读过原文。重要的是，得让读者相信鲁迅小说的可译性及世界影响力（Wang，2014）。可以肯定地说，在鲁迅小说的方言翻译的问题上，蓝诗玲为迎合目的语读者的接受心理，实现务实的社会效果，更多地展现出了一个经营者的角色，是半译者身份的社会-语言人，其译者行为表现为“务实”高于“求真”，乃至弃“真”务实。译者的潜心经营助推了译本的成功。该译本被收入企鹅经典文库，汉学家华志坚称赞其为鲁迅享誉于汉语世界之外提供了最好的机会（Wasserstrom，2009）。

最后，重复这一策略的零采用也彰显出意志体译者的社会性。这具体表现在遵守英美评论界所倡导的主流翻译规范。韦努蒂在大量考察发表于英美主流报刊的书评后指出，行文流畅（fluency）是当今英美评论界审视英译作品的主要标准。一部被认为流畅的译作除了使用当代英语、通用英语和标准英语之外，还要避免采用外国文字（Venuti，1995）。这或许有助于解释四个译本均未使用重复策略，即照抄原文的原因。这是译者为了使译文适应接受环境而做出的妥协与努力。

概之，在小说《肥皂》中绍兴方言的英译问题上，王际真和其他三个译本的译者均展现出较强的社会性和务实性，在译者行为连续统上偏向“读者/社会”一端。因原文全面求真之无力和译者审时度势的双重作用，方言俗语的部分文学功能和形式特征被淡化甚至消除，绍兴浓厚的水乡风情被稀释，方言塑造的人物形象趋于扁平化。然而，原文的所指意义和交际意义在很大程度上得以保留，确保了关键信息的有效传递，同时译文读来简洁流畅，有助于目的语读者迅速进入鲁迅的小说世界。这也与王际真传播中国文化，同时关照目的语读者的翻译观相吻合。

翻译活动是一项目的性的动态活动，翻译研究应是一项结合翻译内外的动态研究。方言翻译研究也不应该简单停留在“忠实”之争或是得出某一固定“最佳译法”的规约性理路。毕竟，任何社会需求的存在都有可能影响意志体译者的行为。即使表面看来纯技术层面的语言转换，也无不指向务实于人的心理需求。译者行为批评基于充分描写，统筹翻译内外，兼顾语言性求真与社会性务实，因而为方言翻译研究提供了新的启示。

5.4 本章小结

在本章，我们主要选取了王际真《阿Q正传及其他：鲁迅小说选》译文集中的三篇代表性译作，基于语料库的研究方法，采用不同的理论视角，分别对王际真译本的翻译风格、文化负载词和方言的翻译策略进行了较为全面与细致的统计与分析。总体上看，王际真《狂人日记》译本的翻译风格表现为译本清晰易读、翻译方法灵活多样，目的在于使译文尽可能地满足目的语读者的阅读需要。在翻译《阿Q正传》中的文化负载词和《肥皂》中的绍兴方言时，也是采取了多种翻译策略与灵活多样的翻译方法，目的在于尽可能以目的语读者能够接受的方式来传播中国语言与文化。

第 6 章

王际真《现代中国小说选》之译者行为阐释

1944 年，王际真在哥伦比亚大学出版社出版了《现代中国小说选》，所选入的作品具有批判现实主义色彩，旨在向西方读者展现“中国生活的另一面”，反映了当时中国社会的黑暗、贫穷、愚昧以及剧烈的时代变革。王际真认为“驱除黑暗的唯一办法就是将其暴露在真理的探照灯下”，而现代作家就应该成为“这一探照灯的蓄电池”，而不是选择“在欺骗性的月光下去为过了气的丑老太婆充当舞男”（Wang，1944a：VII）。这部译文集包括鲁迅的小说《端午节》和《示众》，还有张天翼、老向、老舍、巴金、叶绍钧、巴金和沈从文等作家的作品共计 21 篇入选，作品的时间跨度为 1918～1937 年，老舍的作品入选最多，共有 5 篇，分别为《黑白李》、《眼镜》、《抱孙》、《柳家大院》和《善人》。由于篇幅所限，本章主要选择老舍的《黑白李》、张天翼的《老明的故事》、杨振声的《玉君》、茅盾的《春蚕》和《“一个真正的中国人”》、凌叔华的《太太》、叶绍钧的《李太太的头发》以及老向的《村儿辍学记》8 部代表性文学经典的王际真译本与他译本进行对比分析，阐释王际真的译者行为。

6.1 译者行为批评视域下《黑白李》王际真英译本与他译本中熟语翻译策略对比分析

老舍自幼生活在北京大杂院，善于描写北京人和北京事，他的作品都具有浓郁的京味儿，其短篇小说《黑白李》是根据北平爆发的洋车夫“暴动”的真实事件所创作的，完成于 1933 年，于 1934 年发表在《文学季刊》的创刊号上，讲述的是那个年代李家兄弟俩不同的思想以及不同的生活道路。整体上来说，小说明线上写的是黑李和白李的兄弟情，暗线写的则是革命，正面描写哥哥黑李，用较少的笔墨从侧面描写弟弟白李。黑李为了自己的兄弟做出牺牲，而白李则是为了梦想、为了他人做出牺牲。小说的主题从总体上看是在讲述如何为别人做出牺牲。熟语的多次运用是该小说的一大语言特色。目前仅有一篇硕士学位论文（闫昳涵，2015）从北京方言的翻译方面对小说《黑白李》的英译本进行了分析，但其研究不够全面与深入。因此，本节拟选择老舍的短篇小说《黑白李》的三个英译本，即王际真译本（1944 年）、唐·科恩（Don J. Cohen）译本（1985 年）和莱尔译本（1999 年）进行对比分析，探讨汉语熟语的翻译方法，以期对后续汉语熟语的翻译研究有所助益。这三个译本能直观地体现不同译者对汉语熟语翻译的不同处理方式，对其熟语翻译方法的归因分析不仅要着眼于文本细读，更要考察其译者行为，因为正是译者行为决定了译本的翻译方法的选择以及译文的质量。因此，本节拟从译者行为批评视域，对比分析《黑白李》三个英译本中熟语的翻译。

6.1.1 《黑白李》中熟语的功能

熟语是语言的精华，短小精悍，寥寥几字即可传达出丰富的含义，且通常具有浓郁的民族文化特色。中国文学作品中熟语的运用颇多，在翻译这些文学作品中的熟语时，既要准确表达原熟语的意思，又要考虑原熟语中的文化特色。熟语的定义有狭义和广义之分，本节所研究的熟语是广义上的，即熟语指“固定的词组，只能整个应用，不能随意变动其中成分，并且往往不能按照一般的构词法来分析”（中国社会科学院语言研究所词典编辑室，2002：1172）。

熟语主要包含成语、谚语、歇后语、惯用语四类。短篇小说《黑白李》中的熟语主要有两类：成语和惯用语。通过归纳可知，这些熟语在小说《黑白李》中主要有以下几种功能。

（1）增强文章可读性，简练语言。

例 1. 这就来到坐蜡的地方了：我要告诉二爷吧？对不起四爷；不告诉吧？又怕把二爷也饶在里面。简直的没法儿！

（老舍，2004：94）

例 1 中“坐蜡”原是佛家戒律，指和尚犯错后被罚坐在蜡烛旁诵经修行，不得自由活动，如今属于北方方言特有的表达，为熟语中的惯用语，喻指遇到为难之处，受困窘。小说中王五既不愿对不起四爷，又不愿拖累二爷，“坐蜡”两字准确表达出了文中王五所处的为难境地，语言简洁明了。

（2）展现地域色彩，贴近生活。

> 例 2. 我晓得他还有话呢，直怕他的酒气教酽茶给解去，所以又紧了他一板：“往下说呀，王五！都说了吧，反正我还能拉老婆舌头把你搁里！”
>
> （老舍，2004：93）

例 2 中的“紧了他一板”表示催促别人，“拉老婆舌头”指传闲话、说是非。这两个熟语皆为北京方言，也属于熟语中的惯用语，具有北京的地域特色，展示的是北京人的日常生活对话。

（3）刻画人物形象，生动自然。

> 例 3. “不是；老狗熊学不会新玩艺了。三角恋爱，不得劲儿。我和她说了，不管她是爱谁，我从此不再和她来往。觉得很痛快！”
>
> （老舍，2004：86）

例 3 中的惯用语“老狗熊学不会新玩艺”指上年纪的人学不了新的东西，小说中是黑李自嘲接受不来三角恋爱，体现了黑李保守的性格。“不得劲儿”指不顺手或不舒服，这里是指黑李觉得三角恋爱让他感到不舒服，这一儿化词所构成的熟语，从语言上生动地反映出了黑李的北京市民特征。

6.1.2　译者行为批评视域下的熟语英译对比分析

以下，我们将运用“求真—务实”译者行为连续统评价模式，分别探讨三位译者在翻译过程中对熟语的处理。

1. “求真—务实”译者行为连续统评价模式

在上面几章中我们已经介绍了“求真—务实”译者行为连续统评价模式，它是为了对译者行为进行描写性评价而建构的。在运用该模式评价译者行为时需要考虑到“求真”和“务实”两个方面。译者作为意志体拥有两种属性：译者翻译原文时由于原文的语言性从而也具有了语言性的属性，因此被赋予了服务原文的责任，在翻译过程中会尽量求真；同时，译者作为人具有社会性的属性，译者的翻译活动会受到赞助人、目的语读者以及自己本身的意识形态等多方面社会因素的影响，必须考虑务实性要求。运用“求真—务实”译者行为连续统评价模式，就是对译者进行翻译时寻求“求真”与“务实”间的平衡行为作出描写和解释。

2. 三个英译本熟语翻译对比分析

小说《黑白李》中共计使用了 32 个熟语，我们通过对《汉语熟语英译词典》（尹邦彦，2005）介绍的翻译方法进行详细分析，总结出熟语的常用翻译方法有以下五种，依次为：①直译；②直译加注；③意译；④同义熟语套用法；⑤省译。三个译本的译者在翻译《黑白李》中的汉语熟语时，采用的翻译方法有异有同，这与他们寻求“求真”与“务实”之间平衡度的译者行为相关。以下，我们拟以上述五种翻译方法为标准，借助译者行为连续统评价模式，具体判断《黑白李》的三个英译本对熟语所采取的英译方法，阐述三位译者的译者行为。表 6-1 中的数字分别指代以上五种翻译方法。

表 6-1 《黑白李》中熟语的三个英译本之翻译方法统计

原文	王译本	莱尔译本	科恩译本
略知一二	know a little about ③	know a thing or two about ④	know quite well ③
捏着把汗	expected trouble ③	got so worked up ③	worried about ③
讲交情	recognize friendship or fraternity ③	preserve a relationship ③	According to the rules of friendship ③
失和气	Come between brothers ③	Do damage to the feelings③	Become estranged ③
老狗熊学不会新玩艺	You can't teach an old circus bear new tricks ①	You can't teach an old dog new tricks ④	You can't teach an old bear new tricks ①
打着哈哈	jokingly ③	Make light of the whole thing ④	With a chuckle ③
不得劲儿	Can't go in ③	Not for me ③	Can't handle ③
居心无愧	In all sincerity and good faith③	Had nothing but the best of intentions ③	Had no qualms ③
言归于好	Be friend with again ③	Get back together ③	Get back together ③
兴之所至	Just another hobby ③	Spur-of-the-moment whims ③	A whim purely ③
借题发挥	Only a pretext ③	Have an ulterior motive ③	Did it to make a point ③
磕了一鼻子灰	Got his nose smeared with dirt for all the kowtowing ①	Face full of dirt ③	Rejected him ③

续表

原文	王译本	莱尔译本	科恩译本
一答一和	Talk with each other ③	Talk about anything ③	Have a reasonable dialogue ③
占便宜	Take advantage of ③	Take advantage of ③	Take advantage of ③
拖泥带水	Drag on in a relationship ③	Drawn-out negotiations ③	Drag out indefinitely ③
一刀两断	A clean break ③	A clean break ③	A clean break ③
婆婆妈妈	Unhurried and phlegmatic ③	Slow and deliberate ③	Maudlin ③
长久之计	Plans Four had in mind the future ③	Plans must have to do with his future career ③	Long range plans ①
身体发肤，受之父母	(deleted) ⑤	From the parental pair come body, skin, and hair ②	the flesh and bones he'd inherited from his parents ①
一冲子性	Impetuosity of youth ③	Impetuous ③	Impulsive ③
耍玄虚	Take any chances ③	On the off chance ③	Take any chances ③
人不知鬼不觉	(deleted) ⑤	Simply disappear into thin air ③	Disappear like a puff of smoke ③
心中打开了鼓	Found myself in a quandary ③	Beside myself ③	My heart was pounding ①
接碴儿	Did not comment ③	Didn't pick up on my obvious cue ③	Didn't say a word ③
说不出所以然	Could not put my finger on ③	Couldn't have told you exactly what it was ③	Couldn't put my finger on it ③
抱不平	Feel the injustice ③	Thinks it's a raw deal ③	Talking about how unfair things are ③
家长里短	Considerate ③	Worries about every piddlin's little thing inside the family ③	Cares about the little things ③
紧了他一板	Urged him on ③	Came in with a little drumbeat to keep him from losing his rhythm ③	Encouraged him a little ③
拉老婆舌头	Gossip just as well as any woman ③	Go round running off at the mouth like some old lady ③	An old lady who's going to give all your secrets away ③
坐蜡	makes thing so difficult ③	Between a rock and a hard place ④	The worst thing ③
一声不发	(deleted) ⑤	Without a word of warning ③	Unwilling to sacrifice his brother unless there was a good reason ③
无济于事	There was no occasion for it ③	Wouldn't do any good ③	Come to no avail ③

从表 6-1 可以看出，王际真在翻译这些熟语时主要采用了省译（3 个）、直译（2 个）和意译（27 个）三种翻译方法。有三个熟语在翻译过程中被省去未译，分别是“身体发肤，受之父母”、“人不知鬼不觉”和“一声不发”。莱尔在翻译这 32 个熟语时，使用了直译加注（1 个）、同义熟语套用法（4 个）和意译（27 个）三种翻译方法。其中熟语“身体发肤，受之父母”采用的是直译加注法。科恩在翻译熟语时只采用了两种翻译方法，即直译（4 个）和意译（28 个）。

表 6-1 统计的三位译者在翻译过程中所使用的翻译方法显示出，三位译者在翻译熟语时大部分采用了意译法，即以表达出原文的大意为先，在不能兼顾译文与原文在形式上的对等时选择舍弃原文的结构或隐含文化。换言之，三位译者皆是在求真的基础上以务实为目标，当求真无法达到社会效果时，选择以务实为上。在“求真—务实”译者行为连续统评价模式上三位译者都偏向务实一端，下面举几个典型的例子加以说明。

例 4. 原文本：与其这样，还不如吵，省得拖泥带水；他要一刀两断，各自奔前程。

（老舍，2004：88）

王译本：There was something to be said for making as clean a break as possible instead of dragging on in a relationship that only hindered his free development.

（Wang，1944a：29-30）

莱尔译本：White Li had obviously decided that rather than go through all that, it would be better to start a fight and make a clean break to begin with. That way he and his brother would each be able to take his own road into the future.

（Lyell，1999：52）

科恩译本：A quick argument was preferable to all of this, lest their conflict drag out indefinitely. White Li wanted a clean break, after which each of them could go their own way.

（Cohn，1985：94）

原文是白李向“我”解释他与黑李吵架的初衷是为了分家。他不愿与黑李在这件事上纠缠下去，希望通过争吵来更快地达到分家的目的。原句中有两个成语，分别是“拖泥带水”和“一刀两断”。“拖泥带水”形容在泥泞道路上行走的状貌，一般用来比喻说话做事不干脆利落，此处指白李不想花费太多的时间和精力和黑李慢慢商量。另一个成语“一刀两断”一般用来比喻坚决断绝关系，此处指白李希望尽快与黑李断绝兄弟关系。这两个成语都是经过长期使用加以锤炼而形成的固定短语，通过短短四字精炼的表达，增强了原文的可读性。但是这两个成语中生动的形象，很难在英语中找到对等的形象化词语来表达，因而无法在译文中再现这两个成语的功能。译者在翻译过程中考虑到跨文化交际的需要，必然要牺牲原文成语的形式结构，以务实为上，首先要准确传达这两个成语的意义，再现其功能。因此，在翻译这两个成语时，三位译者都不约而同地采用意译法，选用与原文本的成语意义相近的英语词组来翻译。王译本 dragging on in a relationship 和科恩译本 drag out indefinitely，均表示无限的拖延，而莱尔译本为 go through all that，指代了上文中的 drawn-out negotiations，与王译本和科恩译本中的 drag 意义相近。但三位译者的选词在意义上还是存在一些差别的。draw out 和 drag out 指某件事情进行太久，此处是指白李与黑李分家的过程，而 drag on 则用来表示某种情况或形势持续太久，后接 in a relationship，指代的是白李与黑李之间的兄弟关系。同样表示拖延，科恩译本和莱尔译本均是表达白李不想拖延，希望尽快分家，而王译本则主要表达白李不想拖延他和黑李之间的兄弟情谊，想要断开两人的兄弟之情。这样不同的选词导致三个译本在含义上侧重点有所不同，而根据上文白李提到黑李不愿与他分家一事，可知此处是白李不愿拖延分家过程，王译本中指代的拖延兄弟情谊与原文有所出入，所以译者应注意词义的选择，避免与原文不符。因此，在翻译时坚持务实，还是需要首先保证对原文意义的准确传递。三位译者在翻译“一刀两断”时以务实为主，都使用了 a clean break 这一词组来体现该成语的比喻意义，未能保留原文中成语的比喻形象，牺牲了对原文形象的求真。下面再举一例加以说明。

例 5. 原文本：这可并不是说，他显着怎样的慌张。不，他依旧是那么婆婆妈妈的。

（老舍，2004：89）

王译本：This didn't mean that he acted worried, for he was as

unhurried and phlegmatic as he had always been.

（Wang，1944a：31）

莱尔译本：Now I don't mean to say that he looked particularly worried on the outside. Far from it, he was still as slow and deliberate as ever.

（Lyell，1999：54）

科恩译本：This is not to say that he appeared any more nervous than usual. Actually, he was his usual maudlin self.

（Cohn，1985：96）

原文是指黑李虽然心里很担心他的弟弟，但看起来还是和往常一样，做事慢慢悠悠，不慌不忙。“婆婆妈妈”这一成语指人动作琐细磨蹭，单从字面上难以揣测出其真正的意义，而且此成语结构特殊，属于双叠字联合式成语，在翻译成英语时无法完完全全地还原出词语的形式结构，因此三位译者以表达出原文的准确含义为主，舍弃了词语的形式对等，这也是出于务实之需要。不过他们选择的词语在含义上略有差别，王译本选用 unhurried and phlegmatic，指的是动作上的不慌张和心理上的冷静；科恩译本选择了 maudlin，指的是情感上的脆弱，没有表达出“婆婆妈妈”一词中动作慢慢腾腾的含义；莱尔译本则是选择了 slow and deliberate，表达出了黑李动作和心理上的不慌张。“婆婆妈妈”这一成语在原文中体现了黑李做事琐细的风格，生动地刻画了他的人物形象，因此在翻译该成语时应再现这一成语的功能。科恩译本虽然也以务实为上，但在选词时没有找到符合原文词义的准确词汇，导致原文中这一成语的功能在译文中有所缺失。

表 6-1 和例 4、例 5 显示的都是三位译者对于熟语的翻译，总体上是务实高于求真。

对译者行为进行评价时必须考虑“文本求真度、效果务实度和译者行为合理度三要素”（周领顺，2014b：31）。文本求真度是指译文在多大程度上再现了原文，效果务实度是指译文在多大程度上服务于社会需求，译者行为合理度则是基于文本求真度和效果务实度之间的平衡。虽然三位译者在“求真—务实”这一动态连续统上都偏向务实一端，但他们译文的求真度和务实度并不完全相同，根据上文对三位译者熟语翻译方法的统计，笔者发现，只有王译本出于务实性的考虑而对熟语省译，莱尔译本和科恩译本皆是将所有熟语全部译出，尽量求真。相比较而言，在三个译本中，王译本的务实度最高，科恩译本的求真度最高，莱尔译本则处于两者间的中间态。下面举例加以说明。

例 6. 原文本：他常对我说，“咱们也坐一回飞机。”说完，他一笑，不是他笑呢，是“身体发肤，受之父母”笑呢。

（老舍，2004：90）

王译本：全句省略未译

莱尔译本：He'd often say, "One of these days you and I are going to take an airplane ride, too!" Then he'd smile. But he wasn't really the one doing the smiling. From the parental pair come body, skin, and hair—and all that stuff from the classics about how a good elder brother is supposed to act was somewhere inside Black Li doing the smiling for him.

（Lyell，1999：56）

科恩译本：He often said, "Let's take a ride in an airplane." Then he'd laugh, but it wasn't really him laughing, it was "the flesh and bones he'd inherited from his parents" that were laughing.

（Cohn，1985：97）

原文是指当黑李受到失恋和兄弟失和的双重打击时，通过祷告来坚定良心，不愿为女人伤了兄弟情，转而选择委屈自己。“身体发肤，受之父母”出自《孝经·开宗明义》，意思是我们的身体的毛发以及皮肤是父母给我们的，我们必须珍惜爱护它们，珍惜爱护身体就是行孝尽孝的开始。在这里指黑李谨记母亲让他们兄弟和气的遗命，一切让白李为先，只求家庭和睦。

对于目的语读者来说，理解这句话的隐含意义需要结合熟语背后的文化。关于如何处理熟语蕴含的文化，三位译者选择了不同的处理方式。科恩译本采取直译法，将原话一字一句翻译出来，即 the flesh and bones he'd inherited from his parents，最大限度地求真，却忽略了务实的需要，没有表达出熟语的真正意思，难以使目的语读者理解；莱尔译本努力寻求求真和务实之间的平衡，一方面为贴合原文先直译出熟语的字面意思，另一方面为避免读者产生疑惑，又添加了尾注来解释熟语的隐含意义，即“the quotation is from the opening lines of Classic of *Filial Piety* (*Xiaojing*), a work dating from approximately the first century A.D. that both the narrator and Black Li were, no doubt, required to memorize as children. In describing his friend's smile, the narrator uses it as a tag referring to all the family responsibilities inculcated by the classic. For a translation of the classic, see Mary Leola Makra, trans., *The Hsiao Ching*”。该尾注点明了熟语的出处，对这句熟语背后所蕴含的中国文化进一步说明，有助于目的语读者了解中国文化，并更好地理解原文，满足了目的语读者的双重需求。王译本为了更好地服务于目的语读者，选择将这一熟语省去未译，同时还省译了原文前面的“只就我知道的这两件事说……，是‘身体发肤，受之父母’笑呢”一整段话。由于这段话是“我”对黑李心理的揣测，省略后既不会影响故事的完整性，同时又使译文更加简洁，避免了目的语读者阅读过程中的障碍，使得他们的阅读体验更加流畅。虽然牺牲了一定程度上的求真，但仍是可取的。

例 7. 原文本：“所以你不是现代人。”我打着哈哈说。

（老舍，2004：86）

王译本：“That's why you're not a man of this age,” I said jokingly.

（Wang，1944a：26）

莱尔译本：“Shows you're not a very up-to-date guy,” I said, trying to make light of the whole thing.

（Lyell，1999：47）

科恩译本：“That's why they call you old-fashioned,” I said with a chuckle.

（Cohn，1985：89）

原文是黑李向“我”说明他把喜欢的女人让给白李，是以兄弟情谊为重，所以“我”调侃他不是现代人。“打着哈哈”从字面上来看意为出声地笑，隐含意义则是敷衍、不用心的神态。王译本采用意译法，用副词 jokingly 译出了原文的意义，注重务实的一面；莱尔译本则相反，采用的是同义熟语套用法即归化法，用 make light of，即对某事不在乎，持轻描淡写的态度来表达这个熟语的隐含意思，与“打着哈哈”的隐含意思相近，译文的务实度高于求真度。科恩译本则使用拟声词 chuckle 来表达原文熟语中拟声词“哈哈”的字面意思，求真度最高。

下面再举一例加以说明。

例 8. 原文本：“不是；老狗熊学不会新玩艺了。三角恋爱，不得劲儿。……

（老舍，2004：86）

王译本：“It's not that, but you can't teach an old circus bear new tricks. I can't go in for these triangular affairs. …

（Wang，1944a：26）

莱尔译本：“It's not that exactly. It's just that you can't teach an old dog new tricks. Triangular love affair? Not for me. …

（Lyell，1999：47）

科恩译本：“You're wrong, you can't teach an old bear new tricks. I couldn't handle a *menage a trois* anyway. …

（Cohn，1985：89）

“老狗熊学不会新玩艺”这一惯用语的字面意义通俗易懂，但三位译者对其英译的处理方式仍有较大差别。王译本基本上采用了直译的方法，虽然仍旧沿用了“熊”这一意象，但是出于务实的需求，将形象稍加改动，用 circus bear 来表达，因为目的语读者可能更加熟悉马戏团中的熊，这样翻译有助于他们更好地理解原文中这一熟语的意义，很好地达到了求真与务实之间的平衡。莱尔译本采用同义熟语套用法，用英语中含义相同的习语 you can't teach an old dog new tricks 来加以代替，显然是考虑到目的语读者的需求，更加符合他们的习惯表达，方便他们理解译文，主要以务实为主，但也传达出了原文的意义，达到了求真。科恩译本“You can't teach an old bear new tricks.”则采取了完全直译的方法，保留了原熟语的形式与内容，相比较而言，文化内涵的传达稍逊于莱尔的译文，虽然求真度最高，但务实度较低。

6.1.3　三个译本的译者行为差异探析

译者行为通常受到目的语读者、译者的个人背景以及翻译目的等多种主客观因素的影响。短篇小说《黑白李》的三个英译本在熟语的翻译方面之所以有上文所述的差异，主要原因是三位译者在平衡求真与务实之间作出了不同的选择，而译者选择偏向求真或者务实，一般与译者的个人背景以及翻译目的有关。

就个人背景而言，王际真出生于中国良好的文化家庭，从小受到中华文化的熏陶，同时也精通英语，因而对汉语熟语的理解和翻译不存在障碍。然而，莱尔和科恩皆为外国人，因母语文化与中华文化差异较大，他们在理解源语文本时受到了更大的限制，从而影响他们对汉语熟语的翻译。

翻译目的也在很大程度上影响了译者行为，《黑白李》的三位译者的翻译目的有所不同。王译本在很大程度上受到美国出版商的影响，这些出版商出于盈利目的，通常会要求译者必须把读者的需求放在首位，因此王译本为了不影响读者的阅读体验而追求更高的务实度。莱尔是研究中国语言文化的美国汉学家，由于职业和兴趣爱好使然，他的译作大都是出于研究中国文化的目的，相比于王译本而言，他的译本求真度较高。科恩受雇于中国文学出版社来翻译老舍的作品，而中国文学出版社主要负责“熊猫丛书”与《中国文学》杂志的翻译和对外出版工作，目的是向世界传播中国文学（耿强，2013）。所以，科恩的译本在求真度上要高于另外两个译本。

同时，笔者发现，就求真与务实的平衡度而言，总体上看，王译本和莱尔译本要高于科恩译本，这可能也与上述两点原因有关。

熟语的常用翻译方法有五种，分别是直译、直译加注、意译、同义熟语套用法和省译法。受个人背景和翻译目的的影响，译者行为在“求真—务实” 译者行为连续统评价模式中或偏向求真一端，或偏向务实一端，对同一熟语的翻译也会采取不同的翻译方法。通过对小说《黑白李》三个英译本中的熟语翻译进行对比研究，笔者发现三个译本都偏向务实一端，但王译本的务实度最高，莱尔译本的务实度次之。相比较而言，科恩译本的求真度最高，但求真与务实的平衡度则低于前两个译本。

通过以上对比研究，笔者认为，在翻译熟语的过程中，译者行为应该以务实为上，同时兼顾求真，即在最大程度忠实于原文的基础上服务于目的语读者和社会。在进行熟语翻译时，译者应遵循这一准则，即根据具体的语境和文化信息从上述五种翻译方法中选择最合适的方法。此外，由于熟语通常具有精炼语言、展现地域特色和刻画人物形象等功能，因此，翻译中词语的选择特别重要，词义的细微差别会影响到熟语功能的再现，译者不仅要选择最合适的翻译方法，还应注意词语选择的准确性。只有这样，才能尽可能达到译本在“求真—务实”之间的最佳平衡度。

6.2　语境顺应视角下《老明的故事》王际真英译本中对话翻译的求真与务实探析

张天翼作为中国 20 世纪 30 年代的重要作家，作品多以短篇小说为主，“通过对话营造‘现实氛围’，塑造了广泛的人物形象”（姚苏平，2009：8）。他的短篇小说《老明的故事》发表于 1936 年，收录在短篇小说集《万仞约》中。小说的背景为 20 世纪 30 年代的中国，此时处于国民党的统治时期，以匡老五为首的老明和刁金生等人成立了民间武装，但是他们想要编入正式军队升官发财，于是他们想出了一个办法，即谎称已经抓到了土匪头子罗振廷，想借此立功进入正式军队，为骗过国民政府，刁金生假冒土匪头子罗振廷，最后却被政府当作土匪枪毙，而匡老五和老明则借此进入军队发了迹。小说以“老明的故事”为题，其实是老明自己在讲故事，讲述的是有关刁金生这一人物的故事。刁金生作为底层小人物努力钻营，一心想编入国民党的正式军队当一个排长，最后却为此丧失了性命，而老明等人却通过牺牲刁金生过上了好日子，这实际上是对此事的讽刺，刁金生一心想往上爬，投机倒把，最后却为他人作嫁衣裳，自己什么都没捞着，还丢了性命。作者作为左翼文坛的代表，借该小说既讽刺了以刁金生为代表的追求私利的投机者，也表达了对国民党军队的批判。译者王际真重视小说《老明的故事》所具有的现实主义色彩，将其翻译并收录于《现代中国小说选》，“向西方读者展现了‘中国生活的另一面’，通过译作再现了当时中国社会的黑暗、贫穷、愚昧，反映了中国社会剧烈的时代变革”（管兴忠，2016：106）。全文主要由老明与几个同乡的对话以及他转述的刁金生等几人的对话构成。具体而言，小说开头以老明和同乡的对话引出往事，推动情节发展，故事对刁金生几人的着墨不多，这几个人物形象都通过他们之间的对话来刻画，这些对话也从侧面反映了当时中国的社会现实。因此，在翻译这一短篇小说时，如何处理对话的翻译从而实现原文的讽刺效果以及再现 20 世纪 30 年代的中国社会生活至关重要。

由于“任何词语、语句或语段都必须处在特定的词语联立关系即上下文

（context 或 the frame of words）中，又受到特定的、大于上下文、扩及相关的社会交际情境即广义的语境的调节。因此语境是意义的基本参照系”（刘宓庆，2005：45），小说中的对话也不例外，必须受到语境制约，脱离了语境的对话将毫无意义。在翻译中，要根据原文语境理解原文对话的含义，并且在译文中将其准确表达出来，无论是理解对话还是翻译对话都必须建立在具体的语境之上。耶夫·维索尔伦（Jef Verschueren）的语境顺应论（Linguistic Adaptation Theory）认为语言的使用是不断做出语言选择的过程，语言具有变异性、商讨性和顺应性。翻译作为一种跨文化交际活动，也需要顺应动态的语境。翻译中对于语境的顺应具体表现在译者所使用的翻译策略上，体现出译者行为在“求真—务实”之间的动态选择。本节基于“求真—务实”译者行为连续统评价模式，考察王际真在对《老明的故事》中的对话进行英译时，为顺应不同语境所采取的不同翻译策略并进行阐释，以期为小说中的对话翻译提供一些启示。

6.2.1 语境顺应观与“求真—务实”译者行为连续统评价模式

顺应论由维索尔伦提出。他认为语言的使用是一个出于内部或外部原因，不断对语言进行有意识或无意识选择的过程。语言的选择存在于单词、词组以及句子等各个语言层面，产生这种语言选择的原因是语言具有变异性、商讨性和顺应性。变异性是指语言具有一系列的可能性可供选择；商讨性是指语言的选择不是机械性的或严格按照形式-功能的关系作出选择的；顺应性是指能让语言使用者从可供选择的多个语言项目中进行灵活变通，从而尽量满足语言交际的需要（Verschueren，1999）。“语言依赖语境，语境关系顺应决定了语言的选择，限制了词语的意义”（戈玲玲，2001：28），所以语境关系的顺应是语言顺应的重要部分。语境即语言使用的环境。“语境”这一概念最早由波兰籍社会人类学家勃洛尼斯拉夫·马林诺夫斯基（Bronisław Malinowski）于19世纪20年代提出，他将语境分为了情景语境和文化语境两类；英国语言学家约翰·弗斯（John Firth）发展了他的语境观，将语境概念延伸到与语言相关联的社会环境；英国功能学派语言学家韩礼德（M.A.K. Halliday）则提出了“语域”的概念，他认为语言变体可以按照使用情况划分为语域，由语场、语旨和语式三个变项构成，语域即语言在一定语境下的体现形式（Halliday & Hasan，1985）。语境的概念在不断发展与完善。维索尔伦将语境分为交际语境和语言语境，交际语境包括社交世界、物理世界和心理世界；语言语境主要包括篇内衔接、篇际制约和线性序列三个方面。

翻译作为一种跨文化的语言交际形式，也存在语境顺应。语境顺应主要表现在译者行为上，即译者如何在“求真—务实”的译者行为之间进行动态选择，采取较为合适的翻译策略，以顺应目的语的动态语境。

译者是从事语言转换工作的社会人，广义上的译者行为包括译内行为与译外行为。译内行为指译者的语言性行为，主要体现在译文和原文的语内照应上。译外行为是指译者的社会性行为，主要表现为译者针对社会需求而借译文对原文的调整和改造行为（周领顺，2014a）。在翻译中则具体表现为“求真—务实”的行为。译者行为的准则是：求真为本，求真兼顾务实，务实为用（上），务实兼顾求真。译者追求的是求真和务实之间的理想平衡（周领顺，2014b）。译者行为在翻译中常见的表现方式，即译者所采取的翻译策略共有 16 种（周领顺，2014b）。以下，我们将选取与所选语料相关的几种表现形式进行分析，分别为以下几种翻译方法：①为真而“直”（直译），为意而达（意译）；②异化求“异”（趋新求异），归化望“归”（宾至如归）；③求题旨之真，务情景之实（如在保持原文原意真实的情况下，使译文语言表达符合语用环境，即做到“得体”）；④原文虽有真，弃真务实。

6.2.2　《老明的故事》中的对话翻译策略分析

作为一种特殊的交际活动，翻译也是不断选择语言的过程，可以说“从所译文本的取材到译语词汇句式的运用，翻译行为的每一个阶段无不涉及对多种选择的确定”（宋志平，2004：20）。译者与目的语读者是交际的双方，翻译过程中的语言选择就是为了满足双方的交际需要，因此在此过程中语言的使用要顺应动态的语境。小说中的对话翻译更是如此。对话在文本中通常起着推动情节发展、刻画人物形象的重要作用。由于对话无法脱离语境单独存在，在翻译对话时需要译者在源语语境中理解原作作者是如何对语言进行选择的，同时也要顺应目的语的语言语境，在“求真—务实”译者行为准则的指导下，选择合适的翻译策略。以下，我们将从语言语境和交际语境两个方面的顺应，阐释王际真在《老明的故事》英译本中进行对话翻译时所采取的翻译策略，即译者行为的具体表现形式，继而总结并阐释其“求真—务实”的译者行为的具体倾向性。

1. 语言语境顺应与对话翻译

语言语境即我们通常所说的上下文，指的是语言内部的环境，篇内衔接、篇际制约和线性序列都属于语言语境。语言处在一定的语境之中，其语义受到前后词汇、句子和整个语篇的制约，特别是多义词语的意义选择必须根据前后词汇、句子与语篇之间形成的逻辑与语法关系来判断，没有语境，就无法正确判断词语的意义。语言语境限制了词语的意义，因此在翻译过程中要顺应语言语境来选择多义词的准确词义，实现对原文的求真。例如：

例 1. 原文本：县里要是叫我们把罗振廷解去，我们就说岑团长要问这件案子。他们还敢跟团部里闹别扭？

（张天翼，1936：153）

王译本：If the district yamen should ask us to surrender Lo Chen-ting to them, we'd say that Colonel Tsen wanted to handle the case. They wouldn't dare to dispute with the Colonel over jurisdiction.

（Wang，1944a：14）

例 2. 原文本：要是我们告诉别人说这个罗振廷是假的，刁金生当然就死不了。可是这么一来——别扭就到了匡老五跟我身上，更加不用提那五千块；也许还得吃官司哩。

（张天翼，1936：163）

王译本：Of course, Tiao Chin-sheng would not have died if we had told the truth, but then Kuang Lao-wu and I would have to face charges, to say nothing about letting the five thousand milled-edges slip through our fingers.

（Wang，1944a：16）

例 1 中原文的语境是：老明要刁金生冒充土匪头子罗振廷，然后他们就声称抓住了罗振廷来立功。以防衙门发现他们作假，就不把人交上去，推脱说岑团长要过问。例 2 中原文的语境是：老明向其他人解释，当刁金生被当作真的土匪头子而失去性命时，他和匡老五怕被责罚，不敢说真话证明刁金生不是土匪。以上两句中都用到了同一个词“别扭”，但具体的意思却并不相同。“别扭”既可以表示意见不合，争执之事，也可以表达不顺心、不顺手或说话与作文不通畅。

以上两个例子很明显地反映出在不同的语言语境下，译者作为原文的读者必须正确作出语言选择。根据此时的语言语境可知例 1 中的“别扭”主要指县里的衙门不敢和岑团长起冲突，应选择“争执”之意，故在译文中表达出的语言选择就是将其翻译成 dispute with，表示争吵。例 2 中的原文以“可是”开头，与前一句形成了转折关系，如果“我们”（即老明和匡老五等人）说出真相，别扭落不到刁金生身上，但“我们”却会受到责罚，为了顺应例 2 中的语言语境，译者需要理解这里的“别扭”指的是“控告、指责”，所以在译文的语言语境下翻译成了 face charges。

上面两例显示，为了顺应原文的语言语境，译者对这两例中的“别扭”一词皆采用了直译法，表现为译者“求真”的行为。但值得注意的是，译者在使用直译时，要注意同一词语在不同语境中的意义，否则，很难实现对原文语言语境的顺应，也不可能实现译文对原文在意义上的“求真”。

2. 交际语境顺应与对话翻译

交际语境就是非语言语境，指在语言实际运用过程中的语境，主要包括心理世界、社交世界和物理世界（Verschueren，1999）。对于交际语境的顺应需从以下三个方面加以分析。

1）心理世界顺应下的对话翻译

话语发出者和语言理解者在交际活动中至关重要，语境顺应正是通过他们的认知活动来激活的，话语发出者通过顺应自己和语言理解者的心理世界从而选择语言。心理世界主要指交际者的认知和情感因素。翻译过程分为理解阶段和表达阶段。理解阶段中原作作者是发话者，译者是话语理解者；在表达阶段译者身份转换为发话者，但是“译者的发话人角色有其特殊之处——他并不是所供信息的真正来源，即所谓的信源提供者（source），而只是试图传递原作者产出的信息”（李宏鹤、纪墨芳，2009：51），目的语读者是表达阶段的语言理解者。因此，翻译过程中心理世界的顺应涉及原文作者、译者和目的语读者三者的心理世界，在对话的翻译过程中，王际真主要采取了归化或意译法，表现出译者行为偏重于“务实”。下面举例加以说明。

例 3. 原文本："我知道，我知道！"坐在对面的小伙子赶快插嘴，显得很内行似的。"匡老五是打土匪有功，还逮住了罗振廷，就编到军队里，还升了官，是不是？"

"嗯，那你还没明白这回事。"

于是——老明稍微卖了点儿关子：瞧瞧大家，闭了会嘴。

（张天翼，1936：141）

王译本："I see what you mean, I see what you mean!" interpolated a man across the table knowingly. "Kuang Lao-wu was very successful in suppressing the bandits and caught Lo Chen-ting. Wasn't it because of these achievements that he was incorporated into the regular army?"

"Hm, that's not the entire story." Lao Ming stopped and glanced around him for effect.

（Wang，1944a：9-10）

在例 3 中，原文的语境是：老明问其他人知不知道匡老五发迹的故事，这里老明虽和其他人是同乡，但彼此之间的关系并不平等，因为只有老明知道匡老五发迹的详情，并且他作为匡老五的手下也获得了好处，地位有一定提升。同时其他人也都想知道匡老五发迹的秘诀，希望能够效仿匡老五，因此其他人都会巴结老明，老明的语气明显带着一定的优越感，这可以从老明的口头禅"我是这样说的"中可以看出，他是在不停地强调自己的重要性，同时他故意卖关子不说话、等着其他人求他说等情节中也可以显示出老明的优越感。原文作者通过描述小说中人物对话的过程充分展现了老明面对其他人高高在上的态度，讽刺了老明这样的小人物得志后的不可一世，并且使用了极其口语化的语言来体现人物的这一身份特征。王际真理解并顺应了原文作者的心理世界，采取了归化翻译策略，在译本中用 Hm 这一语气词来再现原文中的语气词"嗯"的语气，准确地传达了老明高高在上的态度。此外，王际真也考虑到目的语读者的心理世界，对于原句中的"那你还没明白这回事"没有直译为 Then you haven't understood this thing，而是采用意译，使用了英语中的 That's not the entire story 这一固定表达来翻译，具有生活用语的特色，贴近目的语读者的日常生活，体现出译者行为的"务实"

倾向。

例 4. 原文本：……他妈妈的……其余那些弟兄就给稀里哗啦打散了——完了蛋！

（张天翼，1936：160）

王译本：Mother's—! That's how it happened.

（Wang，1944a：16）

例 4 中的原文讲述的是刁金生假装成土匪头子罗振廷被抓，向军官讲述自己是如何被抓住的过程。刁金生本身没有多少文化，在他佯装成性格粗暴的土匪头子时，又是在讲述自己被抓的场景，因此“他妈妈的”这句并不是字面意思，而是作为一句脏话来表达刁金生此时愤怒的心情。原文作者选择“他妈妈的”一词表现了刁金生这一人物的粗鄙形象，但译者采取直译策略，直接取了该词的字面意思，译为 mother's，意为“妈妈的，母亲的”，显示出求真的译者行为，也许作者是希望通过直译法，让目的语读者了解汉语中这一词语的文化内涵，但笔者认为这一译文的表达似乎有所欠缺。为了顺应原文作者的心理世界，译者应该选择归化翻译策略，可使用英语中的一句脏话来进行归化翻译，从而体现人物性格，使译文为目的语读者所接受，以达到“务实”效果。

2）社交世界顺应下的对话翻译

社交世界指在社会环境、社会机构以及特定的言语社团等规定下的交际规则（杨蒙，2006）。对话参与者一般都属于某个言语社团，受到该言语社团特定的风俗人情、历史背景、文化特色等影响，他们的对话也常带有特定言语社团的特色，只有处于该社团的人才能理解，而目的语读者与原作中的对话参与者却处于不同的言语社团。对于具有特定文化特色的、与历史背景有关的词语，通常难以理解。译者在翻译过程中不仅要考虑原文所在的社交世界，理解原文中的文化因素，还要顺应目的语读者所在的社交世界，正确处理文化因素，使得处于不同言语社团的读者增进理解，对原文所处的社交世界有更清晰的了解。例如：

例 5. 原文本：那位司书就把这些话全都记了下来。文副官把那张东西拿过来看了一遍，于是叫刁金生在这上面画个押。

（张天翼，1936：160）

王译本：The clerk wrote all that stuff down. The staff officer read the thing over and had Tiao Chin-sheng sign it.

（Wang，1944a：16）

例 5 中的原文是老明向其他人讲述刁金生被文副官审问的场景。匡老五等一群人为了升官发财，让刁金生冒充土匪头子罗振廷，然后就声称他们抓住了罗振廷，岑团长派文副官来问土匪的情况，刁金生就装作土匪头子向文副官供述了土匪的罪状。“画押”一词是指中国古代的习俗，指在公文、契约或供状上画花押或写“押”字、“十”字，表示认可。古代犯人在被抓住之后，会被审问具体的罪行，在犯人供述的时候旁边会有文官将犯人所述一一记载下来，即为供状，供述完后犯人若不识字会在供状上画圆圈或写十字等，代表犯人的签字，即为“画押”。这里是指刁金生作为犯人在他的供状上画押，承认了他的罪行。中文读者从小受到源语文化的影响，自然清楚中国古代犯人在供状上画押的习俗，知道“画押”就代表认罪的意思。由于文化习俗间的差异，目的语读者并不理解“画押”一词的真正意思，若将“画押”译为 draw a cross，不符合目的语读者所在的社交世界的交际规则，其会产生阅读障碍。译者考虑到了文化差异，顺应了目的语读者的社交世界，采取意译，将“画押”一词译为 sign，易于目的语读者接受，在译者行为上偏向“务实”。

例 6. 原文本：听说上次架走了陆大爷的大少爷，第二天就撕了票。

（张天翼，1936：146）

王译本：They shot Lu Ta-yeh's son only one day after they had kidnapped him.

（Wang，1944a：12）

例 6 中“撕票”一词的翻译也是如此。原文是指罗振廷绑走了陆大爷家的大少爷后，第二天就杀了大少爷。“撕票”一词出现于清末，即将人质物化，将人质等同于银票，“撕票”意为绑架者杀掉人质。这是汉语特有的表达，英语中并没有这种说法，若直译为 rip the ticket，目的语读者并不理解。此处王际真同样摒弃了文化因素，顺应目的语读者的社交世界，仍然采取意译，将其译为 shot，易于目的语读者接受，在译者行为上偏向“务实”一端。

3）物理世界顺应下的对话翻译

翻译中的物理世界主要指时间和空间的指示关系，就时间而言，它包括事件时间、说话时间和指称时间；就空间而言，它包括绝对的空间关系、说话人的空间以及交际双方在物理世界中所处的位置和与言语行为有关的体态语等（杨蒙，2006）。时间和空间的改变会影响语境的改变，译者在翻译的理解阶段应当明确原文中空间和时间的指示关系，并在译本中运用目的语的恰当表达方式传达出这种指示关系，使得目的语读者接受和源语读者等值的信息。王际真主要采取了归化的策略。例如：

例 7. 原文本：刁金生是个小小个儿，脸上黄油油的像涂了蜡。

（张天翼，1936：143）

王译本：Tiao Chin-sheng was a short fellow, with a yellow waxen face.

（Wang，1944a：10）

此处是老明向他的老乡们回忆刁金生的故事，既然是老明的回忆，就是发生在过去的事情。译文中的时间指示关系应该遵循原文的时间指示关系，因此在译文中该句时态即为过去时。王际真明确了原文的时态为过去时，为了顺应原文的物理世界，鉴于英汉语言在时态表达上的差异，王际真采用了归化策略，在译本中用 was 来表达过去时态，以免造成误差，显示出既求真又务实的译者行为。

翻译是把文本从一种语言转换为另一种语言的语际交际活动，更是文化间的交际活动。语言文化的交际活动无法脱离语境而单独存在，翻译与语境关系密切，且翻译所处的语境与单语环境中的语境的不同之处在于，翻译语境面对的是两种文化的两套语境参数，包括作者、译者和译语文本读者三个交际角色（李运兴，2007）。语境在对原文的意义理解和译文的准确表达上起着重要作用。小说中的对话受其所在语境的影响，能够反映出说话者的文化背景、性格特点等，翻译对话时需要顺应具体的语境进行恰当的语言选择，译者若没有顺应语境进行合适的语言选择，就有可能曲解原文的意义从而出现误译。在对《老明的故事》中的对话进行英译时，为了顺应原文的语言语境，译者王际真对一些多义词主要采用了直译，在译者行为上体现为以求真为主。考虑到原文与译文交际语境的不同，对于一些中国文化特色词汇的英译，为了顺应目的语读者的心理世界，王际真主要采用了归化或者意译的方法，在译者行为上体现出以务实为主，但同时也使用了直译的翻译方法。

以上只是基于王际真对张天翼的小说《老明的故事》中对话英译策略的分析，对译者所做的语境顺应和其译者行为进行了阐释，当然，基于一些零星个案的阐释可能会导致以偏概全，不具有普遍意义。我们希望本研究能为译者行为理论与其他理论在翻译研究中的结合使用提供一些启示，也能为如何做好对话翻译提供一些帮助。

6.3 叙事理论视角下《玉君》王际真英译本翻译策略探析

杨振声的小说《玉君》讲述了 20 世纪 20 年代初，受到五四运动影响的小资产阶级知识分子周玉君、林一存、杜平夫三人之间的爱情故事。杜平夫与周玉君情投意合，却被周父百般阻挠。平夫赴法留学前夕，将玉君托付给好友林一存照顾。周父意欲将玉君嫁于军阀之子黄培和，林一存出面请求黄培和成全玉君和平夫，不料想却传出玉君和自己私相授受的谣言。玉君为证清白独自跳海，正巧被林一存救下。此时平夫恰好回国，却听信了谣言。为此，玉君果断与之决裂。玉君将对封建礼教的憎恶化为自立自强的动力，预备在海岛上办学，因强盗绑票无奈放弃。在林一存的资助下，玉君终赴海外留学。

这部小说表现了封建礼教对人的天性的摧残，描写了现代中国民间朴实的生活场景，真实反映了 20 世纪 20 年代中国社会的面貌。《玉君》于 1925 年首次出版，作为中国现代文学史上较早出现的长篇小说之一，受到读者的热烈欢迎，一年之内再版两次，之后又多次重印。陈西滢（1927）把它与《沉沦》、《呐喊》和《女神》等共同列为五四运动以来产生重大影响的优秀作品；然而鲁迅（2003：3）则评价这部小说“不过一个傀儡，她的降生也就是死亡”。这两种截然相反的评价，从侧面反映出这部小说的巨大影响力。《玉君》是当时长篇小说极度贫瘠的文坛中的优秀作品，它建立了杨振声在文坛的地位，也扩大了新文学的影响。

在《现代中国小说选》这部译文集中，王际真翻译和介绍了 1918～1937 年 21 篇重要的中国短篇小说，杨振声的《玉君》的英译是这部译文集中最后一篇小说。本节拟具体探讨王际真对其英译的策略。

6.3.1　《玉君》英译本中的叙事建构

贝克的叙事理论是研究翻译是如何在冲突中，尤其是在政治冲突中起作用的。本节以其为理论基础，探讨王际真在英译本中使用了怎样的叙事策略，译者又是如何通过叙事建构来让目的语读者全面与正确地认识现代中国的。在《翻译与冲突：叙事性阐释》一书中，贝克提出了四种类型的翻译叙事策略，时空建构（temporal and spatial framing）、文本素材的选择性采用（selective appropriation of textual material）、标示性建构（framing by labeling）和参与者重新定位（repositioning of participant）（Baker，2006）。经过对原文本和译文本的详细比较，我们发现王际真在《玉君》英译本中对这四种叙事策略均有使用，下面分别予以探讨。

1. 时空建构

贝克认为，时空建构是指选择一个文本，将其置于另一个时空语境中，新的时空语境可能与这个文本原来所处的时空框架不同，但是却能够使该文本的叙事更加凸显，并引导目的语读者将其与现实生活中的叙事进行联系（Baker，2006）。

《玉君》这部小说把封建礼教压迫下的恋爱婚姻问题与妇女走向社会两者联系起来，努力探索改革社会的途径，表现了知识分子独立思考、奋力追求的热情以及不甘沉沦、不断探索的精神。

1944 年，王际真将《玉君》译成英语并出版，将其置于当时的美国这样一个与当时的中国迥异的社会语境之中，为其构建了一个新的时空。当时正处于第二次世界大战的反攻阶段，是全世界反法西斯同盟国扭转战局的关键阶段。在这个时空里，中国形象一直在积极与消极之间摇摆：一方面，中国社会动荡不安，生产力水平低下，人民遭受侵略者的迫害；另一方面，压迫下的中国人民奋起反抗、保卫祖国，成为世界反法西斯同盟中不可忽视的强大力量。这样的国际环境有利于中国文学在西方的传播，中国现代文学也得到了西方的关注。

《玉君》的英译本在这种契机下，进入了美国这样一个完全不同的时空中，很容易使当时中国社会的黑暗、愚昧更加凸显，中国人民进行变革的愿望也更加显现。在《现代中国小说选》的前言中，译者认为这部译文集展现了“中国社会的另一面”（other side of China’s life），这一面也许会让大多数“优秀”的中国人感到难堪。“这不是为了揭露真相，而是因为驱逐黑暗的唯一方法是将其暴露在真理的探照灯下。”（Wang，1944a：vii）可见，译者有意识地将原文本移植到全新的时空里，在第二次世界大战尾声这一特定历史时期，引导读者将其与现实生活中的叙事联系起来。

小说原文中，玉君拒不接受包办婚姻，用逃跑甚至是自杀的方式与封建家庭毅然决裂；玉君又从被误解的痛苦中认识到，恋人杜平夫深受封建思想的荼毒，她决心分手，并追求自己在社会中的价值。这展现了受到封建礼教压迫的女性积极反抗和探索的过程，为解决妇女社会地位低下等社会问题提供了一些解答。在20 世纪 40 年代的美国这样一个新的时空中，《玉君》英译本的意义更多地在于揭露黑暗后的反思与激励，这间接地凸显了原文的叙事。下面以实例加以说明。

> 例 1. 原文本：“种地？”张妈把头一扭道，“我的老天爷！你看看！你在外国多少年，是学种地的吗？咄咄！”
>
> （杨振声，2011：25）
>
> 王译本：“Farming?” Chang-ma repeated with a shake of the head. “My Lord Heaven, what an idea! Do you mean to tell me that that's what you had been learning during the years you were abroad?”
>
> （Wang，1944a：208）

在中国封建时代，迷信的人认为天上有个主宰一切的神即“老天爷”，在口语中，这一词汇用来表示惊叹。林一存海外留学归来，不仅胸无大志，而且只想种地，张妈用这句“我的老天爷”表达出十分惊讶的感情。在基督教中，Lord 表示“上帝、主”；Heaven 的本义是“天空”（sky），英国的基督徒将 Heaven 等同于“天堂”。译者用这两个单词来指代“老天爷”，作为张妈表示惊讶的口头语，使用了时空建构的策略。译者通过引导译文时空下的读者，将原文中的叙事与西方基督教的叙事联系起来，唤起了目的语读者所处时空下的基督教的叙事，译文使人物的话语和感情衔接更加流畅，强烈地表现了张妈的惊叹与可惜，同时也塑造出了思想传统、落后的农村妇女形象。这也从侧面反映了当时中国农村迷信、愚昧的面貌，烘托了小说揭示社会黑暗、揭示封建礼教对人的压迫的主题。

2. 文本素材的选择性采用

文本素材的选择性采用通过省略和添加的方式来实现，其目的是要实现抑制、强调或者铺陈原文中隐含的叙事或更高一个层面的叙事的某些方面（Baker，2006）。从宏观上看，这一策略表现在译者翻译什么作品上；从微观上看，表现在译者对文本内部进行选择性的采用上。这一策略在王际真的《玉君》英译本中主要体现在译者对小说的大篇幅删减上：《玉君》原文共有 19 章，而译文仅有 10 章。从内容上看，删减的内容可以分为删除次要人物、删除次要情节和删除敏感政治话题三类。

1）删除次要人物

《玉君》原文以作者杨振声的故乡山东蓬莱水城村为背景，作者用细腻的笔触展示了乡村村民和海岛渔民的朴实而欢快的社会生活，也塑造了一系列鲜活的人物形象。译者为了突出林一存、周玉君和杜平夫三人之间的爱情故事，将次要人物的描写几乎完全删除。

例如，玉君的妹妹菱君是林一存和周玉君进行沟通的重要桥梁，也是让他们的友谊更进一步的重要人物。小说原文对菱君的外貌描写穿插在玉君和杜平夫在海边送别的情节中："只见她雪白的皮肤，乌黑的头发，星目朱唇，犹是当年玉君的样子。"（杨振声，2011：17）林一存见到菱君，产生了对幼年时玉君的回忆。译者删除了这里对菱君的外貌描写，实际上删除了对玉君形象的重复描写，减轻了原文中重复啰唆的部分，突出了玉君送别杜平夫的情节，加快了故事情节发展的速度。

译者完全删除了次要人物兴儿和琴儿自由相恋的故事（杨振声，2011）。琴儿和兴儿是农民阶级的代表，他们的自由恋爱也在一定程度上反映了对封建礼教的反抗。但原文中主要描写了他们相恋的过程，而努力反抗封建家庭、争取婚姻自由的过程几乎没有。译者将这一部分删除，使译文的主线更加简洁和鲜明，主要突出了主人公玉君的故事，凸显了原小说反抗封建家庭和封建礼教、女性追求婚姻自由和找寻自身价值的主题。

2）删除次要情节

译者对小说原文中的次要情节也进行了删减。下面举例加以说明。

例 2. 原文本：又常幻想她与我在漆黑夜里，跑到高山深林中去逃难。……我把玉君藏在石后，一人碰了过去，夺过剑来把强盗打退，却是自己也受了致命的重伤。……她从此接着哭我。直至她长到十五岁，十七岁，十九岁都不忘我，嫁了人还时常到我坟上来吊我。

（杨振声，2011：15）

王译本：I dreamed of rescuing her from bandits at the cost of my life and of luxuriating in her tears and gratitude and her visits to my tomb, year after year even after she was married.

（Wang，1944a：198）

原文中的这一段是描写林一存回忆自己童年时，常常幻想自己为了保护玉君与强盗搏斗，身受重伤后死在玉君怀里，而玉君无法忘记他的情节。原文中这一段描写大约二百字，包含了丰富的动作描写，生动地还原了林一存幻想自己成为英雄的画面，符合儿童时期的他对玉君“痴头痴脑”的珍惜与喜爱。但译文仅用35个词对这一事件进行了高度概括，连用了三个 and 将该段落简化为一个句子。译者减少了林一存虚幻的想象，凸显了他在童年时就对玉君非常珍惜、爱护，以及玉君能被自己保护的愿望。这反映出林一存幼年时对玉君就有懵懂的好感，希望玉君能一直记住自己的单纯想法，也体现了林一存和玉君从小就感情深厚，为后文二人友谊的升温埋下了伏笔。

例 3. 原文本：玉君乍见时红了脸，慢慢地向前踱。海风吹得她的玉白纺绸刺花短袖褂子与下身的哔叽百褶白裙都翩翩向后飞舞，像阻止她的前进。她的柔黑的眼珠，满含着羞涩的笑意道：“林先生，你可记得十几年前的玉君？”

（杨振声，2011：16）

王译本：“Mr. Lin, do you remember Yuchun after all these years?” she walked up slowly and said to me, smiling and blushing a little.

（Wang，1944a：200）

原文中对玉君衣着和神态描写都比较细致，很容易使读者想象出玉君沉静、单纯的少女形象。译者只保留了对玉君的神态描写，删除了动作和衣着描写，目的在于突出林一存回忆中的玉君“幼年的憨态”，强调了少女玉君与友人久别重逢的羞涩与内敛，勾勒出一位讨人喜爱的少女形象，让读者更容易理解文中林一存对玉君的喜爱，为后文林一存全力帮助玉君摆脱封建婚姻、两人暗生情愫私订终身埋下了伏笔。

原文是在小说的第六章中，林一存劝说军阀之子黄培和不要接受与玉君的包办婚姻，反而遭到对方猜忌自己与玉君私相授受，被赶出黄家大门。林一存回家后大病一场，在昏迷中大喊玉君名字（杨振声，2011）。译者删除了以上情节，仅用一句 After my recovery 带过。原文中这些描写过于啰唆，译文省略了以上冗长的铺垫，节奏更加紧凑。译者将译文的重点放在玉君意识到封建家庭对人的迫害后，决心用逃跑的方式与之决裂。这也凸显了小说表现知识分子反抗封建礼教、追求自身价值的主题。

小说原文中作者详细描写了林一存将田地卖给高长脖子的过程（杨振声，2011），译文仅用一句话简要概括：In the meantime I had sold a piece of land to a real estate shark for $2,400，which would enable Yuchun to go to France, but had not been able to collect because the man had loaned out the money on interest（Wang，1944a：220）。译者将重点放在林一存资助玉君留学上，减少了原文中冗长的土地交易过程，简化了原文中拖沓的故事情节。这也符合译者删除次要情节的策略。

原文中大量描写了玉君、菱君与林一存在海岛的日常生活：七夕节参加唱渔歌、行乞巧礼等民俗活动；海边渔民招待三人当地特色食物；玉君与年轻女孩一起劳动等，译者也全部省略了这些。原因在于这些情节虽然详细地展示了当时中国农村的风土人情，但拖延了玉君和林一存、杜平夫之间爱情故事发展的节奏，容易分散目的语读者阅读的重点，也与玉君逐步成长、摆脱封建家庭并追求自立的主题无关。译者将这些情节删减后，译文中的爱情故事更加凸显了。

3）删除敏感政治话题

第三类是删除了原文中涉及的敏感政治话题。

例如，在第四章，译者删除了约五百字的林一存关于做教员的内心独白：“教员与学生之间，不惟有知识上的关系，又当有做人上的关系……”这段独白阐明了他心中的学校制度、教员使命和教育方法，反映了林一存作为一个教员，一方面追求职业理想，另一方面屈从于金钱和现实的复杂情感（杨振声，2011：23）。

可以说，这是小说作者借人物之口表达了对中国教育的思考，而这与小说中玉君的爱情故事关系不大。译者删除后，直接进入了玉君请林一存回故乡阻止父母定下的婚事，故事更加紧凑。

小说原文中有作者杨振声借人物之口传达自己政治思想的段落，译者把这些与故事情节无关的部分全部删除，这可以看作是对原文太过说教、失去小说的趣味之缺陷的修正。在第十三章，林一存与玉君讨论“人欲”，大量涉及中国传统儒学思想：“中国最有害的两种学说，……一是‘不孝有三无后为大’，一是宋儒绝人欲存天理的话……”这段讨论八百多字，其中不乏对古代经典的大量引用（杨振声，2011：49）。英语读者大多对儒学思想没有了解，这一段大量引经据典、痛斥礼教的对话就显得十分晦涩难懂。译者删除后，减轻了小说的说教意味，也削减了原文中包含的政治意味。

译者还删除了一些涉及政治话题的段落，这些段落有的反映了林一存本人对中国工业发展的朴素追求，有的涉及中国传统的男女思想，有的包含了许多传统习俗的特定用语。译者考虑到这些信息与小说的爱情故事几乎没有关联，并且目的语读者很难对中国儒学传统思想产生兴趣。为了不冲淡爱情故事的曲折情节，译者省略了以上部分。

可见，以上提到的三类删减的内容，宏观上体现在对章节的选择，微观上体现在对语言细节的把握。译者在整体上忠实于全文的前提下，删除的都是小说原文中被认为拖沓啰唆和单纯说教的部分。这体现了译者深厚的文学素养，也突出了知识分子反抗封建、追求改革的主题。

3. 标示性建构

贝克认为标示是指使用词汇、词条（lexical item）和术语（term）或者短语来识别人物、地点、群体、事件以及叙事中的其他关键元素（Baker，2006）。根据她的观点，任何使用语言手段来识别叙事中人物、地点或事件等关键要素的话语过程都可以指导和约束读者的反应。也就是说，标识关键元素或参与者的任何类型的标签在某个叙事中将提供一个框架，约束我们对这个叙事的反应。因此，在翻译过程中，译者可以转向标签来重建新的叙事，实现翻译目的。王际真在处理《玉君》原文本时，对这一策略的运用具体体现在命名和成语、熟语或歇后语的翻译上。

1）命名

根据贝克的观点，命名和标题是非常有力的建构手段（Baker，2006）。在王际真的《玉君》英译本中，译者对人物的称谓词大多使用了音译法。例如将“姐姐”译为 Chieh-chieh、“妹妹”译为 Meimei、“少爷”译为 shao-yeh、“赵大娘”译为 Chao Ta-niang 等。下面以实例加以说明。

例 4. 原文本：“那是我妹妹菱君。”玉君说着对菱君招手道：“妹妹，过来见见林先生。”

（杨振声，2011：17）

王译本：“That's my sister Lingchun,” she replied, beckoning to the girl. “Meimei, come over and meet Mr. Lin.”

（Wang，1944a：200）

例 5. 原文本：“少爷，你别动气，你听我告诉你。”琴儿一字一板地说道，……

（杨振声，2011：19）

王译本：“Don't get angry, shao-yeh,” Chin-erh said without haste.

（Wang，1944a：202）

通过联系上下文的语境，目的语读者能猜出一部分人物称谓词的意思。此外，在《中国现代小说选》的末尾，译者将所有篇目中出现过的音译词汇总编写在单词表中，并附上英文释义。例如“Chieh-chieh: Elder sister, without reference to the order of her birth in the family. Meimei: Younger sister. When a distinguishing prefix is added, only one syllable is retained. *See Chieh-chieh.* Shao-yeh: Young master of the house.”等（Wang，1944a：229-233）。读者通过附录中的解释，能够更加精准地理解这些称谓词的含义。译者音译这些称谓词，既不影响目的语读者对小说人物的分辨和对情节的理解，也保留了汉语发音的特色。这让读者更容易沉浸在异域的环境中，也在一定程度上将汉语中的称谓词传播到西方，能够激发读者对中国文化的兴趣。

2）成语、熟语或歇后语

译者在翻译原文中的成语、熟语或歇后语时，大多采取了直译法。例如“洪水猛兽”译为 Flood and wild beasts，“哪种风把你吹了来”译为 What wind has blown you here 等。正如译者在译文集附录“作家简介”中提到：“《玉君》在语言技巧上是新旧混合的，尽管有明显的缺点，它展示了新旧文学交替的过程。”（Wang，1944a：250）译文在语言上也尽力保留了原文的这种特色，下面以实例进行说明。

例 6. 原文本：忽然心里一跳，是呀！不免明天就到周家去提亲，先缓住周老头子的心事；等到平夫回来，再把玉君完璧归赵。

（杨振声，2011：36）

王译本：Suddenly it occurred to me that I might go to the Chous and propose for myself so as to reassure the old man that his daughter was still sought after. When Ping-fu returned from France, I could “return the jade to the State of Chao.”

（Wang，1944a：215）

“完璧归赵”的本义是指蔺相如将完美无瑕的和氏璧完好地从秦国带回赵国，比喻将物品完好地归还给主人。译者将这个成语直译为“将玉归还给赵国”，而没有意译出成语的比喻意义。这很难让目的语读者理解此成语的比喻义，需要读者联系上下文情节，对短语的意义进行猜想。根据前文提到的“林一存想向周家求婚”，联系“等平夫回国再归还”等话语，读者不难猜出林一存想用自己与玉君结婚的办法，将玉君从父亲指定的婚姻中解救出来。

译者使用了命名和直译熟语、成语这两种具体方法实现了译文的标示性建构，最大程度上保留了小说原文的汉语特色，让目的语读者能感受到异域语言的独特，加强了译文的叙事效果，凸显了小说的背景，即动荡不安的近代中国，让译文反抗封建愚昧、探索改革道路的主题更加鲜明。

4. 参与者重新定位

翻译活动的参与者之间以及他们和读者之间的位置关系，可以通过灵活运用表示时间、空间、指示、方言、语域、特征词以及各种识别自我和他人的语言手段来加以改变（Baker，2006）。这种重新定位又可以分为两类：副文本中的重新定位（repositioning in paratextual commentary）和文本或话语内重新定位（repositioning within the text or utterance）。在《玉君》英译本中，译者主要通过对文本特征的细微调整来重新安排原文叙事内外的参与者之间的关系。

例 7. 原文本：但是，平夫去了，要我照应玉君，在中国这个社会里，男女中间，都是隔条天河的，哪里有互助的机会呢！岂不是令人搔头的事吗？

（杨振声，2011：15）

王译本：...but when I recalled Ping-fu's request, I wondered what I could do to help her in a country where a Milky Way is drawn between men and women.

（Wang，1944a：199）

杜平夫海外留学前将恋人玉君托付给“我”，而“我”却担心无法照应她，因为“我”所处的中国社会中，封建礼教重压之下的青年男女很难自由交往。原文中的“我”与读者同处于这个社会，原文作者依然将“中国”特意点明，强调了封建礼教和封建家庭对人性的摧残，扼杀了青年男女正常交往的可能。译者没有直接将“中国”翻译出来，而是译为 a country where a Milky Way is drawn between men and women，究其原因，“中国”在目的语读者心中的形象是多样化并且不稳定的，译者使用这个短语，使目的语读者将人物身处的环境具象化，强调了中国社会中男女之间距离十分遥远这样一个侧面，拉近了目的语读者与人物的距离，让读者更贴近于故事发生的背景，更容易理解封建礼教对人的压迫，为后文玉君觉醒、反抗、追求自身价值的成长过程埋下了伏笔。

6.3.2 翻译策略归因分析

此前没有将《玉君》英译本单独作为对象的研究。本节详细分析了《玉君》的王际真英译本，发现译者主要使用了时空建构、文本素材的选择性采用、标示性建构、参与者重新定位四种翻译叙事策略，这些策略的运用在于为目的语读者建构一个全新的叙事，以达到译者展现中国近代社会现实、传播中国文化的目的。

通过以上四种策略的合适运用，译文较为真实地反映了 20 世纪 20 年代中国社会的乡村面貌，还原了富有进步思想和反抗精神的小资产阶级女性知识分子玉君和新时代背景下积极思考、敢于突破的知识分子林一存的形象。玉君从被封建家庭压迫的痛苦中，一步步成长为用自己的力量为社会做出贡献的现代女性，这个过程具有鲜明的时代特点，展现了进步小资产阶级的个人追求和对社会问题的思索。从译本内容的角度来看，新的叙事在特殊的背景下重现了原文中的原始故事，在引导目的语读者更好地理解小说的同时，也强调了译本中所突出的政治问题。

译者将以上四种叙事策略应用于《玉君》翻译文本的重建，既采取了以目标语语言为中心的翻译策略，又保留了中国文化的专有特色，达到了在目的语读者面前呈现出更真实中国的效果。这四种策略整合了译者对原文本的理解，使得目的语读者可以更有侧重点地理解《玉君》英译本所要传递的信息。

6.4 文化身份视角下《春蚕》王际真英译本与他译本对比分析

6.4.1 《春蚕》简介

《春蚕》的作者茅盾，原名沈德鸿，是 20 世纪我国著名作家、文学评论家，也是国内社会剖析派小说的领袖和开拓者（严家炎，1996），曾任中国作家协会主席 30 余年。茅盾一生发表及出版了 100 多部作品，其中包括长篇小说、短篇小说以及理论书籍等。长篇小说如《虹》（1930 年）和《子夜》（1933 年），短篇小说如《春蚕》（1932 年）、《秋收》（1933 年）、《林家铺子》（1932 年）举世闻名。据庄钟庆先生（1982）统计，茅盾的作品先后在国外被译成英、俄、法、日等 20 多个国家的文字。茅盾也是一名出类拔萃的译者。茅盾发表翻译作品 140 余部，其中涉及 30 多个国别、80 多位作家（廖红，2011）。这些作品不仅极大开阔了中国人的眼界，而且在很大程度上促进了新文化运动的发展。茅盾生活在一个政治与文化不断变革、战争不断的年代，他倾其一生致力于推进“新思想”与“新文化”。他的努力促进了人民的觉醒，推动了社会事业的发展。他的大多数作品的灵感均来自一些重大问题以及人民对这些重大问题的反响。因此，茅盾的作品极具现实性，成为了解当时社会各阶层人民生活的有效工具。一名杂志评论员指出，茅盾作品“在暴露资本主义社会的缺陷与描写劳动人民的苦难方面具有特别的力量”（庄钟庆，1982：247）。

短篇小说《春蚕》创作于 1932 年，并于同年 11 月刊登于《现代》第 2 卷第 1 期，后与《秋收》、《残冬》共称为“农村三部曲”，成为茅盾的代表作之一。

小说叙述了南方清明节后，老通宝一家在一个月时间里，经过种种艰辛，好不容易获得了蚕茧大丰收，可是卖茧所得却还“不够偿还买青叶所借的债”，老通宝自己也因此气病。小说深刻揭示了封建社会中底层劳动人民的悲惨命运。

6.4.2　译者王际真和沙博理的文化身份

王际真和沙博理都对《春蚕》进行了英译，两个译本对中国文化的传播都起到不可忽视的作用。然而，国内关于两个译本的研究仍在初期阶段，对沙博理译本进行的研究或从语境角度进行分析，或从沙博理个人的文化身份进行分析（张洁洁，2015）；王际真译本国内暂无研究。

基于此，以下我们对《春蚕》的这两个英译本进行对比分析。通过解读两位离散译者的文化身份，探究他们各自的文化身份对他们进行文本选择以及译文表达所产生的影响。

王际真和沙博理两位译者都是远离原乡但对原乡保持着一个“集体记忆”的离散译者（Tölölyan，1996）。他们具有不同的文化身份。

文化身份是一个个人、一个集体、一个民族在与他人、他群体、他民族比较之下所认识到的自我形象；文化身份的核心是价值观念或价值体系（张裕禾、钱林森，2002）。近年的文化身份认同研究不再把个人视为统一的、完整的主体，而是把个人分解为种种不同文化身份特征的组合，而任何条件如民族、种族、宗教、阶层、辈分、信仰、性取向、审美心理乃至饮食习惯都可能成为区别文化身份的重要特征（赵巍，2015）。

在当今这个全球化的时代，个人的民族和文化身份完全有可能是双重的甚至是多重的（王宁，2006）。显然，作为离散译者的王际真与沙博理是具备双重身份的，即他们都受美国文化与中国文化的影响。然而也因为他们的经历不同，中国文化和美国文化对他们产生的影响也不同。

王际真与沙博理作为致力于传播中国文化的优秀译者，对于中国文化的理解自然已达佳境，但因为二者的经历不同，他们对于中国文化的理解也具有一定差异。

王际真于 1899 年出生在书香门第之中，其父是清朝进士，王际真自幼好读各类书籍，古书尤甚。他与沈从文、徐志摩等学者关系密切。在他于 1922 年赴美留学之前，王际真都生活在中国，他见证着中国封建王朝的没落、消亡以及中国的变革。沙博理则是于 1947 年到达的中国，封建制度在当时已然瓦解，抗日战争也已经胜利，彼时的中国正经历着解放战争。之后扎根于中国，一直在中国生活的沙博理则是经历了“文化大革命”、改革开放等新中国的变革。可以说，两位译者在中国经历的时期不同，中国文化对他们产生的影响也不同。对于古书的热爱，基于家庭背景，王际真对于封建制度下的中国文化体会更深；沙博理则对新中国所展现出的新风貌有着更深刻的理解。

不仅中国文化对两位译者产生的影响不同，美国文化对两位译者产生的影响也不同。王际真自1922年赴美留学后，便留在了美国并以向杂志社供稿为生，1928年成为纽约大都会艺术博物馆的正式职员，并在之后前往哥伦比亚大学任教，教授中国文化并从此长居美国。可以说从1922年以后，王际真见证着美国的发展以及翻译市场的变化。对沙博理而言，在1947年前往中国之前，沙博理的语言环境为英语，教育背景为西式教育，他见证的是1947年之前的美国发展。可以说，在美国的经历带给王际真的影响是对翻译市场的了解与把控，而带给沙博理的则是对于语言本身的理解与运用。

王际真在美国仍然保持着对中国文学的热爱，努力宣传中国文化，而沙博理（1998：438）同样在离开美国后，也在回忆录《我的中国》中表示自己“从未失过自己的美国味儿”。两位译者虽同为离散译者，但离散的方位并不相同。沙博理离开美国前往中国，之后在中国定居。中华人民共和国成立之后，党和国家把对外对内翻译事业放在了战略高度（任东升，2017）。沙博理任职于外文出版社，其主要工作便是从事国家的翻译实践，对外宣传中国文化。相对应地，王际真定居美国以后，受到出版商邀约翻译《红楼梦》，而出版商基于商业需求无意真正全面介绍中国古典，也无法理解《红楼梦》中风流蕴藉、钟鸣鼎食之家的那种华贵富丽及其细腻深挚的情感世界。他们要求王际真尽可能地通过介绍故事来节译这部巨著（王海龙，2000）。《红楼梦》节译本的出版开启了王际真的翻译事业。可见，王际真的翻译事业多受出版商以及市场的影响，而非国家政治行为的影响。

两位译者在离开祖国后对于自己的身份也有着不同的认知。沙博理在《我的中国》回忆录中谈到“我越来越感到中国是我的国家，我的家园，我的家庭”（沙博理，1998：438），可见，沙博理在离开美国后，融入到了新的环境之中并以“中国人”看待自己。王际真则并没有以新环境中的“美国人”身份看待自己，他依然保持着少年时学会的粤语，并称自己是“老乡下人”，朝鲜战争时执着于对祖国的眷恋，反对美国（王海龙，2000）。

由此可见，两位译者有着相似的双重文化背景，但其不同的经历和对身份的认知对其翻译事业产生了不同的影响。

6.4.3　译者文化身份对译文的影响

1. 译者文化身份与译本选择

王际真与沙博理虽然都选择了《春蚕》进行翻译，但由于他们文化身份的差异，二者选择文本时的目的不同，选择翻译的内容与侧重点也有所不同。

1944 年时值第二次世界大战期间，美国日益重视对东亚的研究，王际真也将自己投入到哥伦比亚大学的东亚研究之中，倾尽所能培养熟知东亚文化的人才从而支持正义的战争力量。现代小说则可以鼓舞民心，荡涤和磨砺人心（王海龙，2000）。王际真在《现代中国小说选》的前言中提到他选择文本进行翻译的标准是：①小说内容足够精彩；②作者本身具有一定影响力；③能反映当时中国的现状及问题（Wang，1944a：viii）。由此可见，王际真在翻译《春蚕》时，小说故事的内容并不是最重要的选择因素，哥伦比亚大学对于东亚文化的关注，加之王际真意图以其译作“呼唤着中华民族的未来”（王海龙，2000：74）从而形成了《春蚕》的译本，并收录在《现代中国小说选》之中。

沙博理选择《春蚕》进行翻译时更多是因为《春蚕》可以反映“迟至 20 世纪初，封建主义在中国意味着什么”（沙博理，1998：212）。1952 年，沙博理翻译《春蚕》，当时中华人民共和国成立不久，国内的思想也是反封建、反帝国主义，文学翻译与文学创作一样上升到国家行为，并且被完全体制化，从而在体制上保证了文学翻译不再是私人的事（查明建，2004）。外文出版社向外输出的作品主要是符合社会主义、共产主义意识形态，体现社会主义现实主义创作的当代文学作品（任东升、张静，2011）。《春蚕》的内容与思想为反封建、反帝国主义，符合当时的意识形态，故而《春蚕》得以被翻译出来。从重视程度上看，沙博理将此收录在《春蚕及其他故事》（*Spring Silkworms and Other Stories*）中。沙博理以《春蚕》作为茅盾短篇小说译文集的名字，可见，沙博理对于《春蚕》这部小说极度重视，同时《春蚕及其他故事》中还将《春蚕》的后续作品《秋收》和《残冬》进行了翻译，保证了整体故事的完整性。王际真的《现代中国小说选》之中，茅盾的作品仅收录了《春蚕》及《“一个真正的中国人”》。20 世纪初，中国文学在西方的传播更多是以销售为目的的，而在这样的认知之下，受赞助人的影响，王际真的译者主体性在很大程度上受到制约（李星颖、覃权，2012），因此，为适应市场，王际真在翻译茅盾的“农村三部曲”时，仅选择了有代表性的《春蚕》而并未将之后的《秋收》以及《残冬》进行翻译。同时在翻译《春蚕》时，为便于读者理解，王际真仅保留了故事主线，删减了部分支线情节。可见，译者文化身份对于译者的译本选择以及最终所呈现的译文完整性会产生一定影响。

2. 译者文化身份与译文表达

两位离散译者在进行翻译时，所选择的翻译策略有所差异。王际真的翻译作品需要面向市场进行销售，因而他在翻译时会更多地侧重于读者需求即市场需求。沙博理则更加注重细节的翻译，他曾表示译者要有革命立场观点——为了人民、为了党、为了全世界人民文化交流，从这方面着眼文学翻译，作品就会容易走出国门受欢迎（洪捷，2012）。故而，基于沙博理的革命立场，其译文侧重于展现文中底层人民在封建社会中的悲惨生活。同时受母语背景的影响，两位译者对于原文的理解也会产生一定的差异，从而影响其译文表达。下面加以阐述。

1）人名与称呼语

全文直接或间接涉及的人物共有 17 个，而部分人物的称呼则更是不同。对于这些人名与称呼语，两位译者采取的翻译策略也有所不同，具体情况如表 6-2 所示。

表 6-2 《春蚕》中人名与称呼语之翻译策略统计

实例（17 个）		沙译本		王译本	
人名（10 个）	老通宝	Old Tung Pao	直译 ②+音译 ①	Tung Pao	音译 ①
	阿四	Ah Sze	音译 ①	Ah Ssu	音译 ①
	阿多	Ah To	音译 ①	Ah Dou	音译 ①
	小宝	Little Pao	直译 ②+音译 ①	Hsiao-Pao	音译 ①
	六宝	Six Treasure	直译 ②	Liu Pao	音译 ①
	陆福庆	Fu-ching	音译 ①	（deleted）	省译 ④
	李根生	（deleted）	省译 ④	Li-Keng-sheng	音译 ①
	荷花	Lotus	直译 ②	Lotus	直译 ②
	张财发	（deleted）	省译 ④	Chang Tsai-fa	音译 ①
	阿九	（deleted）	省译 ④	（deleted）	省译 ④

续表

实例（17 个）		沙译本		王译本	
称呼语（7 个）	黄道士	Huang 'the Priest'	直译 ②	Huang Tao-shih	音译 ①
	四大娘	Ah Sze' wife	意译 ③	Ssu-da-niang	音译 ①
	多多弟	Ah To	音译 ①	Brother Dou	音译 ①
	四阿嫂	（deleted）	省译 ④	Ssu-sao	音译 ①
	老陈老爷	Old Master Chen	意译 ③	the old squire	意译 ③
	陈大少爷	Young Master Chen	意译 ③	the squire	意译 ③
	小陈老爷	the present Master Chen	意译 ③	the young squire	意译 ③

通过表 6-2 我们可以看到，对于人名与称呼语，二者都有采取拼音转化的音译和省译的方式，但二者的翻译策略仍具有较大的差别：王际真对待文中人称翻译主要采取音译的方式，音译数量多达 11 个，其中人名除省译以及“荷花”采取直译之外，全部采取音译。沙博理的音译数量则仅有 6 个，其中 2 个为音译与直译相结合的方式。

沙博理在进行人名和称呼语翻译的时候注重展现人物身份，如沙博理在翻译“四大娘”时采用 Ah Sze' wife 的翻译方式，展现出四大娘作为阿四妻子的身份；在翻译“黄道士”时，采用了 Huang 'the Priest'的翻译方式，将“道士”进行了归化，便于展示黄道士的职业特征，体现出当时人们的封建迷信思想。王际真则采用了拼音转化的方式进行音译。这本有助于西方读者迅速认识人物，但原小说中对于同一人物“四大娘”有两种称呼“四大娘”以及“四阿嫂”，而王际真统一采取音译的方式将其译为 Ssu-da-niang 和 Ssu-sao 会在一定程度上给西方读者在认知人物、解读情节方面造成干扰。

值得注意的是，两位译者在对待陈老爷一家的翻译时，虽都采取了意译的方式，但各有侧重点。王际真侧重展现人物身份，采用了 squire 一词，暗示陈老爷作为地主乡绅的身份。沙博理则将“老爷”看作是老通宝对其的一种尊称，在翻译时采用了 master 一词，展现出老通宝对待陈老爷一家的尊敬，从侧面展现出老通宝的人物形象。

从整体看，王际真在翻译时受市场影响，多采用音译的方式以便于读者认识人物，而对人物形象的塑造有所忽略；相反，沙博理为表明其革命立场，注重展现文中底层人民在封建社会中的悲惨生活，故而在翻译时采用多种翻译策略，从细节处展现人物形象。

2）方言

《春蚕》中运用了很多南方方言，有助于刻画人物性格、展示地域风情与民俗文化。对此，两位译者在进行翻译时也略有不同。

例 1. 原文本：就是小儿子阿多年纪青，有几分“不知苦辣”，可是毛头小伙子，大都这么着，算不得“败家相”！

（茅盾，1985：314-315）

沙译本：Only his younger son, Ah To, was inclined to be a little flighty. But youngsters were all like that. There was nothing really bad about the boy.

（Shapiro，1979：4）

王译本：...and his younger son Ah Dou was not a bad sort, though he was flighty at times as all young people were inclined to be.

（Wang，1944a：145）

原文中的“不知苦辣”，两位译者都将其译为 flighty[①]。flighty 一词指人物做事心浮气躁、反复无常，不可靠。然而，文中“不知苦辣”更多的是指阿多不懂世事，行事简单粗暴。事实上，文中的阿多行事非但不反复无常，反而是坚决的，在《春蚕》的后续《秋收》之中，阿多行事果决，甚至成为村中抢粮的领头人。两位译者选用的 flighty 一词不利于塑造阿多的人物形象。之后的方言“败家相”暗含着老通宝以面相定人品的迷信的人物形象，而对此两位译者同样都没有将此翻译出来。沙博理因其母语非汉语，故而对于中国封建文化之中的“面相”并未理解到位，故而选择了 nothing really bad 来解释败家相，将重点放在了对阿多人品的表述之上，反而失去了原文中老通宝这些心理活动暗含的迷信的形象。王际真因其对于祖国的热爱，在进行翻译时会将他认为不荣耀的某些文化信息，

---

① 柯林斯词典中对 flighty 的解释为 If you say that someone is flighty, you disapprove of them because they are not very serious or reliable and keep changing from one activity, idea, or partner to another（https://www.collinsdictionary.com/dictionary/english/flighty）。

如封建迷信思想等细节进行委婉化、净化或淡化处理（汪宝荣，2018c：37），故而王际真在翻译时，用 bad sort 来表示“败家相”，淡化其中的封建含义。

例 2. 原文本：她原是镇上人家的婢女，嫁给那不声不响整天苦着脸的半老头子李根生还不满半年，可是她的爱和男子们胡调已经在村中很有名。

（茅盾，1985：320）

沙译本：Originally a slavey in a house in town, she had been married off to Old Tung Pao's neighbor—a prematurely aged man who walked around with a sour expression and never said a word all day. That was less than six months ago, but her love affairs and escapades already were the talk of the village.

（Shapiro，1979：9）

王译本：She had been a slave girl in some family in town and was already notorious for her habit of flirting with the men folk though she had been married to the taciturn Li Keng-sheng only half a year.

（Wang，1944a：148）

原文是对人物荷花进行一个简要介绍，讲述了荷花过去的经历以及现在作为李根生妻子的身份。“爱和男子们胡调”与上文她挑逗阿多进行呼应，塑造了一个看似“不守妇道”的人物形象。“胡调”在文中主要是指荷花语言上的挑逗，包括叫阿多为“干儿子”等，但原文中荷花并没有实际的越轨行为。王际真将“胡调”翻译成了 flirting，主要强调行为上的不庄重，这里可以体现出男女之间的调笑。沙博理翻译为 love affairs① and escapades，而 love affair 指男女之间的不正当关系，且这个关系是得到确定的。因而沙博理翻译的 love affair 对于胡调一词显得过于严重一些，对于读者而言，会产生对荷花和阿多之间关系的疑惑。相对应的 flirting 则能比较好地展现荷花与他人调情的状态，有助于人物形象的展现。

从上述两个例子我们可以看到，由于方言具有一定的地域特性，同时作者在

① 柯林斯词典将 love affair 解释为 A love affair is a romantic and usually sexual relationship between two people who love each other but who are not married or living together（https://www.collinsdictionary.com/dictionary/english/love-affair）。

文中还通过不同人物使用方言的不同来展现人物形象，在对其进行翻译时要求译者一定要理解透彻。在翻译时，两位译者的文化身份对他们在理解原文上产生了一定影响。王际真基于自身母语为汉语的文化背景，故而比母语非汉语的沙博理在理解原文中的方言方面更加准确，从而在译文表达上可以更加贴近原文内涵。

3）术语

《春蚕》整个故事围绕着老通宝一家养蚕的过程进行叙述，文中使用了养蚕方面的术语，既展现了老通宝等农民对于农活的娴熟，也展现了地域文化特色以及中国的传统农业文明特色。这样的术语在翻译时要求译者不仅要对相关术语理解到位，还要在翻译时尽量帮助读者理解这些日常生活中少见的术语。

例 3. 原文本：“阿多！空手看野景么？阿四在后边扎‘缀头’，你去帮他！”

（茅盾，1985：321）

沙译本：“Ah To!” he now barked angrily. “Enjoying the scenery? Your brother’s in the back mending equipment. Go and give him a hand!”

（Shapiro，1979：10）

王译本：“Are you enjoying the scenery, Ah Dou?” he shouted at his son. “Ah Ssu is making cocoon trees in the back;…

（Wang，1944a：149）

原文是老通宝想将阿多赶离荷花身边，让阿多前去帮助阿四。沙博理将“扎‘缀头’”翻译为 mending equipment，较符合上下文语境，然而 mending 一词更适用于修补，mending equipment 更多的是将损坏的物品进行修补，不利于读者理解“缀头”是何物，且后文中老通宝自己在修补蚕台，容易造成读者误解，且简单地将此译为 equipment 失去了“缀头”的独特含义。事实上，“扎”一词，含有“捆扎，缠束”之意，因而若对“扎”一词有足够认识，则能理解到“扎‘缀头’”的实质是将稻草捆扎好便于蚕结茧。王际真基于其汉语母语的背景，准确地理解了“扎‘缀头’”的含义，因而选用了 making 一词，侧重于将“缀头”制作出来，同时添加 cocoon 一词展现出“缀头”的功用是用于结茧，更加具体形象。

例 4. 原文本：这娘儿两个已经洗好了那些“团扁”和“蚕箪”，坐在小溪边的石头上撩起布衫角揩脸上的汗水。

（茅盾，1985：318-319）

沙译本：With the help of her twelve-year-old son, Little Pao, she had already finished washing the family's large trays of woven bamboo strips. Seated on a stone beside the stream, she wiped her perspiring face with the edge of her tunic.

（Shapiro，1979：8）

王译本：They had finished washing the feeding trays and the hatching baskets and were wiping their brows with the flap of their coats.

（Wang，1944a：147）

在例 4 的原文中，根据作者的注释，“团扁”与“蚕箪”是两种不同的养蚕物品。“团扁”是一种极像一个盘的竹器，“蚕箪”的底部有糊纸，用于孵化养育蚕。沙博理将“团扁”与“蚕箪”合起来进行翻译，译为 the family's large trays of woven bamboo strips，用 tray 展示形状，用 woven bamboo strips 一词展现其材质，可见其已然对此有一定的理解。王际真出身于传统的中国家庭，因而对扁与箪的理解更加清晰。在翻译时将“团扁”与“蚕箪”分开进行描述，将“团扁”译为 feeding trays，tray 展现了团扁的形状，feeding 展现了功能；将“蚕箪”译为 hatching baskets，basket 则展现出材质与形状，hatching 展现了功能。

《春蚕》中的术语较少出现在日常生活之中，这些术语的出现具有一定的地域文化特色及专业特色，因而在翻译上具有一定难度。两位离散译者基于其文化身份的不同在理解以及翻译的侧重点上有所不同。对于母语非汉语的沙博理而言，要理解透彻具有一定难度，而王际真由于其母语为汉语的文化背景可以更好地理解这些术语，从而在术语的理解上，王际真要更为准确一些。同时，王际真虽在海外，但对于彰显中华传统文化的部分，主张“尽量保留原作的文化特色”（徐晓敏，2014：122），故而王际真在翻译时尽力展现养蚕术语的具体含义，从而展现其文化特色。

4）俚语

《春蚕》中的俚语主要出现在人物对话之中，体现出了人物的性格以及地域文化特色。文中的俚语共出现 3 个，沙博理都将其进行了翻译，而王际真仅翻译了 1 个，而对其他的俚语皆进行了删减。下面举例加以说明。

例 5. 原文本："清明削口，看蚕娘娘拍手！"

（茅盾，1985：317）

沙译本：Green, tender leaves at Clear and Bright,
The girls who tend silkworms
Clap hand at the sight!

（Shapiro，1979：7）

王译本：省译

根据作者的原注，此句是老通宝所处的地域一带歌谣式的俚语。沙博理（1991：3）曾表示"文学包括内容和文风。我们的翻译若不把内容和风格二者都表达出来，那就不算到家"。故而沙博理对此俚语以诗歌形式进行翻译，尽量再现原文风格。原文中"口"与"手"压尾韵，沙博理也通过 Bright 和 sight 同样压尾韵。沙博理的译文保留了原文的音韵特色，同时也展现出了地域风情。相对应地，因为市场需求仅保留故事主干的王译本则将这一段进行了省略，虽然使得故事情节更为紧凑，但却失去了原文中的地域文化特色。

例 6. 原文本：棺材横头踢一脚，死人肚里自得知：……

（茅盾，1985：320）

沙译本：If the shoes fits, wear it!

（Shapiro，1979：10）

王译本：Even the man who lies dead knows who's kicked his coffin with his toes.

（Wang，1944a：148）

原文中这句话是村里女人回应荷花之前问"骂哪一个"所用的俚语，表示所骂之人就是荷花，同时还暗含荷花自己也应该知道是在骂她。在两位译者对俚语都有比较好的理解的基础上，沙博理充分考虑了文化语境对译文的影响这一因素，巧妙地将谚语典故转为了喻体，相较于王际真的直译，能够让外国读者以最小的努力获得最大的认知效果。

两位离散译者的文化身份对于他们在翻译俚语时产生的影响也有所不同。两位译者因离散的方位不同、所处环境不同，在翻译作品时侧重点也有所不同。王际真在进行翻译时因其作品需要面向市场进行销售，故而他多选择保留故事主线而对如表现封建文化的俚语进行了相对应的省略，从而使得故事主线更为明晰，便于读者理解故事内容。在翻译俚语时，因为他母语非英语，在翻译时不如沙博理那样可以灵活选择喻体进行翻译，而是选择了直译，因此王际真的译文反而不利于读者更好地理解俚语的内涵。然而，沙博理是作为外文出版社的译员进行翻译的，属于制度化译者，他在翻译时更侧重于展现中国与传播中国文化，因此沙博理的译本几乎是完全对照原文进行的翻译，删改极少。同时，沙博理的母语文化背景使他在进行翻译的时候可以更加灵活运用目的语的种种形式，从而更好地帮助读者理解原文、感受中国文化。

5）特色词汇

如前所述，《春蚕》创作于 1932 年，当时的中国正处于各种政权交替时期，因此其中涉及时间的词汇含有中国独特的历史背景。王际真与沙博理也因为翻译的目的不同，翻译时所处的时间不同，因此，其翻译方法也有差异。

例 7. 原文本：五年前，有人告诉他：朝代又改了，新朝代是要“打倒”洋鬼子的。

（茅盾，1985：316）

沙译本：Five years before, in 1927, someone had told him: The new Kuomintang government says it wants to “throw out” the foreign devils.

（Shapiro，1979：5）

王译本：Five years back someone told him that there had been another change in government and that it was the aim of the new government to rescue the people from foreign oppression.

（Wang，1944a：146）

原文中出现了“五年前”这一时间点，而茅盾并没有说明这是什么时候，因为原文读者是中国读者，他们对这些信息是熟悉的。对于西方读者来说，若没有相关的中国历史文化背景，则不太容易理解。王际真因其母语文化的背景以及其进行翻译时与作品写作所处的时代相近的原因，自然而然地以中国读者身份带入，因此对于这些信息并没有进行解释，而是直接进行了翻译。沙博理认为“翻译有责任也有权利，主观上为了达到目的，为了让外国读者更好理解中国历史文化的本质内涵”（洪捷，2012：63）。沙博理于 1947 年才来到中国，与《春蚕》的写作时代已有一定的时间距离，故而作为一个不了解 1932 年中国的“外国人”，他更易站在国外读者的角度进行思考，因此沙博理在译文中先明确了时间点为 1927 年，即 1932 年出版《春蚕》的五年前，同时又添入了 Kuomintang 一词，指代当时的中国正处于南京国民政府的统治之下，从而更好地帮助读者理解《春蚕》的反帝反封建的历史文化实质。

《春蚕》中不只出现了具有时代背景特色的词汇，也有很多体现中华传统文化特色的词汇，例如：

例 8. 原文本：人家都说“长毛鬼”在阴间告了一状，阎罗王追还“陈老爷家”的金元宝横财，所以败的这么快。

（茅盾，1985：314）

沙译本：People said the spirit of the dead “Long Hairs” had sued the Chens in the underworld, and because the King of Hell had decreed that the Chens repay the fortune they had amassed on the stolen gold, the family had gone down financially very quickly.

（Shapiro，1979：3）

王译本：It was said that the reason for their rapid decline was that the ghosts of Taiping rebels had sued in the courts of the nether world and had been warranted by King Yenlo to collect.

（Wang，1944a：144）

该句既展现了当时的人物在封建社会下的封建迷信思想，同时也从侧面展现了当时中国的文化特色。“阎罗王”是我国民间道教信仰的鬼神，为阴曹地府的最高统治帝王。在翻译具有文化特色的词汇“阎罗王”时，沙博理选择的是意译，通过介绍阎罗王的身份——the King of Hell 来代指阎罗王，有助于读者理解句意，但却失去了中国文化特色；王际真则将“阎罗王”音译为 King Yenlo，保留了一定的文化特色但前后文对此并没有相应解释，不利于读者对句意的理解，也不利于人物形象的塑造。紧接着“阎罗王”的动词“追还”的翻译也体现出沙博理对于细节的把控。沙博理将“追还”翻译为 decreed that the Chens repay，decreed 强化了阎罗王在阴间的地位，有助于展现中华传统文化特色。王际真将“追还”翻译为“warranted...to collect”，没能体现出阎罗王在阴间至高无上的地位，从而影响读者的理解，也不利于人物形象的塑造。

文化身份对于两位离散译者在解读读者阅读习惯上所产生的影响也有所不同。王际真虽是面向商业市场的译者，但因其成长环境是中国，在阅读时更容易以中文读者的阅读习惯进行解读，从而在对时间特色词汇等词汇上没有做出解释。沙博理因其母语文化背景为英语，因而在理解原文语境之后，他在解读西方读者的阅读习惯上相较王际真更有优势，可以更好地站在英语读者的语境之上选择更为合适的译文表达，便于读者理解原文背后的历史背景与文化特色。

由上述分析可知，两位离散译者看似拥有相似的双重文化身份，了解其经历与所处环境后可以发现两位译者的文化身份不尽相同。两位译者的母语背景不同、离开祖国前往异地生活的时间点也不同、离散方位不同、生活环境也不同，因而两位译者对自身的文化身份有着不同的认知，翻译方式也有所不同。离散方位的不同会影响两位译者对于译本的选择以及其对原文传译的完整性。母语背景的不同则会影响译者对于原文的理解以及对于译文具体语句的翻译策略从而对原文历史背景及文化特色的展现产生影响。通过对离散译者文化身份的分析有助于阐释译者的译本选择以及译文表达策略选择之原因，从而为译者主体性以及译者行为的研究提供了更为全面的视角。

6.5　《“一个真正的中国人”》王际真英译本“园丁式”翻译策略探析

6.5.1　《“一个真正的中国人”》简介

《“一个真正的中国人”》创作于 1937 年 2 月 5 日，最初发表于同年 3 月

10 日上海生活书店出版的《工作与学习丛刊》（1）：《二三事》，其后收录于良友图书印刷公司 1937 年出版的《烟云集》、人民文学出版社 1959 年出版的《茅盾文集》8 卷以及中国国际广播出版社 2013 年出版的《烟云集》等。作品完稿时正值西安事变和平解决不久，作者茅盾以一名“主战派”买办资本家的日常生活为主线，用平实的笔调和讽刺的语言揭露了国民党反共分子真实的丑恶嘴脸。

故事围绕老爷一家“合理化”后的生活展开。自从老爷决定“服务社会”“服务民族”，将“每一根神经纤维（不是每一滴血）”都贡献给民族后，家中的生活也进入了一种“科学化的合理状态”：起床、早餐、读报、出行等一切日常活动都有了规矩。他要求太太“回到厨房”，报备个人行踪，并对仆人“大司务”经手的家事一一过问，以防止主仆平起平坐的情况发生。事实上，老爷立下的种种新规只是为了满足其在家里养尊处优、颐指气使的个人私欲，“为了民族”不过是其冠冕堂皇的借口罢了。当听到“停战和平”的消息时，他下意识地便破口大骂，并为此感到忧心忡忡。但是，他所忧虑的并不是国家的命运和民族的危亡，而是“毛绒厂会变成一堆灰”，自己也会无法再“舒舒服服谈天”。

通过上述自相矛盾的言行描写，《“一个真正的中国人”》对买办资产阶级主人公老爷的两面性进行了深刻揭露：他为了保全自身的利益假意奉献民族，实际上是将民族危亡完全抛之于脑后。小说中关于“和平解决”“用某国货”“写信投报”的争论，他总能找到理由给自己的想法戴上“为了民族”的高帽子，使它们变得合情合理：他一听某国绒线价格便宜，能省下钱，便对抵制某国货的观点大放厥词；他反对国共合作，主张双方开战，认为“打几仗，死万把人，算得什么！”，全然置人民的生命安全于不顾，不惜与“和平论者”舌战，最后还想代表“真正的中国人”写信投报斗嘴，只为“写了出去，痛快一下”，让人哭笑不得。通过作者一系列语言技巧的安排，主人公自私自利的本质暴露无遗。文中的老爷正是我国抗战时期买办资本家的丑恶典型。

小说的语言简洁、生动，兼具幽默风趣的讽刺意味。除了大量的对话内容外，茅盾还善用丰富的刻画动态的心理状态的语言来推动故事情节。故事中就出现了许多对太太的心理描写，透过其对话和行动表现了人物心理的变化过程。例如，她一想到丈夫现在像自己刚满周岁的孩子一样需要事无巨细地照顾，便“赶快正心诚意起来”，摆出微笑，自我安慰“为了民族，应该依顺”。在针对“某国货”的对话中，太太先是沉吟后说“不合式”，对于老爷的种种大道理，她时而“应酬似的点头，态度却不踊跃”，时而“赶快连连点头”，“盼望老爷适可而止”。为了民族大业，对于这些“不耐烦”的要求她也只能“耐烦”一些。由此可见，作者是通过精彩的动态描写捕捉人物的心理变化，使得人物的形象变得更加栩栩如生，读起来可谓兴趣盎然，如临其境。人物对话中表现出的反讽特色，更加凸显了主人公言行的荒诞与可笑。

这部小说非常适合介绍给当时对于中国以及中国人民生活感兴趣的外国读者。但对于这部小说的英译，目前尚无人探讨，因此，本节试图研究《“一个真正的中国人”》的王际真英译本，主要探讨以下问题。

（1）王际真在翻译《“一个真正的中国人”》时运用了哪些翻译策略？

（2）哪些因素影响了王际真在翻译《“一个真正的中国人”》时的译者行为？

6.5.2　《“一个真正的中国人”》英译本中“园丁式”翻译策略分析

“园丁式”翻译策略这一术语最早由管兴忠（2015）提出。基于一些相关评论，他介绍了王际真的英译作品以及译作在海外的接受情况，认为王际真总是会使用“园丁式”翻译策略，在翻译中常常剪除大段文字，这种大段删减被比作园艺中的“剪枝”，“剪枝”是指修整树木的枝丫。因为分支太多会使一棵树或一丛灌木负载过重，所有分支都无法获得足够的阳光从而无法茁壮成长。与此类似，译者只有删去不需要的情节和句子，才会使其译文更加简洁、更突出其要表达的中心意思，从而贴近主题。

然而，笔者认为，“园丁式”翻译策略可以扩充并发展。在翻译过程中，王际真不仅删去了大段内容，即对原文进行了剪枝的处理，此外还应用了增译、改译以及异化的翻译策略。这些也可以大体上对应园丁的其他技巧：打尖、嫁接以及移种。在此，我们统称为“园丁式”翻译策略。在农作物的护理上，为了按照人的意志让庄稼生长得更好，掐掉棉花或者其他作物的顶尖叫“打尖”（赵武宏，2010）。“打尖”是一个从零到一或者从一到多的过程。园丁通过打尖能够促进植物某一特定部位的生长以塑造一个理想的植物造型，由此对花园的整体景观进行改善。增译则与这一技巧有着异曲同工之妙。必要的时候，译者会补充一些注释、词汇、句子甚至情节来使译文对目的语读者来说更加流利通畅、通俗易懂，也就是“锦上添花”和“精益求精”。“嫁接”是把一种植物的枝或芽接到另一植物体上，使其愈合而成为一个独立生长的新植株（龚学胜，2015），果实就能够保留多种果树的特点，有时也会变得更有价值。改写则与此技巧有异曲同工之妙。如果目的语读者无法理解或者无法接受原文部分内容，译者会将其进行一定程度的改写，使译文更加易于接受。无论是改写一个特定的词汇还是改写几个段落，改写还是会基于原文，并且与原作保留相同的文体风格和韵味。“移种”，又称移植，指把苗床或秧田里的植物幼苗移栽至另一地方（龚学胜，2015），园丁有时会从很远的地方或从国外移种其他种类的植物来满足当地居民的好奇心，也能提高当地植物的多样性。“移种”与“异化”大体相似。因为“异化”就是保留原文的信息，可能会有意打破目的语的语言习惯来保留其意义（Gile，2009）。

因此，“园丁式”翻译策略是一些翻译技巧的总称，这些技巧与一些园艺技巧如“剪枝”、“打尖”、“嫁接”以及“移种”有异曲同工之妙。

“剪枝”是指删去不需要的词汇、句子以及段落。有的删减是因为目的语读者无法理解，有的删减是因为该内容与主题无关，而有的删减是因为意识形态的限制。不过，删减这些内容能使译文更加简洁、可读性更强，也更切合原文本的主题。

“打尖”是指增加注释，增加词汇、句子甚至是情节。它与“剪枝”有相似之处，因为两者的目的都是增强译作的可读性和连贯性。而且，打尖的增译还可以对一些带有背景信息的词汇进行解释，使译文对目的语读者来说更加广泛全面。

“嫁接”是使一种文化适应另一种文化。译者可能会重写不符合目的语文化习惯的一些词汇。虽然词汇改变，其隐含意义还是和原文一样，原文本的风格和韵味也被保留下来。

“移种”就是异化。译者可能会“保留原文的一些信息”（Gile，2009：251-252），以此增添异域风情和促进源语文化的传播。

1. “剪枝”技巧的应用

《“一个真正的中国人”》是以一种讽刺方式创作的小说，描绘了老爷变成专制、固执、愚蠢的“一个真正的中国人”的全过程。他提倡“服务民族”，开始了一种令人发笑的所谓的科学生活方式。起初，太太支持丈夫的一言一行。不过随着老爷的行为越来越难以理解，尤其是老爷反对国民党决定与共产党和平相处时，太太开始反抗老爷。

原文中，很多情节均是以太太的视角来进行叙述与描写的，包括太太的日常生活与回忆、老爷的一言一行和情感状况以及太太自己的反应等。王际真在翻译《“一个真正的中国人”》时用到了“剪枝”的翻译技巧，删去了与老爷无关的大量段落与情节。因此，老爷成了绝对的主人公，其人物特点也得以表现得更加清晰生动。下面举例加以说明。

例 1. 原文本：坐在侧面的太太此时大约上了心事，虽然习惯地含笑瞧着丈夫的面孔，竟没留意到丈夫脸上的表情。直到丈夫……

“嗯——”太太的不折不扣的抱歉化成了这么单纯的一声，但同时她的眼光虽然温柔却又惊讶。

（茅盾，2013：97）

王译本：Taitai must have been preoccupied with her own thoughts, for she did not notice the change that had come over Lao-yeh's face until the rustle of the paper as he threw it aside recalled her to the present.

“Eh?” she turned to him enquiringly.

（Wang，1944a：160）

例 2. 原文本：太太于是轻舒玉臂，几乎伏在老爷身上似的用手到老爷前额摸了一摸。

（茅盾，2013：98）

王译本：She felt his forehead with her hand and thought that it was slightly feverish.

（Wang，1944a：160）

在例 1、例 2 两例中，经过原文与译文的对比后，我们发现译文简化甚至删除了太太的表情和行为。太太爱自己的丈夫，并且对他十分温柔与亲密，但这对改变老爷的性格毫无用处。因此，删去这些话语会使译文更加简洁连贯。

例 3. 原文本：……然而自从老爷宣布“生活合理化”以来，太太的朋友们嫌清淡无味，就不大肯上公馆来……

太太偶然想起了一个消遣的办法：用两股头的细绒绳替小小姐结一件衬衫。……

“啊，来——替我也打一件，我拿来代替羊毛衫”……

（老爷）“细绒绳是半制品——半制品。这跟羊毛衫大不相同。一个国家多输入些半制品，倒是好现象呢！……”……

大凡一件事的性质由“消遣的”而变为“义务的”，便觉得兴味索然了……

第二天，太太就将那刚开头的细绒绳衫拿出去雇人做了，但自然瞒着老爷……

（茅盾，2013：101-105）

王译本：省略未译

例 3 是译作中最大段的连续性删节。王际真连续删去了 24 个自然段，占全文篇幅的 1/4。这段话主要介绍老爷不在家时太太下午的日常生活。老爷开始荒唐的科学生活前，她常常会跟自己的朋友闲聊嬉戏。不过现在，她因为各种生活常规的规定不得不待在家里。一次，太太为了消遣，准备用细绒绳为自己女儿织一件衬衫。老爷无意中发现织衣服很经济省钱，于是以“服务民族”的名义让太太为自己织一件毛衣。这个命令把太太的消遣活动变成了义务劳动。虽然太太觉得他毫无道理、荒诞不羁，但她还是决定支持丈夫的“事业”。不过，太太受到朋友嘲笑后，最后还是放弃了这份让人丢脸的苦差事。虽然这些情节在某种程度上反映了老爷的专制个性以及他与众人在观点上的分歧，但如果翻译出来，读者们可能会忘记其中的一些情节，甚至可能会因此找不到文章的主旨。因此，王际真在翻译时，删除了以太太为中心的情节，使得老爷成为小说中的主角，译文也以老爷一天之内的生活为中心。

2. “打尖”技巧的应用

王际真在翻译时也用到了“打尖”的翻译技巧。他增加了一些逻辑连接词和注释，使得译文的可读性增强，对于目的语读者来说也更加通俗易懂。下面举例加以分析。

例 4. 原文本：照例是先看广告，然后是本埠新闻，末了才轮到国内外要闻：到这时候，牛奶杯里也空了，丈夫放开报纸，朝太太笑了一笑（这也是照例的笑），接着是伸个懒腰，或是尖着两手的食指在两边的太阳穴揉了几下，然后仰脸往后一倒，把脑袋埋在鸭绒的靠枕里，闭了眼睛。这是要把当天须办的事通盘想一想了。

（茅盾，2013：95）

王译本：He always looked at the advertisements first, then the local news and then, finally, the national and foreign news. Having finished his paper and milk, he would turn to his wife and smile at her. That done, he would stretch himself with a yawn or rub his temples with his fingers and then fall back on his pillow and close his eyes so that he might review the business that he had to attend to in the course of the day.

（Wang，1944a：159）

例 4 中原文本是典型的连动结构的句子。连动结构是中文的特有结构。在这样的结构里，一个句子里有多个动词，这些动词的次序反映出句子内部的逻辑结构。如果句子里的所有动作都按照原文进行翻译，句子读起来就会又长又难。这与目的语读者的阅读习惯截然不同。王际真将原句划分成了三个句子，添加了一些逻辑连接词如 Having finished、That done 和 so that，使得译文更加流畅、更加通俗易懂。

例 5. 原文本：我们的邻居口口声声要和我们共同防共呢，我们赶快撇清，——赶快自己检举还来不及，怎么放着逆党不去讨伐，反要和平起来？

（茅盾，2013：100）

王译本：Haven't our neighbors [the Japanese] been talking about a united campaign against the Communist bandits? To forestall them we ought to suppress the bandits quickly and ruthlessly.

（Wang，1944a：161）

在例 5 中，王际真为 neighbors 增加了注释，也就是原文中的日本人。日本是中国的邻国，由于当时政治敏感，作者茅盾并没有坦率直言。考虑到目的语读者不太明白这一词汇的具体所指，王际真则直接将其翻译出来，满足了目的语读者的阅读期待。

然而，并不是所有类似的词汇都进行了解释，如“厨师与仆人”也就是与房子主人住在同一个房子里的那群人，暗示共产党。党派战争是国内当时的一大问题，只有少数人能够意识到并懂得这个问题。作者的写作目的是讽刺当时国民党的愚蠢行为。但考虑到当时支持国民党的美国人不一定能接受这一想法。因此，王际真对这一部分没有译出，也没有对这些词汇进行解释。

例 6. 原文本：老爷又说下去了：“闷气的事还有呢！他们说起《字林报》会登一篇社论，”老爷用手在口袋上拍了一拍，“我也找了来了，你看，真怪！”

（茅盾，2013：107）

王译本：“That's not all,” Lao-yeh went on. “They told me that the *North China Daily News* had an editorial endorsing the Government's policy. Can you imagine a respectable British paper taking such a view of things?”

（Wang，1944a：163）

例 7. 原文本：（太太）失声笑道，“不要骗我，你心上不痛快。不是牛奶太甜，恐怕是报纸上有什么苦了一点呢！”……

太太就要拿报纸来看，但是被老爷伸手按住……

（茅盾，2013：98）

王译本：Then she laughed and said, “You must have something on your mind. The milk is all right but there is probably something wrong in the paper.”...

Taitai reached for the paper to see what had upset her lord, but Lao-yeh put one hand down on it...

（Wang，1944a：160）

在例 6 与例 7 中，王际真分别在译文中增加了 Can you imagine a respectable British paper taking such a view of things 和 to see what had upset her lord 使得译文更加流畅易懂。原文中的报纸指的是《字林报》，又称为《字林西报》，曾经是在中国出版的影响最大的一份英文报纸。前身为《北华捷报》（*North China*

Herald），也是英国人在中国出版的历史最久的英文报纸。该报曾发表大量干预中国内政的言论，其主要读者是外国在中国的外交官员、传教士和商人。王际真在此的增译，补充了太太的行为的目的，强调了报纸的重要性，突出了老爷与大众之间在意见上存在的严重分歧。这样，老爷的卖国贼形象更加清晰明了。

3.“嫁接”技巧的应用

不同国家的传统与风俗习惯存在差异，译者使用“嫁接”技巧时，必须基于原文做出一些调整，以使译文受到目的语读者的欢迎与认可。下面举一例加以说明。

例 8. 原文本：少爷小姐回来后第一件事，是吃点心……大约五点钟过些儿，太太最忙了。一面要听少爷小姐报告一天在学的经过……

（茅盾，2013：101）

王译本：Taitai was busiest around five, having to supervise the preparation of tea for the children, hear them tell of their activities at school...

（Wang，1944a：162）

在当时，中国有钱人家的厨师会提前准备一些点心以应主人之需。西方各国的下午茶仅限于下午，这点与中国的习惯有些不同。不过，考虑到孩子们吃点心的时间是下午五点左右，相当于是“下午茶”，王际真做了这样的嫁接处理，用下午茶来翻译，更便于目的语读者接受。

4.“移种”技巧的应用

王际真虽然考虑到目的语读者的接受度和阅读习惯，删去并修改了很多带有浓重中国文化色彩的词汇与句子，但是还是保留了其中的一些，并将它们进行了直译。这样做不仅保留了原文的韵味，还将中华文化介绍给了西方读者。下面举几例加以说明。

例 9. 原文本：照例七点钟喝牛奶。太太亲手放好两块半方糖，端到床上。描金的福建漆盘子里放着当天的报。

（茅盾，2013：95）

王译本：Lao-yeh always had his milk with two lumps of sugar in it promptly at seven while he was still in bed; it was brought him on a Fukien lacquer tray by Taitai herself, together with his morning paper.

（Wang，1944a：159）

本句是小说的首句，描写老爷和太太早上的生活。王际真几乎把每个汉字的意思都译了出来，包括“描金的福建漆盘子”这个极具中国特色文化的词汇。通过使用这些词汇，老爷和太太养尊处优的资本家生活才得以体现，译作也与原作在韵味上保持一致。

此外，王际真在翻译人名或称呼时，采用了音译法。如将“老爷”“太太”分别翻译为 Lao-yeh 和 Taitai，这样的翻译能使目的语读者通过语境，很自然地将这两者的意思与西方的“先生”和“夫人”的意思联系起来，既能够向世界各国介绍中国人名的读音，翻译出了异域风情，也易于目的语读者理解。

例 10. 原文本：“还有，人无远虑必有近忧……

（茅盾，2013：100）

王译本：“ 'One who does not attend the future is bound to have immediate trouble.'…

（Wang，1944a：161）

在例 10 中，原文“人无远虑必有近忧”这一表达选自《论语》，极具哲学意味和教育意义，也反映出了汉语的优美。王际真在翻译中国的谚语时，借用了英语的类似句型来表达。这样“移种”谚语能在很大程度上丰富英语语言，提高外国读者对中文的兴趣和好奇心，以此向世界介绍中国文化。

6.5.3 翻译策略归因分析

在译文中，王际真通过应用“剪枝”、“打尖”、“嫁接”和“移种”这些技巧所构成的“园丁式”翻译策略，简化了原小说的结构，突出了原文的主要情节，有助于原小说主题的再现，使译文更易于为目的语读者所接受，也更加有意义。

王际真以老爷这位所谓的“真正的中国人”为焦点，省略了其他与反映其性格特点关联不大的内容和情节，使译文更简洁易懂。此外，他还通过添加注释和解释的方式来加强相关背景知识的介绍，有助于目的语读者理解原文。一些逻辑连接词的添加和一些表达的转换增强了译文的可读性、简洁性和流利性。更重要的是，王际真在向世界各国介绍汉语以及中华文化时，他仍然保留了一些文化负载词。这种方式使译文与原文风格相同，增添异域风情。这将提高目的语读者对中国以及中国文化的兴趣。

然而，译文中删除的关于太太的很多内容也使得译文的内容不完整，不是完全忠实于原文。太太对自己丈夫的态度经历了一次从毫无疑义到不以为然的变化。起初，她发自内心地遵守老爷所做出的每个决定。不过，她慢慢发现老爷的所谓的“爱国主义”和“服务民族”过于片面与偏激。因为当中国面临日本严重威胁时，老爷仍然强烈反对国共合作，主张内战，太太由此变得三心二意。最后，太太明确反对老爷写信给报社这种必定会受到嘲笑的行为。王际真虽然删去了以上的部分情节，但还是很好地传达了这对夫妇所代表的形象和小说的主题，译文也更加简洁易懂。

王际真的译作中这种“园丁式”翻译策略的运用主要受到其文化身份、意识形态和诗学的影响。正如夏志清、董诗顶（2011）评价道，王际真虽然在 1922 年就离开了中国，但他从根子上还是“五四”一代的知识分子，他把鲁迅看作民族英雄，又跟胡适一样主要从事传统中国小说的研究和翻译。此外，在翻译出版《现代中国小说选》时，王际真已经是哥伦比亚大学的教师，颇有声誉。因此，王际真在译作中尽量再现了原小说的讽刺意味，并且还添加了一些背景信息，如一·二八事变和“邻居”的隐含意义。此外，为了让对中国文学感兴趣的学生与外国读者了解中国的语言与文化，他描绘了当时中国的富人群体，把中国的俗语、谚语和人名发音都保留了下来，以激起读者对中国以及中国文化的兴趣。对茅盾小说的翻译也会使读者对茅盾的小说产生兴趣。

他还“打尖式地”增译了很多逻辑连接词，对意思表达不够清晰的词汇和句子进行了解释，使译文不仅更加通俗易懂，也符合美国当时的诗学。正如勒菲弗尔所说：“一些文学作品出版后能够在一个较短的时间内提升到经典的高度，而另一些则不能；当主流诗学发生变化时，一些文学作品也会在短时期内成为经典。”（Lefevere，1992：19）一旦一种诗学形成和为人们所接受，地位就会很稳固，很难改变。因此，如果译者想要出版书籍并使其畅销，他必须在翻译过程中适应目的语读者的阅读习惯。中文习惯使用大量的修辞方法尤其是隐喻来使文章变得错综复杂。原文中所有角色都是有其代表性的。例如，老爷代表着不会倾听大众心声的国民党执政者；太太代表着国民党普通士兵，刚开始会听从上级下达的所有命令，最后也会对指令有反对意见；邻居暗示日本；厨师和仆人代表共产党。这种写作风格与西方的写作风格截然不同，可能会使目的语读者疑惑不解，甚至可能使目的语读者弄不清文章的真正含义。因此，王际真删减了很多情节，使译文通俗易懂，更符合目的语读者的阅读习惯。

为了成功出版译作，译者仍然要迎合委托人的意识形态，委托人包括出版商和整个社会。这本书的出版正值世界反法西斯战争的高潮，美国人对当时的中国及中国国情兴趣颇深，很多关于中国的书都成了畅销书。因此，出版介绍中国政治状况和中国人生活方式的书籍正值其时，也正符合出版商的期待。但是原小说《“一个真正的中国人”》的深层含义在于揭露国民政府的愚蠢性，而这与美国支持国民政府、反对共产党的政策背道而驰。因此，虽然王际真支持共产党，支持原小说要表达的中心思想，但是为了成功出版译作，他还是要做出一定程度的妥协，删除了一些讽刺国民政府的内容。由于受到意识形态和美国诗学的影响，王际真“删减”了大段关于主人公的夫人的情节以及一些带政治内涵的内容。这使主人公的性格更加鲜明，故事更加通俗易懂，目的语读者和美国社会也更容易接受。

6.6 翻译目的论视角下《太太》王际真英译本翻译方法探析

6.6.1 《太太》简介

《太太》选自凌叔华的小说集《太太·绣枕》。最初刊载于 1925 年 12 月 1 日《晨报七周年纪念增刊》。作者凌叔华出生于一个书香世家，她的父亲曾经和康有为同为进士，因此，她从小有机会结识了许多学者并从他们那里学到了很多。例如她从齐白石和陈半丁那里学习了绘画，从辜鸿铭那里学习了诗歌与英语，这也为她后来的成就提供了基础。1919 年上大学时，她开始展现自己在写作上的天赋，经常在校报上刊登文章。凌叔华随后在燕京大学就读。在那里，她参与组织和表演戏剧。基于她丰富的古典文学素养和出色的语言能力，她对很多事物和思想都具有独特见解。1924 年，《女儿身世太凄凉》发表于《晨报副刊》，这是她在文学界的首次亮相。从那以后，她连续创作了《资本家之圣诞》、《我那件事对不起他》、《朝雾中的哈大门大街》和《我的理想及实现的泰戈尔先生》等。随之而来的是她的创作高峰。1925 年，凌叔华在《现代评论》上发表了《酒后》。同年，她完成了小说《绣枕》和《花之寺》。1928 年，她的第一部小说集《花之寺》由上海新月书店出版。1930 年，她的短篇小说集《女人》和《小孩》由上海商务印书馆出版。1935 年，《小孩》改名《小哥儿俩》，由上海良友图书公司印行。在这一时期，她的故事中的主要角色大多是女性：在《太太·绣枕》中，大小姐遵从老爷的吩咐，为了和白总长的二儿子结亲，冒着灼热的暑气，绣了几个枕头；在《中秋晚》中，敬仁的最大愿望是与丈夫团聚，与他白头偕老；在《送车》中，虽然白太太对丈夫不满意，也欣赏那些有自由选择配偶的人，却仍然用“不道德”这样的词语谴责他们……在这些故事中，女性服从传统的女德标准，为了丈夫和家庭压抑她们的追求。

然而，1925 年创作的《太太》，其中的女主人公则属于另一种类型。她沉迷于打麻将，从不操持家务。即使女儿脚上有冻伤，她也不为女儿买棉鞋。因为没有制服，她的儿子要被逐出课堂，她也视而不见。为了筹集赌钱，她典当了家中最后几件值钱的东西。为了赢回输掉的赌注，挽回她所谓的“面子”，她甚至在丈夫将要参加上级生日派对时，将他准备穿上的长袍也典当了。当丈夫质问她时，她对丈夫撒了谎。知道了典当的长袍能决定她的生活后，她才变得紧张起来。丈夫骂她不配做母亲，她控诉丈夫在孩子面前辱骂她。随后，丈夫愤然离去，她便继续以往的行当，不顾整个家庭的生计去打麻将。在这里，这位女士是虚荣和放纵的。她远离了家庭生活，似乎从三从四德中解放出来了，却又成了庸俗市侩、既没有独立精神又不具有传统女德的家庭主妇。

凌叔华故事中的女性形象实际上来源于现实生活，她们的内心活动是女性思想的忠实反映，对于帮助人们了解东方女性起到了重要作用。这些女性的角色形象与传统女性形象不同。这是因为在 20 世纪初，中国正处于从旧时代到新时代的过渡期，中国的习俗与西方文明明显冲突。生活在这样的时代，女性的内心世界自然无法平静。因此，凌叔华创作的女性角色反映了现代性与传统性在她们心中的共存，她们的内心世界正是对时代的反映。

6.6.2 翻译目的论视角下《太太》翻译方法分析

鉴于《太太》的王际真英译本尚未引起学界关注，以下，我们拟从翻译目的论的视角探讨《太太》的翻译方法并进行归因分析。

1. 翻译目的论简介

弗米尔在 1978 年发表的论文《普通翻译理论框架》（“Framework for a general translation theory”）中首次提出了目的论，他认为翻译是一种跨文化的、有目的性的活动。目的论的核心概念是整个翻译行为的目的决定翻译过程（Nord，2001）。三大原则构成了翻译目的论的基本原则。

具体而言，所有的翻译活动遵循的首要原则是“目的原则”，即翻译应该能够在译入语的情境和文化中，按译入语接受者所期待的方式发生作用。翻译行为所要达到的目的决定了整个翻译行为的过程，即结果决定方法。但翻译活动可以有多个目的，这些目的可以进一步划分为三类：①译者的基本目的（如谋生）；②译文的交际目的（如启迪读者）；③使用某种特殊的翻译手段所要达到的目的（如为了说明某种语言中的语法结构的特殊之处采用按其结构直译的方式）。但在通常情况下，“目的”主要指译文的交际目的，即“译文在译入语社会文化语境中对译入语读者产生的交际功能”（Nord，2001：27-28）。因此，译者应在特定的翻译语境中明确其特定目的，并根据这一目的来决定采用何种翻译方法。

连贯性原则（coherence rule）指译文必须符合语内连贯（intra-textual coherence）的标准，即译文要具有可读性和可接受性，能使目的语读者理解并在译入语文化及使用译文的交际语境中有意义。忠实性原则（fidelity rule）指原文与译文之间应存在语际的连贯一致（inter-textual coherence），也就是其他翻译理论所谓的译文必须忠实于原文，但与原文忠实的程度和形式取决于译文的目的和译者对原文的理解。连贯性原则和忠实性原则必须服从于目的原则（Nord，2001）。

2. 翻译目的论在《太太》王际真译本中的体现

1）目的原则在《太太》译本中的体现

目的原则作为弗米尔提出的三条准则中的最高准则，规定了决定翻译过程的主要原则是整体翻译行为的目的，解释了译者必须根据目标文本的意图进行翻译，这在很大程度上区别于最为重视忠实原文的传统翻译理论。根据这一观点，译者和原文作者的目的在翻译中起着重要的决定作用。

王际真致力于将中国文学经典作品翻译成英文向外传播。虽然他从未对自己的翻译目的做出具体阐述，但是我们从他为译作撰写的序言中可以窥见。从 20 世纪 20 年代后期到 20 世纪 40 年代末，王际真翻译了许多中国作家关于社会觉醒的作品。王际真的《现代中国小说选》译文集以中国现实为主题，所包含的中国现代作家撰写的 21 部现实主义短篇小说中的所有故事均发生在 20 世纪 10 年代末至 20 世纪 30 年代，见证了中国在这段时期所经历的快速而决定性的社会变革以及极具影响力的思想转变。向西方读者展现“中国生活的另一面”，当时中国社会的黑暗、贫穷、愚昧以及剧烈的时代变革，王际真认为“驱除黑暗的唯一办法乃是将其暴露在真理的探照灯之下”（Wang，1944a：vii），这也是他的翻译目的。

2）连贯性原则在《太太》译本中的体现

连贯性原则源自语内连贯，意味着翻译应与目标语言的规范保持一致。它规定翻译产生的目标文本对文本接收者来说必须至少是可以理解的。换句话说，翻译后的文本应该在它的目标交际情境和目标文化中有意义。因此，在翻译过程中，翻译者应该考虑使用何种翻译方法才能使翻译的文本可以被目的语读者接受。王际真在英译《太太》时，主要采用了以下几种翻译方法。

（1）使用音译法保留原文中的中国特色。阅读王际真的《太太》英译文，外国读者会发现里面有很多中国特色的短语、谚语和句子，这些增添了译文的异国情调。考虑到原文作者的总体期望，王际真在翻译中采用了音译法，保留了大部分的中国元素。因为每种语言的文化负载词都反映了叙述者独特的生活方式、风俗习惯和思维方式，通常很难在另一种语言中找到确切的对应词。因此王际真选择了音译大部分特定的文化词汇，如 Lao-yeh（老爷）、Ma（妈）和 Taitai（太太）等。由于在大多数情况下，这些词语和术语的含义是不言而喻的，因此它们不会打断目的语读者的阅读过程。王际真解释了他采用这种翻译方法的动机：“在一些故事中，我发现有必要引入一些中文词汇和尊称，使译文对话忠实于中文对话。”（Wang，1944a：viii），以此增强了故事的异域感，这种翻译方式能使读者置身原文的文化背景。下面举例加以说明。

例 1. 原文本："我不是提了您好几遍买鞋面，那知您一出门就忘了，没鞋面怎么做鞋？"蔡妈冷笑的答。

（凌叔华，1997：52）

王译本："But how can you make shoes without the uppers?" Tsai-ma said with a cold smile. "I have reminded Tai-tai to buy some material for the uppers but Taitai always forgets."

（Wang，1944a：135）

例 1 的原文中使用了由第二人称代词发展而来的中文尊称"您"。王际真在译文中用 Taitai 代替了这一尊称，应该说是一种合适的翻译方式，因为它保留了原文中汉语文化所隐含的尊敬之意。

（2）使用转换法将流水句转换成主从句。原文中使用的流水句较多，反映出典型的汉语语言结构特点，每个意群并排排列，每个新词仅和其他词汇堆叠起来。各要素简单聚集，没有连词或明确指示它们是如何相关的。为了便于目的语读者理解译文，王际真使用转换法，将它们转换成了主从结构的句子，通过使用连词显示它们之间的逻辑联系或各部分之间的相关性。下面举例加以说明。

例 2. 原文本：太太在床上醒转来，想着昨晚的清一色和不成，正在生气那拦和的张太太，她的女儿放午学来家见母亲，第一句话就是要钱。

（凌叔华，1997：52）

王译本：Taitai had just awakened. She was lying in bed, recalling with chagrin how she might have mahjonged with the highest possible score of the evening of Chang taitai had not mahjonged on the same tile ahead of her, when her daughter came home for lunch and asked for money to pay her rickshaw fare.

（Wang，1944a：135）

原文的文本结构是松散的，没有衔接手段，主要从语境的连贯性中显示出主题的连续。由于句子之间的连词数量相对较少，使得对文本的解读在很大程度上依赖于读者推断句子之间的逻辑关系的能力。按照汉语典型的叙事方式，凌叔华将几个语义相关的句子放在一起，没有区分它们的时间或空间顺序。相比之下，

"英语通常呈现相对较小语块中的信息，并明确地表明这些语块之间的关系，包括使用各种连词来标记从句、句子和段落的语义关系"（Baker，2011：201）。王际真意识到了英汉两种语言之间的冲突，所以重新安排了句子的顺序并将相关语义组合在一起，以实现目标语文本的连贯性。在例 2 中，王际真增加了代词 she 来表示文中所陈述的一系列动作都是太太发出的，此外，还增加了一些连接词，如 when 和 and 等来表示动作的连续性。

3）忠实性原则在《太太》译文中的体现

忠实性原则，即语际连贯原则。由于翻译被认为是对前述语言信息（源语言文本）的信息提供信息（目标语言文本），目标语言文本与相应的源语言文本之间必然存在某种关系，弗米尔将其定义为"语际连贯"或"忠实性"。源语言文本和目标语言文本之间应存在语际连贯，目标语言文本具有自己一定程度的特征的同时，应最大限度地再现源语言文本的信息。为了达到语际连贯，王际真主要使用了以下翻译方法。

（1）使用直译法保留原文的形式与意义。王际真的译文中使用了多种方式来使目的语读者理清字面意义。如使用直译法翻译原文本中的句子，包括原文句子的结构和隐喻等修辞手法的翻译等，以保留原文本的形式和意义。

正如纽马克所认为的字面翻译是交际翻译和语义翻译的基本翻译过程，因此翻译应从直译开始（Newmark，2001）。中文中的许多俗语，包括谚语、俚语和固定搭配都有各种各样的来源：民俗、历史、神话、旧习俗、宗教和迷信。它们是实用而朴实的用语，反映了中国人的思维和行为方式。对它们的翻译是由译者的翻译目的决定的，翻译目的决定了译者采用什么样的翻译策略，而翻译方法的选择又取决于源语语言与目标语言之间的关系、读者的期望以及译者自身的文化取向。在大多数情况下，王际真选择从字面上翻译它们，试图不影响原文的内容和形式。下面举例加以说明。

例 3. 原文本："谁出来进去总不关紧门，怕压了尾巴吗？"

（凌叔华，1997：53）

王译本：..."Who is it that is always leaving the door open? Afraid to get his tail pinched?"

（Wang，1944a：136）

在例 3 中，对比原文与译文，我们能很容易就发现，原文与译文无论在语言结构的形式上还是意义的表达上几乎是完全对应的，即译者使用了直译的翻译方法，特别是对于原文后半句“怕压了尾巴吗？”这一俗语，直接转换为“Afraid to get his tail pinched?”，既保留了原文形象风趣的表达风格，也易于目的语读者理解。

例 4. 原文本：……他觉得一股乌郁晦气充满了家庭……

（凌叔华，1997：55）

王译本：...he could not help feeling oppressed by the gloomy atmosphere...

（Wang，1944a：138）

在例 4 中，王际真完全翻译出了原文的意义，原文的“乌郁晦气”具有一定的迷信色彩，王际真用了 gloomy atmosphere 进行翻译，省去了可能会造成目的语读者费解的原文所表达的迷信色彩，但并未影响对原文主要意思的表达。此外，王际真对原文的语言结构基本进行了保留，只是将原文的肯定句转换成了英语中 could not help doing 这一特殊句型，对原文的语气更进一步加以强调。

（2）使用压缩法和省译法删除冗余信息。虽然语际连贯要求对源语文本最大程度地忠实和模仿，但并不意味着翻译原文不能有变化，因为翻译方法的采用主要还是取决于译者对源语文本的解释和翻译目的。在翻译原文时，王际真捍卫了他所尊重的某些文化和文学价值观。通过比较原文与王际真的译文，我们很容易发现译者在必要时压缩甚至删减了句子，以减轻目的语读者的阅读障碍。这可能被认为是不恰当的翻译，但实际上反映了王际真对源语文本意义的准确判断。

例 5. 原文本：太太索性坐在地上哭起来。屋内只有她女儿，她也不懂怎回事，也不知道搀她娘起来，也不知道劝解。她站在炉边，不想火旺起来烤得冻疮渐渐好似针戳一样，阵阵痛痒。肚子又饿，头就昏晕，十分难过，末了也呜呜的哭起来。

（凌叔华，1997：58）

王译本：Taiai sat on the floor and abandoned herself to unrestrained weeping and wailing. Her daughter was too frightened to know what to do. She was hungry and the heat from the stove which she was standing by made her frost bites throb within pain. She, too, began to cry.

（Wang，1944a：141）

尽管《太太》是用白话文创作而成的，但它仍然充斥着中国传统小说的特征，如讲究韵律和冗长的描写。例 5 的原文本是在张先生和他的妻子争吵之后，太太的女儿的反应。原文中对其进行了非常详细的描述，但是王际真在译文中对于前面的几个小句均进行了省译，只用了一个 too...to 的句型进行了概括与压缩，突出表现女儿的不知所措。后面的几个小句，则用英语的一个主从复合句进行了转换，并省略了其中一些重复的表达。目的在于尽可能减少目的语言读者的阅读障碍，便于他们更好地理解原文本的主要信息。

综上，结合当时的政治环境和文化环境，以及王际真自己的翻译目的，王际真在翻译这部小说时，采取了多种翻译方法，尽最大努力保留了原有的内容和风格，以便尽可能清晰地向外国读者展现故事发生的整体背景，做到了语际连贯与语内连贯。

6.7　《李太太的头发》王际真英译本翻译方法探析

6.7.1　《李太太的头发》简介

《李太太的头发》的作者叶绍钧，又名叶圣陶，现代作家、教育家、文学出版家和社会活动家，有“优秀的语言艺术家”之称。1949 年后，先后出任教育部副部长、人民教育出版社社长和总编、中华全国文学艺术界联合委员会委员、中国作家协会顾问、中央文史研究馆馆长等要职。作为一名作家，叶绍钧对文学界做出了巨大贡献。夏志清（2001：89）曾评价说，“在所有《小说月报》早期短篇作家中叶绍钧（抗战以来自署叶圣陶，圣陶是他的字），是最经得起时间考验的一位。”叶绍钧经历过从封建社会到现代社会的巨大改变。他创作了很多文学作品，这些作品完美展现了当时的历史背景和社会情况（孙胜存，2014）。他的写作风格极具现实主义，十分关注身边的人和事（姚春花，2013）。

《李太太的头发》创作于 1928 年，刊于《红黑》创刊号，后收录于 1947 年由博文出版社出版的《李太太的头发》（散文、短篇小说集）中，王际真的英译本收录在《现代中国小说选》译文集中。该小说的主人公是李太太，年轻时因一头美丽长发而远近闻名。中国革命军占领城镇时，李太太作为女子高中的校长，是否像大多数女学生和其他女人一样剪去头发则让她进退两难。她认为自己应该有所行动，以此显示其革命的决心。李太太左右为难了很久，决心剪去自己的头发来保住校长的职位。然而，她虽然剪掉了头发，但最后还是丢掉了自己的工作，这一点让人哭笑不得。

在当时，发型是显示人们政治态度的一个重要象征与标志，辛亥革命促使男人剪发，接受新式教育的很多女性也开始倡导男女平等，将剪发看作是对封建制度的反抗。因此，叶绍钧希望通过这部小说让读者意识到在那一特定时期女人发型的重要性。

6.7.2 《李太太的头发》英译本翻译方法分析

在《李太太的头发》中，作者叶绍钧使用了大量的比喻、俗语、人物对话以及心理描写。本节选择尚未有人研究的《李太太的头发》的王际真英译本作为研究对象，具体分析王际真对以上特殊语言现象所使用的翻译方法，探讨王际真选择这些翻译方法的原因。

1. 比喻的翻译

简而言之，比喻就是以此物来比彼物。本体与喻体之间存在某种相似点。比喻可以通过俗语、箴言等诸多形式表现出来。比喻也可以表示传统文化概念、历史背景、文化背景、宗教信仰等。

中文的比喻和英文的比喻意义可能相同，但是表达方式会有所不同。两者的关系可以分为以下三种类型。

第一种关系是两者完全对应。这是因为英汉文化有异曲同工之妙。因此，译者可以采用直译法来翻译这种类型的比喻，以此保留民族特征。

第二种关系是两者部分对应，也就是说，本体相同而喻体不同。喻体的选择通常表现出英汉文化的巨大差异。译者翻译这种类型的比喻，通常会借用译入语中的比喻来代替原来的比喻。

第三种关系是非对应关系，通常由文化差异引起。译者在翻译这类比喻时应慎重考虑，通常会采用意译法来传达出原文本的含义。

我们选取了原文本中出现的所有比喻，并分析王际真使用的所有翻译方法。经过统计，我们发现，叶绍钧在原文中共使用了 12 个比喻。由于在翻译这些比喻时，会用到不止一种翻译方法，因此，我们统计出使用的直译、省译、意译三种翻译方法的次数一共是 13 次，具体来说，直译法使用了 6 次，省译法使用了 5 次，意译法使用了 2 次。因为在其中一个段落的翻译中，王际真同时使用了直译法和省译法。下面我们通过具体的例子来加以分析说明。

1）直译法

英汉两种语言都使用了同样的意象去表达某一比喻，译者可以使用直译法来进行翻译，因为目的语读者在理解上不会存在困难。

例 1. 原文本：一天早晨，孩子的笑脸似的阳光泻进她的校长室，……

（叶绍钧，1947：94）

王译本：One morning Mrs. Li was preoccupied in spite of the sunshine of the children's faces that streamed into her room...

（Wang，1944a：165）

在例 1 中，王际真将"孩子的笑脸似的阳光"这一隐喻直译成 the sunshine of the children's face。通过这样的直译，目的语读者比较容易理解其隐含的比喻意义。

2）省译法

王际真在以下三种情况中使用了省译。

（1）省去原文的比喻中所包含的中国文化背景知识。

例 2. 原文本：就是附属小学的低级生，头发披散，只齐到项颈，像和合仙一般的，她也要她们把头发留长，……

（叶绍钧，1947：95）

王译本：She even required the students in the primary grades to grow their hair...

（Wang，1944a：166）

在例 2 的原文中，作者将女孩的短发描写成“像和合仙一般的”。如果将这一比喻译出，目的语读者可能难以理解，王际真删除了这一描写，以强调留长发这一主要结果。

（2）省去原文中的重复性比喻的表达。

例 3. 原文本：她硬说女儿女婿经不起外边的风险，像船儿一样，必须歇泊在安全的港湾里，而她自己就是安全的港湾。她全不知晓女儿女婿正自比于不怕在浪潮里跳来蹿去的小划船，就是大风雨的天气，也希望开驶出去尝尝新鲜的冒险滋味；她全不知晓他们最不耐的是死一般地歇泊着，歇泊的结果，无非烂掉船底，全体沉没了下去完事！

（叶绍钧，1947：99-100）

王译本：She insisted that they were unfit for the storms and dangers outside and that they must be sheltered in a safe harbor such as she herself provided, little dreaming that her daughter and son-in-law were like small but sturdy boats, eager to try the open and unknown seas, whatever the weather might be. Little did she realize that they hated most to lie idle in the harbor, which could only lead to rot and disintegration.

（Wang，1944a：169）

原文里使用了比喻来描述李太太的女儿与女婿：“像船儿一样”，“不怕在浪潮里跳来蹿去的小划船”和“无非烂掉船底，全体沉没了下去完事”。然而，译者只对第二个比喻进行了直译：“were like small but sturdy boats, eager to try the open and unknown seas”。另外两个比喻则省译，不保留形象只表达意义。

（3）省去原文中有关李太太的心理描写的比喻。

例 4. 原文本：这不是笑她新家伙，跟人家学坏样，失体统，是什么？她颇有点愤愤，真想提高喉咙站起来宣言，“‘彼一时，此一时，’我现在也赞成剪发了！是新家伙，是刚才剪的，我一点也不忌讳！你们怎样？你们笑什么？”但是她终于缺少勇气，勇气犹如枪炮的火药，缺少火药的枪炮只好不放。经过了最无聊的一瞬间，她勉强抬起头来说，“我头痛，你们到别处去玩。”

（叶绍钧，1947：102）

王译本：She became angry and wanted to get up and say to them what if she was "new", what if she had forbidden them to cut off their hair? She rehearsed her speech on the theme that there was a time for everything and that she was not ashamed to change her stand, but her courage failed her, and she only told them to leave her alone as she had a headache.

（Wang，1944a：170-171）

在例 4 中，王际真删除了“勇气犹如枪炮的火药，缺少火药的枪炮只好不放”这一比喻，因为如果将这一比喻译出，目的语读者可能无法理解。

3）意译法

王际真使用意译法来翻译了一些过度夸张的比喻性表达。

例 5. 原文本：不晓是怎么，她的心思忽然开了一条光明的新路，……

（叶绍钧，1947：94）

王译本：Suddenly a new line of thought occurred to her and gave her some comfort.

（Wang，1944a：166）

本句中，王际真将原文中的隐喻进行了意译，增加了 gave her some comfort 来表达原文中“新路”所比喻的含义。

2. 俗语的翻译

俗语与历史息息相关，反映出文化的独特性。在文学作品中，使用俗语不仅有助于刻画人物形象、表现主题思想，而且可以使中华民族独特的人文风情、道德观念、思维方式和生活哲理在俗人、俗事、俗话中展现得淋漓尽致。然而，这些丰富多彩的俗语却为翻译带来了巨大的挑战和困难。一方面是因为它们承载着丰富的语言文化信息，对文本功能具有非凡的影响力，不可不译；另一方面是它们所蕴含的文化信息多为汉族所特有，具有极强的“抗译性”（辛红娟、宋子燕，2012），在译入语文化中很难找到与之对应的意象表达（于亚莉，2010）。

经过统计，我们发现原文中的俗语一共出现了 6 次，王际真在对它们进行翻译时使用了意译法 4 次、增译法 1 次、省译法 1 次。下面分别举例加以说明。

1）意译法

例 6. 原文本：女子剪发，成何体统!

（叶绍钧，1947：95）

王译本：It is both immodest and indecent for women to cut their hair.

（Wang，1944a：166）

在例 6 中，王际真将俗语“成何体统”翻译成 it is both immodest and indecent，是对不成“体统”的意义进行了解释，以利于目的语读者理解。

例 7. 原文本：“不，不碍事的。去年不通行，所以不准她们剪；现在通行了，所以自己都得剪。‘彼一时，此一时’，书上所说就是这个意思。”她犹如一个机警的律师，立刻给自己辩护。

（叶绍钧，1947：95）

王译本：“No, it doesn't matter. I would not allow them to cut their hair last year because the time was not ripe for it; now that it is, I must cut mine also. ‘There is a time for everything.’” Thus she pleaded for herself like a clever lawyer.

（Wang，1944a：166）

在例 7 中，王际真将“彼一时，此一时”这一俗语翻译为“There is a time for everything.”，使用意译法来表达出了与原文相同的意思。

2）省译法

例 8. 原文本：如果女学生拿剪刀在手，待剪不剪，涎着脸儿开开玩笑说：“去年我们要剪发，你先生不准，并且说了‘成何体统！’此刻现在，你先生也跟我们学坏样失体统来了么？”

（叶绍钧，1947：96）

王译本：How humiliating it would be if her prospective candidate should say, with scissors poised over her, "You would not let us cut our hair last year and said that it was immodest and indecent. How is it that you have decided to join our ranks?"

（Wang，1944a：167）

在例 8 中，王际真使用省译法，省去了俗语"涎着脸儿"，可能是考虑到目的语读者无法理解，未将其译出。

3）增译法

在翻译俗语时，王际真同样也用到了增译法。

例 9. 原文本：……她伤心于自己的爱意完全不被了解，倒像自己骨头贱，欢喜作老牛马似的。

（叶绍钧，1947：99）

王译本：She felt hurt and sad because her children did not appreciate what she was trying to do for them but thought that she insisted on working because she was, like an old horse or ox, unhappy without occupation.

（Wang，1944a：169）

在例 9 中，王际真将"欢喜作老牛马似的"翻译成 like an old horse or ox，但增译了 unhappy without occupation 来解释中文俗语的含义。对原文中的"骨头贱"则省去未译，避免目的语读者无法理解。

3. 人物对话的翻译

小说里的人物对话可以完美展现小说人物的性格特点，而且能够反映小说的文体特征。虽然《李太太的头发》里面的人物对话不是很多，但是人物对话在刻画人物性格和小说情节发展上发挥着举足轻重的作用。

笔者选取了原文本的所有人物对话，经过统计，发现原文中共有 4 段人物对话，王际真在翻译时，2 次使用了意译法，3 次使用了省略法。因为其中有的人物对话同时使用了省译法和意译法，因此总次数是 5 次。下面举例加以说明。

1）省译法

王际真在翻译李太太的独白以及一些人物对话时使用到了省译法。

例 10. 原文本："那末怎样呢？""拿我的头发去编。""我们糊涂了。你自己也得编一个。编了你自己的，怎么再能编我的？"

（叶绍钧，1947：106）

王译本："What are we to do then?"

"Take some of mine."

"But, how stupid of us. You must have one made, too."

（Wang，1944a：172）

对于原文对话中李太太说的"我们糊涂了。你自己也得编一个。编了你自己的，怎么再能编我的？"，王际真将其缩译成"But, how stupid of us. You must have one made, too."

2）意译法

例 11. 原文本："王家太太，忘了自己的老少，也跟着媳妇儿上理发店，出来的时候，笑得我肚子都痛了！"

（叶绍钧，1947：97）

王译本："How ridiculous of Mrs. Wang to visit the barbershop with her daughter-in-law. It made me laugh so that my sides ached when I saw her come out of the shop."

（Wang，1944a：168）

在例 11 中，王际真将原文中的李太太女儿的话"王家太太，忘了自己的老少"按其要表达的语义采用意译法译出："How ridiculous of Mrs. Wang"。因为根据语境，目的语读者能理解王家太太跟着媳妇上理发店是比较滑稽的行为。

例 12. 原文本："我原劝你不要剪。"女儿偏有暇闲讨口头的便宜。"妈妈的头发少，生在头上虽够梳，要编发网就怕不够。"

（叶绍钧，1947：106）

王译本："But you wouldn't listen to me," her daughter said triumphantly. "I am afraid that there isn't enough hair for a wig."

（Wang，1944a：172）

对于原文中的女儿的话“我原劝你不要剪”，王际真未保留原文的语言结构，而是变换了主语，将其意译为 But you wouldn't listen to me，更加突出李太太固执的性格特征。

4. 心理描写的翻译

原小说主要讲述的是有关李太太变发型的故事。小说描述了李太太小心翼翼做决定时表现出的犹豫不决。因此，原文除了人物对话，很多情节是对李太太的心理描写。

我们统计了原文中出现的所有心理描写的句子，发现原文作者共使用了 18 次心理描写。王际真在翻译时，共 13 次使用了意译法，6 次使用了增译法和 12 次使用了省译法。因为译者在翻译某些心理描写时，同时使用了几种翻译方法，因此增译法、省译法、意译法的次数总和为 31 次。以下举例加以说明。

1）增译法

心理描写的一大特征在于要展示人物的思维活动，心理描写通常会缺乏逻辑性和连贯性。王际真将此考虑在内，并且在适当的地方增加了一些细节。例如：

例 13. 原文本：她于是举起椭圆形的手照镜。

（叶绍钧，1947：95）

王译本：She picked up an oval-shaped hand mirror and studied herself.

（Wang，1944a：166）

在译文中，王际真加入了心理描写 studied herself，突出李太太对于剪发的心理变化，使整段译文更加连贯。

此外，王际真还对当时的历史背景和中国国情增加了一些必不可少的内容来帮助目的语读者更好地理解原文。

例 14. 原文本：一天，忽传孙传芳的兵渡了江，江南人心便震荡起来。……

（叶绍钧，1947：106）

王译本：But these regretful thoughts were nothing compared to the feeling of panic occasioned some days afterwards by the report that the Revolutionary armies had suffered reverses and that Sun Ch'uan-fang, the Northern general, had recrossed the Yangtze with his horde.

（Wang，1944a：172）

在例 14 中，王际真将“一天，忽传孙传芳的兵渡了江，江南人心便震荡起来。”这一个句子，翻译成了一个较长的英语句子，增加了 But these regretful thoughts were nothing compared to the feeling of panic 用来连接下文。因为目的语读者对当时的中国不是很了解，后面的连词 that 引导的从句补充对当时革命军所处情形的介绍，而在孙传芳之后加了一个同位语对其身份进行解释，这些增译的内容有助于帮助目的语读者理解李太太恐惧的原因。

2）省译法

原小说中有很多的心理描写，描写的是李太太对于剪发问题犹豫不决的思维活动以及李太太担心剪发之后她可能受到的嘲讽。翻译这些内容时，王际真通常使用省译法将复杂的心理描写进行简化。例如：

例 15. 原文本：但是岂止到外边去，最好连校长室也不要走出，让那新奇事情永远关闭在这间屋子里，除开女儿，再没第二个人知晓。

（叶绍钧，1947：101）

王译本：She even closed her door for a while, thinking to safeguard the secret as long as possible...

（Wang，1944a：170）

在例 15 中，如果译者进行直译，句子将会变成一个毫不连贯的冗长句子。因此，他选择将原文进行简化。原文中的前两句未译出，后面的“除开女儿，再没第二个人知晓”也未译出，但突出了原文中李太太的心理活动的主要内容，即闭门静思。

3）意译法

以下，我们将对心理描写的意译法细分为以下三种类型来进行分析。

（1）改变原文句式。

例 16. 原文本：反对剪发不就是反革命么？

（叶绍钧，1947：94）

王译本：...and therefore opposed to the Revolution.

（Wang，1944a：166）

在例 16 中，原文中的疑问句在译文中转化成了陈述句，虽然弱化了情感，但表达更加客观肯定。

（2）重组整个段落。

例 17. 原文本：内容是简单不过的：国民革命军来到这地方了，女学生固然纷纷剪发，寻常妇女学时髦剪掉发髻的也不少；而她，提任女子初中校长的她，一向是爱重头发的，到底剪还是不剪呢？

（叶绍钧，1947：94）

王译本：What worried her was simply this: was she to cut her hair as most of the girl students and many other women have done, now that the People's Revolutionary Army had taken over? The dilemma arose because she could not reconcile the pride that she took in her hair and the sense of duty that she felt as the principal of the girls' middle school.

（Wang，1944a：165-166）

在例 17 中，原文遵循的是中文的表达习惯，即先介绍背景，然后说明结果或者指出问题。然而，王际真在译文中，则依照英文的语序对原文的这一段落进行了重组，他首先直接提出是否剪发这一问题，然后描述原因和背景信息。这使得译文既未改变原文作者叶绍钧所要表达的意义，也符合英语读者的阅读习惯。

（3）改变表达方式。

例子 18. 原文本：她就觉得能不同女儿商量为妙。

（叶绍钧，1947：97）

王译本：...she could not help hesitating.

（Wang，1944a：168）

在例 18 中，虽然译文使用意译改变了原文的表达方式，但意译要比直译更流畅，更利于目的语读者理解原文。

6.7.3 翻译方法归因分析

在对原小说中的比喻、俗语、人物对话以及心理描写的翻译进行分析后，我们发现王际真在总体上趋向于选择归化翻译策略，可能的原因如下。

1. 译者风格

众所周知，王际真的翻译风格是简洁流畅、可读性强。作为一位熟练掌握了英汉两种语言与文化的译者，王际真能够充分了解原文的内容，并且了解译入语中最地道的表达。因此，他在翻译中喜欢使用译语中流畅、地道的表达。

2. 原文风格

原作语言简单，其语言描写和人物对话多为口头语言。如果译者只进行直译，译作会显得松散冗长、毫无逻辑。因此，王际真使用意译法和省译法将原文进行简化和重新组合，使用增译法补充一些衔接性内容以及背景知识。这样目的语读者既能了解原文的一些背景知识，又能保持阅读的流畅性，从而更好地理解原文。

3. 翻译目的

王际真的上述译作发表于特定的历史背景之下，由于 19 世纪中国采取闭关锁国政策，西方社会对中国的了解十分有限，译介到西方社会的中国文学作品也为数不多。王际真的翻译目的是向西方读者介绍中国文学和社会情况。由于当时西方读者对中国文学的认知度还不是很高，为了进行更充分的文化交流，王际真在翻译比喻与俗语时，主要采用了三种翻译方法即省译法、增译法和意译法，以便传达更多信息，促进西方读者的理解与接受。在翻译带有浓厚文化内涵意义的内容时，他有时也采用了省译法，以免为目的语读者带去沉重的阅读负担或者让读者失去阅读兴趣。虽然省译法在一定程度上会导致中国文学精髓的丢失，但是在当时的时代背景下是可以理解的。省译法的使用是王际真这一译作的一大特征，他在翻译中省略了一些程度副词、修饰语、感叹词、重复或不必要的情节，将心理描写和色情描写中的某些情节也省去，只进行简要翻译，使得整个故事变得十分简单明了、可读性强，能够激发目的语读者的阅读兴趣。此外，王际真在翻译中还省译了关于人物对话的大部分描写，使得译文更符合英文的表达习惯。在小说末尾，有关李太太心理活动描写的最后一句也被删去，故事戛然而止，类似欧亨利式的结尾，给目的语读者留下了想象空间。王际真有时也使用意译法，使译文更加准确地道。此外，有时对原文的段落结构进行了调整或重组，突出原文中重要的情节，删去不重要的情节，使得整篇语篇的逻辑关系变得更加清晰。增译法的使用则增加了原文中未出现的某些细节，强调某些情节的重要性和主要人物的情绪状况，使有关描写更加形象，也增加了各情节间的凝聚力，显露出原文语境中隐含的内容，恰到好处地介绍了当时中国的历史事件和背景知识，增强了译文的连贯性，从而达到了向西方世界介绍中国社会与文化的目的。

6.8　《村儿辍学记》王际真英译本翻译方法探析

6.8.1　《村儿辍学记》简介

1934 年，短篇小说《村儿辍学记》载于《论语》杂志第 34 期。后收录于老向的代表作《庶务日记》中。《村儿辍学记》的作者老向，原名王向辰，以创作通俗文学见长并以此而声名赫赫。老向选择描写农村的日常生活和普通人民，以此呼吁发展基础教育并且批判社会的黑暗面。老向经历过抗日战争，因此他的作品充满了爱国主义与幽默感，主题多样，语言通俗易懂。《村儿辍学记》讲述了这样一个故事：政府倡导并且强制性推进素质教育时，一名农村小孩应召上学。在学校学习的过程中，由于家人的无知行为，家人和学校发生了诸多冲突，反映出新式西方文化和传统中国文化之间的冲突。家里人觉得上学毫无意义，他们认为，孩子应该帮助家人进行农耕，而不是浪费时间去学习，更何况，他们还要付一大笔钱支付学费。因此，家里所有人最终决定让这个男孩辍学。这部短篇小说以一种讽刺的方式描写了村儿的家庭成员，包括他自己、父母与祖父母。祖母不明白只有几个字的课本要比年历卖得更贵。祖父严厉斥责他，母亲看到他没去上学就不问缘由地扇了他一巴掌。父亲甚至决定去法庭上诉来让村儿辍学。

这部短篇小说生动描绘了人物形象，强调了教育的必要性和重要性。王茹辛（2011）认为，《村儿辍学记》以一种深度悲凉的方式反映出老向对农村生活的关注与同情。王茹辛（2011）分析道，他们生活在一个极其现实的空间里，现实到容不下任何虚构、想象、精神性的东西，比如学习。在这种情况下，主人公村儿成了受害者。他不明白为什么要念书，更搞不清楚为什么就被禁止读书，而他的一生就在这样的莫名其妙中被决定了。村儿的未来由自己家人决定，自己无法理解也不能选择，这一点让人觉得不可思议。

6.8.2 《村儿辍学记》翻译方法分析

以下，我们通过对具体的翻译实例的分析来探讨王际真在《村儿辍学记》中所使用的不同翻译方法以及选择使用这些翻译方法的可能原因。经过仔细的文本细读以及原文本与译文本的比较，我们发现王际真在《村儿辍学记》的英译中主要使用了以下几种翻译方法。

1. 意译法

例 1. 原文本："先生说，这八种书统共要一块二毛钱。"

（老向，2011：79）

王译本："The teacher says that the books cost a dollar and twenty cents,"...

（Wang，1944a：19）

例 2. 原文本："……要粜老玉米，至少粜八斗。"

（老向，2011：79）

王译本："..., and we'll have to sell at least eight bushels of corn to raise that much money."

（Wang，1944a：19）

从例 1、例 2 两例中可以看出，王际真在翻译货币单位和度量单位时使用了意译法。他把"一块二毛钱"中的货币单位"块"和"毛"分别译成了 dollar（美元）和 cent（分），把"八斗"中的度量单位"斗"译成了 bushel（蒲式耳），原文中的"元"、"毛"和"斗"是中国特有的计量单位，西方读者并不知道它们的具体意思，但他们却对"美元"和"蒲式耳"等这些单位非常熟悉。王际真在此采用了归化翻译策略，用目的语中类似的度量单位进行了转换，虽然其换算值不完全准确，但是能使国外读者在短时间内清楚地了解原文的这几个数量所表示的意义。

例 3. 原文本："……也没有小葱儿拌豆腐。"

（老向，2011：83）

王译本："...or bean curd with onions in it,"...

（Wang，1944a：23）

"小葱儿拌豆腐"这道菜是中国特有的菜肴。如今，将"豆腐"翻译成 toufu 已经为大众所接受了，因为这两者读音相近。豆腐起源于中国，所以翻译使用了中文的拼音。然而，在王际真生活的年代，这道菜可能并不为国外读者所熟知。因此，他通过解释原材料"蚕豆"将这个菜名译出。另一种原材料"小葱"是中国特有的配料，王际真在此选择了美国家喻户晓的洋葱来替代"小葱"，以便目的语读者能更好地接受。

例 4. 原文本：……"我从肋条上脱下来的钱，给你买书，为的你学好，……"

（老向，2011：83）

王译本：..."I let you buy books with my hard-earned money because it is for your good,..."

（Wang，1944a：24）

例 4 中的原文过于口语化，带有明显的中国文化特色，如果王际真将句子进行直译，外国读者将会对赚钱和肋骨之间的关系疑惑不解，会令人发笑且可能引起误解。因此，王际真采取了意译法，将此句的隐含意义直接翻译出来，即 with my hard-earned money（叔叔辛苦努力地工作来赚取学费）。hard-earned 一词很形象准确地再现出了原文中这一表达法的语义。

2. 仿译

例 5. 原文本：他对于书上的"吃面包，喝牛奶，逛公园，拍皮球"，种种不曾看见过的事情，老早就很怀疑；……

（老向，2011：82）

王译本：He had read about such things as "bread," "milk," "park," "ball," and the like which he had never seen and which had made him wonder.

（Wang，1944a：23）

王际真基于中文原文，充分利用仿译法来重组句子，将几个构成排比结构的动词短语“吃面包，喝牛奶，逛公园，拍皮球”译成了四个名称名词 bread、milk、park、ball，也构成了排比结构。王际真通过仿译法，只保留关键词来翻译原文所要表达的基本含意，但译文更加简单易懂，也更加符合目的语多使用静态名词代替动词的表达习惯。

3. 音译

例 6. 原文本：“……上边光景没有棒子面窝窝，……”

（老向，2011：83）

王译本：“...There doesn't seem to be any corn wowotou...”

（Wang，1944a：23）

例 6 的原文中有一个中国特有的食物“棒子面窝窝头”。王际真在翻译此句时，不仅用到了音译法，还用到了意译法。他用音译法翻译了“窝窝”，但在后面加了一个音节 tou，将其翻译为 wowotou，用意译法翻译了“棒子面”，将其译为 corn。这样翻译不仅仅强调了制作窝窝头的原材料，也展现了这一中国主食的中文发音，传播了中国的饮食文化，让异国读者对窝窝头这种食物有了更深的了解。

例 7. 原文本：……“我家里有爸爸，有妈妈，有弟弟，有妹妹。”

（老向，2011：84）

王译本：...“In my family I have a papa, a mama, a didi and a meimei,”...

（Wang，1944a：24）

对于例 7 原文本中具有中国特色的称谓“爸爸”“妈妈”“弟弟”“妹妹”，王际真都使用了音译法，分别翻译为 papa、mama、didi 和 meimei，而不是翻译成 father、mother、brother 和 sister。实际上，如果读者不了解中文或者并没有对这些词进行深入研究，译文就可能会造成一些困难。但通过上下文语境，目的语读者应该能理解这几个称谓的含义。王际真通过这样的音译，旨在传播中国的称谓文化。

4. 逐字翻译

例 8. 原文本：……“以前的四书五经，哪有这么多的五彩画儿？”

（老向，2011：79）

王译本：...“*The Four Books and the Five Classics* never had any pictures like these.”

（Wang，1944a：18）

在例 8 中，原文中的四书五经总共包括九本书：《大学》、《中庸》、《论语》、《孟子》、《诗经》、《尚书》、《礼记》、《周易》和《春秋》。对于大多数的目的语读者来说，这九本中国的典籍都是陌生的，如果王际真把这九本书的名字一一列举出来，译文会太冗长复杂，使读者丧失阅读这部短篇小说的兴趣。因此，王际真采取了逐词翻译法，读者能知道它们代表的是中国的传统经典书籍，译文也不会对读者的阅读造成任何干扰。

例 9. 原文本：……“这牛，一定是牛魔王；……”

（老向，2011：82）

王译本：...“The ox must be the Ox-head Devil King...”

（Wang，1944a：22）

在例 9 中，原文中的“牛魔王”是中国神话传说中的虚构人物，它是《西游记》中的一个妖怪，牛头人身。但大部分目的语读者可能并不知道这一人物。虽然王际真进行了逐词翻译，但是目的语读者也能根据上下文语境推测出牛魔王也是一个妖怪。因为 devil 和 king 两个单词给目的语读者留下了想象空间，他们能想象出这头牛是多么的奇怪与邪恶。

5. 直译

例 10. 原文本：……“老牛烧火，大马吃面。”

（老向，2011：82）

王译本：...“The ox tends the fire; the horse eats noddles.”

（Wang，1944a：22）

例 10 中的原文是两个习语，是两个形象的比喻，将动物进行了神化。王际真将其进行了直译，西方读者根据语境应该能理解其比喻意义。

例 11. 原文本：紧接着，这位老太太演说了一段呼风唤雨，使鬼役神的故事。

（老向，2011：82）

王译本：The old lady then went on to tell stories about demons that could command the wind and summon the rain;...

（Wang，1944a：22）

例 11 中的原文展现了具有中国特色的神话文化，角色的能力强大到可以控制天气等自然状况，具有魔幻色彩。王际真在翻译时使用了直译法，而非意译法，将其翻译成 could command the wind and summon the rain，没有将其中的隐喻翻出，但要比将其翻译成 the demon has magical power 更加具体。这种翻译方式保留了中国特色文化，目的语读者可能会对中华文化里妖怪能够控制天气的原因而感兴趣。因此，这样翻译有助于他们会对中华传统文化进行进一步、深层次的探讨，也有利于中华文化的对外传播。

6.8.3 翻译方法归因分析

影响译者选择不同翻译方法的因素主要包括文本内因素和文本外因素两种。文本内因素包括语言和文学两个方面，文本外因素则涵盖范围广，包括社会、文化、经济等因素，以下我们具体分析。

1. 文本内因素

1）口头语言

短篇小说《村儿辍学记》的语言表现为口语化。因为该故事描绘的是乡村生活，而乡下人民的口头语言具有随意性。如果译者仅仅用直译法来翻译这些口头语言，西方读者将会对他们之间对话的含义疑惑不解，不能深入了解中华文化。因此，王际真在翻译中采用了意译法来翻译这些对话。通过解释意义的方式来翻译这些口语化的句子，帮助目的语读者更好地理解原文。

2）文学因素

文学制约因素主要涉及文本主题、风格等因素。《村儿辍学记》的主题在于揭露封建思想对当时农村村民的影响、当时的农村贫穷落后的教育情况。在原文中，作者提到了四书五经和窝窝头等中国传统文化的多个方面。王际真在处理这些文化特有词汇时，灵活选择了音译法和意译法。其首要目的是希望目的语读者能理解原文，然后才是向读者展示原汁原味的中华文化。王际真将原文简洁明了地解释出来，便于目的语读者接受。对于有些文化内涵过于复杂或者修辞手法难以用译文表达出来的词汇或表达法，对于目的语读者来说又只需了解其大意，王际真便灵活采取了逐词翻译。

2. 文本外因素

1）社会因素

所有人都生活在社会之中，人们的一言一行都与社会状况紧密相关。而且，中国社会与美国社会的状况大相径庭。因此，社会因素对翻译作品影响巨大。

中美两国的计量单位截然不同。但是这些计量单位在社会上所起的作用就是规范相关的计算原则，使社会生活更加便捷。因此，王际真使用意译法来翻译这些计量单位，以使国外读者不会对这些单位混淆，译者也不需要对其进行补充解释。

有很多食物比如豆腐只是中国特有的。当时，中国与西方各国相比，国力相对羸弱、贫穷落后。西方国家并不会过多关注中国食物，也不可能对中国食物十分熟悉。因此，王际真使用了意译法，用国外读者能够理解的原材料来加以类比与解释，如用美国常用的洋葱来代替了原文中的“小葱”。目的在于目的语读者能够较为容易地理解原文所要表达的意义。

2）文化因素

《村儿辍学记》通过人物对话和文化形象如牛魔王，反映了中西方文化间的冲突。

《村儿辍学记》的故事背景设立在中国的封建社会，当时普通的中国农民生活艰难，思想与文化水平相对落后。他们只关心自己有没有吃饱穿暖，换句话说，他们更关注物质层面而不是精神层面。比如，他们坚信世界上有牛魔王等鬼怪，还有神仙能够控制天气。但这些只是一种神话传说。王际真将这些文化意象进行了直译，而没有对其解释，保留其特殊性，给目的语读者留下了一定的理解与想象的空间。

综上，通过对比分析《村儿辍学记》的原文与王际真译文，我们发现王际真在翻译时，灵活运用了多种翻译方法，以尽可能达到既对原文“求真”，又能对译文“求实”，从而尽可能达到既便于目的语读者理解原文，又传播中国文学与文化的效果。

6.9 本章小结

在本章中，我们共选择收入了王际真的《现代中国小说选》译文集中的八篇具有代表性的中国现代作家的小说的王际真英译本，从不同的理论视角，采取不同的方法具体分析了各自所采取的翻译策略与翻译方法。总体上看，王际真在翻译这些小说时，并未拘泥于一种翻译策略和翻译方法，而是根据具体语境，灵活多样地采取了多种不同的翻译策略与翻译方法。这些翻译策略与翻译方法的选取原因，既有文本内因素，如原文语言表达与目的语语言表达之间的差异性、译者自身的双语能力等；也有文本外因素，如意识形态与赞助人、目的语的诗学特征、社会文化语境以及译者的翻译目的等。因此，我们在进行中国文学与文化的翻译时，应综合考虑以上各种因素，而不能拘泥于一种翻译策略与翻译方法，应该尽最大可能对原文本求真，同时又能易于目的语读者接受，以达到传播中国文化的“务实”之效果。

第7章

王际真《中国战时小说选》之译者行为阐释

王际真在1947年编译了《中国战时小说选》，包含了茅盾等13位现代作家的16篇小说的英文翻译，其中有9篇是王际真本人翻译的，收录在该译文集中的译文的原作基本上都是发表于1937～1942年，涉及的人物包括汉奸、旧文人、爱国知识分子等多个社会群体，集中展现了抗日战争对中国社会各个阶层的冲击（管兴忠，2016）。“侵略者使中国人民前所未有的团结。在这片大地上，乐观精神影响着普通群众，也同样影响着知识分子们。”（Wang，1947：V）这部译文集向西方读者展现了一个更为真实的中国。

美国得克萨斯大学的中国问题专家路康乐认为这部译著“记录了抗日战争初期中国人民的乐观精神……有其重要价值”（1977：29，转引自管兴忠，2016：107）。抗日战争后期，乐观精神已经被懈怠和绝望取代。正是因为如此，这些展现了抗战初期中国人民乐观精神的作品的译文具有极其重要的意义，这本译文集远比大多数的政治宣传更能反映1937年之后战乱中的现实中国，反映了抗日战争对中国社会各阶层的冲击（Clyde，1947）。但目前国内尚未有学者对《中国战时小说选》译文集进行深入分析。

因此，本章选取其中的两部短篇小说，其一为茅盾的《报施》，其二为张天翼的《“新生”》的王际真英译本作为主要研究对象，旨在通过汉英文本的对比分析，基于不同的理论视角，考察王际真的译者行为。

7.1 关联理论视角下茅盾小说《报施》王际真英译本之译者行为探析

7.1.1 《报施》简介

《报施》是茅盾的短篇小说之一，原作于1943年发表于茅盾主编的杂志《文阵新辑·去国》。《报施》讲述了抗日战争时期第×战区某师部文书上尉张文安因病从战场上回到家乡休养，目睹了底层人民的贫穷困苦，特别是比他更早参军的同乡陈海清的家属的艰难生活。回到家乡的张文安很快也陷入了窘困。他本想用自己的一千元的医药费给父亲买头耕牛，但通货膨胀致使物价飞涨，这一千元也只能买半条牛腿。最终，为了给失去陈海清音讯的祖孙三人带来慰藉，张文安谎称自己受陈海清所托来送钱，将这一千元充作安家费，转赠给了陈海清的家人。这一千元既折射出复员军人张文安的人道主义精神，也折射出他自顾不暇的窘困，流露出了原文作者茅盾对普通民众的同情。

王际真将这部小说以 *Heaven Has Eyes* 为题译成英文，以下我们将从关联理论的视角来探讨王际真在翻译中运用的翻译方法，并对其译者行为进行归因分析。

7.1.2 关联理论的核心观点

关联理论是有关言语交际的理论，由丹·斯珀伯（Dan Sperber）和迪尔德丽·威尔逊（Deirdre Wilson）于1986年在专著《关联性：交际与认知》（*Relevance: Communication and Cognition*）中提出。关联理论认为，在交际过程中说话者明示的假设或信息所产生的语境效果越好，推理时付出的努力就越小，关联性也就越强（Sperber & Wilson，1995）。斯珀伯和威尔逊的学生恩斯特·奥古斯特·格特（Ernst-August Gutt）将关联理论运用到翻译研究领域，于1991年出版了《翻译与关联：认知与语境》（*Translation and Relevance: Cognition and Context*）。格特提出翻译也是一种言语交际行为，但翻译这一交际行为更加复杂。关联翻译理论认为翻译必须在保证交际成功——话语本身具有最佳关联性的前提下，使译文尽可能地向原文靠近。为此，译者负有双重推断的责任。译者要根据原文中的交际线索推断原文作者的意图，即原文作者企图通过这些交际线索传达给原文读者哪些语境假设。这不单单是一个“解码”的过程，译者必须结合正确的语境信息进行解释，才能保证交际的成功（Gutt，2014）。同时，译者必须了解译文读者的认知环境，推测译文读者的期待，来决定他的译文应该传达哪些信息、如何传达信息，才能使译文读者能够以最小的处理成本获得足够的语境效果，实现最佳关联。

7.1.3　王际真对《报施》原文作者意图的理解和把握

在交际的第一阶段，译者的主要任务是推断原文作者的意图。关联翻译理论认为，我们大脑中的概念与词汇信息、逻辑信息和百科信息密切相关（Gutt，2014）。因而，要想理解原文作者的意图，译者必须在这些方面有足够的认知储备。词汇信息和逻辑信息是相对稳定的，但“百科信息则是开放式的，允许不断增加新信息，所以不存在完整的百科信息”（Gutt，2014：142）。如前文所述，王际真出身于进士家庭，1921 年于清华学校毕业后赴美留学，后于哥伦比亚大学任教并定居美国直至去世（顾钧，2012）。作为一名出色的译者，王际真具有扎实的中文语言功底和良好的中国文化素养。虽然长期生活在海外，但王际真一直密切关注国内的社会环境和文化动态，对《报施》原作的抗日战争背景以及这一时期作品的文艺特点也有着充分了解。

茅盾所写的《报施》是一部面向抗战时期中国普通民众的通俗化小说。《报施》原文发表于茅盾主办的杂志《文艺阵地》的续刊《文阵新辑 · 去国》，该杂志始终秉承着“拥护抗战到底，巩固抗战的统一战线”的指导思想（查国华、史佳，2001：443）。作为一部为抗日战争服务的杂志，《文艺阵地》的特点之一就是强调用老百姓喜闻乐见的形式讲述老百姓自己的抗战故事（熊显长，1998）。这一点和杂志主编茅盾的思想密切相关。茅盾早在抗日战争初期就提出要把文艺工作深入到大众中去，提高大众的抗战觉悟。他认为作品要大众化，“就必须从文字的不欧化以及表现方式的通俗化入手”（茅盾，1983：25）。《报施》原文就以主人公张文安为中心，讲述他从战场回家乡养病的所见所闻，运用了通俗易懂的表达方式。原文中有大量的对话、动作和心理描写，故事细节也都交代得非常清楚。可以说，《报施》原文是一部典型的大众化、通俗化小说。

王际真也注意到了战时文艺的大众化、通俗化倾向。他在《中国战时小说选》译文集的序中写道：“那时，一个有趣的问题被提出来了——宣称要走向大众的作家们是应该遵循‘新瓶装新酒’还是‘旧瓶装新酒’的形式。”（Wang，1947：vi）可见，王际真对原交际行为产生时期的文艺特点有着充分了解，能够理解原文作者茅盾想要走近大众、提高大众抗战觉悟的意图。

《报施》原文还传达了茅盾对战时普通中国民众艰难生活的同情。茅盾于1942～1946 年在重庆居住（孔海珠，2014），这部小说的原作于 1943 年发表。在战时的重庆，作家们经历了前所未有的贫穷和凄苦，生存状态跌入了中国社会的底层（李怡、肖伟胜，2006）。王际真也在《中国战时小说选》译文集的序中提到："在战争期间，中国的作家和知识分子们比任何其他群体遭受的苦难更多……那时的报纸上频繁刊登着病痛缠身、营养不良的作家们的求助。"（Wang，1947：vi）黄群英（2010）认为，作家们自身生活的窘境和精神挤压反映到作品中便形成了更为悲凉的氛围，所以《文艺阵地》的很多作品揭示社会问题更彻底、更悲壮，更能唤起人们反抗悲剧命运的斗志和热情。王际真在这部译文集的序中特地介绍了战时中国作家的生存危机，并且引用学者吴铁声于 1944 年 11 月发表于《新中华》杂志上的文章中的具体数据来佐证，表明他对战时作家们生活的困境有着一定了解。

除此之外，《报施》原文还传达了茅盾在抗日战争时期的乐观态度。小说原文题目为《报施》，"报施"意为报答、报应（罗竹凤，1998：891）。原文作者茅盾借主人公张文安之口"坏人今天虽然耀武扬威，他到底逃不了报应"（茅盾，1986：228）、文中乡邻之口"那——老天还有眼睛"（茅盾，1986：228）和陈家祖母之口"好人总有好报"（茅盾，1986：233），表达了对抗战最终会胜利、正义终究会战胜邪恶的乐观态度。王际真在序中强调抗日战争初期乐观精神一直影响着普通民众和知识分子（Wang，1947：v），路康乐也肯定了这部译文集对抗战初期中国民众乐观精神的再现。可见，王际真的译作传达了原文作者茅盾呼吁人们在战争时期保持乐观态度的意图。

7.1.4 关联理论视角下王际真《报施》英译方法阐释

在交际的第二阶段，译者要将自己对原文作者意图的推理和把握传达给译文读者。由于认知环境的差异，译文读者理解时所选择的设想和语境与原文读者会有差异，所做出的推断也有不同。为了保证交际的成功，译者必须准确地估计译文读者的认知环境和对译文的期待，并据此来选择合适的方式来传达原文作者的意图（Gutt，2014）。

长期生活在美国并在哥伦比亚大学从事中文教学和翻译，王际真对译入语文化有着深入的了解，也非常清楚译文读者与原文读者在认知环境上的差异。并且，王际真的译文读者也有一定特点。汪宝荣（2018c）认为，王际真的《阿 Q 正传及其他：鲁迅小说选》由哥伦比亚大学出版社出版，说明其主要用途是教材。那么同样由哥伦比亚大学出版社出版的《中国战时小说选》主要用途也是教材，面向的是大学生。除此之外，《中国战时小说选》的图书馆馆藏量的特点也可以证明这部译文集的主要读者是大学生。WorldCat 数据库是目前世界上最大的联机书目数据库，它可以搜索 112 个国家的图书馆，包括近 9000 家图书馆的书目数据。因此，利用该数据库进行检索，得到的信息具有极强价值。笔者于 2019 年 1 月 10 日访问 WorldCat 数据库，以 *Stories of China at War* 为关键词进行检索，整理发现，全球范围内收藏 *Stories of China at War* 纸质版或电子版的图书馆共有 303 个。其中，美国大学的图书馆占 228 个，英国大学的图书馆占 6 个。可见，《中国战时小说选》在英美两国大学的图书馆的馆藏量较为可观。因而，《中国战时小说选》的读者群体大多为对中国文化感兴趣的大学生。下面具体探讨王际真所使用的翻译方法。

1. 总体上采用直接翻译

王际真在《报施》的英译本中总体上采用了直接翻译的方法。格特对直接翻译和间接翻译做出这样的解释：译者努力通过保留原文中所有的交际线索来保留原文的风格，就是直接翻译；反之，当译者只保留原文的认知效果，保留原文的基本意义，而原文的形式出现了较大改动时，就是间接翻译（Gutt，2014）。译者倾向直接翻译还是间接翻译主要是由读者对源语文化的知识储备决定的。如果读者对源语文化有一定的知识储备，渴望了解更多的相关信息，译者又想把源语文化更多地展示给读者，就可以采用直接翻译。王际真的译文读者是对中国文化感兴趣的大学生，他的译本自然就更倾向展现源语文化，所以也不难理解王际真的译本整体上采用的是直接翻译。

王际真运用直接翻译最明显地体现在他对比喻句的翻译上。原文作者茅盾运用了多处形象生动的比喻描写，营造出了张文安刚从战场上回来，回到大后方——暂未被战火波及的家乡后，那种不真实的感觉。译者对这些心理活动的描写所运用的意象进行了直接翻译，尽可能地保留了原文的交际线索和形式。下面举几例加以说明。

例 1. 原文本：……又象是有无数大小不等的东西没头没脑要挤进他的脑子里来，硬不由他做主；但渐渐地，这些大小不等，争先抢后的东西自伙中间长出一个头儿来了，于是张文安又拾回了他的思索力，他这时当真是醒了。他回忆刚才那一个梦。

（茅盾，1986：222）

王译本：Innumerable and diverse thoughts passed against his brain, clamoring for admittance. Gradually, out of this confused and clamoring mass one thing raised its head above others. By this time Chang Wen-ang was completely awake. He regained his power of thought and began to recall his dream.

（Wang，1947：27）

在原文中，“无数大小不等的东西没头没脑要挤进他的脑子里来”和“这些大小不等，争先抢后的东西自伙中间长出一个头儿来了”把张文安思绪的混乱描写得形象生动。王际真在译文中保留了原文描写头脑混乱的状态所用的意象，将“无数大小不等的东西”译为 innumerable and diverse thoughts；“大小不等，争先抢后的东西”译为 confused and clamoring mass，使得抽象变得更为具体；“思索力”则直接译成 power of thought。这段译文运用了直接翻译，与原文信息的忠实度很高，展现了原文作者丰富的想象力。原文的比喻中虽然用了一些独特的意象，但并不涉及中华文化的背景知识，所以对译文读者的知识储备要求不高，直接翻译不会超出译文读者的认知环境。同时，王际真也根据译入语文化的语法习惯和表达习惯，在尽可能保留原文内容的前提下对原文形式做了细微调整，以适应译文读者的认知环境。具体而言，王际真将比喻句几乎完全按照原文的呈现形式再现给译文读者，似乎没有遵守使译文读者用最小的努力获得最大的语境效果的原则。但在关联理论看来，比喻句通常有一些潜在的隐含意义。格特称这种隐含意义为“弱交际”，他认为把这种隐含意义全部译出来非但是不可能的，而且对于很多读者来说“是不能接受的事”（Gutt，2014：90-93）。因为弱交际能够丰富读者对句子的理解，增加美学享受，译者保留原文意义的不确定性和开放性也就保留了读者结合语境进一步阐释的可能性，进而使读者可以从中获得满足的余地（张春柏，2003）。因此，在例 1 中王际真运用直接翻译，更好地展现了原文作者茅盾的语言创造性和原文的语言魅力，增加了译文读者的美学享受。

对于某些文化负载词的处理，王际真也大胆采用了直接翻译。例如：

例 2. 原文本："……要是你再不知道，那你就算是个黑漆皮灯笼了。……"

（茅盾，1986：226）

王译本："If he doesn't know about this man either, then he is truly a lantern with a black lacquered shade..."

（Wang，1947：31）

"黑漆皮灯"是中国成语，指不透光亮的灯，比喻人不谙事理，一窍不通（王涛等，2007：427）。这里同村人借"黑漆皮灯笼"来讥讽张文安出去闯荡一番，竟对村里的风云人物一无所知。虽是成语，译者却采用了直接翻译的方式，译成 a lantern with a black lacquered shade。由于译文读者主要是对中国文化感兴趣的大学生，译文可以更多地展现中国元素和中华文化。即便译文读者不知道"灯笼"这个文化专有词，也能通过查阅资料的方式进行了解。因而，从百科知识上来讲，此处直接翻译并不会造成太大的认知障碍。再加上"那你就算是个黑漆皮灯笼了"这句话本身就是个比喻句，直接翻译也能展现出原文表达的不确定性和开放性，译文读者在阅读过程中也能感受到源语文化的美学特点。

除此之外，王际真将小说原文中的"谢天谢地"（茅盾，1986：233）译为 Thanks to Heaven and Earth（Wang，1947：36），将原文中的"阿弥陀佛"（茅盾，1986：234）译为 Buddha be praised（Wang，1947：37）。译入语文化的宗教观念与中国传统的宗教观念大为不同，英语语言国家大多信奉上帝，因而祈祷时多用 Thank God、God bless me 等。中国传统宗教文化里并没有上帝的存在，王际真在此处并没有为了使翻译更符合译文读者的认知环境而将其意译，反而用直接翻译的方法展现源语的宗教文化。基于译文读者对中国文化的兴趣，不难理解王际真在这几处运用直接翻译的原因。况且，Heaven、Earth 和 Buddha 也是英语词汇中存在的，不会对译文读者造成推理理解上的干扰，反而是既能实现理想的关联效果，又能满足译文读者渴望了解中国文化的阅读期待。

虽然为了满足译文读者的期待，王际真总体上采用了直接翻译的方法，保留了原文的风格，但是由于译文读者的认知环境与原文读者的认知环境存在着很大差异，译文读者对源语文化的词汇信息、逻辑信息和百科信息了解有限，有些地方采用直接翻译会超出译文读者的认知环境。因此，对于直接翻译可能会超出译文读者认知环境的部分，王际真采用了意译、增译和减译等间接翻译方法，下面举例加以说明。

2. 意译显化隐含信息

为了追求关联，交际者会对交际对象的认知能力和语境资源作出假定，这些会反映在他所选择的交际方式中，即“什么地方该为显性，什么地方该为隐性”（Sperber & Wilson，1995：218）。因而，原文信息是显性还是隐性，是原文作者根据原文读者的认知环境来决定的。但是，译文读者的认知环境与原文读者的认知环境存在差异，这给他们理解原文的话语意义造成了障碍。因此，译者应该发挥主动性，对某些表示程序意义的言语形式和非言语形式以及含有特定文化信息的言语形式进行调整，减少译文读者的认知障碍（王建国，2009）。考虑到译文读者的认知环境，对于原文多处不言而喻的隐含信息，王际真采用了意译的方法，将隐含意义外显，优化语境效果。例如：

例 3. 原文本：……突然的，紧急集结号吹起来了。这原是家常便饭，但那时候，有几位同事却动了感情，代他惋惜，恐怕第二天他会走不成。后来知道没事，又为他庆幸。

（茅盾，1986：223）

王译本：There was nothing unusual about such alerts, but on this occasion his friends commiserated with him and expressed the fear that he might not be able to leave the following day. Then they congratulated him when the alert turned out to be a false alarm.

（Wang，1947：28）

语序是表程序意义的非言语形式之一，汉语的语序是能帮助汉语读者明白其中的因果和时间先后次序的关系（王建国，2009）。原文读者可以通过原文语序推断出“没事”是指紧急信号有误，不用打仗，因而没事。但对于译文读者而言，如果直接翻译，此处的交际线索不明显，“没事”缺少前因后果，译文读者无法就此进行推理。为了方便译文读者的理解，王际真将此处意译为 the alert turned out to be a false alarm，虽然导致原文形式的变化，但显化了原文隐含的信息，使译文读者无须花费不必要的努力就能获得足够的语境效果，实现了最佳关联。

原文中有大量的文化负载词出现，这些文化负载词所承载的文化信息是译文读者的认知环境所缺失的。据前文分析，译者对于个别文化负载词采用了直接翻译的方法，但并不是所有的文化负载词都能直接翻译。对于原文中大部分的文化负载词，王际真采取的是意译的方法，如表 7-1 所示。

表 7-1　小说《报施》中部分文化负载词及其英译

原文	王际真的译文
心下有数	he knew well
楞着眼	his mind passive and without direction
这原是家常便饭	there was nothing unusual about such alerts
光身子	empty-handed
碰到那一鼻子灰	bitter disappointment
竟成了画饼	come to nothing
只学了卖狗皮膏药那几句	innocence
信口开河	invented

译文读者缺乏相应的百科信息，直接翻译可能会使译文超出了大部分译文读者的认知环境，译文读者的认知努力也很难产生足够的语境效果。王际真将其意译，将隐含的文化信息显化，减少了源语的文化知识对译文读者推理理解的干扰；同时避免介绍冗长的知识背景，只留其意，使原文和译文保持在信息传递上的最佳相似性，从而顺利完成交际，实现了更好的关联效果。

3. 增译逻辑信息

不同语言之间的差异使得原文与译文不可能实现完全相似（Gutt，2014）。汉语注重意会，语句不拘于形式结构，是流水句法；英文注重结构、形式，常常借助各种连接手段，是树形句法（连淑能，2010）。为了帮助译文读者更好地识别原文作者的信息意图，王际真对原文的意合型的语句进行了调整，按照译文读者的阅读习惯和思维习惯，增译了必要的逻辑信息。下面举例加以说明。

例 4. 原文本：……他出其不意地把一头牛买好，牵回家来，给两位老人家一种难以形容的惊喜，正跟他昨日傍晚出其不意走进了家门一样；……

（茅盾，1986：223）

王译本：He had managed to buy an ox and had brought it home. The unexpected gift had occasioned the same indescribable look of surprised and joy on his parents' faces as had his unannounced arrival the day before.

（Wang，1947：28）

原文读者能够通过意会理解句子间的逻辑关系，即张文安买的这头牛对于两位老人来说是一份意料之外的礼物，让他们感到惊喜。但是，原文流水句的表达不符合译入语的句法结构，“给两位老人家一种难以形容的惊喜”和“正跟他昨日傍晚出其不意走进了家门一样”没有主语。因此，对于译文读者来说，这一段句子与句子之间的逻辑关系是隐性的。王际真在这里增译了 the unexpected gift，既符合译入语的句法结构，又点明了两位老人是因牛而喜，为译文读者提供了必要的交际线索，避免其在理解时付出不必要的认知努力。

4. 减译繁赘信息

王际真对原文内容进行了多处删减，“删减似乎是其译文的一大特点”（李慎、朱健平，2018：85）。删减原文看似违背了关联理论的要求，实则不然。战时作家们为了迎合普通中国读者的阅读倾向和习惯，采取了通俗化、大众化的写作方式，运用了大量的动作、神态和心理描写。但王际真的译文读者主要是大学生群体，欣赏水平与原文读者有所不同。正如李越（2012：181）所说：“读者文学语篇艺术价值观的不同也决定了王际真的翻译策略选择。”为了满足译文读者的阅读期待，王际真在不影响原文作者信息意图表达的基础上删减了原文中大篇幅的人物心理描写和神态描写。格特也认为，译者应该从原文中提取“最有实际意义的成分"，提供"能与该语篇产生最佳关联的信息"（Gutt，2014：120）。因此，王际真删减较为累赘的信息内容，也是为了保留原文更有意义的信息，突出主要的交际线索。下面举例加以说明。

例 5. 原文本：张文安惶惑地看着众人，伸手拉一下他的灰布制服的下摆。**在师部的时候看到过的军事法庭开庭的一幕突然浮现在他心上了，他觉得眼前这情形，他区区一个文书上尉仿佛就在这一大堆人面前受着审判了，他得对自己的每一句话负责，他明白他的每一句话所关非小。**

（茅盾，1986：225-226）

王译本：Their gaze embarrassed him. He tugged at the end of his coat and was as nervous and scared as a prisoner at a court martial.

（Wang，1947：30）

例 5 中的原文是关于张文安的一段心理描写。描述的是：基于前文张文安回乡便被邻里包围，大家争相向他询问前线情况，他因此感到紧张和压力。原文情节的发展较为拖沓，张文安的心理描写也过于烦琐。王际真将原文描述军事法庭受审的加粗部分删减，将张文安此时的心理描写简化成 was as nervous and scared as a prisoner at a court martial 并与前文 He tugged at the end of his coat 合并在一起，保留了传达主人公内心紧张不安的信息线索。从译文与原文对照来看，译者删减的内容并非原文的重要情节或信息，不影响原文作者信息意图的表达，更符合译文读者的阅读期待，实现了交际的成功。

格特认为，关联理论是对翻译现象的一种"解释"，而非一种"方法"（Gutt，2014）。本节基于关联理论，将王际真的翻译行为看作是分为两个阶段的交际过程。王际真在翻译过程中能够根据原文的交际线索和语境信息来推理原文作者的意图，并基于他对译文读者的认知环境和阅读期待的了解，选择适合译文读者的表达方式的不同翻译方法来传递原文作者的意图，使译文读者不必耗费过多的努力就能获得足够的语境效果，实现了最佳关联。因此，我们认为，茅盾的短篇小说《报施》的王际真英译本在最大程度上保留了原文的风格，同时也非常符合译入语的文化和语言，具有较高的借鉴价值。

7.2 文学文体学视角下张天翼小说《"新生"》王际真译本与杜智富译本之译者行为对比分析

7.2.1 《"新生"》原文本及译文本简介

鲁迅之后，老舍和张天翼在中国现代讽刺小说的领域里堪称"双璧"（吴福辉，2010）。1937年7月7日，日本全面侵华，人们纷纷要求抗战。在全民抗战的大潮中，少数人则举着抗战的旗帜，伪装进步。1937年9月中旬，张天翼在湖南文化界宣传抗日救亡工作期间，敏锐地看到"假抗战，真投降"的"谭九们""华威们""李逸漠们"对于抗战的危害，于是想要在作品中把他们指出来，早日叫醒这些知识分子（张天翼，2010）。张天翼抗战初期发表的《速写三篇》以知识分子中的反面人物为主角，讽刺和批判了抗日战争初期国统区存在的与整个民族救亡运动不协调的丑恶现象，是张天翼在抗战时期所创作的最有社会影响力的代表作（郑连保，1997）。《速写三篇》是一个短篇小说集，包含《谭九先生的工作》（1937年完成）、《华威先生》（1938年）和《"新生"》（1938年）三部讽刺小说。在《华威先生》取得巨大成功后，张天翼选择再辟蹊径，创作"深挖知识分子灵魂奥秘"的《"新生"》，刻画知识分子的性格和弱点，讽刺笔法更为细腻，比《华威先生》更为深刻（王西彦，2010）。

《"新生"》揭示了一个声称要在"苦难的大时代"里"吃苦"并追求"新生"的封建文人李逸漠逐步走向沉沦的心灵历程。张天翼将心理描写引进速写领域，把笔触深入到人物的灵魂深处，用速写之笔完成了复杂的人物形象塑造，从而把灵魂堕落的全貌表现得淋漓尽致（廖超慧，1988），试图通过揭露李逸漠的丑恶灵魂，给当时诸多他那样的知识分子"一个当头棒喝"，告诉他们：如果不彻底改掉自己身上的毛病，就会像李先生那样堕入汉奸的圈套。

《"新生"》的讽刺风格鲜明，译本丰富，目前能查阅到的英译本共有三个：王际真英译本（1947年）、曹成（Tso Cheng）英译本（1955年）和杜智富（Carl Durley）英译本（1974年）。由于曹成英译本的作者信息不详，我们选取王际真英译本和杜智富英译本进行对比研究。王际真英译本（*A New Life*，以下简称王译本），收录于1947年由哥伦比亚大学出版社出版的《中国战时小说选》（*Stories of China at War*）；杜智富英译本（*A New Life*，以下简称杜译本）发表于香港《译丛》（*Renditions*）杂志 1974 年春第二期。鉴于目前尚无对《“新生”》英译本的研究，以下我们拟基于文学文体学的视角，分析《“新生”》的王译本和杜译本对原文不同言语与思想呈现方式的翻译情况，探讨两个英译本对原文本主题意义和美学价值的再现程度以及译者行为异同的影响因素。

7.2.2　文学文体学与小说翻译

文学文体学以阐释文学文本的主题意义和美学价值为目的，集中讨论文学作品如何通过对语言的选择来表达以及加强其主题意义和美学价值（申丹，1998）。它在描述语言形式的同时，还能够发掘文学语篇的美学意义，是文学研究从主观性走向客观性的桥梁，是评价翻译质量的一块试金石（封宗信，1999）。

人物话语是小说家塑造人物、呈现人物心理状态、推动情节发展的重要组成部分，变换人物话语的表达方式也是小说家变换感情色彩与语气等的有效工具（申丹，1991）。小说的言语和思想呈现有不同方式，英国文体学家杰弗里·利奇（Geoffrey Leech）和迈克尔·肖特（Michael Short）根据叙述者对人物话语的不同控制程度将英语的引语形式分为言语行为叙述体、间接引语、自由间接引语、直接引语和自由直接引语（Leech & Short，2007）。汉语小说的言语与思想呈现也有相同分类。但由于汉语没有时态变化，没有从属连词 that，有的句子也没有人称代词，因此汉语小说中经常出现直接式或间接式难以判断的“两可”情况（申丹，2001）。

小说《“新生”》中，主人公李逸漠受抗战炮火震动，放下“最纯粹的艺术家”的架子，来到后方一所中学当图画老师。新生初期，他要学墨翟，“要工作，要吃苦”。当愤怒、冲动的感情慢慢平复，他的艺术兴味受到限制，苦闷得不到解脱，知识分子的软弱性便很快发生作用。为排遣寂寞，李先生开始与学校里满口汉奸理论的投降派章老先生交往。起初，他对章老先生的汉奸言论十分鄙夷，但最终思想也受其感染，带上了“假抗战，真投降”的汉奸腔调。李先生重新过回了之前整日与金石书画为伴的艺术家生活，新生至此走向失败。

小说的讽刺效果是在人物自身前后对比以及人物言行的自相矛盾中实现的。为了更好地实现讽刺，让读者看到每个阶段最真实的李逸漠，《“新生”》采用了速写的文体，语言选择突出其模拟现实的真实性，让读者觉得“主人公是现实的人物，事件是实在的事件”（胡风，1999：74-75），让他们更快意识到自己身上的性格缺陷并且改正过来。讽刺的生命在于真实，张天翼的讽刺艺术的社会效益显著，就源于真实（张大明，2012）。“通过心理活动进行讽刺，可以揭示较深层次的问题，不至于停留在表面的滑稽表演”（张大明，2012：10）。除了用速写的笔法粗线条勾勒人物形象，以“轻妙世态画”的形式揭露这些人，来减少其危害，张天翼还将讽刺的着眼点由外在行动转向了心理讽刺，让读者更直接触摸到主人公李逸漠的复杂灵魂。

张天翼用速写的笔法讲述知识分子李逸漠的故事，为突出其模拟现实的真实性，其语言选择贴近日常真实的语境。为真实揭露李先生纠结、动摇的心理发展全貌，张天翼使用多种言语与思想呈现方式。《“新生”》的引语方式主要集中在自由直接引语、直接引语和自由间接引语三种引语方式上，注重客观呈现，让读者更直接看到人物真实的内心想法。直接引语和自由直接引语是对人物言语与思想的直接呈现。自由间接引语则集直接引语与间接引语之长，既能体现叙述者口吻，又能呈现人物主体意识，常被用做人物内心独白的重要话语方式（申丹，1998）。

不同引语形式实际上是叙述者与主体人物控制转述语的冲突(赵毅衡,1989)。自由直接引语和直接引语中，人物主体意识占主导地位；而自由间接引语能够让读者在叙述语言中看到人物的声音，叙述者声音和人物声音同时存在，造成一种双声效果。这些引语方式共同使《“新生”》显得客观真实，读者更直接、客观地看到人物心理状态。

小说世界是对真实世界的摹写，而小说的模拟现实会涉及相似性、可信性、真实性、客观性、生动性等特征（Leech & Short，2007）。真实性则是《“新生”》模拟现实的主要特征。瞿秋白、钱杏邨都交口称赞张天翼短篇小说的真实性，并将其视作张天翼短篇小说主要艺术特色（孙昌熙、王湛，2010）。《“新生”》模拟现实的真实性主要体现在其语言选择上，如贴近日常语境的非流畅语言。非流畅性（non-fluency）主要指人物话语在非理想状态下，语言中夹杂非流畅性语言的情况，具体表现为语气停顿（语气填充词如 er、erm），开头错（如 I er I）以及异常句法等（如 We've got…you've got to take）（Leech & Short，2007）。小说对话呈现非流畅性特征，必然有其交际目的，如刻画人物形象、反映人物思想状态等（Leech & Short，2007）。

不同引语方式会产生不同的叙事效果，译者翻译不同引语方式时采取怎样的翻译策略，是否会为使译本顺畅地进入译语文化保留、中和或去除原文本的文体特征，以及译者不同翻译策略对原文本主题意义和美学价值的再现程度的影响，则是下文将要探讨的问题。

7.2.3　文学文体学视角下《“新生”》两个英译本对比分析

基于文学文体学视角，我们对比分析了《“新生”》原文与两个英译文，研究发现：王译本注重译文的可接受性，中和或去除原文本的部分文体特征，以期使译文顺利进入译语文化并为其所接受。杜译本则注重与原文的忠实对等，尽可能保留原文的文体特征，严格按照原文的引语方式和句法照实翻译。下面通过一些文体参数进行分析说明。

1. 直接引语

直接引语是《“新生”》主要的引语形式，读者可以通过人物语言或思想直接感受人物心理。在非流畅性语言的处理与引导语的细节呈现上，两位译者采取完全不同的策略。

例 1. 原文本：“我们应当向所有的人宣传，”他很性急地对学生们说，①手指莫名其妙地乱动着。“我们要告诉全世界 —— 我们中国怎样的正直，宽大，和平。而敌人呢——兽性，残忍。我们不单是为我们国家的存亡而奋斗，并且是为人类的庄严而奋斗。”

（张天翼，1946：62）

王译本：“We must publicize our cause to the entire world,” he told his students. “We must tell everyone how just and peace-loving we are and how cruel and inhuman the enemy is…”

（Wang，1947：134）

杜译本：“We should direct our propaganda toward everyone.” He spoke to the students very rapidly, his fingers moving in a strange, agitated manner. “We want to inform the whole world—how upright, magnanimous, and peaceful our China is. But the enemy—bestiality, barbarity…”

（Durley，1974：32）

例 1 是李先生新生初期上图画课时对学生说的话，有引导句和引号，属于直接引语。因为情绪激动，语言也呈现出非流畅性特征——语气停顿，贴合日常口语语境，突出人物此时的情感。“手指莫名其妙地乱动着”这一动作细节也在佐证李先生此时的情绪激动，突出新生初期李先生对投身抗战宣传的热情，这正好与小说结局李先生消极抗战的言行形成对比，从而实现对人物的深刻暴露与讽刺。

王译本省略引导语中的动作细节“手指莫名其妙地乱动着”，省译“性急地”。忽略原文的非流畅性特征，使用“how…we are and how…the enemy is”这样流畅完整的句子来呈现李先生的话语，译文流畅自然，易于读者接受，更符合书面语特征，但无法突出非流畅语言表现出的情感停顿。杜译本则注重对原文的忠实对等，保留原文非流畅性特征，在句法与引语形式上与原文保持一致，呈现人物的不平静状态。

例 2. 原文本：可是一开口——自己也觉得声调不太自然：

“关于这个问题，①这个这个——唔，这是一时说不清楚的。②这个这个——③一个美学上的问题。④艺术之所以成为艺术……⑤讲起来复杂得很。……你不妨在下课之后来找我，我慢慢地帮你弄明白。”

（张天翼，1946：67）

王译本：However, he tried to assume a tolerant air and thus temporized: “In the regard to this problem, er, er—this is not something which we can settle in a moment. It is a problem of aesthetics. It is very difficult to define just what makes art and what does’t. Come to see me some time after class. I’ll try to explain it to you.”

（Wang，1947：136）

杜译本：But as soon as he opened his mouth, he himself felt that his voice was not very natural.

“Concerning this problem, well...Ah, this can’t be explained clearly right now. Well...this...a problem of aesthetics. That which finally comes to be art...**is** very complicated to speak about. ...It will be all right if you come up to see me after class; I’ll help you to understand gradually."

（Durley，1974：33）

例 2 有引导语和引号，属于直接引语。李先生上图画课时表示："艺术不该为抗战而服务"，而学生则援引鲁迅先生的观点对其进行反驳，并用轻笑向其表示鄙夷。李先生自尊受挫，情绪失控，开口反驳时"声调不太自然"，人物语言也呈现出一些非流畅性特征，如语句重复、语气停顿以及不完整句子，贴合日常口语语境。

王译本将非流畅的不完整句子②③与④⑤分别合译成完整流畅的句子，语言流畅自然，符合书面语特征。语言反映思想，自然流畅的人物语言会让读者觉得人物思想平静、富有逻辑（Leech & Short，2007）。王译本对非流畅性语言的删减，在一定程度上削弱了人物情感的表达。另外，王译本使用 temporize（为争取时间而拖延）改译引导语，直接指明话语意图，帮助读者理解李先生的心理状态。杜译本照实翻译，保留人物话语非流畅性特征，不完整句子②③间也并未添加 be 动词 is，符合口语语境。

为帮助读者了解人物当时的心理与情感状态，《"新生"》中直接引语的引导语中一般会呈现人物的神态、动作或心理细节。笔者对比分析《"新生"》直接引语的翻译情况，研究发现：王译本省译 11 处引导语中的细节（如例 1），加快叙述进程，但影响人物情感的呈现；改译引导语，指明话语意图（如例 2），变非流畅语言为流畅，更贴合书面语的语境。王译本在一定程度上减弱了对原文主题意义的阐发与美学价值的再现。杜译本则是秉承忠实翻译的原则，保留原文中所有细节，保留非流畅特征，帮助读者感受人物心理状态，有助于原文主题意义的阐发和美学价值的体现。

2. 自由直接引语

自由直接引语没有引导语，能自由表现人物话语的内涵、风格和语气。叙述者的叙述干预最少，读者可以直接接触人物原话，因此可以加快叙述进程。但因自由直接引语缺乏引号和引导语，未指明说话人，读者只有在充分理解上下文的情况下，才可能消除歧义。翻译《"新生"》中的自由直接引语时，杜译本主要采取忠实翻译的原则，按照原文的引语形式与句法翻译；王译本在翻译部分自由直接引语时，改变原文的引语形式与句法结构，用流畅自然的译文帮助读者理解人物内心想法。

例 3. 原文本："陪太太隐在乡下有什么意思呢。我是决定了的：我要到这后方来做点工作。我要开始我的——我的新生!"

（张天翼，1947：60-61）

王译本："I could not live under the shadow of the enemy's guns," he said. "I made up my mind to come to the rear and do my bit. I want to live a—a new life!"

（Wang，1947：134）

杜译本："What is the point of accompanying my wife into hiding in the country? I made up my mind; I wanted to come here to the rear to do some work. I wanted to start my...my new life!"

（Durley，1974：31）

《"新生"》开篇，李先生对潘校长表明自己到后方工作的决心。该句没有引导句，属于自由直接引语。因为情绪激动，无法平静表达自己的观点，语言呈现非流畅性特征。

杜译本照实翻译，保留原文的话语形式与句法结构，保留非流畅性表达"start my…my new life"。王译本加入引导语 he said，指明说话人，方便译文读者理解，同样保留非流畅性表达"live a—a new life"。

例 4. 原文本：①"真的，一个太冷静的人，太会分析的人——往往是悲哀的。"真的，他对他自己的分析未免太过火了点儿。②于是他拼命去说服自己：他的不动手写那篇文章并不是别的，完全只是为了心境不好。

（张天翼，1946：104）

王译本：He must not be so objective and analytical. That was bound to make one feel sad and unhappy. Perhaps he was not being fair to himself. Perhaps the real reason why he did not take up the pen was because he was not in the mood.

（Wang，1947：144）

杜译本："Truly, ③an over-dispassionate man, ④a man who analyses things too well, is often one who is sad."

⑤It's true, ⑥his self-analysis probably had been carried a bit too far. So he tried his best to persuade himself: the reason he had not begun to write that article was none other than that he had not been in the mood.

（Durley，1974：48）

例 4 中句①有引号，无引导语；句②有引导句，无引号，都属于自由直接引语。李先生反感章老先生的汉奸腔调，却又不愿拾人牙慧，借用报纸上的话来反驳他，例 4 则是李先生自我安慰的心理活动。

王译本利用自由间接引语的双声效果，将句①与句②译成自由间接引语（so 和 perhaps 体现人物主体意识），用自然流畅的语言让读者在叙述语言中直接看到人物的内心想法，帮助读者理解人物内心想法，更贴合书面语的语境。杜译本按照原文的引语形式与句法结构忠实翻译，句③的名词短语和句④的名词性从句之间没有连词 and，句⑤和句⑥用句号隔开，而非中间加上 that 变成主语从句。

3. 自由间接引语

自由间接引语的判断标志包括感叹号、感叹词、体现人物主体意识的评价性形容词、不完整句子等（Fludernik，1993）。自由间接引语既能体现叙述者的口吻，又能呈现人物主体意识，常被用做人物内心独白的重要话语方式（申丹，1998）。《"新生"》共使用 24 处自由间接引语，引语分布在李先生心理发展的不同阶段，共同揭示了李先生徘徊、苦闷、动摇、颓丧直至堕落的思想发展全过程，最终揭示新生走向失败的深层原因。

翻译自由间接引语时，杜译本照实翻译了原文本 24 处自由间接引语，全部保留自由间接引语的非流畅性特征，忠实呈现李先生的心理状态；王译本忠实翻译了其中 11 处自由间接引语，保留其中 4 处引语的非流畅特征，省译或改译（即变非流畅为流畅）9 处呈现非流畅性特征的自由间接引语，加快叙述进程，符合书面语语境，利于读者理解。

例 5. 原文本：真的。老潘在这张校长椅子上——一坐就是十九年。

近来他干脆把家眷送到乡下，成天到晚都呆在学校里，过着他的刻板日子。**①仿佛也只有这么一种生活才配得上这些灰色的校舍，才配得这灰色的天似的，②住在教职员宿舍里的七八位同事——全都是这么一副劲儿。**

（张天翼，1946：69）

王译本：It was true, for Lao Pan had been principal of the school for nineteen years. Recently he had sent his family into the country and spent his nights as well as his days in the school. **①He had no other life than his job. ②The same was true of most of his colleagues.**

（Wang，1947：137）

杜译本：It was true. Old P'an had sat in this principal's chair right through nineteen years. Recently he had even sent his family to the country, so he hung around the school day and night, passing his days in the same rut. **①It was as though only such a life matched these drab school buildings and the drab sky; ②the seven or eight colleagues who were living in the teachers' dormitory all carried on like this.**

（Durley，1974：34）

例 5 是李先生对身边同事的看法，加粗部分所示的句子体现人物主体意识，属于自由间接引语。来到中学当教员，李先生无法融入身边众人的抗战生活，觉得他们的日子十分刻板。王译本将加粗部分所示的句①译成言语行为叙述体，加快叙述进程。杜译本保留原文的引语方式，遵循原文的句法结构，加粗部分所示的句①和句②间并非切分成两个句子，而是用分号隔开。但中英文的句法结构存在很大区别，王译本是否能够为译文读所接受尚且存疑。

例 6. 原文本：芦沟桥事件一定只是一个梦境。……沪战就更加没有这回事。……

那么九一八呢？——这个他可要想想看。还有一二八呢？我们中国就丢了这么四省，一点也不给那些暴行者一点打击么？

（张天翼，1946：78）

王译本：全句省略未译

杜译本：The Marco Polo Bridge Incident was definitely just something seen in a dream...What was more, the Shanghai battle was not an actual happening...How about the Mukden attack? This he must think over. And the 1932 hostilities in Shanghai? We Chinese lost those four provinces, but shouldn't we have fought back at those savages a little?

（Durley，1974：37-38）

例 6 是李先生醉酒时的心理活动，"一定只是""更加没有"以及问号体现人物主体意识，属于自由间接引语。卢生入睡后做了一场享尽一生荣华富贵的好梦，醒来发现自己只是睡了一觉。李先生来到这所中学后，发现身边众人忙于抗战活动，而自己对这些活动并没有兴趣，生活落寞、精神孤独。醉酒后，李先生希望自己就像《邯郸记》里的卢生，一觉醒来发现战事根本没有发生过。这段心理描写表明李先生此时的逃避心理。杜译本忠实再现李先生的心理活动，并通过加注释的方式按时间顺序解释九一八事变、一·二八事变、卢沟桥事变和淞沪会战的发生时间以及历史意义（Durley，1974），帮助读者理解人物心理。王际真将全段省略不译，译文无法再现李先生动摇、纠结的心理，李先生形象的复杂性就大打折扣，一定程度减轻了小说的讽刺意味。

例 7. 原文本：忽然他记起欧文的一篇作品：好像有一个什么人在个什么山洞里睡了一觉，外面的世界已经过了几十年。**唉，要是他逸漠先生也能睡这样一觉……只要几分钟……醒来走出山洞一看——一个幸福的中国，一个苦斗了五十年的中国。**……

（张天翼，1946：99）

王译本：He recalled Irving's story of Rip Van Winkle and wished that he could wake up one morning and find China prosperous and at peace, after years of desperate struggle.

（Wang，1947：142）

杜译本：Suddenly he remembered a work by Washington Irving: it seems that someone fell asleep in some mountain cave and the world outside passed through several decades before he awoke. Oh, if only he, Yi-mo, were able to sleep in this way...just a few minutes...wake up, then go out of the cave and take a look—a happy China, a China that had fought bitterly for fifty years...

（Durley，1974：47）

例 7 是李先生在认清章老先生汉奸面目而疏远后者时一个人回到家中的心理活动，语气词“唉”体现人物主体意识，属于自由间接引语。此时的李先生希望自己是华盛顿・欧文（Washington Irving）笔下的瑞普（Rip Van Winkle）：在山上睡一觉，一觉醒来发现已经过了二十年，想要通过这样的方式逃避当前的生活。

王译本将例句原文本中的加粗部分译成言语行为叙述体，把非流畅语言变流畅，加快叙述进程。而且，王译本将人物具体化，译文读者可以通过自身对瑞普的认识来体会人物此时真正的内心感受。杜译本则是按照原文的引语方式和句法照实翻译，保留非流畅语言，真实反映人物思想流动状态。

7.2.4 译者行为差异探析

由上文论述，《“新生”》的心理讽刺是作者通过对人物言语与思想呈现方式的选择来实现的，而翻译《“新生”》不同言语与思想呈现方式时，两位译者呈现了很大的不同，王译本为使其译文顺利进入译语文化，去除了原文的一些文体特征，具体表现为：第一，去除了非流畅性特征，使译文流畅自然（如例 1、例 2、例 7）。第二，去除了直接引语引导句中反映人物心理的细节描写，加快了叙述进程（如例 1、例 2）。第三，删去了大部分呈现人物心理状态的自由间接引语，加快了叙述进程（如例 6）。

此外，王译本还进行了一系列的改写，使译文能更好地为译文读者所接受，具体表现为：第一，增加了引导语，将自由直接引语转译成了直接引语，避免理解歧义（如例 3）。第二，将部分自由间接引语改成了言语行为叙述体，增加了叙述者的声音，加快了叙述进程（如例 5、例 7）。第三，将其他引语形式改为了自由间接引语，增强了人物情感表达（如例 4）。

与王译本不同，杜译本则是尽可能保留原文的文体特征，严格按照原文的引语方式和句法照实翻译，影响译文的可接受性。李先生虽然主动开始新生，但是仍然留恋其以往舒适与安宁的生活；他想要积极投身到抗战工作中，却又不能放下艺术家所谓的自尊与清高；他虽然反感章老先生的汉奸腔调，但又不愿意拾人牙慧，借用报纸上的话来批驳他。杜译本的忠实翻译，则帮助读者完整体验李先生的矛盾、纠结的心理发展状态。《“新生”》刻画出了李逸漠作为一个知识分子在抗战环境中无所适从的心境，揭示出他的内心世界与外部世界的不协调性。对于李逸漠内心的挣扎，作者张天翼是理解并加以同情的。作品的语言注重客观呈现，作者主观介入较少。杜译本遵循了这一原则，因此，杜译本忠实再现了原文的主题意义和美学价值。

两个英译本存在以上差异，主要受翻译目的以及译文市场环境等多种主客观因素的影响。

1. 翻译目的

译者王际真是中国现代小说翻译的先驱，一般美国读者能接触到中国小说，有赖于王际真的努力（夏志清、董诗顶，2011），王译本是西方人民了解中国和中国人生活的最直接有效的窗口（管兴忠，2015）。王际真编译《中国战时小说选》的目的在于让普通美国民众了解 1937 年后中国战时各阶层人民的日常生活（Clyde，1947）。

《“新生”》中，张天翼真实展现了李先生这类知识分子战时的生活状态，并用大量笔墨呈现人物的心理发展过程，从而揭露他们最终成为“真投降假抗日”的歹角的深层原因：在情感上，他们蔑视民众文化，与切切实实为抗日胜利而英勇奋斗的人民格格不入；在生活方式上，他们极力追求物质享受，旧有的劣习根深蒂固（廖超慧，1988）。王际真在译序中指出翻译这篇小说的目的在于让读者了解“旧习惯对知识分子的巨大影响”（Wang，1947：vii）。中国文学作品海外境遇不佳，中国现代小说的“播火者”王际真为更好地传播中国文学，为照顾西方读者的阅读习惯，用自然流畅的语言围绕“喝酒”这一劣习对知识分子的影响展开删减与改写，让译文读者了解知识分子李先生的故事。

《“新生”》全篇充斥着李先生对过去生活的回忆，在今昔对比中凸显李先生对过去以金石书画为伴的大庄园式生活的向往。王译本删除文中对李先生过去生活的回忆，主要呈现李先生此时的生活状态，与译者王际真“展现战时知识分子生活状态”的翻译目的一致。

译者杜智富是美国汉学家，获得俄亥俄州立大学(The Ohio State University)中国现代文学博士。其译文发表在《译丛》杂志上，该刊刊文质量享誉国际社会，被誉为“了解中国文学的窗口”（林煌天，1997：838）。译文出版时，他曾谈及自己对原文的理解：“《‘新生’》中，李先生的爱国情绪与其软弱本性一直在作斗争。作者张天翼呈现他的思想变化过程，让读者参与到他的犹豫不决中去，让读者在理解和同情李先生的同时，又能体会其想法的不切实际。”（Durley，1974：49）杜先生认为，李先生的心理活动是小说内容最重要的部分，因此并未对其进行任何删减和改写。

2. 市场环境

1947 年，第二次世界大战结束不久，美国民众了解中国的愿望十分强烈，《中国战时小说选》应运而生。查询 WorldCat 数据库（截至 2020 年 3 月 12 日）可知，《中国战时小说选》被 321 家图书馆收藏，主要为大学图书馆，说明其读者对象主要为中文系学生或者对中国文学感兴趣的人。这些读者对中国人的生活十分感兴趣，但对中国文学知之甚少。因此，为了让读者对文章感兴趣，译者王际真选的都是比较短小精悍的短篇小说。《“新生”》原文过长，于是译者王际真秉承经济性原则对原文进行大篇幅删减，试图用最短的篇幅达到最大的效果，围绕“旧习惯对人的巨大影响”这一主题，删减原文中一半以上的内容，使其译文达到 12 页，这也是《中国战时小说选》中译文最长的一篇。因此，王译本重点突出李先生与潘校长、投降派章老先生的交往，主要通过李先生交往对象的变化来反映他思想上的转变。李先生空虚卑劣灵魂的彻底暴露，主要是通过与章老先生的交往完成的（廖超慧，1988）。因对金石书画的共同爱好，李先生与投降派章老先生走到了一起，李先生最终也受其影响，思想染上了“假抗战，真投降”的腔调。译者王际真保留俩人交往的大部分情节，大致传达了《“新生”》的主题意义。为了更好地让中国文化“走进来”，译者王际真充分展现了他作为译者的才华，用地道流畅的英语翻译照顾读者理解，一定程度弥补了译者删减原文对原文主题意义表达造成的损害。

1974 年，杜智富译文“*A New Life*”发表于《译丛》杂志。《译丛》于 1973 年由香港中文大学翻译研究中心创办，《发刊词》称“《译丛》致力于向西方读者介绍中国文化，满足外国读者对中国文化的兴趣，以中国的视域向其提供原始素材”（Li，1973：3）。杜先生当时作为一名在俄亥俄州立大学攻读中国现代文学博士学位的博士生，受其身份所制，译者主要采取忠实性原则，尽可能最大程度地保留张天翼这篇速写体小说的特征，从而让读者透过译文读到最原汁原味的原文。《译丛》创立之初面向的是对中国文学感兴趣的读者，属于“中国文学走出去”，忠实原文是其首要目标。为了更好地“走出去”，让读者了解中国文学，而不是像本土文学的译作，译者杜智富进行了译者克制，尽可能按照原文的句法进行翻译，不进行任何删减和改写，使其译文成为了解中国文学的窗口。

通过对《“新生”》王译本和杜译本在言语和思想呈现方面的对比分析，我们阐明了不同翻译策略的选择对原文本美学价值展示和主题意义阐发的影响。杜译本注重保持原文的原汁原味，遵循原文的引语形式和句法，让读者直接看到人物心理纠结、动摇的全过程。杜译本忠实再现原文的主题意义和美学价值，但译文句法与中文句法追求一致，与读者的阅读习惯不同，不利于读者接受。王译本对原文心理活动进行删减，删减了大部分体现人物心理的自由间接引语，删减了体现小说模拟现实真实性的非流畅语言和细节呈现，以加快叙述进程。但为使译文更好地进入译语文化，王译本使用流畅自然的语言、符合读者阅读习惯的句法，并且适当增译，帮助读者理解，消除歧义。总体而言，杜译本是对原文的忠实再现，基本还原原文的主题意义和美学价值；王译本则是围绕文章主线情节对原文的删减和改写，加快叙述进程，一定程度减轻了原文主题意义的表达，但译文流畅自然，增强了译文的美学价值。受译者身份、市场环境影响，两位译者采取截然不同的两种翻译策略，两个译本各有千秋。

7.3 本章小结

在本章，我们主要分析了《报施》和《“新生”》两部小说的王译本中所使用的不同翻译方法。在《报施》的翻译中，为了尽可能使译文读者花费较少的认知努力去最大程度地理解译文以及译者的交际意图，王际真总体上进行了直接翻译，但有时考虑到目的语读者的认知语境的差异，对于一些隐含的信息采取了意译，同时考虑到英汉语言结构与文化的差异，在翻译中王际真还增加了一些逻辑信息，删减了一些多余的信息。由于《“新生”》是一篇讽刺性极强的小说，对主人公李先生的心理讽刺主要是通过对人物言语与思想呈现方式的选择来实现的。相较于杜译本所主要采取的直译法，王译本在翻译《“新生”》中的不同言语与思想呈现方式时，有意去掉了原文的一些文体特征，尤其在对原文的一些直接引语、自由直接引语和自由间接引语，采取了删减、增译等不同翻译方法，以便译文能顺利进入译语文化，为目的语读者所接受。总体上看，王际真的译者行为偏向务实一端。

第 8 章

王际真英译中国古典小说之译者行为阐释

本章主要选择王际真对两部具有代表性的中国古典小说的英译来探讨其译者行为，其一为唐代著名传奇作家李朝威的《柳毅传》的王际真英译本，其二为清代文人李汝珍创作的长篇小说《镜花缘》的王际真节译本。旨在通过探讨王际真英译这两部中国文学史上具有较大影响力的古典小说的译者行为，为新时代中国古典文学的外译提供一些启示。

8.1 《柳毅传》王际真英译本之“求真”与“务实”分析

8.1.1 《柳毅传》简介

《柳毅传》是唐代文学家李朝威创作的一篇传奇，是一部以鬼和不老故事为特色的古典小说，堪称唐代爱情小说中的上乘之作，在魏晋南北朝时期流行。《柳毅传》描述的故事是洞庭湖龙王的女儿远嫁泾川，受其丈夫泾阳君与公婆的虐待，偶遇书生柳毅为其传家书至洞庭湖的龙宫，其叔父钱塘君得以及时营救出了龙女，使得她得以回归洞庭。钱塘君等出于对柳毅的感恩，便令他与龙女成婚，但是柳毅认为自己替龙女传信乃是急人之所难，他并没有要娶龙女作为回报的私心，此外，他对钱塘君的蛮横也颇为不满，因此他断然拒绝了与龙女成婚，并且告辞而去。但龙女对柳毅已在心中早生爱慕之情，她发誓不再嫁给他人，经过几番波折之后，二人终成眷属。

《柳毅传》全文情节曲折，但结构严谨，语言精练。因此，它被鲁迅视为与元稹的《莺莺传》具有同等地位的传奇作品，后代的戏曲家大多取其为创作的题材。小说的故事虽然没有脱离六朝小说鬼神志怪的传统，神怪离奇，但也充满了人间的烟火味，小说中的男女主人公柳毅和龙女两人的情操和爱情即使在今天也具有教育意义，因此在民间可谓妇孺皆知。小说既富有浪漫的气氛，也具有深刻的现实意义，因为它揭示了当时的多种社会矛盾，如家庭矛盾、妇女和封建社会的矛盾和其他现实生活中的具体矛盾，是具有一定进步意义的小说。

在 20 世纪 40 年代，王际真选择《柳毅传》这样一部传奇小说进行翻译，目的在于丰富人格之美，揭露社会中的各种矛盾，同时也展示日常生活中的真理与魔力。王际真以篇名 *Dragon's Daughter* 对《柳毅传》进行了英译，但目前尚未有学者对王际真的这一英译本进行深入研究，因此，以下我们将以王际真的《柳毅传》英译本为主要研究对象，着重探讨以下两个问题。

（1）就“求真”与“务实”而言，王际真的《柳毅传》英译本是如何体现的？

（2）王际真《柳毅传》英译本对求真与务实的体现反映出怎样的译者行为，原因何在？

为了回答上述研究问题，本节拟采用“求真”与“务实”译者行为连续统评价模式来进行具体分析。

8.1.2 译者行为批评理论框架

周领顺认为，就译者行为而言，译者行走在“作者/原文”和“读者/社会”之间，“作者/原文”和“读者/社会”处于一个连续统的两端（周领顺，2014a：85）。译者从译者到社会人在“作者/原文—读者/社会”这样一个译文连续统上的角色转变过程可以用图 8-1 来表示（周领顺，2014a：85）。

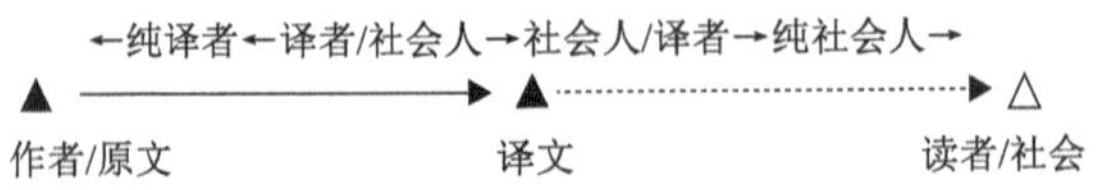

图 8-1 意志体译者的一般行为

图 8-1 中的箭头的指向表明译者或指向“作者/原文”，或指向“读者/社会”，图 8-1 说明的是意志体译者的一般行为。意志体译者的意志属性表现在语言性和社会性两个方面，译者属性连续统表现为“语言性-社会性”连续统。其变化表现

如图 8-2 所示（周领顺，2014a：85）。

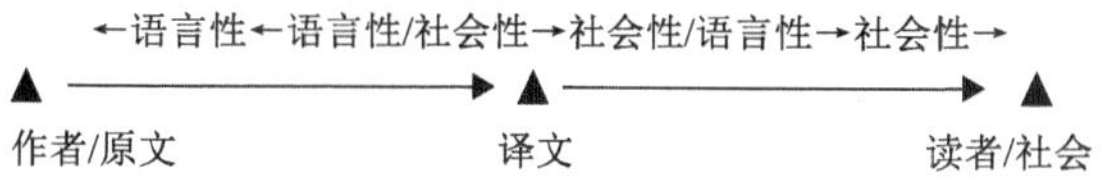

图 8-2 译者属性连续统

图 8-2 说明，翻译活动的总体趋向是译者从语言性一端向社会性一端滑动，即在译文连续统上表现为从“作者/原文”一端向“读者/社会”一端滑动，由此展现出译文或翻译的社会化的过程，原来用虚线和虚三角所表示的翻译活动的外围因素就变成了实线和实三角，译文连续统也相应表现为“语言性-社会性”的译者属性连续统。连续统思想呈现的是一种动态分类观，在译者行为连续统评价模式中，具体表现为“求真”与“务实”的度上面，两者是互为条件的，“求真”制约“务实”，“务实”总体上高于“求真”，两者在一定条件下可相互转换，“务实”是目标、态度、方法和效果。“求真”与“务实”分布在译者行为连续统的两端（周领顺，2014a：87）。

“求真”是面对原文而言的，“务实”则是针对读者/社会而言的，前者以求真度来衡量，后者则以务实度来评价，理性的译者总是居于原文要素和读者要素之间，其理性程度与文本平衡度决定着译者行为的合理度。合理度建立在求真度和务实度的基础之上，三者之间相互制约。连续统的渐变思想在译者行为评价上表现为文本求真度、效果务实度和译者行为合理度间的关系，具体如图 8-3 所示（周领顺，2014a：250）。

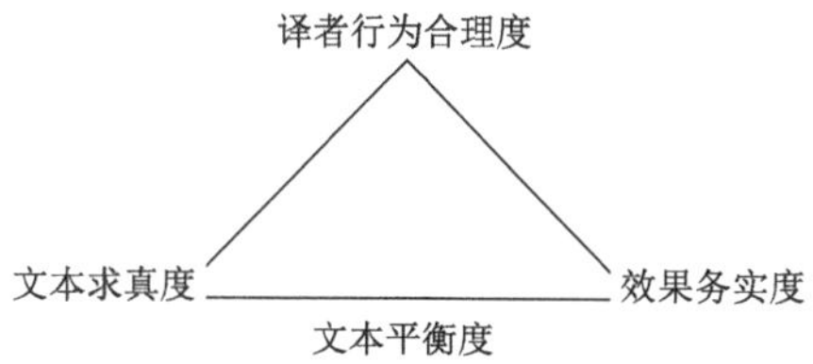

图 8-3 译者行为评价框架

基于上述译者行为连续统评价框架，周领顺建构了具体的译者行为评价标准，可以用表 8-1 来表示（周领顺，2014a：250）。

表 8-1 译者行为评价标准

三要素	译文		译者行为	主观评价
	①求真度	②务实度	③合理度	
量级（+/–）	+	+	+	最佳
	–	+	+	较佳
	+	+	–	较佳
	+	–	–	较次
	–	–	+	较次
	–	–	–	最次

本节对于王际真英译《柳毅传》的译者行为评价将以上述评价标准为参照，但分析以句子为基础。译文中所有的句子和段落都将从两个维度，即求真度、务实度来分析，从而判断其译者行为的合理度。

8.1.3 《柳毅传》英译本的求真度与务实度考察

在第五章的分析中我们已经提及，熊兵（2014）认为翻译策略可以分为异化与归化两大类，异化策略之下包含了四种主要翻译方法，分别为零翻译、音译、逐字翻译和直译。虽然这四种翻译方法各有不同，但都是以原文作者为导向的。归化策略之下的翻译方法也主要包含四种，分别为意译、仿译、改译和创译。以下，我们将按照这几种翻译方法来对《柳毅传》的王际真英译本中所使用的翻译方法进行分析，并总结其翻译策略，以此判断译本的求真度与务实度。

1. 逐字翻译

逐字翻译是指在不考虑两种语言在词汇、语法和语义方面的差异的情况下逐字翻译原文（熊兵，2014）。对于一些作为地点的宫殿名称的英译，王际真在大多数情况下采用了逐字翻译法，如将“凝光殿”翻译为 the Palace of Congealed Light，“凝碧宫”翻译为 the Palace of Frozen Blue，在这两个宫殿的名称中，都有相同的汉字“凝”。但其意思有所不同，“凝”一字的含义，既可以表示“聚集在一起”，也可以指气体变成液体或液体变成固体。因此，“凝光殿”中的“凝”用了 Congealed，表示光线聚集在一些，而“凝碧宫”的“凝”则译为 Frozen，指绿色深，好像“由于极度寒冷而变成冰的固体的液体”。虽然这两个地名都使用了逐字翻译法，但王际真在选择“凝”字的英译时，还是考虑到了这一个字在两个不同地名中的不同含义。对于其他地名的英译，王际真同样采用了逐字翻译法。这一翻译方法属于异化翻译策略，表明译者更注重求真，既保留了异域风情，充分展现出了唐代浪漫文学故事的奥秘，也完整再现了原文的句子结构与语义，与此同时，也易于目的语读者接受。

2. 音译

在翻译一些人名和地名时，除了使用逐字翻译法外，王际真还使用了音译法。音译是指用另一种语言中具有相同或相似的发音的字符来表达一种语言的字符的翻译方法。音译通常用于翻译具有文化特色的名称和文化负载词。例如，王际真将地名“灵虚殿”翻译成 Ling Hsu Hall，将人名“薛嘏”翻译成 Hsueh Ku，“太阳道士”则译为 Taiyang Taoshih。这样的音译有效地保留了中国文化的神秘感和异域风情，从“求真”与“务实”的角度来看，其译文的求真度较高。

3. 直译

直译有两个特点：其一是在处理原文的词汇意义和修辞（如隐喻）时，译者不会转移原意。其二是在处理原文的词汇和语法结构的过程中，允许适当的更改或转换。直译法的第二个特点应与逐字翻译法区分开来，因为逐字翻译法不会改变单词的顺序。下面举例加以分析。

例 1. 原文本：……闻子之说，气血俱动，恨无毛羽，不能奋飞，是何可否之谓乎！

（鲁迅，1997：29）

王译本：Your story stirs my blood and agitates my breath; my only regret is that I do not have wings so that I can fly there at your bidding. It is not, therefore, a question of whether I would.

（Wang，1944b：36）

在例 1 中，王际真保留了原文中的“血”、“气”和“毛羽”的形象，同时更改了单词顺序和句子结构，虽然对原文的句子结构进行了适当改变，但保留了原文的词汇意义和修辞意义，译文恰当且流畅自然，求真度较高。

例 2. 原文本：谛视之，则人间珍宝，毕尽于此。柱以**白璧**，砌以**青玉**，床以**珊瑚**，帘以**水精**，雕**琉璃**于**翠楣**，饰**琥珀**于**虹栋**。奇秀深杳，不可殚言。

（鲁迅，1997：30）

王译本：Looking about him, he found in the hall all the things that the mortal world esteems. **The pillars were made of white jade and inlaid with emeralds; the couches were made of coral and the screens of crystal; the lintel was studded with the purest glass and the rainbow beams decorated with amber. It was a vast and unique place** that beggared description.

（Wang，1944b：37-38）

在例 2 中，王际真主要采用了直译的翻译方法，并保留了如加粗部分所示的原文中的所有文化元素。通过这样的翻译，目的语读者可以感受到中国文化的异域风情和魅力。在对原文“求真”的基础上，达到了译文对于目的语读者来说的“务实”。

4. 意译

与直译法不同，在处理词汇意义和修辞的翻译时，意译法可以改变原文的语言结构，但是需要将原文的主要意义表现出来。下面举例加以说明。

例 3. 原文本：然而恨贯肌骨，亦何能愧避，……

（鲁迅，1997：29）

王译本：...for though I must continue to bear the grievous wrong which I have suffered, it will afford me some measure of relief to unburden myself.

（Wang，1944b：35）

对于例 3，如果采用直译法，原文可以翻译为“But how can I be ashamed to shy away from it when the hate in my heart has penetrated through my flesh and bones?”，但王际真却采取了如上所示的意译，摒弃了原文的修辞，主要表达出了原文要表达的龙王女儿的怨恨。这种翻译方法属于归化翻译策略，有助于更流畅、更真实地再现原文的语义，偏向“务实”。

例 4. 原文本：毅怪视之，乃殊色也。然而蛾脸不舒，巾袖无光，凝听翔立，若有所伺。

（鲁迅，1997：29）

王译本：The circumstance struck Li as somewhat odd and he paused for a better look at her. She turned out to be of extraordinary beauty, though she was sad of mien and dressed in drab clothes, and she was looking about her intently as if expecting some one.

（Wang，1944b：35）

从例 4 的翻译中可以看出，王际真仍然是采取了意译法。"蛾"在汉语中意为"飞蛾"。飞蛾的眉毛又长又弯曲，所以"蛾眉"（新月眉）被用来比喻女人美丽的眉毛。"蛾脸不舒"是指该女子的眉毛微微皱起，表示龙王的女儿在伤心。为了便于目的语读者阅读和理解，王际真没有保留原文的形象，而是采取归化翻译策略将其意译为 sad of mien。同样，王际真也没有保留接下来的"巾袖无光"的形象。"巾袖无光"的字面意思是某人的衣服敝旧不华丽，以至于没有光泽。王际真对此也是进行了意译，将其译为 dressed in drab clothes，做这样的翻译处理主要是从目的语读者的理解程度来考虑的，强调译文的务实度。

5. 仿译

"仿译指译者不拘泥于原文的意义细节，更不拘泥于其词汇和句法结构，而是'把原文作为一个参照模式'，要么通过删减浓缩的减译方式只是译出其概义或要旨或关键信息（或者只是选择性地译出其某些信息），要么通过增添扩充的增译方式译出比原文更多的信息。"（熊兵，2014：86）

例 5. 原文本：又有一人，披紫裳，执青玉，貌耸神溢，立于君左。

（鲁迅，1997：32）

王译本：After a while the Lord of Tung T'ing returned, accompanied by another man in a purple robe and carrying a jade tablet. The stranger differed from the Lord of Tung T'ing only in that his features were more commanding and his manner more spirited.

（Wang，1944b：40）

在例 5 中，王际真对于原文的前半部基本上采取的是直译，即主要是根据原文的句子结构与内容来进行翻译的。但对于后半部分的“貌耸神溢，立于君左”的翻译，如果直译，可以译为“With an outstanding appearance and full of spirit, he stood on the left side.”。但王际真在翻译中却采取了仿译法，删减了“站在左边”的细节，而且补充了洞庭君和钱塘君在形象上的比较，以此突出钱塘君的高大英俊的外貌。这样翻译的目的是突出原文要表达的主题，易于目的语读者理解，也偏向“务实”。

例 6. 原文本：毅㧑退辞谢，俯仰唯唯。

（鲁迅，1997：32）

王译本：Still in awe of the terrible creature though he was now in a more benign form, Yi could only bow and profess his unworthiness.

（Wang，1944b：41）

在例 6 中，王际真同样使用了仿译法。原文中的“毅㧑退辞谢，俯仰唯唯。”可以译为：“Liu Yi humbly expressed that he could not afford the praise and just kept nodding respectfully.”。但王际真在译文中，补充了柳毅采取辞谢行为的原因，使情节更加合理，便于西方读者理解，同样也是为了实现译文的“务实”效果。

例 7. 原文本：语未毕，而大声忽发，天拆地裂，宫殿摆簸，云烟沸涌。俄有赤龙长千余尺，电目血舌，朱鳞火鬣，项掣金锁，锁牵玉柱，千雷万霆，激绕其身，霰雪雨雹，一时皆下。乃擘青天而飞去。

（鲁迅，1997：31）

王译本：Before the Dragon King had finished speaking, a terrific noise suddenly rent the heaven and earth and rocked the palace to its foundations. It was followed by the appearance of a red dragon of over a thousand feet long, its eyes flashing lightning and its mouth sprouting blood. Around its neck was a golden lock and attached to the lock was the jade pillar to which it had been chained. It was surrounded with the noise of thunder and darts of lighting bolts and in its wake followed sleet and snow, rain and hailstones. In a brief moment it had disappeared into the distant sky.

（Wang，1944b：39-40）

在例 7 中，王际真在翻译时，仍然采用了仿译法，在翻译原文中的多个名词性的四字格结构，如“电目血舌”和“朱鳞火鬣”时，增加了动词 flashing 和 sprouting。此外，对于原文的多个流水句，在翻译时，王际真增加了多个表示句际逻辑关系的连接词来对这些句子进行衔接，如 before 和多个 and。此外，还注意到了用过去完成时时态来表示动作发生的时间先后顺序。这些增添的仿译处理，有利于目的语读者理解原文的内容，同时也使得译文行文如流水、连贯通畅，再现了原文的语言风格，达到了既求真又务实的效果。

6. 创译

作为归化策略的一部分，创译是指“译者为达到某种特定的翻译目的（如满足译文接受者特定的需求），抛弃原文的意义和形式，创造性地对原文进行重新处理的翻译方法。‘创译’与‘改译’的区别在于，改译的译文虽与原文有异，但整体上与原文仍有某些关联；而创译的译文在意义和形式上与原文几乎已没多少关联”（熊兵：2014：86）。

例 8. 原文本：终以人事扼束，无由报谢。

（鲁迅，1997：35）

王译本：I could not help then wishing that things were otherwise.

（Wang，1944b：45）

例 8 的原文意味着受中国传统文化准则的约束，柳毅不能接受龙王女儿的爱，但西方文化与此有很大差异，如果直译，可能会造成误解。因此，王际真在翻译时，进行了再创造，采用英语的主谓结构句型，增加了主语“我”，并且使用了一个特殊的句型 could not help doing 来表达出了柳毅说这些话时的无奈之情。这种归化翻译策略体现了译者对目的语读者接受度的考虑，达到了务实的效果。

7. 改译

改译是将原句的结构改变，适当增减某些信息，“在真实场景的翻译中，有时为了达到某种特定的（不同于原作者的）翻译目的，或为了满足目标语读者某种特定的需求，可能会用到改译的方法”（熊兵，2014：86）。

例 9. 原文本：洞庭之阴果有社橘。遂易带向树，三击而止。俄有武夫出于波间，再拜请曰：“贵客将自何所至也？”毅不告其实，曰：“走谒大王耳。”武夫揭水止路，引毅以进。

（鲁迅，1997：30）

王译本：Presently, a man in warrior's clothes rose from the waves and asked him what he wished, and when Yo told him that he had come to see the Dragon King, the warrior opened a path in the water and bade Yi follow him.

（Wang，1944b：37）

在例 9 中，原文是一段对话，但王际真在翻译时，采取了改译法，将对话转化为了第三人称的间接叙述，这样的改变加快了故事主要情节的发展，也使得译文的行文更为简洁与流畅，便于目的语读者阅读与理解，达到了务实的效果。

8. 减译

“‘减译’指根据目的语的词法、句法、语义、修辞或文体的需要，或因受制于目的语的某些特定的文化规范，删减原文某些词、句或段落，以更简洁、顺畅地表达原作思想内容，或更好地实现特定的翻译目的。”（熊兵：2014：86）虽然熊兵在文中把它归为翻译技巧，我们在此还是把它归为翻译方法。

我们计算了对原文段落的删减情况。按照删除的汉字数量与总量的比例来计算，为判断段落翻译的求真度提供参考。将省略率低于 10%的定义为低度省略，省略率在 10%～30%为相对较高程度的省略，超过 30%的省略率为高度省略。具体统计情况见表 8-2。

表 8-2　原文段落在译文中的省略程度统计

段落	总字数/个	省略未译字数/个	百分比/%	省略程度
段落 1	741	64	8.64	低
段落 2	386	25	6.48	低
段落 3	480	8	1.67	低

续表

段落	总字数/个	省略未译字数/个	百分比/%	省略程度
段落 4	171	8	4.68	低
段落 5	484	57	11.7	相对较高
段落 6	563	538	95.56	高
段落 7	691	0	00.00	低
段落 8	1 110	424	38.20	高
段落 9	365	80	21.92	相对较高

原文共有 9 个段落，在翻译中，大约 44.44%的段落分别是高省略率和相对较高的省略率，大约 55.56%的段落为低省略率，省略程度低的段落被认为是求真度高；相反，省略率高于 10%的段落则被认为求真度低，但务实度高。但是表格中的数据需要与句子分析相结合才能对译文的求真与务实度进行较为客观全面的评价。

根据“求真—务实”译者行为连续统评价模式，所有段落均按三个要素进行评判，统计结果如表 8-3 所示。

表 8-3　译文对原文段落的求真度与务实度统计

段落	译文		译者行为	主观评价
	1.求真度	2.务实度	3.合理度	
段落 1	+	+	+	最佳
段落 2	+	+	+	最佳
段落 3	+	+	+	最佳
段落 4	+	+	+	最佳
段落 5	-	+	+	相对较佳
段落 6	-	+	+	相对较佳
段落 7	+	+	+	最佳
段落 8	-	+	+	相对较佳
段落 9	-	+	+	相对较佳

如表 8-2 和表 8-3 所示，在翻译中，第 1～4 段和第 7 段同时满足三个要素，

在译文和译者行为方面都表现为最佳。这些段落在翻译时情节变化不大，王际真保留了大部分的原文本的内容。

在第 6 段中，删减率上升到了 95.56%，这意味着原文第 6 段中的大部分内容都被删除。原文中的第 6 段描述的是洞庭君、钱塘君和柳毅在宴会中唱和的情节。原文想象宏伟，用词华丽，对于目的语读者来说，理解可能存在困难，所以译者几乎删减了整个段落。虽然本段翻译的求真度要低于务实度，但省略的原因可以理解，由此可以用来解释为什么本段落的翻译合理度为最佳。

原文第 5、6、8 和 9 段的译文的求真度均为负数，显示译文对原文的求真度不高。在对第 5 段的翻译中，译者删去了原段落中的很多细节，比如描述龙王的女儿走进来时的气氛以及柳毅的一些行为；对于原文的第 8 段，媒人介绍一个女孩给柳毅让其娶妻的内容在译文中也被删除，因为它们不会对主要情节产生太大的影响。此外，龙王的女儿承认自己的真正身份的情节也被省略，这一段的省略率达到 38.20%。因为龙王的女儿的故事对主要情节的影响不大，而它又破坏了整个传奇故事链条的完整性，因此王际真在译文中对此部分进行了删减，译文虽然求真度不高，但达到了更高的务实度。译文采用这种简明易懂的方式来简化故事，使西方读者更容易阅读与理解。原文的最后一段，即第 9 段的结尾包含大量的传道和布道的情节，也被王际真完全删除，这应该也是从译文的务实度来考虑的。

根据以上对原文与译文的分析，我们发现，《柳毅传》的王际真英译本中同时采用了归化与异化两种翻译策略。具体而言，异化策略之下具体采用了逐字翻译、音译和直译等翻译方法，偏向追求译文的求真度，而归化策略下采用了意译、仿译、创译、减译等翻译方法，偏向追求译文的务实度。从“求真—务实”译者行为连续统评价模式的统计中可以看出，王际真英译本的务实度要高于求真度。

8.1.4 译者行为原因探析

周领顺（2014a）认为，翻译研究的视角可分为两个层次：翻译内部研究和翻译外部研究。翻译内部研究由于主要与语言转换有关，因此也可以被称为语言内的研究。翻译外部研究是指外部因素对翻译的影响研究，它可以被称为语言外的研究。翻译的外部因素是翻译本身以外的因素，如翻译的历史、翻译的性质、翻译标准、翻译单位和意义群体的划分、文本选择、译者个人的翻译风格、接受群体和环境、翻译效果、历史和时代、美学、个人和群体的翻译目的等因素。以上具体译例的分析表明王际真在翻译中更注重译本的务实度，总体上来评价，译文的合理度较高。从翻译内外因素来阐述，主要原因有以下几点。

1. 社会环境

在《柳毅传》的英译中，王际真省略了原文的许多内容，省略部分高达原文内容的五分之二。正如王际真在《中国传统故事集》的序言中所阐述的那样，中国传统小说分为两个起源：一种是文人而写的文言小说；另一种是来源于街头说书的艺人所使用的话本底本。前者在语言上是精致的，这使得读者难以理解；后者由于听众是随便来随便走的，因此重复就可以使后面新来的听众了解前面情节的进展。这与西方小说的创作传统有很大差异。《柳毅传》属于第二类的传统小说，其中有大部分重复的内容。因此，我们不难理解，在翻译《柳毅传》时，他删掉了一些重复的细节，因为对目的语读者来说没有多大意义，如省略了洞庭君、钱塘君和柳毅在宴会上唱和的情节描写以及小说结尾具有说教色彩的评论语言等。

文化差异是造成大量省略的原因。中西文化差异大，使得翻译活动更加困难。在这种情况下，读者群是当时需要考虑的一个重要因素。王际真的删减适宜，翻译足够简洁地传达出原文的意义和感情。王际真在翻译包含文化信息的内容时，通常会考虑到读者的接受度，删去多余的内容，从而简化翻译内容。

2. 王际真的翻译目的

作为一位华裔翻译家，王际真致力于将中国文学带给西方世界。考虑到读者的接受程度，王际真努力保存了中国文化元素和特色。在分析王际真的翻译过程中，发现王际真的译者行为是在保持中国文化特色的前提下尽可能满足西方读者群的阅读需求，所以他的译文偏向务实。

3. 王际真的双语言与双文化能力

王际真幼年在中国长大，并进入清华学校学习，他精通中国语言与文化，因此，在翻译过程中，他能准确理解原文的内容与原文所要表达的主题思想，同时，作为在美国生活多年，并且长期执教于哥伦比亚大学中文系的教授，熟谙英语与美国文化，因此，这一语言内的因素也为王际真采取合适的翻译方法来进行翻译提供了良好条件。

综上，上述翻译内外因素促成了王际真在《柳毅传》的英译中偏向了务实的一端，从译文的效果而言，合理度较高。

8.2 《镜花缘》王际真英译本与林太乙英译本对比分析

8.2.1 《镜花缘》原文本及译文本简介

《镜花缘》是我国古典文学名著中的一部奇书，整部小说共有 100 回，主要描写了小说主人公唐敖一行人乘船在海外“女儿国”“君子国”等国游历的经历和武则天时期通过科举制度选才女的故事。小说在古代神话的基础上赋予了新的故事内容和社会含义，无论是叙事结构抑或是文学寓意都具有鲜明的特色。1965 年，林语堂先生的次女林太乙受联合国教科文组织的委托，将《镜花缘》翻译成英文 *Flowers in the Mirror*（以下简称林译本），是迄今为止最为完整的《镜花缘》英译本。此前，多部《镜花缘》的节译本早已出版和发行，其中最著名的节译本之一是王际真与安德鲁斯合译的《游历奇异之邦》（*A Voyage to Strange Land*）（以下简称王译本），收录于高克毅编辑出版的《中国幽默文选》一书中，于 1946 年在纽约出版。王译本的主要内容涵盖原著的第 7～12 回，在翻译策略和方法上和林译本不乏相通之处，但具有自身鲜明的特点。以下，我们将对比分析王译本与林译本在翻译策略与翻译方法上的异同，阐述其译者行为。

8.2.2 王译本和林译本的相同点

王译本和林译本在翻译策略和方法上有很多相通之处，主要体现在翻译过程中的删减、文化专有项的归化和异化翻译以及将对话描写改写为直接叙述等方面。下面举例进行具体分析。

1. 删减

例 1. 原文本：未生之前，林氏梦登五彩峭壁，醒来即生此女，所以取名小山。隔了两年，又生一子，就从姐姐小山之意，取名小峰。

（李汝珍，2005：21-22）

王译本：Just before her labors, the mother dreamed of climbing a colored cliff of unusual steepness; hence she named her baby Hsiao-shan, or Little Mountain.

（Kao，1946：162）

例 2. 原文本：……不意有位言官上了一本，言唐敖于弘道年间，曾在长安同徐敬业、骆宾王、魏思温、薛仲璋等结拜异姓弟兄，后来徐、骆诸人谋为不轨，唐敖虽不在内，但昔日既与叛逆结盟，究非安分之辈。

（李汝珍，2005：22）

王译本：But unexpectedly a censor submitted a memorial to the throne accusing him of having taken blood vows with the rebels who had previously conspired against the Empress.

（Kao，1946：163）

《镜花缘》原著共有 100 回，林译本将其进行结构和内容上的重组，删减至 31 回。王译本本身就是节译本，没有像林译本那样在保留主体内容的前提下进行大幅度压缩，但也不乏删减方法的采用。如例 1 中讲述的是主人公唐敖的两个孩子的出生和命名，原文包括其女小山和其子小峰，但在译文中王际真选择性地删减了与故事情节发展关系不大的人物小峰的信息，只保留了与原著后半部分的发展息息相关的百花仙子小山的信息。同理，在例 2 中，王际真删除了徐敬业、骆宾王等可能会对目的语读者的阅读造成困扰的历史人物，仅在译文中将其概述为 rebels，虽指代不明，但符合目的语读者的阅读期待，使其阅读更为自然流畅。

2. 文化专有项的归化和异化翻译

《镜花缘》可谓是一部中国文化的百科全书，其中涉及宗教、诗词歌舞、酒令、中医、科举制度等中国文化的诸多方面，在翻译过程中，王译本和林译本均兼顾了归化和异化两种翻译策略的运用。具体而言，两位译者一方面采用了异化翻译策略，尽力再现原文原汁原味的异域风情以向外推介中国文化；另一方面则秉承着对目的语读者负责的态度和立场，对于原文中部分体现中国历史现象和文化生活中特有的事物采用了归化翻译策略，将两种翻译策略结合具体语境进行相互融合，并行不悖地发挥各自的作用。

例 3. 原文本：从前好梦歹梦俱已做过，今看破红尘，意欲求仙访道，未卜此后何知，何不叩求神明指示？

（李汝珍，2005：23）

林译本：...I have dreamt the all during these fifty years of worldly life! But now I am finished with it all! I seek only the way of Tao. Why don't I ask the spirits what my future is to be?

（Lin，1965：557）

王译本：But what am I to do now in the middle years of my life? Should I abjure the red dust and go in search of the Tao and immortality, or does my destiny lie in some other direction? Perhaps the God of this temple will enlighten me.

（Kao，1946：164）

例 4. 原文本：话说这位唐秀才名敖，表字以亭，祖籍岭南循州海丰郡河源县。

（李汝珍，2005：21）

林译本：The Hsiu-tsai Tang was called Ao, and had the literary name of Yiting. His ancestors came from Hoyuan country in the district of Haifeng in Shunchow,...

（Lin，1965：554）

王译本：Her father was a hsiu-ts'ai, or bachelor of arts,…

（Kao，1946：162）

例 5. 原文本：谁知唐敖前去赴试，虽然连捷中了探花，不意有位言官上了一本，言唐敖于弘道年间，曾在长安同徐敬业、骆宾王、魏思温、薛仲璋等结拜异姓弟兄，……

（李汝珍，2005：22）

林译本：This time when Tang Ao went to the capital, he won the rank of *Tan-hua* in the Imperial Examinations. Unfortunately, one of the advisers submitted a report concerning Tang Ao as follows: 'During the reign of Tang Kao-tsung, Tang Ao became the sworn brother of the rebels Hsu Ching-yeh, Lo Pin-wang, Wei Tsewen, Hsueh Chungchang, etc.'

（Lin，1965：556）

王译本：Meantime Tang Ao had passed the imperial examinations and won second place, which put him in line for official preferment. But unexpectedly a censor submitted a memorial to the throne accusing him of having taken blood vows with the rebels who had previously conspired against the Empress.

（Kao，1946：163）

《镜花缘》具有浓郁的道教文化色彩，因此原著中有关中国道教文化的内容非常丰富。如例 3 中的“红尘”指的是“这个世间纷纷攘攘的世俗生活”，其中的颜色词“红”并不是颜色词本身的指称意义，而是带有隐含的宗教文化内涵。例 3 中林译本删减了颜色词，采用了归化翻译策略，将其意译为 worldly life，通俗易懂；王译本则采用了异化翻译策略，保留了颜色词“红”，将其直译为 red dust，在语言形式上实现了对等，但有可能造成目的语读者理解上的困惑，但在一定程度上来看，似乎更利于中国宗教文化的推介。此外，王译本同时又采用了归化翻译策略，将“神明”翻译成基督教色彩浓厚的 God，对英语读者而言，译文更易于理解和接受，但原文中的信道教之人也随之变成了基督教徒，抹杀了道教和基督教之间的不同宗教背景和深层次的文化差异。林译本将其翻译为 spirits，似乎更忠实于原文所蕴含的深厚的文化底蕴，使目的语读者能领略到中国传统宗教文化的魅力。此外，关于“道”的翻译，王译本和林译本的做法基本一致，都采用了音译，将其译为 Tao。

《镜花缘》中关于科举制度的文化专有项也不胜枚举，如“秀才”、“探花”和“青衫”等。林译本中有关科举制度的表达基本上采用的是音译，而王译本中既有音译也有意译，译者将归化和异化翻译策略根据语境自然融合起来。如例 4 中的“秀才”在王译本和林译本中均被音译，不同的是王译本是音译加注，其文内注 bachelor of arts 通过这样的意译补充说明了在中国科举制度下秀才的真正身份，以保证目的语读者阅读的流畅性和趣味性，同时便于目的语读者理解。林译本则是通过添加尾注的方式来进行解释和文化补缀。例 5 中“探花”的英译则有所不同，王译本和林译本分别采用了归化翻译策略和异化翻译策略，将其译为 second place 和 Tan-hua。

从“秀才”一词的音译加注和“探花”一词的意译中，我们不难发现王译本在科举制度文化专有项的翻译中似乎更倾向于归化翻译，但译本中异化翻译的例子也颇为多见，如王译本将“冷货”、“满月”、“小吃”和“热炒”等分别直译为 cold goods、the Full Month、little eats 和 hot fries。相对于林译本而言，王译本中直译最明显的地方主要表现在成语的翻译上。

例 6. 原文本：“今处士既未立功，又未立言，而又无善可立，一无根基，忽要求仙，岂非缘木求鱼，枉自费力么？”

（李汝珍，2005：23）

林译本：“Now you have not made any moral preparations for Tao. Yet you seek it. Is this not asking the impossible?”

（Lin，1965：558）

王译本：“...For you who have accomplished none of these things to go in search of immortality is like a man climbing a tree to catch fish.”

（Kao，1946：164）

例 7. 原文本：林之洋道：“俺因连年多病，不曾出门。近来喜得身子强壮，贩些零星货物，到外洋碰碰财运，强如在家坐吃山空，这是俺的旧营生，少不得又要吃些辛苦。”

（李汝珍，2005：25）

林译本：“I am just about to take a shipload of merchandise overseas,” said Lin. “I have been ill for some time, and now that I am somewhat better, I must make a living again to support my family.”

（Lin，1965：561）

王译本：“Yes,” said Lin. “Because of illness I have not been able to make a voyage for several years; but now that I am well I feel that I cannot stay at home any longer doing nothing. Seafaring is a hard life, but it is my profession. Besides, you know the saying: ‘Even the resources of an entire mountain cannot support one who only sits and eats.’ ”

（Kao，1946：166）

由于中西文化和中英语言的差异，成语的翻译并非易事。林译本中的成语大多省略不译，抑或意译以保障阅读的流畅性，但不同的是王译本中的成语都没有省略，而且几乎都是直译的。如例 6 中的“缘木求鱼”，意思是“做某事就像爬到树上找鱼一样，比喻方向和方法不对”，林译本将其意译为 asking the impossible，简单明了，通俗易懂。但王译本将其直译为 climbing a tree to catch fish，译者力求保留该成语中的文化意象，尽力把原著中的成语原汁原味地再现在目的语读者面前，以引起其阅读兴趣，既保障译本的文学性和艺术性，也更利于中国文化的海外传播。同样，例 7 中的“坐吃山空”在林译本中是意译，而王译本则采用直译，更形象生动。

总体而言，王译本在文化专有项和成语的翻译中基本同时兼顾了异化和归化翻译策略，既尽力向西方世界推介原汁原味的中国文化，同时又心系读者，尽量减少在阅读过程中潜在的障碍和因文化缺省带来的困扰。

3. 改对话描写为直接叙述

《镜花缘》中也有很多人物之间的对话描写，但林太乙将机械式的一问一答且仅用于推动事情发展的对话进行了改写，将它们压缩成直接描写，从而避免累赘，使译文较之原著更简洁明快，充分体现了译者崇尚简洁的文学翻译观。这种改对话为直接叙述的译例在王译本中也多有出现。

例 8. 原文本：因同唐敖打躬告别。吴氏弟兄忙还礼道：“蒙二位大贤光降，不意国主就临敝宅，不能屈留大驾，殊觉抱歉。倘大贤尚有耽搁，愚弟兄俟送过国主，再至宝舟奉拜。”

（李汝珍，2005：48-49）

王译本：They rose to take their leave and the Wu brothers expressed their regret and begged to be allowed to pay a return call at their ship as soon as the King had gone.

（Kao，1946：188）

例 9. 原文本：女子道：“侄女天朝人氏，姓骆，名红蕖。父亲曾任长安主簿，后降临海丞，因同敬业伯伯获罪，不知去向。官差缉捕家属，母亲无处存身，同祖父带了侄女逃至海外，在此枯庙中敷衍度日。此山向无人烟，尚可存身。不意去年大虫赶逐野兽，将住房压倒，母亲肢体折伤，疼痛而死。侄女立誓杀尽此山之虎，替母亲报仇。适用药箭射死大虫，取了虎心，正要回去祭母，不想得遇伯伯。侄女常闻祖父说伯伯与父亲向来结拜，所以才敢如此相称。”

（李汝珍，2005：35）

王译本：It turned out that the girl was the daughter of Lo Pin-wang, one of the leaders in the rebellion against the Empress, and a sworn brother of Tang Ao. After the failure of the rebellion he had disappeared, while his aged father had escaped the country, taking his granddaughter and her mother. Eventually they had come to these mountains and established themselves in a deserted ancient temple where they were able to live in seclusion and safety. But the year before their house had been wrecked by a stampede of wild animals caused by a tiger, and her mother was mortally wounded in the wreckage. “That is why I vowed to exterminate the tigers in these mountains,” the girl concluded. “I am taking the tiger's heart as an offering to my mother's spirit.”

（Kao，1946：177）

例 8 和例 9 的原文都是以对话的形式呈现的，其中例 8 多用“蒙”“敝”“屈留大驾”等谦辞，表述较为复杂但又没有太多实际意义，因此王际真删减了这些冗长的表达，将其改为直接叙述，以突出对话中的重点信息，直截了当地表达吴氏兄弟的歉意，简洁明了，更符合目的语读者的阅读习惯。例 9 讲述的是骆宾王因叛乱未成功，举家逃离海外的历史故事，内容冗长，人物关系复杂，王际真充分发挥其主体性，将主体内容改为直接叙述，只保留部分对话，不仅清晰地再现原文的信息，让目的语读者知晓海外逃离的前因后果，而且以文内注的形式补充说明了故事主人公唐敖和骆宾王之间的关系为 a sworn brother，减少了目的语读者在阅读过程中的潜在的障碍，确保了阅读的流畅性和趣味性。

8.2.3 王译本和林译本的不同点

王译本是节译本，而林太乙的《镜花缘》是迄今为止最为完整的英译本，两个译本虽然有以上诸多相同或相通之处，但各有自身鲜明的特色和不同之处，除内容删减幅度不同之外，还主要表现为王译本中鲜明的文前按语的添加和林译本中大量的注释补缀，如文内注和尾注等。

1. 王译本中文前按语的添加

王译本和林译本一个显著的区别在于文前按语的使用，王译本进行了文前按语的添加即在每回译文正文前以固定的句式“in which...”自行添加评注部分，主要是对该回主要内容的归纳与总结，也适当补充部分解释性或评论性文字。如王译本中第 1 回前的按语“In which a bachelor of arts passed his examinations but did not get his degree, and the God of Dreams pointed out the way but did not reveal the goal”和第 2 回前的按语“In which it is shown how one can fly by eating the right kind of grass, or acquire literary taste by taking the proper kind of herb”就分别是对原著第 7 回和第 8 回的主要内容的概述和提纲挈领的总结，而第 3 回前的按语“In which it is proven that a beast may be almost human, and that a man may be no different from a beast”和第 5 回前的按语“In which it is shown that forms of barbarism may prevail in a civilized state and that superstitions can plague an enlightened people”则是译者基于原著第 9 回和第 12 回的主要内容自行添加的评论性按语。总体而言，这些按语结构工整，不管是对章节内容的总结还是评论，都简明扼要，而且以和正文不同的斜体格式呈现，一目了然，非常有助于目的语读者对译文的理解和接受，既体现出翻译过程中译者主体性的发挥，又充分体现了译者对目的语读者的关照。

2. 林译本中的文内注和尾注补缀

不同于王译本，《镜花缘》的林译本呈现出鲜明的深度翻译的特征。深度翻译（thick translation）即通过注释（annotation）和伴随的注解（accompanying gloss）等方法将翻译文本置于丰富的语言和文化环境（locate the text in a rich cultural and linguistic context）中，使源语的文化特征得以保留，以促进目的语读者对他者文化给予更充分的理解和更深切的尊重（Appiah，2000）。林译本中的深度翻译方法主要体现在文内注和大量尾注的添加和文化补缀上，其中文内注主要是历史文化背景信息的添加、文化专有项的解释性添加和逻辑衔接性添加等。文化专有项的解释是林译本注释中比例最大的一部分，在约 61 条文内注中解释性添加就高达 27 条，占所有文内注的 44%，如“大禹”在音译 Ta Yu 的基础上添加文内注 a legendary Emperor 补充说明，“刘昫”在音译 Liu Chu 的同时添加 who wrote the Old History of the Tang Dynasty 进行文内注补缀等。

非常值得一提的是，林译本中有大量尾注的添加和文化补缀。林译本的尾注共计 80 条目，译本共 31 回，尾注就涉及 27 回，比例高达 87%，大致包括专有名词、宗教文化词语、科举制度以及社会习俗等。大量尾注的添加不仅能为目的语读者答疑解惑，而且因为不受空间限制，注释的内容更丰富和完整。如关于中国神话人物“西王母”的尾注共 188 个单词，西王母的人面、豹尾、虎牙且善啸的形象跃然纸上，栩栩如生。这些尾注不仅是语言层面的补缀，而且在很大程度上拓展和丰富了源语文本的文化信息，更有利于源语文化在西方世界的交流与传播，对懂英语的中国读者也会有一定的启发。

8.2.4 两个译本异同点归因分析

从上述王译本和林译本的对比分析中，我们不难看出王译本和林译本在翻译策略和翻译方法的采用上有很多相同之处，这些翻译策略与翻译方法的取舍和译者的文化身份是息息相关的。与林太乙一样，王际真也是典型的华裔离散译者，多年旅居海外的经历不仅赋予了他丰富的文化体验，更锻造了他娴熟的英汉语言功底，因此在翻译过程中，王际真充分发挥其双语、双文化的优势，改对话为直接叙述，添加连接上下文的段落使译文更简洁明了，更符合目的语读者的审美和阅读期待以保障目的语读者阅读的流畅性和趣味性，既体现出译者在翻译活动中的主体性，同时又体现出译者鲜明的读者立场和对目的语读者的责任感。此外，在文化专有项的翻译中，译者兼顾归化和异化翻译策略，在确保译文可读性的前提下，通过音译、音译加注、直译等方法将原汁原味的中国文化呈现在西方读者面前，倾心推介中国文化，成功扮演了一个中国文学文化传播者的角色，因此王际真不仅是著名的翻译家，更是一位文化使者。

但王译本是节译本，收录于高克毅编辑出版的《中国幽默文选》一书，由于空间的限制，译者不可能像林太乙那样进行大量深度翻译方法上的文化补缀以拓展源语文本的文化信息，但译者在每部分前面简明扼要地进行按语的添加和补充也同样在很大程度上提高了译本的可读性，保证了目的语读者阅读的流畅性，体现出译者对目的语读者的充分关注。

8.3 本章小结

本章主要分析了王际真对两部中国古代经典的英译。其一为《柳毅传》，通过借助“求真—务实”译者行为连续统评价模式，同时基于量化的分析，我们发现王际真对《柳毅传》的英译，更多偏向务实，旨在满足目的语读者的阅读需求。对于《镜花缘》的英译，我们比较了王译本与林译本，发现在翻译过程中，两个译本都对原文内容进行了删减；在对文化专有项的翻译中，两位译者均兼顾了归化翻译策略和异化翻译策略。林太乙虽然在翻译时删减了原文的一些内容与情节，但从总体上看，林译本还是属于全译本，因为它完整保留了原小说的主要情节与内容，此外，林译本中也添加了大量的尾注来进行文化补缀，可以说林译本兼顾了“求真”与“务实”。王际真译本是节译本，为了方便目的语读者了解章回前后的故事情节与内容，译者在每部分前面简明扼要地进行按语的添加和补充，在很大程度上提高了译本的可读性，保证了目的语读者阅读的流畅性，体现出译本的务实度。

通过对王际真上述两篇代表性译本的分析，我们发现，王际真在翻译中国古典小说时，既尽可能地对原文求真，也充分考虑到了目的语读者的阅读能力与阅读需求，体现出务实性。但总体上看，王际真的这两个译本偏向务实，务实度高于求真度，结合当时的语境，王际真的译者行为表现出较高的合理度。

第9章

王际真英译陈若曦小说之译者行为阐释

王际真在生活的后期还翻译了中国台湾女作家陈若曦的小说。本章主要选择了王际真英译的陈若曦的两部短篇小说《丁云》和《地道》，从不同视角对其翻译进行分析，探讨译者行为及其成因。

9.1 语义翻译与交际翻译视角下《丁云》中文化负载词英译分析

9.1.1 《丁云》简介

《丁云》的作者陈若曦，本名为陈秀美，台湾省台北市人。台湾大学毕业后赴美国留学，专业为英美文学，1960年与白先勇、王文兴等创办了《现代文学》杂志，以写实小说闻名于文坛。1966年，陈若曦为了追求心中的社会主义，毅然和丈夫一起来到祖国大陆生活了七年。其间她在南京的华东水利学院任教，经历了“文化大革命”；1974年移居到加拿大，1979年又移居到美国，担任《远东时报》（*The Far Eastern Review*）的主编，并于1989年创建了海外华文女作家协会，1995年又返回台湾定居，现任台湾专栏作家协会副理事长。她曾获得中山文艺奖和联合报小说特别奖等。她创作了短篇小说集《尹县长》和《完美丈夫的秘密》等，长篇小说集《突围》和《远见》等，以及散文集《草原行》和《生活随笔》等，并撰写有自传《坚持·无悔——陈若曦七十自述》。

《丁云》是陈若曦在1976～1978年发表的短篇小说之一，随后被收录于1978年4月由台湾联经出版事业公司出版的《老人》一书。《丁云》以第一人称为叙述手法，讲述了“我”的好友丁云的人生故事。在“文化大革命”期间，丁云作为知青到黑龙江插队。因为无法适应农村的艰苦条件，丁云选择嫁给一个自己并不爱的男人，以便能回到城市，获得更加舒适的生活。她的父母和兄弟也因为这门婚姻受到了更好的照顾和优待。丁云对生活予以妥协，靠出卖自己的婚姻和爱情得到优厚的生活条件。陈若曦以丁云的人生际遇为例，展现了在“文化大革命”时期的特殊背景下，个体对命运把握的无力感与挫败感。

9.1.2　《丁云》中文化负载词的类别

文化负载词反映了每个民族的社会、历史、地理和宗教特征，反映了国家独特的文化背景。在此，我们仍旧沿袭第五章中对文化负载词的定义与分类，对《丁云》中的文化负载词进行甄别与分类，统计结果如表 9-1 所示。

表 9-1　《丁云》中文化负载词的分类与所占比例

文化负载词的分类	例子							个数/个	占比/%
生态文化	玄武湖	昆明湖	大明湖	三夏	农忙	秋收	丰年	7	13.0
物质文化	泰康饼干	北京蜜饯和天津蜜栗	什锦糖	六和塔	黄岩蜜桔	中华香烟	楼外楼	7	13.0
社会文化	红卫兵	大字报	摇笔杆	大队	迎春笑	圣旨	上工	37	68.5
	右派	战斗组	社员	户口	下乡	高升	常委		
	红太阳	样板戏	高干	拜年	军眷	总务处	探亲假		
	媒妁之言	革命串联	革命火种	文化革命	知识青年	后勤组织	新人口论		
	解放军部队	反右运动	插队落户	计划生育	公社供销社	反动学术权威	敲锣打鼓庆丰收		
	革命加生产是解决中国人口问题	照顾老知识分子							
宗教文化	取经							1	1.9
语言文化	鸡犬都升了天	将门虎子						2	3.7
总计								54	100

经统计，《丁云》中文化负载词的分类如表 9-1 所示。其中，社会文化负载

词有 37 个，占比 68.5%；生态文化负载词和物质文化负载词均为 7 个，占比均为 13.0%；语言文化负载词共 2 个，占比 3.7%；宗教文化负载词 1 个，占比 1.9%。

9.1.3 《丁云》中的文化负载词英译分析

1. 语义翻译与交际翻译

纽马克在其著作中提出了语义翻译和交际翻译的概念（Newmark，2001）。纽马克认为语义翻译应尽可能地接近目标语的语义和句法结构，从而传递原文确切的语境意义；交际翻译非常重视读者的体验，翻译应该服务于读者的思维，为读者提供与原文读者相同的感受。语义翻译与交际翻译有着本质的区别，但二者之间的差异性是相对的。在翻译实践中，译者往往选择交替使用这两种翻译方法来达到最佳的翻译效果。语义翻译和交际翻译不是对立的，而是相互联系和密切相关的。

根据收集到的数据，我们发现王际真在《丁云》的英译中使用语义翻译与交际翻译的具体情况如表 9-2 所示。

表 9-2 《丁云》中文化负载词的翻译方法统计

翻译方法	出现次数/次	占比/%
语义翻译	23	42.6
交际翻译	27	50.0
语义翻译与交际翻译结合使用	4	7.4
总计	54	100

如表 9-2 所示，对于文化负载词的翻译可以分为三类。数据显示，交际翻译的应用占比 50%，在《丁云》的英译中起着最重要的作用，同时，语义翻译的应用占比 42.6%，交际翻译与语义翻译两者相结合的翻译方法占比 7.4%。下面我们对《丁云》中的文化负载词进行具体分析。

2. 《丁云》中文化负载词的语义翻译

纽马克认为，语义翻译应该忠实于作者，准确地表达原文的意思。它应该尽可能地接近原文的语义和句法结构，从而充分表达出语境的意义。从表 9-2 中我们可以看出，对于《丁云》中文化负载词的英译，语义翻译占了 42.6%。下面举例加以分析。

例 1. 原文本：我这才发现墙角的五斗橱上堆满了琳琅满目的食品：有罐装的泰康饼干和花花绿绿的什锦糖果：……

（Kao，1980：189）

王译本：I discovered then the goodies that were piled up on top of the sideboard at one corner of the room: "T'ai-k'ang" biscuits in tins and assorted candies in colorful wrappings, ...

（Kao，1980：135）

例 2. 原文本：丁伯伯刚和小凤逛六和塔去了，坐坐！新新。

（Kao，1980：188）

王译本：Uncle Ting and Hsiao Feng have gone to the Liu Ho Pagoda. Do sit down, Hsin Hsin.

（Kao，1980：134）

这两个例子是王际真对物质文化负载词的翻译，他采用音译和直译相结合的方法。"泰康饼干"、"什锦糖果"和"六和塔"都属于物质文化负载词，无论是对"泰康饼干"等食物，还是对"六和塔"等地名的翻译，王际真都采用了语义翻译，分别译为"T'ai-k'ang" biscuits、assorted candies in colorful wrappings 和 Liu Ho Pagoda，原文中的这些物质文化负载词都是固定的名称，这样翻译，目的语读者从字面上就能很容易地理解它们所表达的意义；相反，如果对这些词进行额外解释，很可能会造成不必要的误会。

此外，王际真也将语义翻译用在了一些社会文化负载词的翻译上。《丁云》的写作背景是"文化大革命"这一中国历史上较为特殊的时期，因此社会文化负载词在这部短篇小说中被频繁使用。这些词语中有许多是由于政治运动而形成的，其使用时间也限定在"文化大革命"这一特定历史时期，这些文化负载词具有鲜明的时代特征。

例 3. 原文本：怎么说她都比我们本事大，有一次居然给我们这个战斗组争取了一次北上参加"革命串联"的机会。

（Kao，1980：190）

王译本：But in spite of everything she was more capable than any of us. Once she was able to win for our group the opportunity to go up north for "revolutionary exchanges"...

（Kao，1980：137）

例 4. 原文本：……更别说到外校"取经"或"点燃革命火种"的任务了。

（Kao，1980：190）

王译本：...to say nothing of bringing back revolutionary messages from other schools or lighting the fire of revolution anywhere.

（Kao，1980：137）

例 3、例 4 两个例子是"文化大革命"时期，"我"与丁云等人参加北京或各地学生互相之间交流革命经验的活动。其中，"革命火种"指代学生们在该过程中学习到的思想。王际真在此处将其直译为 the fire of revolution，使得目的语读者易于理解。在对这两个专属于"文化大革命"时期的社会文化负载词进行翻译时，王际真都采取了语义翻译的策略，忠实地表达出原文的意思，让目的语读者领会原文作者的意图。

以下再举一例进一步说明。

例 5. 原文本：这都是党对丁伯伯的照顾，落实毛主席"照顾老知识分子"的政策。

（Kao，1980：189）

王译本：This was done by the Party in accordance with Chairman Mao's policy of taking care of aged intellectuals.

（Kao，1980：135）

例 5 是有关政策类词语的翻译，它们也归属于社会文化负载词。例 5 中的"照顾老知识分子"是当时中国共产党推行的政策，正因如此，丁云一家才得以乔迁新居。在对政策的翻译中，译者应该充分认识到政策的含义及其在当时所起的作用。由于政策类术语的特殊性，王际真在翻译过程中高度重视语境，对它们采取逐字翻译的方法，将其译为 taking care of aged intellectuals，目的语读者从这些字面翻译中，应该能够理解这些社会文化负载词的意义。

在翻译一些有关传统习俗的社会文化负载词时，王际真也运用了语义翻译。下面举例加以说明。

例 6. 原文本：叫我和弟弟一块儿去走走，顺便给老一辈的拜年。

（Kao，1980：187）

王译本：Besides, we should present ourselves to the older generation and offer them our New Year greetings.

（Kao，1980：133）

在例 6 中，“我”应父母的要求，前往丁云家拜年。“拜年”是中国民间的传统习俗，是人们在春节期间向长者恭贺新年，表达美好祝愿的一种方式。在例 6 中，为了帮助目的语读者更好地了解中国文化，王际真使用了语义翻译，忠实于原文，将其翻译为 New Year greetings，再现了原文中的词语所表达的意义。

语义翻译的目的在于在目的语的语义和句法结构允许的范围内，准确地表达原文的语境意义。在《丁云》的英译中，语义翻译主要表现在对物质文化负载词和社会文化负载词的翻译上。下面我们再来分析其他两种翻译方法的使用情况。

3. 《丁云》中文化负载词的交际翻译

与语义翻译不同，交际翻译的重点是根据目的语、文化和语用方式来传递信息。交际翻译重视目的语读者的阅读体验，其内容应以目的语读者的接受和理解为基础。对《丁云》中文化负载词的英译情况进行统计，交际翻译占比 50%。下面举例加以说明。

例 7. 原文本：我被同学拉去参加了“迎春笑”战斗组。

（Kao，1980：190）

王译本：I was drafted into a group known as "Joyous Spring".

（Kao，1980：137）

从例 7 可见，在处理文化内涵丰富、直译难度大的文化负载词时，王际真通常会省略这些词，以避免用太多的篇幅来解释与文本主题关系不密切的词语。例 7 中的社会文化负载词“战斗组”指的是“文化大革命”时期的革命组织，人们在该组织中进行革命战斗。面对这个文化负载词，王际真采用了省译的翻译策略。因为这些文化负载词省去不译，不会影响目的语读者对原小说的主题意义的理解。

除此之外，在翻译一些物质文化负载词，如地方特产时，王际真也会选择交际翻译的方法，以便于目的语读者理解。下面再举例加以说明。

例 8. 原文本：……北京蜜饯和天津蜜栗的纸盒叠在一起；……

（Kao，1980：189）

王译本：...boxes of candied fruits from Peking and Tientsin,...

（Kao，1980：135）

例 9. 原文本：……黄岩蜜桔堆得像座塔；……

（Kao，1980：189）

王译本：...oranges arranged in the form of a pyramid,...

（Kao，1980：135）

在例 8、例 9 两个例子中，丁云的母亲在家里拿出食物来招待“我”。其中提到的“北京蜜饯”“天津蜜栗”“黄岩蜜桔”等食物都是各地特产。王际真没有逐字翻译它们，而是进行了概括处理。将“蜜饯”与“蜜栗”概括译为 candied fruits，同时将“黄岩蜜桔”中的“黄岩”这一产地也省去未译。因为仔细解释这些词对整个语境的理解没有帮助，所以王际真选择将其一笔带过。

交际翻译还用在了一些生态文化负载词的翻译中。见下面几例。

例 10. 原文本：玄武湖、大明湖、昆明湖……名胜所在，无不留下我们的足迹。

（Kao，1980：190）

王译本：Five of us girls were able to visit several cities—Nanking, Tsinan and Peking—and enjoy their famous sights.

（Kao，1980：137）

在例 10 中，原文中所提到的“玄武湖、大明湖、昆明湖”等都是中国各地的风景名胜，属于生态文化负载词。在翻译这些词时，王际真用城市名来指代位于这些城市的景点。他可能考虑到如果直接翻译这些湖泊的名字，不熟悉中国的西方读者可能会对这些地名感到困惑，用这些景点所在的城市名来进行翻译，有些去过这些城市或者对这些城市名比较熟悉的目的语读者应该容易理解。

此外，交际翻译也用在了习语这一语言文化负载词的翻译上。对于习语的翻译，译者必须熟知中华传统文化，才能准确表达其隐含的意义，并将其传递给目的语读者。因此，在这种情况下，使用交际翻译比较合适。

例 11. 原文本：一人得道，鸡犬都升了天！

（Kao，1980：193）

王译本：省略未译

例 11 原文中的用语属于语言文化负载词，其中的“一人得道，鸡犬都升了天”源自成语“一人得道，鸡犬升天”，比喻一个人做了官，和他有关系的人也都跟着得了势。结合原文本的语境，丁云一家的邻居抱怨当时的风气，认为丁云的弟弟得到晋升，是凭借姐姐的功劳。王际真在翻译时予以省略。因为原文作者在前文中已经点明是丁云的婚姻使得整个家庭过上了更好的生活。译者无须重复翻译来增加目的语读者的阅读负担。同时，可以发现，王际真更喜欢用交际翻译来处理习语。因为它不仅可以帮助目的语读者理解原文，而且可以给译者更多的修改或润色原文的自由。

王际真也使用了交际翻译来处理原文中的社会文化负载词。

例 12. 原文本：去前并没通知她，找到她住的社员家时，已经是黄昏。

（Kao，1980：192）

王译本：We did not notify her in advance of our coming. It was late in the afternoon when we arrived at the home of the peasant she was living with and found that she was still out in the fields.

（Kao，1980：139）

例 13. 原文本：耀武在上海工作，但是上海的户口极难进入，就先把丁云设法调回杭州。

（Kao，1980：191）

王译本：Yao-wu worked in Shanghai, where it was extremely difficult for people from elsewhere to establish residence. So it was arranged for Ting Yun to be transferred to Hangchou for the time being.

（Kao，1980：138）

在例 12 和例 13 中，原文中的“社员”和“户口”都属于社会文化负载词。它们具有强烈的中国特色，是与当时社会现实紧密相关的词语。在例 12 中，为了便于目的语读者理解，王际真直接将“社员”一词翻译成 peasant（农民）。这种处理方式似乎有些过于简单。但是，如果仔细思考，“农民”一词符合当时对这类人群的定义。此外，在例 13 中，“户口”一词也具有鲜明的中国特色。在以英美为代表的西方社会中，没有明确的户籍制度的概念。因此，西方读者可能很难接受这一观点。在这种前提下，王际真对这一词汇没有作出过多解释。相反，他用 residence 一词来进行概括性翻译。因为在西方世界，人口是根据其居住地，而不是出生地来计算的。这样的翻译有助于西方读者理解原文所要表达的意义。

此外，原文中还使用了很多农业术语，属于生态文化负载词，它们承载着中华民族的智慧，是中华大地特殊地理气候的产物。因此，在翻译时不仅要完整传达它们的含义，而且要使西方读者能够理解。

例 14. 原文本：正是三夏的农忙季节，公社里仍是准假让她回来。

（Kao，1980：191）

王译本：Ting Yun got her leave, though it was then in the midst of summer, a busy time in the commune.

（Kao，1980：138）

在例 14 中，原文作者陈若曦提到了“三夏”这一农业术语，这对西方读者来说可能感到很陌生。“三夏”是中国最重要的农业活动之一，时间一般是从每年 5 月下旬开始，一直持续到 6 月中旬。随着时间的推移，上一年秋季种植的小麦、油菜成熟，需要及时收割入库，而最关键的农作物水稻则需要在此时种植。在这里，如果译者花太多的时间来解释这个词的意义，不仅无益于译文质量的提升，还会影响整篇文章的连贯性。因此，王际真仅直接指出“三夏”所处的时间而没有作其他额外解释。

此外，为了保证译文的连贯性，王际真还通过增补的翻译方法来解释原文中的文化负载词，以便于西方读者获得与原文读者相同的感受。下面举几例说明。

例 15. 原文本：“迎春笑”是个后勤组织。

（Kao，1980：190）

王译本：..."Joyous Spring", a second string of Red Guards responsible for such menial chores...

（Kao，1980：137）

在例 15 中，丁云和“我”加入的“迎春笑”组织是负责后勤工作的。她们对前方的工作进行保障。在此处，王际真点明了这项任务的要求以及她们的工作重点。通过补充说明，译者为目的语读者理解原文提供了帮助。

同时，《丁云》中的许多社会文化负载词都与“文化大革命”时期的“公社”文化相关，它们都是当时社会环境下的产物。“公社”是“文化大革命”时期社会主义组织的基层单位，丁云等人下乡后就在“公社”中进行劳作和食品的分配。

例 16. 原文本：……先后去了黑龙江插队落户。

（Kao，1980：188）

王译本：We were sent one after another to Heilungkiang to settle in the communes.

（Kao，1980：133）

例 17. 原文本：正是三夏的农忙季节，公社里仍是准假让她回来。

（Kao，1980：191）

王译本：Ting Yun got her leave, though it was then in the midst of summer, a busy time in the commune.

（Kao，1980：138）

在例 16 中，作者介绍“我”和丁云都去了广义上的农村“落户”，未指出具体的地点。例 17 中的“农忙”一词与季节紧密相关，而“公社”中主要繁忙的时间就是粮食丰收的季节。在这两例的翻译中，王际真都使用了 commune（公社）一词，虽然在例 17 的原文中并没有出现与“公社”相关的内容，王际真在翻译中加入了自己对于原文的理解，使目的语读者理解“我”和丁云安家落户的地方就是叫做 commune 的农村基层组织。在例 17 中，王际真则变换了原文的叙述视角，将重心放在丁云身上，强调丁云被准假这一结果，但用一个同位语来说明公社在农村中的重要组织地位。这样翻译，易于目的语读者理解当时中国农村的组织结构公社及其作用，也能使他们认识到丁云当时的困难处境。

例 18. 原文本：公社供销社卖的糖不但粗糙，而且鲜有包装的，……

（Kao，1980：189）

王译本：It was so superior to the poorly made candy sold without wrappers in the commissary of our commune.

（Kao，1980：135）

"供销社"是"文化大革命"时期的特殊产物，身处农村的人们只能通过供销社购买所需物资，如果将其直译，译文显得拖沓而烦琐，会打断目的语读者的阅读速度。因此，在例 18 中，王际真进行了意译，将其译为 commissary，因为这一英语单词所表达的意思类似于供销社在当时社会中的功能，目的语读者能够理解这一译文所表示的原文中的意义。

不难发现，交际翻译注重翻译的结果，并给予译者足够大的自由来修改和润色原文。在翻译过程中，王际真也会适当删减原文或增译使得读者获得更好的阅读体验。如在例 7 和例 11 中，王际真采取了省译的方法。在例 16 和例 17 中，他对原文进行了添加，予以补充说明。相较于语义翻译来说，交际翻译更注重读者的反应。因此，王际真在翻译过程中为了阅读效果采取了不同的翻译方法。

4. 《丁云》中的语义翻译和交际翻译的结合运用

在《丁云》的英译中，王际真也将语义翻译和交际翻译结合进行使用，根据表 9-2 的统计，在整个小说的英译中，语义翻译和交际翻译的结合共使用了 4 次，占总数的 7.4%。下文将一一分析。

例 19. 原文本：年年敲锣打鼓庆丰收，这才是头一遭体会到丰年是啥样子。

（Kao，1980：189）

王译本：Every year there had been parades with gongs and drums to celebrate the bumper crops but only here and now did I see actual evidence of plentifulness and realize what it means.

（Kao，1980：135）

在例 19 中，原文并未提到“游行”（parade）庆丰收的场景。这是译者王际真在译文中做的添加。对于“游行”，中国文化和西方文化有着不同的传统。在西方文化中，当作物丰收时，人们会上街游行欢庆，但在中国则较少出现在此场合游行的局面。王际真在此结合使用了语义翻译和交际翻译的方法，一方面指出了原文所表达的丰收的含义，另一方面将西方读者用敲锣打鼓加游行的热闹场面来庆祝丰收的习俗考虑在内，使得目的语读者易于理解，也传播了中国文化。

例 20. 原文本：乔迁后的丁家，如今与学校的一位常委上下比邻而居，谁不羡慕！

（Kao，1980：190）

王译本：Now the Tings had for their upstairs neighbor a member of the standing committee of the Party; they were the envy of the entire university.

（Kao，1980：136）

在例 20 中，王际真也是将语义翻译和交际翻译结合应用。在直译的基础上，译者增添了自身对中国文化的理解。在英译文中，他解释了丁云父母的新家的地位，从而展示出她的家庭是如何从丁云的婚姻中受益的。“常委”一词在原文中并没有提到和“中国共产党”相关的内容。但为了让不了解中国文化的西方读者理解，王际真在此处增加了 the Party 进行增译和补充，指出了常委的属性，使得目的语读者能结合上下文语境更加清楚地理解丁云的父母因为女儿的婚姻带来的自身地位的提升和居住环境的跃迁，从而更加理解当时中国的社会现实。

例 21. 原文本：……否则光唱唱“样板戏”也会出人头地的。

（Kao，1980：190）

王译本：If not for this, she could have easily distinguished herself by taking part in the “model revolutionary operas”.

（Kao，1980：137）

对于“样板戏”一词，王际真同样采用了语义翻译和交际翻译相结合的方式来进行翻译。革命样板戏改编自中国传统戏剧，局限于二十几个样本之间，是缺乏创造力的体现。在“文化大革命”中，人们只能表演和观看这些戏剧。王际真用 model 一词来表示这个词的原意，但同时增加了 revolutionary 来说明其革命性和产生的特殊时代背景。

语义翻译和交际翻译的结合是以直译为基础的。同时，译者根据自己对源语文化的理解，对词汇和句子进行适当修饰，以使目的语读者获得和源语读者相同的阅读体验。语义翻译和交际翻译的结合运用需要译者具备丰富的知识和语言技能。译者必须对两国的历史和文化有深刻的了解，只有这样才能准确把握原文作者措辞的语义，选择合适的译文表达方式。此外，译者还应具备良好的语言能力，以便向目的语读者传达相同的信息，让他们获得同等的阅读体验。在《丁云》的翻译中，王际真的英译文充分体现出译者对中英文的精准掌握，展现了译者深厚的语言功底。

本节从纽马克的翻译理论出发，分析了王际真对《丁云》中文化负载词的具体翻译方法。通过统计与分析，发现王际真在对《丁云》中的文化负载词进行英译时，语义翻译和交际翻译在译文中的使用频率非常相似。虽然在严肃文学的翻译中，语义翻译的运用较多，但交际翻译的运用在这一短篇小说的英译中也占有较大的比例。通过分析可见，语义翻译常用于对物质文化负载词、社会文化负载词等的英译之中。交际翻译则主要用在对语言文化负载词的英译中，且是在直译它们对于西方读者来说可能会难以理解的情况下使用的。

通过对《丁云》中文化负载词的翻译的个案研究，我们发现王际真的《丁云》英译本很好地实现了翻译目的。在译文中可以看到语义翻译、交际翻译以及二者相结合的应用。针对不同情况，译者王际真采取了不同的翻译方法。翻译方法的选择主要取决于原文作者所要表达的意图以及原文和译文所处的社会与文化语境等。同时，文化负载词的意义和译者对语境的判断对其翻译方法的选择产生较大影响。

9.2 归化异化理论视角下《地道》英译分析

9.2.1 《地道》简介

《地道》收录于 1978 年 4 月由台湾联经出版事业公司出版的《老人》一书中。《地道》讲述的是退休工人洪师傅在全民修筑地道的活动中，与离异女子李妹互生好感，但洪师傅的儿子为了维护政治前途，不顾父亲的感情需要，反对父亲再婚。因此洪师傅与李妹只得在地道中幽会，但他们却错过了地道每周一次的关闭时间，最终被掩埋在地道中。《地道》中的主人公洪师傅与李妹因为地道相识，却也因为地道而死。他们渴望迎来新的生活，但却因为身处在如同监狱般的地道中，无法抵抗外界对他们的压迫。“地道”不仅是贯穿全文的线索，而且象征着人们在当时的社会环境下，如同在地道中生活的迷茫与无措。

9.2.2 《地道》王际真英译本翻译策略分析

在前面的章节中，我们已经具体介绍了归化与异化翻译理论，归化与异化是两种翻译策略，归化以目的语为导向，异化则以源语为导向。归化翻译策略包含了意译、仿译、改译和创译等翻译方法，而异化翻译策略则包含了音译、逐字翻译、零翻译和直译等翻译方法。下面我们以王际真的《地道》英译文为例，从习语、对话、段落三个层面，运用定性和比较分析的方法，结合实例对王际真所采取的翻译策略进行详细的考察，主要探讨王际真在翻译陈若曦《地道》一文主要采取的翻译策略及其原因。

1. 习语的翻译策略

习语是民族文化的重要载体，是一个民族语言的精华。它们有着广泛的文化内涵。习语通常由几个以特定形式出现的短语组成，包括固定短语、俚语、歇后语和口语。乌雷尔·魏里奇（Uriel Weinreich）（1969）认为习语在语境中包含两个以上的多义成分，其深层含义也相应地具有选择性。克里斯蒂娜·卡恰里（Cristina Cacciari）和帕特里齐亚·塔博西（Patrizia Tabossi）（1988）认为，习语是口语中常用的表达方式，是广泛接受的、不同于字面意义的比喻意义。一般来说，习语包含着广泛的文化因素，记录着人们对自然和生活的理解。习语具有形式固定、形象生动、表现力强、文化内涵深刻等特点，千百年来被人们广泛使用。习语的意义不能从表面推断出来，因此给翻译也造成了很大困难。

《地道》中使用的习语多用于描述人物性格、心理状态、动作、表情等抽象因素，还用于描述事实和环境。目的语读者很难仅仅通过字面意义的翻译来解读和推断深层次的隐含意义。此外，由于译入语中没有类似汉语中的四字结构和语义对等的词，王际真大多采用了归化翻译策略，通过意译再现原文的深层意义，尤其是对原文中由隐喻延伸的固定短语的表达方式，王译本主要进行了意译，有利于目的语读者理解。下面举例加以说明。

例 1. 原文本：这样一穷二白的土房子，有李妹当门微笑着，气氛就是不同，给人一份贞洁和庄严。

（Kao，1980：196）

王译本：It was an ordinary enough house, but with Li Mei smiling and standing in the doorway, it acquired an air of simple dignity.

（Kao，1980：144）

例 2. 原文本：洪师傅垂头丧气，不敢再争辩。

（Kao，1980：198）

王译本：He was crushed and spoke no more.

（Kao，1980：147）

例 3. 原文本：读报，学习毛泽东著作，组织“忆苦思甜”活动，街头巷尾的清洁卫生，哪一件他都带头干。

（Kao，1980：199）

王译本：He read the newspaper, studied Mao Tse-tung's writings, organized campaigns for “Remembering Bitterness”, and took the lead in street-cleaning and other public works.

（Kao，1980：148）

在例 1 中，原文中的成语“一穷二白”的意思是指一种贫穷和空虚的状态。最早是毛泽东主席用来形容当时新中国经济文化落后的情况。在例 2 中，原文中的成语“垂头丧气”的意思是指人因失去雄心壮志，而无奈低头的样子，最早出于唐朝韩愈的《送穷文》：“主人于是垂头丧气，上手称谢”。在例 3 中，原文中的成语“忆苦思甜”的意思是回忆过去的苦难，回想今天的幸福生活。出自邓小平《在全军政治工作会议上的讲话》：“忆苦思甜当然要搞，但只搞忆苦思甜就不够了，要研究如何在新的历史条件下提高战士的政治觉悟。”（邓小平，1993：120）对于这几个成语的翻译，王际真均选择了归化翻译策略，避免逐字逐句地翻译，而是通过意译将这些成语的意义简短而准确地表达出来。这样可以让目的语读者超越文化差异，准确理解当时生活的朴素与艰难以及小说中人物的心理状态，为目的语读者理解后文中具体活动的内容和意义提供了帮助。

俚语是人们在日常生活中经常使用的口语。它通常与歇后语和口语结合在一起，具有明显的地域特色。由于这三类习语的意义大多无法从字面上推断出来，王际真也是主要采用了归化翻译策略，通过意译来准确地描述其意义。下面举例加以说明。

例 4. 原文本：纸包不住火，他和李妹清早相会，有哭有笑的情景免不了被人看在眼里，挂在嘴上，并且传到媳妇耳朵里。

（Kao，1980：197）

王译本：But things will come out. His meetings with Li Mei were observed and talked about, and eventually reached the ears of his daughter-in-law.

（Kao，1980：146）

例 5. 原文本：隔着墙壁，只听见他俩叽叽咕咕，洪师傅当是“久别胜新婚”，在诉说体己话。

（Kao，1980：197）

王译本：He could not make out what they said but concluded that it was only natural that they should have so much to say to each other after many months' absence.

（Kao，1980：146）

例 6. 原文本：这是做梦了，党员干部的人家哪个肯要她？不被她扯后腿才怪咧！

（Kao，1980：198）

王译本：She is only dreaming; no party member or cadre would have a woman like her who will only be a drag on him.

（Kao，1980：147）

在例 4～例 6 中，原文中的习语“纸包不住火”字面上的意思是一张纸是不能包裹住火的，但其意义可以延伸扩展，有暗示事实不能被掩盖的意思。同样，“久别胜新婚”的字面意思是指夫妻双方久别重逢，就有了刚结婚时的感觉。“扯后腿”是拖后腿的意思。王际真没有直译，仍然是采用归化翻译策略，通过意译的方式来描述它们的比喻意义，使译文读者能够充分理解习语的意思，从而跟上故事的发展进程，理解其中人物的心理活动。

《地道》中有些习语来源于中国古代的书籍和文章，通过描述常见的现象来引出作者想说明的事实和真理。由于这些习语的深层含义可以从字面上推断出来，所以王际真在翻译中采用了异化翻译策略，保留了习语的文化意象，进行了逐字翻译。此外，王际真使用异化翻译策略将源语的语言结构、表达方式、诗性特征和文化元素引入到目的语中，进一步丰富和促进了目的语语言和文化的发展。下面举例加以分析说明。

例 7. 原文本：结婚的念头就这样胎死腹中。

（Kao，1980：198）

王译本：THUS MASTER HUNG's idea of remarrying died in the womb.

（Kao，1980：147）

例 8. 原文本：……他和李妹清早相会，有哭有笑的情景免不了被人看在眼里，挂在嘴上，并且传到媳妇耳朵里。

（Kao，1980：197）

王译本：His meetings with Li Mei were observed and talked about, and eventually reached the ears of his daughter-in-law.

（Kao，1980：146）

在例 7 中，原文本中的“胎死腹中”是中西方不同文化的读者都能理解的现象，它意味着一项计划在实施之前就被取消或者宣告失败。例 8 中的习语“看在眼里，挂在嘴上”也是一种常见的语言现象，其深层含义可以从表面推断出来。因此，王际真运用异化翻译策略，采用直译法保存了这两个成语中的文化形象，帮助目的语读者生动地理解汉语的固定表达方式，从而让他们能理解老洪的黄昏恋是如何被发现、被谈论，再婚计划是如何最终成为天方夜谭的故事情节的发展。

2. 对话的翻译策略

小说中的对话是人物性格的最佳表现，也能反映小说的文体特征。虽然《地道》里的对话不多，但要在翻译中再现其文体风格也并非易事。王际真在针对不同语境中不同人物的对话翻译时，采取了不同的翻译策略，较好地再现了原文中对话的风格与主题，以下举例加以说明。

例 9. 原文本："老洪，你如果不嫌，肯要我，我愿意跟你过日子。"

（Kao，1980：197）

王译本："Lao Hung, if you do not dislike me and would have me, I would like to throw in my lot with you."

（Kao，1980：146）

例 10. 原文本："老洪，快歇口气吧。"

（Kao，1980：199）

王译本："Lao Hung, let's rest for a while and catch our breath."

（Kao，1980：149）

例 11. 原文本："李妹妹，"他喜得口吃起来，"我早想……我想和你结婚！"

（Kao，1980：197）

王译本："Li Mei-mei," he was so excited that he stuttered. "For a long time, I have wanted to marry you."

（Kao，1980：146）

在例 9～例 11 三个例子中，原文的对话均非常简单自然，却都衬托出了人物鲜明的个性。为了再现说话人的语调、语意和原文的风格，王际真采用了归化翻译策略。在翻译中，他使用了英语中一些非常口语化和生动的词语和习语，如 throw in my lot with you 和 catch our breath，符合人物对话的口语风格。

此外，在这三例中，还有几个人物的称呼语，如"老洪"和"李妹妹"。王际真在翻译时，仍然运用了异化的翻译策略，尽量采用音译法，保留传统的中文称呼，因为他认为这种信息是有意义的，应该以原汁原味的方式介绍给西方读者。事实上，对标题和称呼进行音译是王际真的首选翻译手段之一（汪宝荣，2018c）。

王际真在这里使用的异化的翻译策略并没有妨碍目的语读者对原文所表达的文化意义的准确理解，而是顺利传播了中国文化。

3. 段落的翻译策略

文章的表现形式体现出作者整合文本的方式。它不仅反映了作者如何组织文本的结构，而且展现了该文本乃至这种文学体裁的表达方式、艺术手段和建构原则（周晓梅，2013）。在《地道》的翻译中，王际真采用了归化翻译策略，根据故事情节、主题和会话转折等因素对《地道》中的段落进行了重组，以符合英语段落的布局。

具体而言，在对话方面，《地道》的原文作者陈若曦用两个包含情节和会话转折的提示语来描述说话人的行为方式，或者将同一个会话的提示语和不同的会话内容安排成不同的段落。然而，王际真根据英语国家的会话话语的特点，运用归化翻译策略重构了段落。他将包含提示语和会话内容的不同段落整合成一个段落，或者将同一个会话转换成的不同会话内容整合到一个段落中。此外，王际真还运用归化翻译策略对提示词前包含一个或多个句子的对话内容进行了重新安排。因此，重构的段落中包含了更多的句子，这也更符合目的语文化的诗学以及英语段落的结构特点。通过使用说话者连贯紧凑的话语，以及谈话的转折点，使得目的语读者能够更好地理解故事情节和人物。下面举例加以说明。

例 12. 原文本：“姓李，我叫李妹。”

她说完还给他一个谦和的微笑。

（Kao，1980：195）

王译本：“My surname is Li; I am called Li Mei.” She gave him a modest smile with the answer.

（Kao，1980：144）

在例 12 中，王际真使用归化翻译策略重构段落。他将包含会话内容的两个不同段落以及说话人的后续行为整合成了一个段落，以便目的语读者能够更好地理解小说的故事情节和人物。

例 13. 原文本：李妹开门，一看清是谁，她小眼睛像通电的灯泡登时晶亮了。她不作声地让他进来。

洪师傅从棉袄的贴心袋里掏出两张十元大钞，有些腼觋地递给她，嘴里说："这是给小妹妹过年买东西。"

（Kao，1980：196）

王译本：Li Mei's eyes brightened when she saw who it was and asked him in without a word. Master Hung took from the inner pocket of his padded jacket two ten-*yuan* notes and held it out to her rather timidly, saying, "This is for you to buy some holiday present for the little sister."

（Kao，1980：145）

在例 13 中，王际真将原文表现李妹的段落和描写洪师傅的两个段落整合在一起，使译文成为一个段落，并且在句子之间增加了一些连接词，来表示句际的逻辑关系。这样做既符合英语语言注重形合的表达习惯，也让李妹和洪师傅这两个小说主人公的对话更为集中，更便于目的语读者理解。

4. 翻译策略归因分析

以上我们结合具体的译例分析了王际真在英译《地道》中的习语、对话和段落时所采用的翻译策略。发现王际真在翻译《地道》中的习语时，以归化为主要翻译策略，并辅以异化的翻译策略。一方面，王际真运用归化翻译策略，使译文更具有可读性，也有助于人们更好地理解《地道》中成语的隐含意义；另一方面，王际真对归化翻译策略的选择也体现了他以译语读者为中心的翻译思想，其目的在于使译文有利于西方读者阅读和接受。此外，对于一些目的语读者较易理解的习语，王际真也采用了异化翻译策略，目的在于最大限度地保留了译文中汉语习语的文化意象和固定表达，体现了他忠实于原文的翻译思想。

为了更好地表达人物的个性，体现小说的文体特征，王际真采用归化和异化两种翻译策略对《地道》中的对话进行了翻译。

此外，王际真运用归化翻译策略对《地道》中的段落进行了重构。将基于情节、主题和会话转折的段落进行合并。重构的段落具有更清晰的情节和主题，也有助于译文读者更好地理解《地道》的主题和情节的发展。更清晰的对话逻辑也为目的语读者提供了更好的阅读体验。

综上所述，王际真在翻译《地道》时，以忠实呈现原文的主要内容为出发点，平衡了源语与译语之间的语言文化差异。在异化和归化翻译策略之间做出了合理的选择，使二者相辅相成，而不是对立，走向极端。这也意味着，在同一个译本中，很难对异化和归化翻译策略的使用比例有一个统一的规定。译者需要根据具体的语境，在归化与异化翻译策略的使用上作出合理的选择，以使译者行为达到最佳合理度，利于中国文化的传播。

9.3 本章小结

在本章，我们主要选择了中国台湾女作家陈若曦的两部短篇小说《丁云》和《地道》的王际真英译本进行了分析。

对于《丁云》的翻译，本章主要选择了五类文化负载词的英译进行了分析，研究发现，王际真在处理这五类文化负载词的英译时，针对具体的语境，同时考虑目的语读者的阅读需求，语义翻译和交际翻译两种策略均有采用。

对于《地道》的翻译，本章主要探讨了王际真对于原文中的习语、对话和段落的处理方式，发现王际真同时使用了归化和异化两种翻译策略，对于目的语读者阅读与理解障碍不大的原文中的习语，王际真主要采取了异化的翻译策略，保留了原习语中的意象，使得译文保留了原文形象生动的语言风格，同时也传播了中国语言文化；但对于会造成目的语读者阅读与理解障碍的有些习语，王际真则舍弃了原文的形象，进行了归化处理，以便目的语读者理解。对于对话与段落的英译，则主要采用了归化翻译策略，王际真遵循英语语言的表达习惯，增加了句子之间的连接词来显示句际的逻辑关系，同时将对话的段落进行了合并与重组，以突出原文对于主人公及其情节的描写。

由上述两部小说英译的分析可知，对于翻译选材，主要取决于译者的翻译目的，而翻译策略的选择也与译者的翻译目的、翻译思想以及对源语语言文化和目的语语言文化的了解与掌握程度有很大关系。在翻译过程中，翻译策略和具体翻译方法和技巧的使用也并非一成不变，要根据具体语境而定。

第 10 章

结　　语

10.1　本书的主要发现

在前面 9 章中，我们对华裔翻译家王际真的中国文学经典英译的译者行为进行了较为全面与深入的分析。

在第 1 章，我们首先综述了王际真研究的现状，指出了目前研究中存在的问题，主要表现在以下几个方面：其一是相较于对国内翻译家和国外汉学家的研究而言，目前对于华裔翻译家，尤其是对于华裔翻译家的重要代表王际真的翻译研究相对较少；其二是对王际真的翻译研究主要局限在对其《红楼梦》的英译研究上，对其他译作的研究相对较少；其三是研究视角与研究方法较为单一，因此，对于王际真的翻译研究有待深化。

在第 2 章，我们澄清了目前学界常常混淆不清的翻译行为和译者行为两个概念，对其进行了较为明确的区分，基于社会学、翻译学、语言学等学科的理论建构了本研究的具体研究路径，拟在一个跨学科的框架下对王际真英译中国文学多部经典作品的译者行为进行阐释。

在第 3 章，本书具体考察了王际真主要译作的传播效果。鉴于研究条件的局限，我们主要考察了王际真的五部代表性译作的再版与修订情况，发现这些译作自 20 世纪 40 年代以来，一直在再版与流通，是几代中国历史、中国文学专业的美国大学生、研究生以及学者和教师的案头必备书，在美国的普通大众读者中也产生了一定影响，为中国文化的对外传播以及让西方读者了解当时的中国起到了很好的窗口与桥梁的作用。

在第 4 章，我们具体对比分析了王际真的三个《红楼梦》英语节译本。研究发现，王际真在这三个节译本中都使用了删减、概括和调整三种节译方法，但节译的情节有所不同，39 章的第一个节译本的情节主要以宝黛爱情故事为中心展开；40 章的节译本的故事是以宝黛钗的三角恋为中心展开，但减少了爱情的细节，增加了关于次要人物的内容；60 章的节译本则补充了更多的次要人物的情节，而且对于一些情节的描写更加细致化，就原小说前 80 回的情节而言，基本对其进行了忠实的翻译。由此说明，王际真在翻译过程中受到了意识形态、赞助人、诗学等多种因素的制约，但王际真在英译过程中，还是想努力通过节译《红楼梦》这部中国古代经典，向西方读者传播中国文化的多个方面。

在第 5 章，我们主要探析了王际真的《阿 Q 正传及其他：鲁迅小说选》译文集的译者行为。为了使得研究结果更加可信，我们主要采取了语料库的研究方法，首先基于语料库对比分析了鲁迅的《狂人日记》的王译本与其他三个译本的翻译风格，发现相较于汉学家莱尔和蓝诗玲而言，华裔翻译家王际真和中国翻译家杨宪益夫妇的译本的词汇丰富度相对较低，用语较为正式，翻译语言特征明显。此外，杨宪益夫妇译本强调忠实原文的内容，而对原文的风格有所弱化；蓝译本短小精悍与流畅易读，但原文的部分文化内涵有所流失；莱尔译本注释过多，异化现象明显；王译本采用“园丁式”翻译策略，力图既翻译字面意义，又传递文化内涵，再现原文风格。四个译本不同的翻译风格与译者不同的文化、教育和生活背景有着紧密关系，本章对此进行了较为详尽的阐述。

在第 6 章，我们主要探析了王际真的《现代中国小说选》译文集的译者行为。从不同的理论视角，通过对其中八部代表性译作的翻译策略与翻译方法的分析，我们发现王际真在翻译一些文化专有项，如方言、文化负载词时，并未采取某一种单一的翻译策略和翻译方法，而是考虑到目的语读者的阅读兴趣与接受能力进行了合适的翻译策略与翻译方法的选取。此外，对于译本的内容与情节的选择也是以传播中国文化、再现原文的主题以及满足目的语读者的阅读需要三者为目的，来对原文内容进行适当的取舍，对原文的结构进行一定调整。总之，王际真在翻译中，力求达到既对原文“求真”，又对目的语读者“务实”，以实现译文的最佳“合理度”。

在第 7 章，我们主要探析了王际真的《中国战时小说选》译文集的译者行为。我们选取了两部代表性的作品，即茅盾的《报施》和张天翼的《“新生”》，采用不同的理论视角来对王际真的译者行为进行了阐释。具体而言，对于《报施》，基于关联理论的视角，我们发现王际真在翻译过程中能够根据原小说的交际线索和语境信息来推断出原文作者的意图，继而根据他对目的语读者的认知语境和阅读期待的推断，选择合适的表达方式，尽可能地使目的语读者以最小的认知努力来获得足够的语境效果。对于《“新生”》，基于文学文体学的视角，我们对比分析了王译本与杜译本，发现王译本主要采用了省译和改译的方法，而杜译本则主要采用了直译的方法。在模拟现实的层面上，王译本的省译在一定程度上影响了模拟现实的真实性，对原文本主题意义的阐发有所损害，但译本的语言表达自然流畅，易于目的语读者接受；杜译本则采用直译的方法，较好地再现了原文的模拟现实的真实性特征，忠实地再现了原文的主题意义，但文体风格上则显得过于死板，在一定程度上不利于目的语读者接受。在言语和思想表达上，王译本采取了对原文的省译与改译，省译方法在一定程度上影响了原文主题意义表达的完整性，但改译方法的使用则增强了人物情感的表达和主题意义的表达。

在第8章，我们主要探析了王际真英译古典小说的译者行为。基于“求真—务实”译者行为连续统评价模式，我们对《柳毅传》的王际真英译本进行了译者行为的批评。对于段落的翻译而言，王际真在翻译时，就原文中的9个段落，对于段落1、段落2、段落3、段落4和段落7，王际真采取了合适的翻译方法，既对原文求真，也对目的语读者务实，使得译本具有较高的合理度；在对段落5、段落6、段落8和段落9的翻译中，王际真重在考虑译文的接受度，因此对原文的忠实度有所降低，译文的合理度有所降低。王际真的翻译思想与社会环境等翻译内外因素对其译者行为和译文的效果均产生了一定影响。在本章，我们接着对比分析了王际真和林太乙对于《镜花缘》的节译本。我们发现这两个节译本均存在许多相同点，首先王译本和林译本都是节译本，都选择性地删减了原文中与相关的故事情节发展关系不大的人物的信息，以方便目的语读者阅读，同时使译文更加流畅。此外，对于文化专有项的翻译，王译本和林译本都兼顾使用了归化和异化两种翻译策略，一方面采用异化翻译策略尽力再现原文原汁原味的异域风情；另一方面，使用归化翻译策略来翻译部分体现中国历史现象和文化生活中特有的事物，两种策略相互融合，各自发挥着自己的作用。但王译本与林译本也有一个显著的不同，即王际真译本添加了文前的按语，用来对每一章回的主要内容进行归纳与总结，并且适当补充了一些解释或者评论，以方便目的语读者理解，体现出对目的语读者的关照，在译者行为上偏向务实一端。

在第9章，我们主要探析了王际真英译中国台湾女作家陈若曦的两部短篇小说的译者行为。这两部小说都是陈若曦对于“文化大革命”期间中国人生活的描写，反映出多种中国文化的特有现象。对于《丁云》的英译，我们主要分析了王际真对于原文中文化负载词的处理，发现对于五类文化负载词的英译，王译本根据具体的语境，分别采用了语义翻译和交际翻译的翻译策略，具体而言，采用了音译、直译、意译等多种翻译方法，目的在于既传播中国文化，又方便目的语读者理解。

对于《地道》的英译，我们主要探讨了王际真对原文中的习语、对话和段落的翻译情况，发现王译本对于习语的英译，采取了以归化为主的翻译策略，但也辅之以异化翻译策略；对于对话和段落的翻译，则主要采用了归化翻译策略，译者作出这样的选择，主要还是考虑在尽可能忠实于原文的同时，让目的语读者顺利地理解译文，以达到成功传播中国文化之目的。

10.2 本书的不足

本书存在以下几个方面的不足。

（1）由于研究条件的限制，本书对于王际真译本的传播效果的考察还不够全面，主要表现在未能针对不同的读者群体开展一定规模的问卷调查与访谈，因而无法全面了解不同时期的不同读者群体对于王际真译作的接受度与认可度，以及对译作不足之处的反馈。

（2）由于时间和资料来源等方面的限制，本书未能对王际真尚未引起学界重视的一些古典作品如《警世恒言》等的英译进行研究，因而未能全面反映其译者行为。

（3）在研究方法上，基于语料库的研究仅仅限于几部小说，对于大部分的研究采取的还是个案研究法，研究结果存在一定的片面性。

（4）在研究视角上，对于译者的心理认知方面的探讨有所不足，译者行为的研究视角也有待拓宽，理论上的认识也有待深化。

10.3 未来研究的展望

鉴于上述不足，在未来的研究中，我们将进一步加强与海外学界的联系，通过多种渠道争取与海外目的语读者进行直接的交流，通过访谈和问卷调查的方式了解海外不同年龄段、不同教育背景和生活背景的读者对于王际真译作的反馈，从而更加全面地了解王际真译作的传播效果和影响。此外，我们还需要更加深入地研读尚未纳入本书之中的王际真的其他多部译作，对其进行深入研究，尽可能全面客观地反映王际真英译中国文学经典的译者行为，同时深入探究王际真的译者行为的各种成因，为新时代中国文学与文化的对外传播提供有益启示。

参考文献

白玲，2015. 谈权力话语对译者的影响——以《阿Q正传》两个英译本为例[J]. 名作欣赏，(26)：165-167.

包惠南，包昂，2004. 中国文化与汉英翻译[M]. 北京：外文出版社.

鲍晓英，2014. “中学西传”之译介模式研究——以寒山诗在美国的成功译介为例[J]. 外国语，(1)：65-71.

曹建新，1996. 小说人物对话翻译初探[J]. 江苏外语教学研究，(1)：62-64.

曹文刚，雷芳，2019. 王际真《儒林外史》英文节译本研究[J]. 语文学刊，(4)：96-100.

曹新宇，甄亚乐，杜涛等，2015. 可读性背后的意义偏离——从蓝诗玲英译《阿Q正传及其他中国故事——鲁迅小说全集》谈起[J]. 翻译论坛，(2)：50-55.

曹雪芹，2002. 红楼梦[M]. 长春：时代文艺出版社.

曹雪芹，高鹗，2005. 红楼梦[M]. 北京：人民文学出版社.

陈国华，1998. 王佐良先生的彭斯翻译[J]. 外国文学，(2)：84-90.

陈宏薇，2000. 从小说美学的角度看《孔乙己》英译文的艺术成就[J]. 外国语，(2)：62-68.

陈宏薇，江帆，2003. 难忘的历程——《红楼梦》英译事业的描写性研究[J]. 中国翻译，(5)：46-52.

陈娟，2016. 杨宪益、戴乃迭《阿Q正传》英译本对国民性思想的传达[J]. 名作欣赏，(30)：14-16.

陈琳，2011.《红楼梦》“看官”英译与中国古典白话小说西渐[J]. 红楼梦学刊，(1)：151-166.

陈若曦，1978. 老人[M]. 台北：联经出版事业公司.

陈胜利，2013. 不似之似——论翻译中的方言借用[J]. 前沿，(16)：127-129.

陈西滢，1927. 新文学运动以来的十部著作[C]//陈源，西滢闲话. 北京：中国文联出版公司：202-210.

陈西滢，2000. 西滢闲话[M]. 北京：人民文学出版社.

陈小慰，2013. 对外宣传翻译中的文化自觉与受众意识[J]. 中国翻译，(2)：95-100.

陈玉龙，王晓燕，2010. 功能主义翻译目的论在中国的研究现状综述[J]. 中国电力教育，(24)：225-227.

戴文静，2017. 中国文论英译的译者行为批评分析——以《文心雕龙》的翻译为例[J]. 解放军外国语学院学报，(1)：28-34，159.

邓小平，1983. 邓小平文选（1975—1982）[M]. 北京：人民出版社.
方梦之，2011. 中国译学大辞典[Z]. 上海：上海外语教育出版社.
方梦之，2018. 中外翻译策略类聚——直译、意译、零翻译三元策略框架图[J]. 上海翻译，（1）：1-5，95.
方梦之，庄智象，2016. 翻译史研究：不囿于文学翻译——《中国翻译家研究》前言[J]. 上海翻译，（3）：1-8，93.
方梦之，庄智象，2017. 中国翻译家研究（历代卷）[M]. 上海：上海外语教育出版社.
封宗信，1999. 文学文体学——文学翻译批评的试金石——评介《文学文体学与小说翻译》[J]. 中国翻译，（5）：40-42.
冯全功，2014. 霍译《红楼梦》中附加疑问句研究[J]. 西安外国语大学学报，22（1）：107-110.
冯正斌，林嘉新，2020. “译者行为批评”视域下的《极花》英译本述评[J]. 西安外国语大学学报，（4）：87-92.
傅敬民，张红，2020. 建构翻译批评研究话语系统何以可能？[J]. 上海翻译，（2）：1-6，94.
傅雷，1984. 致林以亮论翻译书[C]//《翻译通讯》编辑部，翻译研究论文集（1949-1983）. 北京：外语教学与研究出版社：82-86.
戈玲玲，2001. 语境关系顺应论对词义选择的制约[J]. 中国科技翻译，（4）：27-29，39.
葛浩文，林丽君，姜智芹，2019. 翻译不是一人完成的[J]. 南方文坛，（2）：36-39.
耿强，2010. 文学译介与中国文学“走向世界”：“熊猫丛书”英译中国文学研究[D]. 上海：上海外国语大学.
耿强，2013. “熊猫丛书”英译本的跨文化传播[J]. 解放军外国语学院学报，（2）：83-88，94，128.
耿强，2014. 中国文学走出去政府译介模式效果探讨——以“熊猫丛书”为个案[J]. 中国比较文学，（1）：66-77，65.
龚学胜，2015. 商务国际现代汉语大词典[Z]. 北京：商务印书馆.
顾晶钰，2017. 《红楼梦》王际真英译本中的自我东方主义情结[J]. 大众文艺，（17）：182，40.
顾钧，2012. 王际真的鲁迅译介[J]. 新文学史料，（3）：176-180.
管兴忠，2015. 王际真英译作品翻译研究[J]. 东方翻译，（5）：59-65.
管兴忠，2016. 王际真英译作品在海外的传播和接受[J]. 外语教学，（3）：104-108.
郭著章，1994. 语域与翻译[C]//杨自俭，刘学云，翻译新论. 武汉：湖北教育出版社：739-750.
韩子满，2002. 试论方言对译的局限性——以张谷若先生译《德伯家的苔丝》为例[J]. 解放军外国语学院学报，（4）：86-90.
韩子满，2004. 英语方言汉译初探[M]. 开封：河南大学出版社.
何绍斌，2005. 作为文学“改写”形式的翻译——Andre Lefevere 翻译思想研究[J]. 解放军外国语学院学报，（5）：66-71，108.
何文静，2019. 英语世界的唐代小说译介：翻译历史与研究现状[J]. 三峡大学学报（人文社会科学版），（6）：110-113，116.
何自然，1997. 语用学与英语学习[M]. 上海：上海外语教育出版社.
洪捷，2012. 五十年心血译中国——翻译大家沙博理先生访谈录[J]. 中国翻译，（4）：62-64.
侯友兰等，2006.《越谚》点注[M]. 北京：人民出版社.
侯羽，贾艳霞，杨金丹，2017.《红楼梦》定量翻译研究现状分析——基于对国内外主要学术期刊论文和著作的考察（1979—2016）[J]. 红楼梦学刊，（3）：282-297.
侯羽，朱虹，2016.《红楼梦》两个英译本译者使用括号注的风格与动因研究[J]. 红楼梦学刊，（4）：56-73.
胡安江，2010. 中国文学“走出去”之译者模式及翻译策略研究——以美国汉学家葛浩文为例[J]. 中国翻译，（6）：10-16，92.
胡安江，胡晨飞，2012. 再论中国文学“走出去”之译者模式及翻译策略——以寒山诗在英语世界的传播为例[J]. 外语教学理论与实践，（4）：55-61，54.
胡春琴，2013. 茅盾的翻译活动探析[J]. 兰台世界，（1）：40-41.
胡风，1999. 论速写[C]//胡风. 胡风全集 第二卷 评论 1. 武汉：湖北人民出版社：73-75.
胡开宝，盛丹丹，2020. 基于语料库的文学翻译批评研究：内涵、意义与未来[J]. 外语电化教学，（5）：19-24.
黄淳，2005. 老舍研究在美国[J]. 民族文学研究，（1）：141-144.
黄粉保，2000. 论小说人物语言个性的翻译[J]. 中国翻译，（2）：44-46.
黄立波，2009. 翻译研究的文体学视角探索[J]. 外语教学，（5）：104-108.
黄立波，2011. 基于双语平行语料库的翻译文体学探讨——以《骆驼祥子》两个英译本中人称代词主语和叙事视角转换为例[J]. 中国外语，（6）：100-106.
黄勤，2016. 鲁迅小说《离婚》中方言的功能与英译策略探析[J]. 山东外语教学，（5）：95-105.
黄勤，刘红华，2015. 译者行为批评理论的开山之作——《译者行为批评：理论框架》与《译者行为批评：路径探索》评介[J]. 西安外国语大学学报，（3）：125-128.
黄勤，刘倩茹，2020. 关联理论视角下茅盾小说《报施》王际真英译本探析[J]. 天津外国语大学学报，（4）：123-132，161.
黄勤，刘晓黎，2019. 译者行为批评视域下《肥皂》中绍兴方言英译策略对比分析[J]. 解放军外国语学院学报，（4）：131-141，160.
黄勤，王琴玲，2018. 林太乙《镜花缘》方言英译探究：求真还是务实？[J]. 外语学刊，（1）：103-109.
黄勤，谢攀，2018. 国内离散译者研究述评：现状、反思与建议[J]. 外语与翻译，（4）：8-13.
黄勤，余果，2017. 译者行为批评视域下《黑白李》三个英译本中熟语翻译比较[J]. 北京第二外国语学院学报，（4）：29-39，130.
黄勤，余果，2020. 语境顺应与译者行为的“求真”与“务实”——《老明的故事》王际真英译本中翻译策略分析[J]. 语言教育，（1）：54-59.
黄勤，张萌璇，2019. 文学文体学视域下的《阿Q正传》两英译本对比分析[J]. 商务外语研究，（1）：49-56.
黄群英，2010. 时代的独特书写——《文艺阵地》考辨[J]. 当代文坛，（6）：131-133.
黄赛赛，2014. 翻译家王际真研究[D]. 上海：华东师范大学.
黄忠廉，2002. 变译的七种变通手段[J]. 外语学刊，（1）：93-96.
霍跃红，2014. 译者研究：典籍英译译者文体分析与文本的译者识别[M]. 上海：中西书局.
江帆，2014. 他乡的石头记——《红楼梦》百年英译史研究[M]. 天津：南开大学出版社.
姜秋霞，权晓辉，2002. 翻译能力与翻译行为关系的理论假设[J]. 中国翻译，（6）：13-17.
蒋跃，王乐韬，詹菊红，2017. 基于语料库的《阿Q正传》两个英译本的风格研究[J]. 西安电子科技大学学报（社会科学版），（3）：113-121.
金堤，1998. 等效翻译探索[M]. 增订版. 北京：中国对外翻译出版公司.
金圣华，黄国彬，1998. 因难见巧：名家翻译经验谈[M]. 北京：中国对外翻译出版公司.
靳琼，2012. 信息论视角下《阿Q正传》英译本中社会文化信息的传达——杨戴译本和莱尔译本的对比研究[D]. 西安：西安外国语大学.
孔海珠，2014. 访谈录：茅盾抗战流离生活掇记[J]. 新文学史料，（1）：73-80.
寇志明，2006. 纪念美国鲁迅研究专家威廉·莱尔[J]. 鲁迅研究月刊，（7）：88-90.
旷新年，2016. 1976：“伤痕文学”的发生[J]. 文艺争鸣，（3）：6-25.
蓝红军，2020. 翻译批评何为：重塑批评的话语力量[J]. 外语教学，（3）：84-88.
老舍，2004. 老舍小说全集[M]. 武汉：长江文艺出版社.
老舍，2012. 善人[J]. 老舍作品精选，（1）：114-133.
老向，2011. 村儿辍学记[C]//中国现代文学馆，老向代表作：庶务日记. 北京：华夏出版社：79-84.
罗竹风，1998. 汉语大词典简编[Z]. 上海：汉语大词典出版社.
乐黛云，1981. 国外鲁迅研究论集：1960-1980[M]. 北京：北京大学出版社.
李斌，2014. 从叶圣陶看一个时代[J]. 读书，（12）：114-117.
李德凤，贺文照，侯林平，2018. 蓝诗玲翻译风格库助研究[J]. 外语教学，（1）：70-76.
李端严，1982. 试评鲁迅《狂人日记》两种英译本[J]. 兰州大学学报，（4）：132-141.
李刚，谢燕红，2020. 王际真英译选本与中国现代文学的海外传播[J]. 国际汉学，（4）：174-181，203.
李宏鹤，纪墨芳，2009. 翻译语境顺应模式再思索[J]. 教育理论与实践，（9）：50-52.
李金树，2020. 国内翻译批评研究（1992—2016）：回顾与前瞻[J]. 上海翻译，（2）：12-16.
李理，2012. 珠联璧合：翻译家杨宪益、戴乃迭研究[D]. 上海：华东师范大学.
李丽，2017. 巴赫金式解读：莱尔英译《阿Q正传》的社会指向性[J]. 湖南科技学院学报，（3）：

64-65.

李汝珍，2005.《镜花缘》[M]. 上海：上海古籍出版社.

李慎，朱健平，2018. 王际真英译《阿 Q 及其他》叙事建构研究[J]. 中国翻译，（2）：83-89，128.

李文俊，1992. 也谈文学翻译批评[J]. 中国翻译，（2）：11-12，20.

李新，朱艳丽，2011. 林语堂《浮生六记》中文化负载词的语用评估[J]. 华北电力大学学报（社会科学版），（2）：108-113.

李新庭，庄群英，2011. 华裔汉学家王际真与“三言”的翻译[J]. 大连海事大学学报（社会科学版），（1）：112-115.

李星颖，2013. 从操纵理论的视角分析《红楼梦》的王际真英译本[D]. 成都：电子科技大学.

李星颖，覃权，2012. 译者主体性在《红楼梦》王际真译本中的制约和体现[J]. 北方文学（下半月），（8）：125.

李雪阳，章喜查，2007. 从语用学角度看小说对话翻译[J]. 浙江教育学院学报，（6）：73-78，95.

李怡，肖伟胜，2006. 中国现代文学的巴蜀视野[M]. 成都：巴蜀书社.

李颖玉，郭继荣，袁笠菱，2008. 试论方言文化负载词的翻译——以《浮躁》中的“瓷”为例[J]. 中国翻译，（3）：64-67，96.

李越，2012. 王际真翻译策略选择的制约因素分析——以老舍作品翻译为例[J]. 天津大学学报（社会科学版），（2）：179-184.

李越，2013. 老舍作品英译研究[M]. 北京：知识产权出版社.

李运兴，2007. 论翻译语境[J]. 中国翻译，（2）：17-23，93.

李梓新，2009. Julia Lovell：把鲁迅和张爱玲带进“企鹅经典”[N]. 外滩画报，2009-12-16.

李宗刚，2017. 民国教育视阈下的文学想象与文学书写——从叶圣陶的长篇小说《倪焕之》说起[J]. 西南大学学报（社会科学版），（6）：126-136.

连淑能，2010. 英汉对比研究（增订本）[M]. 北京：高等教育出版社.

廖超慧，1988. 谭九・华威・李逸漠：论张天翼的速写三篇[C]//四川省社会科学院文学研究所编，抗战文艺研究 1. 成都：四川省社会科学院：66-80.

廖红，2011. 文学大师茅盾的翻译事业与成就[J]. 兰台世界，（23）：14-15.

廖七一，2000. 当代西方翻译理论探索[M]. 南京：译林出版社.

廖七一，2020. 翻译的界定与翻译批评[J]. 中国外语，（6）：77-82.

林煌天，1997. 中国翻译词典[Z]. 武汉：湖北教育出版社.

林克难，1994. 关联翻译理论简介[J]. 中国翻译，（4）：6-9.

林萍，2013. 翻译改写理论的贡献与局限评说[J]. 长江师范学院学报，（1）：88-91.

林以亮，1984. 翻译的理论和实践[C]//《翻译通讯》编辑部，翻译研究论文集（1949-1983）. 北京：外语教学与研究出版社：204-230.
凌叔华，1997. 太太·绣枕[M]. 北京：华夏出版社.
刘迪，2014. 基于双语平行语料库的翻译文体学研究——以《阿Q正传》两个英译本中人称代词主语和叙事视角转换为例[J]. 海外英语，（9）：133-134，140.
刘二利，2013. 汉语文化负载词的英译策略探究——以王际真的《红楼梦》英文节译本为例[J]. 科技信息，（13）：220，195.
刘红华，2017. 中国文学外译模式考[J]. 湖南工业大学学报（社会科学版），（3）：8-12.
刘红华，黄勤，2016. 论沙博理《小二黑结婚》英译本中的叙事建构[J]. 外语与外语教学，（3）：129-135，148.
刘静，刘红艳，2010. 《狂人日记》中前景化语言的翻译[J]. 新余高专学报，（2）：75-77.
刘宓庆，2005. 新编当代翻译理论[M]. 北京：中国对外翻译出版公司.
刘绍龙，2007. 翻译心理学[M]. 武汉：武汉大学出版社.
刘世生，朱瑞青，2006. 文体学概论[M]. 北京：北京大学出版社.
刘仕敏，2011a. 王际真：把中国文学带到美国的世纪老人[J]. 时代文学（下半月），（1）：144-145.
刘仕敏，2011b. 以韦努蒂的解构主义翻译观解读王际真的《红楼梦》英译本[D]. 保定：河北农业大学.
刘影，陈垣光，2002. 文化交汇，丰彩灿然——喜读《阿Q正传》莱尔英译本[J]. 中国翻译，（4）：81-83.
刘云虹，2015. 翻译批评研究[M]. 南京：南京大学出版社.
刘云虹，2020. 中西翻译批评研究的共通与互补——以许钧和安托万·贝尔曼为例[J]. 中国外语，（6）：83-89.
刘云虹，2021. 中国文学外译批评的审美维度[J]. 外语教学，（4）：76-82.
刘云虹，许钧，2014. 文学翻译模式与中国文学对外译介——关于葛浩文的翻译[J]. 外国语，（3）：6-17.
刘泽权，刘超朋，朱虹，2011. 《红楼梦》四个英译本的译者风格初探——基于语料库的统计与分析[J]. 中国翻译，（1）：60-64.
刘泽权，石高原，2018. 林语堂《红楼梦》节译本的情节建构方法[J]. 红楼梦学刊，（2）：231-259.
刘泽权，汤洁，2019. 王际真与麦克休《红楼梦》英文节译本编译策略比较[J]. 红楼梦学刊，（5）：218-235.
刘泽权，田璐，2009. 《红楼梦》叙事标记语及其英译——基于语料库的对比分析[J]. 外语学刊，（1）：106-110.
刘泽权，王若涵，2014. 王际真《红楼梦》节译本回目研究[J]. 红楼梦学刊，（1）：306-323.
刘泽权，朱虹，2008. 《红楼梦》中的习语及其翻译研究[J]. 外语教学与研究（外国语文双月刊），（6）：460-466.
刘重德，1991. 文学翻译十讲[M]. 北京：中国对外翻译出版公司.
刘重德，1992. 略谈外国文学翻译评论[J]. 中国翻译，（5）：34-36.
龙娇颖，2016. 从关联意图观看《阿Q正传》中文化负载词的英译[D]. 长沙：长沙理工大学.
龙璐，2018. 文化负载词翻译策略的目的论分析——以《阿Q正传》两个英译本为例[J]. 文教资料，（3）：32-33.
卢婉静，2014. 民国女性发式与现代文学叙事研究[D]. 厦门：厦门大学.
鲁迅，1935. 导言[C]//鲁迅，中国新文学大系・小说二集（影印本）. 上海：上海文艺出版社：3.
鲁迅，1981a. 鲁迅全集（第六卷）[M]. 北京：人民文学出版社.
鲁迅，1981b. 鲁迅全集（第四卷）[M]. 北京：人民文学出版社.
鲁迅，2003. 导言[C]//鲁迅，中国新文学大系・小说二集（影印本）. 上海：上海文艺出版社：1-18.
鲁迅，2005. 鲁迅全集（第八卷）[M]. 北京：人民文学出版社.
鲁迅，2011. 鲁迅小说全集[M]. 2 版. 北京：北京燕山出版社.
鲁迅，1997. 唐宋传奇集[M]. 济南：齐鲁书社.
罗选民，杨文地，2012. 文化自觉与典籍英译[J]. 外语与外语教学，（5）：63-66.
骆忠武，2013. 中国外宣书刊翻译及传播史料研究（1949—1976）[D]. 上海：上海外国语大学.
吕黎，2011. 中国现代小说早期英译个案研究（1926-1952）——以全局策略为中心[D]. 上海：上海外国语大学.
吕燕妮，2015. 鲁迅小说《阿Q正传》英译本的文化缺失和翻译策略[J]. 语文建设，（30）：73-74.
马会娟，2014. 解读《国际文学翻译形势报告》——兼谈中国文学走出去[J]. 西安外国语大学学报，（2）：112-115.
马杰森，2011. 国内鲁迅小说英译研究综述[J]. 内蒙古民族大学学报，（1）：1-3，197.
马祖毅，任荣珍，1997. 汉籍外译史[M]. 武汉：湖北教育出版社.
迈克尔・沙勒，1982. 美国十字军在中国（1938-1945）[M]. 郭济祖译. 北京：商务印书馆.
茅盾，1983. 烽火连天的日子——回忆录[二十一][J]. 新文学史料，（4）：7-28.
茅盾，1985. 茅盾全集[M]. 北京：人民文学出版社.
茅盾，1986. 报施[C]//刘焕林，李琼仙，茅盾短篇小说欣赏. 南宁：广西人民出版社：222-235.
茅盾，2013. 烟云集[M]. 北京：中国国际广播出版社.
倪大白，1981. 鲁迅著作中方言集释（增订本）[M]. 沈阳：辽宁人民出版社.
牛艳，2010. 论社会意识形态在《红楼梦》翻译中的作用：王际真两个译本研究[D]. 苏州：苏州大学.
钱春花，徐剑，李冠杰，2015. 翻译行为研究评述与展望[J]. 上海翻译，（3）：17-22.

钱虹，2010. 从“不幸的夏娃”到“自觉的信女”——论中国台湾女作家陈若曦小说中的女性形象[J]. 南开学报（哲学社会科学版），（6）：15-23.

钱亚旭，纪墨芳，2011.《红楼梦》霍译本中物质文化负载词翻译策略的定量研究[J]. 红楼梦学刊，（6）：59-72.

裘士雄，黄中海，张观达，1985. 鲁迅笔下的绍兴风情[M]. 杭州：浙江教育出版社.

屈纯，2011. 操纵论视角下《红楼梦》王际真英译本之翻译策略研究[D]. 成都：西南交通大学.

任宝根，2005. 鲁迅著作的江浙方言[M]. 北京：中国文联出版社.

任东升，2017. 从国家叙事视角看沙博理的翻译行为[J]. 外语研究，（2）：12-17.

任东升，张静，2011. 沙博理：中国当代翻译史上一位特殊翻译家[J]. 东方翻译，（4）：44-52.

任生名，1993. 杨宪益的文学翻译思想散记[J]. 中国翻译，（4）：33-35.

沙博理，1991. 中国文学的英文翻译[J]. 中国翻译，（2）：3-4.

沙博理，1998. 我的中国[M]. 宋蜀碧译. 北京：北京十月文艺出版社.

商务国际辞书编辑部，2013. 商务国际现代汉语词典[Z]. 北京：商务印书馆国际有限公司. 上海：中西书局.

邵璐，2012. 西方翻译文体学研究（2006—2011）[J]. 中国翻译，（5）：10-15.

申丹，1991. 小说中人物话语的不同表达方式[J]. 外语教学与研究，（1）：13-18.

申丹，1998. 叙述学与小说文体学研究[M]. 北京：北京大学出版社.

申丹，2001. 叙述学与小说文体学研究[M]. 2 版. 北京：北京大学出版社.

申丹，2002. 论文学文体学在翻译学科建设中的重要性[J]. 中国翻译，（1）：11-15.

沈从文，2009. 沈从文全集 · 第 18 卷 书信[M]. 太原：北岳文艺出版社.

施建刚，邵斌，2016. 基于语料库的汉语译文翻译共性研究——以《苏东坡传》汉译本为例[J]. 外国语言文学，（2）：97-104，144.

施建军，2016. 计量文体学导论[M]. 北京：北京大学出版社.

舒济，1982. 国外翻译研究老舍文学作品概况[J]. 中国现代文学研究丛刊，（3）：47-66.

宋广波，2006. 胡适与甲戌本《石头记》[J]. 河南教育学院学报（哲学社会科学版），（4）：1-7.

宋志平，2004. 翻译：选择与顺应——语用顺应论视角下的翻译研究[J]. 中国翻译，（2）：19-23.

孙昌熙，王湛，2010. 张天翼短篇小说创作特色初探[C]//沈承宽，黄侯兴，吴福辉，张天翼研究资料. 北京：知识产权出版社：351-365.

孙乐，2018. 故事的再造——论王际真《红楼梦》英译本情节的改写模式[J]. 名作欣赏，（32）：154-157.

孙胜存，2014. 叶圣陶早期小说的暴露性思考[J]. 山西师大学报（社会科学版），（3）：134-137.

孙致礼，2003. 再谈文学翻译的策略问题[J]. 中国翻译，（1）：48-51.

孙中田，查国华，2010. 茅盾研究资料[M]. 北京：知识产权出版社.

汤洁，2018. 基于语料库的《红楼梦》两个英文节译本风格对比研究[D]. 开封：河南大学.

唐均，2012. 王际真《红楼梦》英译本问题斠论[J]. 红楼梦学刊，（4）：185-198.

田佳，2015. 茅盾文学作品英译概述[J]. 重庆第二师范学院学报，（5）：60-63，81.

田青，1998. 老向的创作与年表[J]. 中国现代文学研究丛刊，（1）：271-282.

屠国元，2015. 布尔迪厄文化社会学视阈中的译者主体性——近代翻译家马君武个案研究[J]. 中国翻译，（2）：31-36.

汪宝荣，2013. 鲁迅小说英译面面观：蓝诗玲访谈录[J]. 翻译论丛，（1）：147-167.

汪宝荣，2015. 异域的体验：鲁迅小说中绍兴地域文化英译传播研究[M]. 杭州：浙江大学出版社.

汪宝荣，2018a. 文学翻译中的译者姿态——以林译《浮生六记》和王译《阿Q正传》为中心[J]. 外国语文研究，（3）：74-83.

汪宝荣，2018b. 译者姿态理论对中华文化外译的解释力——以梁社乾英译《阿 Q 正传》为例[J]. 复旦外国语言文学论丛，（2）：150-155.

汪宝荣，2018c. 译者姿态理论与中华文化外译——以王际真英译《阿Q正传》为例[J]. 燕山大学学报（哲学社会科学版），（1）：33-39.

汪宝荣，2019. 中国文学译介传播模式社会学分析[J]. 上海翻译，（2）：1-6.

汪宝荣，2020. 中国文学译介与传播行动者网络模式——以西方商业出版社为中心[J]. 解放军外国语学院学报，（2）：34-42，159.

汪庆华，2015. 传播学视域下中国文化走出去与翻译策略选择——以《红楼梦》英译为例[J]. 外语教学，（3）：100-104.

汪珍，胡东平，2010. 伦理视角下的《狂人日记》译本研究[J]. 哈尔滨工业大学学报（社会科学版），（3）：105-111.

王恩科，2015. 文学作品中方言翻译再思考[J]. 外国语文，（4）：83-90.

王恩冕，1999. 论我国的翻译批评——回顾与展望[J]. 中国翻译，（4）：7-10.

王峰，马琰，2008. 批评性解读改写理论[J]. 外语研究，（5）：77-79.

王富仁，1999. 中国现代短篇小说发展的历史轨迹（上）[J]. 鲁迅研究月刊，（9）：49-57，44.

王革，2002. 英汉文化负载词语对比研究[J]. 西南林学院学报，（S1）：28-31.

王海龙，2000. 哥大与现代中国[M]. 上海：上海文艺出版社.

王海龙，2007. 从海到海[M]. 上海：上海书店出版社.

王欢月，2012. 社会文化因素对翻译的操控——以《红楼梦》的两个英文节译本为例[D]. 秦皇岛：燕山大学.

王际真，1985. 英译本《鲁迅小说选》导言[M]. 陈圣生译. 北京：中国文联出版公司.

王家平，2005. 20 世纪前期欧美的鲁迅翻译和研究[J]. 鲁迅研究月刊，（4）：48-57.

王建国，2009. 关联理论与翻译研究[M]. 北京：中国对外翻译出版公司.

王璟，2014. 译者的介入——张爱玲文学翻译研究[M]. 杭州：浙江大学出版社.
王珏，2013. 德国功能主义翻译理论对文学翻译的适用性[J]. 海南师范大学学报（社会科学版），（3）：106-109.
王克非，2003. 英汉/汉英语句对应的语料库考察[J]. 外语教学与研究，（6）：410-416，481.
王克非，2004. 新型双语对应语料库的设计与构建[J]. 中国翻译，（6）：75-77.
王克非，黄立波，2008. 语料库翻译学十五年[J]. 中国外语，（6）：9-14.
王理行，2003. 忠实是文学翻译的目标和标准——谈文学翻译和文学翻译批评[J]. 外国文学，（2）：99-104.
王琳，2016. 王际真英译中国现代小说研究[D]. 北京：北京外国语大学.
王璐，2012. 从奈达功能对等理论的角度看隐喻翻译[J]. 常州大学学报（社会科学版），（1）：101-104.
王宁，2006. 流散文学与文化身份认同[J]. 社会科学，（11）：170-176.
王鹏，2010. 林纾翻译动机再分析[J]. 湖北第二师范学院学报，（9）：133-135.
王茹辛，2011. 老向：一个“通俗”的人[J]. 书城，（12）：32-40.
王树槐，2013. 译者介入、译者调节与译者克制——鲁迅小说莱尔、蓝诗玲、杨宪益三个英译本的文体学比较[J]. 外语研究，（2）：64-71.
王涛等，2007. 中国成语大辞典（第一版）[Z]. 上海：上海辞书出版社.
王西彦，2010. 当《华威先生》发表的时候[C]//沈承宽，黄侯兴，吴福辉，张天翼研究资料. 北京：知识产权出版社：83-95.
王艳红，2008. 浅谈黑人英语的汉译——从《哈克贝利·费恩历险记》三译本比较的视角[J]. 广东外语外贸大学学报，（4）：53-56.
王银泉，2006. “福娃”英译之争与文化负载词的汉英翻译策略[J]. 中国翻译，（3）：74-76.
王颖慧，2010. 跨文化交际意识与中英对话翻译[J]. 新西部，（11）：130，124.
王佐良，1985. 翻译与文化繁荣[J]. 中国翻译，（1）：3-7.
文军，2000. 翻译批评：分类、作用、过程及标准[J]. 重庆大学学报（社会科学版），（1）：65-68.
吴福辉，2010. 锋利·新鲜·夸张——试论张天翼讽刺小说的人物及其描写艺术[C]//沈承宽，黄侯兴，吴福辉，张天翼研究资料. 北京：知识产权出版社：335-350.
吴宓，1929. 王际真英译本《红楼梦》述评[N]. 大公报（文学副刊），1929-06-17.
吴义诚，李英垣，1998. 贝尔的《翻译与翻译过程：理论与实践》评介[J]. 中国翻译，（5）：55-56.
吴子慧，2007. 吴越文化视野中的绍兴方言研究[M]. 杭州：浙江大学出版社.
夏天，2009. “阐释运作”延展理论框架下的老舍小说英译研究[D]. 上海：复旦大学.
夏志清，2001. 中国现代小说史[M]. 刘绍铭等，译. 香港：香港中文大学出版社.

夏志清，董诗顶，2011. 王际真和乔志高的中国文学翻译[J]. 现代中文学刊，（1）：96-102.
肖家燕，2007.《红楼梦》概念隐喻的英译研究[D]. 杭州：浙江大学.
肖珠，2013. 改写理论视角下的《红楼梦》王际真译本研究[D]. 成都：西南交通大学.
萧乾，2005. 由外面看——论我海外宣传政策[C]//萧乾，萧乾全集 第二卷. 武汉：湖北人民出版社：385-395.
谢德铣，1979. 鲁迅作品中的绍兴方言注释[M]. 杭州：浙江人民出版社.
谢德铣，1993. 鲁迅作品方言词典[Z]. 重庆：重庆出版社.
谢士波，2012. 杨宪益翻译思想与方法研究[D]. 上海：华东师范大学.
谢天振，2009. 中西翻译简史[M]. 北京：外语教学与研究出版社.
辛红娟，宋子燕，2012. 从目的论看《红楼梦》中俗语的文化意象英译[J]. 湘潭大学学报（哲学社会科学版），（6）：146-150，154.
熊兵，2014. 翻译研究中的概念混淆：以“翻译策略”、“翻译方法”和“翻译技巧”为例[J]. 中国翻译，（3）：82-88.
熊显长，1998. 试评《文艺阵地》的办刊特色[J]. 编辑学刊，（6）：67-70.
徐瑞风，李斌荣，2004. 从翻译目的、等效理论看英语习语中的归化翻译策略[J]. 集宁师专学报，（2）：48-50.
徐晓敏，2014. 王际真翻译思想初探[J]. 长沙铁道学院学报（社会科学版），（3）：121-123.
许钧，1992. 关于文学翻译批评的思考[J]. 中国翻译，（4）：30-33，39.
许钧，2012. 文学翻译批评研究（增订本）[M]. 南京：译林出版社.
许钧，2014. 矻矻经年 自成一格——《译者行为批评：理论框架》与《译者行为批评：路径探索》序[J]. 山东外语教学，（1）：112.
许薛，戈玲玲，2016. 基于言语幽默概论的幽默文本翻译模式研究——以《阿Q正传》及其英日译本为例[J]. 外语学刊，（2）：88-93.
薛毅，钱理群，1994.《狂人日记》细读[J]. 鲁迅研究月刊，（11）：13-21.
闫映涵，2015. 北京方言翻译探析：以老舍短篇小说《黑白李》为例[D]. 北京：外交学院.
严家炎，1996. 世纪的足音[M]. 北京：作家出版社.
严苡丹，张秀明，2020.《红楼梦》王际真译本西传研究[J]. 理论界，（4）：103-108，14.
阎浩岗，2003. 重新认识叶绍钧小说的文学史地位[J]. 文学评论，（4）：111-118.
杨安文，胡云，2011. 王际真1929年《红楼梦》英语节译本中的习语翻译统计研究[J]. 红楼梦学刊，（6）：45-58.
杨国华，2015. 从不定点理论对比分析《狂人日记》的四个译本具体化策略的异同[J]. 海南师范大学学报（社会科学版），（1）：117-122.
杨坚定，2018.《祝福》五个英译本的文化专有词对比研究——基于语料库的语篇分析[J]. 上海翻译，（2）：63-68，95.

杨坚定，孙鸿仁，2010. 鲁迅小说英译版本综述[J]. 鲁迅研究月刊，（4）：49-52.
杨蒙，2006. 语境顺应与文化翻译[J]. 外语教学，（3）：87-89.
杨晓荣，2005. 翻译批评导论[M]. 北京：中国对外翻译出版公司.
杨晓荣，2017. 翻译实务及翻译批评的理论问题[J]. 上海翻译，（6）：7-10.
杨宪益，2011. 从《离骚》开始，翻译整个中国：杨宪益对话集[M]. 北京：人民日报出版社.
杨振声，2011. 杨振声代表作[M]. 北京：华夏出版社.
杨自俭，刘学云，2003. 翻译新论（1983～1992）[M]. 武汉：湖北教育出版社.
姚春花，2013. 探析叶圣陶文学作品中对于社会背景的论述[J]. 作家，（22）：10-11，266.
姚建军，2017. 计量文体学导论[M]. 北京：北京大学出版社.
姚苏平，2009. 论张天翼短篇小说的语言体式[J]. 作家，（24）：8-9.
姚振军，2014. 认知翻译学视野下的翻译批评[J]. 外语与外语教学，（2）：15-19.
姚振军，冯志伟，2020. 艾柯文艺阐释学视角下的认知翻译批评模式研究[J]. 外语教学，（2）：93-97.
尹邦彦，2005. 汉语熟语英译词典[Z]. 上海：上海外语教育出版社.
叶林果，2011. 老舍文学作品的英译概述[J]. 兰台世界，（29）：53-54.
叶绍钧，1947. 李太太的头发[M]. 上海：博文书店.
于亚莉，2010. 试论汉语独特文化意象的翻译——以《浮躁》中的俗语典故为例[J]. 西北大学学报（哲学社会科学版），（3）：166-167.
余继英，2010. 评价意义与译文意识形态——以《阿 Q 正传》英译为例[J]. 外语教学理论与实践，（2）：83-90.
俞庆，2013. 从改写理论看《阿 Q 正传》四个英译本对比[J]. 现代交际，（5）：18-19.
查国华，史佳，2001. 茅盾全集（附集）[M]. 北京：人民文学出版社.
查明建，2004. 文化操纵与利用：意识形态与翻译文学经典的建构——以 20 世纪五六十年代中国的翻译文学为研究中心[J]. 中国比较文学，（2）：86-102.
查明建，田雨，2003. 论译者主体性——从译者文化地位的边缘化谈起[J]. 中国翻译，（1）：19-24.
张爱玲，2019. 红楼梦魇[M]. 北京：北京十月文艺出版社.
张春柏，2003. 直接翻译——关联翻译理论的一个重要概念[J]. 中国翻译，（4）：15-17.
张大明，2012. 张天翼·讽刺小说[M]. 上海：上海文艺出版社.
张丹丹，2017. 被忽视的《红楼梦》缩译本[J]. 红楼梦学刊，（3）：298-319.
张虹，段彦艳，2016. 译者行为批评与《孝经》两译本中评价意义的改变[J]. 解放军外国语学院学报，（4）：151-158.
张奂瑶，2018. 鲁迅小说英译本在美国的接受研究——以王际真译本、杨氏夫妇译本和莱尔译本为例[J]. 北京第二外国语学院学报，（5）：84-96.

张惠，2011. 王际真英译本与中美红学的接受考论[J]. 红楼梦学刊，（2）：291-307.
张慧玉，2017. 对比分析莱尔与杨戴夫妇的翻译风格：以《阿Q正传》中的口头语描写翻译为例[J]. 外国语文研究，（1）：92-101.
张洁洁，2015. 从语境角度分析沙博理《春蚕》英译本[J]. 佳木斯职业学院学报，（6）：270-271.
张南峰，2004. 艾克西拉的文化专有项翻译策略评介[J]. 中国翻译，（1）：18-23.
张宁，2016. 归化与异化：《格萨尔王》中藏族特色文化意象翻译策略[J]. 贵州民族研究，（11）：144-147.
张倩，2015. 中国文学走出去的飞散译者模式探索——以童明英译木心短篇小说集《空房》为例[J]. 外语教学，（3）：105-109.
张天翼，1936. 万仞约[M]. 北京：商务印书馆.
张天翼，1946. 速写三篇[M]. 上海：文化生活出版社.
张天翼，2010. 论缺点[C]//沈承宽，黄侯兴，吴福辉，张天翼研究资料. 北京：知识产权出版社：150-158.
张裕禾，钱林森，2002. 关于文化身份的对话[C]//乐黛云，跨文化对话. 上海：上海文化出版社：67-75.
赵国月，2015. 翻译批评研究：开拓创新、回归本体——评周领顺新著《译者行为批评：理论框架》暨《译者行为批评：路径探索》[J]. 外语研究，（1）：109-111.
赵巍，2015. 《论语》中的“华夷之辨”及译者文化身份研究[J]. 孔子研究，（6）：132-137.
赵武宏，2010. 细说汉字[M]. 北京：大众文艺出版社.
赵毅衡，1989. 文学符号学[M]. 北京：中国文联出版公司.
郑连保，1997. 深刻的暴露 杰出的讽刺——张天翼的《速写三篇》[C]//李玉昆，走进文学殿堂 · 中国现代文学卷. 石家庄：花山文艺出版社：176-186.
郑周林，黄勤，2019. 美国汉学家威廉 · 莱尔的中国现当代文学译介观[J]. 外国语文研究，（5）：59-68.
周福娟，2005. 中国文学翻译之管窥[J]. 天津外国语学院学报，（3）：19-24.
周雷，1986. 《红楼梦诗词解析》序[J]. 红楼梦学刊，（4）：38-325.
周领顺，2012. 译者行为批评：翻译批评新聚焦—译者行为研究（其十）[J]. 外语教学，（3）：90-95.
周领顺，2013. 译者行为批评中的“翻译行为”和“译者行为”[J]. 外语研究，（6）：72-76.
周领顺，2014a. 译者行为批评：理论框架[M]. 北京：商务印书馆.
周领顺，2014b. 译者行为批评：路径探索[M]. 北京：商务印书馆.
周领顺，2015. 翻译批评第三季—兼及我的译者行为批评思想[J]. 解放军外国语学院学报，（1）：122-128，161.
周领顺，2021. 译者行为研究方法论[J]. 外语教学，（1）：87-93.

周领顺，陈静，2018. 语义求真与语境务实[J]. 中国翻译，（5）：116-119.

周领顺，周怡珂，2018. 西方编辑之于译作形成的影响性—美国翻译家葛浩文西方编辑观述评[J]. 外语学刊，（1）：110-115.

周晓梅，2013. 直译与意译之争背后的理论问题——从本质主义哲学转向介入主义哲学对译学的影响[J]. 外语与外语教学，(6)：68-71.

中国社会科学院语言研究所词典编辑室，2002. 现代汉语词典[Z]. 北京：商务印书馆.

朱冬青，2014. 汉译英文本中的语义韵研究：以《狂人日记》三译本为例[D]. 大连：大连外国语大学.

朱振武，唐春蕾，2015. 走出国门的鲁迅与中国文学走出国门——蓝诗玲翻译策略的当下启示[J]. 外国语文，（5）：108-115.

朱振武，谢泽鹏，2017. 文学外译 贵在灵活——威廉·莱尔译介鲁迅小说的当下启示[J]. 当代外语研究，（4）：69-74，94.

庄钟庆，1982. 茅盾作品在国外[J]. 新文学史料，（3）：245-248.

ABRAHAMSEN E, 2009. Interview: Julia Lovell[EB/OL]. https://paper-republic.org/pers/eric-abrahamsen/interview-julia-lovell/ [2021-06-15].

AIXELÁ J F, 1996. Culture-specific items in translation[J]. Translation, power, subversion, 8: 52-78.

APPIAH K A, 2000. Thick translation[C]//L. Venuti (Ed.), The translation studies reader. 4th ed. London & New York: Routledge: 417-429.

AZEVEDO M, 2009. Get thee away, knight, be gone, cavalier: English translations of the Biscayan Squire Episode in *Don Quixote de la Mancha*[J]. Hispania, (2): 193-200.

BAKER M, 1998. Routledge encyclopedia of translation studies[M]. London: Routledge.

BAKER M, 2000a. In other words: A coursebook on translation[M]. Beijing: Foreign Language Teaching and Research Press.

BAKER M, 2000b. Towards a methodology for investigating the style of a literary translator[J]. Target, (2): 241-266.

BAKER M, 2004. A corpus-based view of similarity and difference in translation[J]. International journal of corpus linguistics, (2): 167-193.

BAKER M, 2006. Translation and conflict[M]. London: Routledge.

BAKER M, 2007. Reframing conflict in translation[J]. Social semiotics, (2): 151-169.

BAKER M, 2011. In other words: A coursebook on translation[M]. London & New York: Routledge.

BAKER M, 2017. Narrative analysis and translation[C]//K. Malmkjaer (Ed.), The routledge handbook of translation studies and linguistics. London & New York: Routledge:

190-207.

BASSNETT S, LEFEVERE A, 1990. Translation, history, and culture[M]. London: Cassell.

BELL R T, 1992. Translation and translating[M]. London: Routledge.

BEREZOWSKI L, 1997. Dialect in translation[M]. Wroclaw: Wydawnictwo Uniwersytetu Wroclawskiego.

BIRCH C, 1959. *The Dream of the Red Chamber* by Florence McHugh, Isabel McHugh and Franz Kuhn; *Dream of the Red Chamber* by Ts'ao Hsuehch 'in and Chi-Chen Wang[J]. The journal of Asian studies, (3): 386-387.

BISHOP J L, 1960. Two English versions of a Chinese masterpiece[J]. Books abroad, (3): 236-237.

BLACK E, 1993. Metaphor, simile and cognition in Golding's *The inheritors*[J]. Language and literature, (1): 37-48.

BOUKHAFFA A, 2018. Narrative (re)framing in translating modern Orientalism: A study of the Arabic translation of Lewis's *The Crisis of Islam: Holy War and Unholy Terror*[J]. The translator, (2): 166-182.

BOURDIEU P, 1996. The rules of art: Genesis and structure of the literary field[M]. Stanford: Stanford University Press.

BRIGGS C, 1996. Disorderly discourse: Narrative, conflict, and inequality[M]. New York & Oxford: Oxford University Press.

BRUNER J, 1991. The narrative construction of reality[J]. Critical inquiry, (1): 1-21.

BUCK P S, 1941a. Asia book-self: Review of Ah Q and Others[J]. Asia, (9): 521.

BUCK P S, 1941b. Pioneer of realism in China: Review of Ah Q and Others[N]. New York Herald Tribune Books, 1941-06-29(4).

BUCK P S, 1944. China forever[J]. Asia and the Americas, (5): 237.

CACCIARI C, TABOSSI P, 1988. The comprehension of idioms[J]. Journal of memory and language, (6): 668-683.

CAMERON M E, 1944. Review: *Traditional Chinese tales* by Chi-Chen Wang[J]. The far eastern quarterly, (4): 385-386.

CARTER J, 1929. That rara avis, a realistic novel out of the orient[N]. The New York Times, 1929-06-02(2).

CHAN M, 1975. Chinese wasteland[J]. NOVEL: A forum on fiction, 8(3): 268-272.

CHAN W, 1944. Tales of Dragon's Daughters, Monkeys and Kuei[N]. The New York Times, 1944-04-09(5).

CLYDE P H, 1947. *Stories of China at War* by Chi-Chen Wang (book review)[J]. Pacific historical review, (4): 467-468.

COHN D J, 1985. Crescent moon and other stories[M]. Beijing: Chinese Literature Press.

DENTON K A, 1993. Review of *Diary of a Madman and Other Stories*[J]. Chinese literature: Essays, articles, reviews, (15): 174-176.

DOMINCOVICH H, 1943. Latin-American literature for the English classroom[J]. The English journal, (1): 19-26.

DOREN M V, 1958. Preface[C]//Chi-Chen Wang (Trans.), Dream of the Red Chamber. New York: Twayne Publishers.

DUBBATI B, ABUDAYEH H, 2018. The translator as an activist: Reframing conflict in the Arabic translation of Sacco's *Footnotes in Gaza*[J]. The translator, (2): 147-165.

DUKE M S, 1991. Review: *Diary of a Madman and Other Stories* by Lu Xun, William A. Lyell[J]. World literature today, (2): 363.

DURDIN P, 1958. The House of Chia; THE DREAM OF THE RED CHAMBER. A Chinese novel of the early Ching period[N]. The New York Times, 1958-03-30.

DURLEY C B, 1974. "A New Life"[J]. Renditions, (2): 31-49.

EDGAR S, 1936. Living China: Modern Chinese and short stories[M]. London: George G. Harrap.

EWICK P, SILBEY S S, 1995. Subversive stories and hegemonic tales: Toward a sociology of narrative[J]. Law & society review, (2): 197-226.

FAIRBANK J, 1983. The United States and China[M]. 4th ed. Cambridge: Harvard University Press.

FARRELLY J, 1947. Of growing misgivings: Review of *Stories of China at War*[N]. Current History, 1947-03-01.

FLUDERNIK M, 1993. The fictions of language and the languages of fiction[M]. London: Routledge.

FOWLER R, 1986. Linguistic criticism[M]. Oxford: Oxford University Press.

FRAUCHIGER L, 1945. Review of contemporary Chinese stories[J]. Books abroad, (1): 81-82.

GILBERT R, 1944. China past and present[N]. New York Herald Tribune, 1944-04-23.

GILE D, 2009. Basic concepts and models for interpreter and translator training[M]. Revised edition. Amsterdam & Philadelphia: John Benjamins Publishing, Co.

GULDIN R, 2013. Meeting in between: On spatial conceptualizations within narrative and metaphor theory and their relevance for translation studies[J]. Revista passagens, (2): 24-37.

GUTT E, 2014. Translation and relevance: Cognitive and context[M]. London & New York:

Routledge.

HALLIDAY M, HASAN R, 1985. Language, context and text: Aspects of language in a social-semiotic perspective[M]. Victoria: Deakin University Press.

HALVERSON S L, 2003. The cognitive basis of translation universals[J]. Target, (2): 197-241.

HANAN P, 1974. The technique of Lu hsün's fiction[J]. Harvard journal of asiatic studies, (34): 53-96.

HARDING S-A, 2012. "How do I apply narrative theory?" Socio-narrative theory in translation studies[J]. Target, (2): 286-309.

HAWES O, 1942. Review: Ah Q and others by Lusin[J]. Books abroad, (1): 96.

HERMANS T, 1991. Translational norms and correct translations[C]//K. van LEUVEN-ZWART & T. NAAIJKENS, Translation studies: The state of the art. Leiden: Brill: 155-169.

HERMANS T, 2014. The manipulation of literature: Studies in literary translation[M]. London: Routledge.

HILLBROOK R, 1947. Review of *Stories of China at War*[J]. Current history, (12): 152.

HOUSE R T, 1947. Stories of China at war[J]. Books abroad, (4): 449.

HSIA C T, 1961. A history of modern Chinese fiction[M]. New Haven: Yale University Press.

HSIAO Ch'ien, 1941. A Chinese storyteller: Review of *Ah Q and Others: Selected Stories of Lusin*[N]. The spectator, 1941-12-12.

HUANG S S, 2018. A study of Chi-Chen Wang's translation style[J]. Canadian social science, (7): 72-75.

HUNSTON S, 2002. Corpora in applied linguistics[M]. Cambridge: Cambridge University Press.

KANG Y, 1929. Dream of the Red Chamber (book review)[N]. The Saturday Review of Literature, 1929-04-20.

KANG Y H, 1949. Oriental life[N]. The Saturday Review of Literature, 1949-04-20.

KAO G, 1942. Review: *Ah Q and Others: Selected Stories of Lusin* by Chi-Chen Wang[J]. The far eastern quarterly, (3): 280-281.

KAO G, 1946. Chinese wit & humor[M]. New York: Coward-McCann.

KAO G, 1980. Two writers and the cultural revolution: Lao She and Chen Jo-hsi[M]. Hong Kong: Chinese University Press.

LABOV W, WEINREICH B S, 1980. Problems in the analysis of idioms[C]//W. LABOV, B. S. WEINREICH (Eds.), On semantics. Philadelphia: University of Pennsylvania Press: 208-264.

LALLEY J M, 1944. Posting the books: Review of contemporary Chinese stories[N]. The Washington Post, 1944-03-13.

LAWRENCE V, 1995. The translator's invisibility—A history of translation[M]. New York: Taylor & Francis.

LEECH G, SHORT M, 2001. Style in fiction: A linguistic introduction to English fictional prose[M]. Beijing: Foreign Language Teaching and Research Press.

LEECH G, SHORT M, 2007. Style in fiction: A linguistic introduction to English fictional prose[M]. 2nd ed. New York: Pearson Education Limited.

LEFEVERE A, 1992. Translation, rewriting and the manipulation of literary frame[M]. London & New York: Routledge.

LEFEVERE A, 2006. Translating literature: Practice and theory in a comparative literature context[M]. Beijing: Foreign Language Teaching and Research Press.

LEFEVERE A, 2016. Translation, rewriting, and the manipulation of literary fame[M]. London: Routledge.

LEPPIHALME R, 2000. The two faces of standardization[J]. The translator, (2): 247-269.

LESSING F D, 1945. Traditional Chinese tales[J]. California folklore quarterly, (2): 202-203.

LI C M, 1973. Foreword[J]. Renditions, (1): 3.

LIN T, 1965. Flowers in the mirror[M]. Berkeley: University of California.

LIN Y S, Lyell W A, 1979. Lu Hsun's vision of reality[J]. Journal of Asian studies, (2): 365.

LIU W C, 1966. An introduction to Chinese literature[M]. Bloomington & London: Indiana University Press.

LOVELL J (trans.), 2009. The real story of Ah-Q and other tales of China: The complete fiction of Lu Xun[M]. London: Penguin Books.

LYELL W A (trans.), 1990. Diary of a mad man and other stories[M]. Honolulu: University of Hawaii Press.

LYELL W A (trans.), 1999. Blades of grass: The stories of Lao She[M]. Honolulu: University of Hawaii Press.

MADKOUR M, 2016. Linguistic levels of translation: A generic exploration of translation difficulties in literary textual corpus[J]. International journal of applied linguistics and English literature, (6): 99-118.

MASON I, 2001. Translator behaviour and language usage: Some constraints on contrastive studies[J]. HERMES-Journal of linguistics and communication in business, (26): 65-80.

MASON I, ŞERBAN A, 2003. Deixis as an interactive feature in literary translations from Romanian into English[J]. Target, (2): 269-294.

McHenry R, 1993. The new encyclopedia britannica[Z]. 15th ed. Chicago: Encyclopaedia Britannica.

MILFORD H, 1944. Review of contemporary Chinese stories[N]. The Spectator, 1944-09-22.

NEWMARK P, 2001. A textbook of translation[M]. Shanghai: Shanghai Foreign Language Education Press.

NIDA E A, 1964. Towards a science of translation[M]. Leiden: Brill.

NIDA E A, 2001. Language and culture: Contexts in translating[M]. Shanghai: Shanghai Foreign Language Education Press.

NIDA E A, 2004. The theory and practice of translation[M]. Shanghai: Shanghai Foreign Language Education Press.

NORD C, 2001. Translating as a purposeful activity: Functional approaches explained[M]. Shanghai: Shanghai Foreign Language Education Press.

OLOHAN M, 2004. Introducing corpora in translation studies[M]. London: Routledge.

PALMER A, 2004. Fictional minds[M]. Lincoln: University of Nebraska Press.

PINTO R S, 2012. Sociolinguistics and translation[C]//Y. GAMBIER, L. van DOORSLAER (Eds.), Handbook of translation studies. Vol.3. Amsterdam & Philadelphia: John Benjamins Publishing: 156-162.

PORMOUZEH A, 2014. Translation as renarration: Critical analysis of Iran's cultural and political news in English western media and press from 2000 to 2012[J]. Mediterranean journal of social sciences, (9): 608-619.

PRESCOTT O, 1944. Books of the times[N]. The New York Times, 1944-03-03.

PRITCHARD E H, 1942. Outstanding books on the far east published in 1941: Selected by twenty-five specialists on the far east[J]. The far eastern quarterly, (3): 247-252.

PYM A, 2007. Methods in translation on history[M]. Beijing: Foreign Language Teaching and Research Press.

PYM A, 2008. On Toury's laws of how translators translate[C]//A. PYM, M. SHLESINGER & D. SIMEONI, Beyond descriptive translation studies: Investigations in homage to Gideon Toury. Amsterdam & Philadelphia: John Benjamins: 311-328.

QIAN D X, ALMBERG E S P, 2001. Interview with Yang Xianyi[J]. Translation review, (1): 17-25.

REISS K, 2004. Translation criticism: The potentials and limitations[M]. Shanghai: Shanghai Foreign Language Education Press.

REISS K, VERMEER H J, 1984. Grundlegung einer allgemainen translation theorie[M]. Tübingen: Niemeyer.

REISS K, VERMEER H J, 2014. Towards a general theory of translational action: Skopos Theory Explained[M]. London & New York: Routledge.

RHOADS E, 1977. Reprint review[J]. Reprint bulletin book reviews, (1): 29.

ROBERT M, 1993. The new encyclopedia britannica[M]. Chicago: Encyclopaedia Britannica.

ROSA A A, 2012. Translating place: Linguistic variation in translation[J]. Word and text, (2): 75-97.

SÁNCHEZ M T, 2009. The problems of literary translation[M]. Oxford & Bern: Peter Lang.

SCHWINGER M, MOATES N, 1988. The comprehension of idioms[J]. Journal of memory and language, (6): 668-683.

SHAPIRO S (trans.), 1979. Spring silkworms and other stories[M]. Beijing: Foreign Languages Press.

SPERBER D, WILSON D, 1986. Relevance: Communication and cognition[M]. Cambridge: Harvard University Press.

SPERBER D, WILSON D, 1995. Relevance: Communication and cognition[M]. 2d ed. Oxford: Blackwell Publishers.

TÖLÖLYAN K, 1996. Rethinking diaspora(s): Stateless power in the transnational moment[J]. Diaspora: A journal of transnational studies, (1): 3-36.

TOURY G, 1995. Descriptive translations studies and beyond[M]. Amsterdam & Philadelphia: John Benjamins.

URE J, 1971. Lexical density and register differentiation[C]//G. PERREN, J.L.M. TRIM, Applications of linguistics. London: Cambridge University Press: 443-452.

VENUTI L, 1995. The translator's invisibility[M]. London & New York: Routledge.

VENUTI L, 2012. Translation changes everything: Theory and practice[M]. London & New York: Routledge.

VERMEER H J, 1996. A Skopos theory of translation: some arguments for and against[M]. Heidelberg: TEXT-context-Verlag.

VERSCHUEREN J, 1999. Understanding pragmatics[M]. Beijing: Foreign Language Teaching and Research Press.

WALES K, 1989. A dictionary of stylistics[M]. London: Longman.

WALES N, 1944. Colorful samplings of Chinese writing[J]. The Saturday review, (17): 38-39.

WANG B R, 2014. An interview with Julia Lovell: Translating Lu xun's complete fiction[J]. Translation review, (1): 1-14.

WANG Chi-Chen (trans.), 1929. Dream of the red chamber[M]. London: George Routledge & Sons, Ltd.

WANG Chi-Chen (trans.), 1941. Ah Q and others: Selected stories of Lusin[M]. New York: Columbia University Press.

WANG Chi-Chen (trans.), 1944a. Contemporary Chinese stories[M]. New York: Columbia University Press.

WANG Chi-Chen (trans.), 1944b/1968/1975. Traditional Chinese tales[M]. New York: Greenwood Press.

WANG Chi-Chen (trans.), 1947. Stories of China at war[M]. New York: Columbia University Press.

WANG Chi-Chen (trans.), 1958a. Dream of the red chamber[M]. New York: Twayne Publishers.

WANG Chi-Chen (trans.), 1958b. Dream of the red chamber[M]. New York: Anchor Books.

WANG Chi-Chen (trans.), 1984. Marriage as retribution[C]//T Y LIU, Chinese middlebrow fiction: The Ch'ing and early republic eras. Hong Kong: Chinese University Press: 41-94.

WASSERSTROM J, 2009. China's Orwell[N]. Time, 2009-12-07.

WATSON B, 1995. The Shih Chi and I[J]. Chinese literature: Essays, articles, reviews, (17): 199-206.

WEINREICH U, 1969. Problems in the analysis of idioms[J]. Substance and structure of language, (81): 208-264.

WEST A, 1958. "Through a Glass, Darkley"[N]. The New Yorker, 1958-11-22.

WHITE T H, 1947. The Chinese war at first hand: Review of *Stories of China at War*[N]. The New York Times, 1947-01-12.

WILSS W, 1982. The science of translation: Problems and methods[M]. Tübingen: Gunter Narr.

WILSS W, 1989. Towards a multi-facet concept of translation behavior[J]. Target, (2): 129-149.

WILSS W, 1996. Knowledge and skills in translator behavior[M]. Amsterdam: John Benjamins Publishing Company.

WOODS K, 1941. Reviewed work: Chinese tales: *Ah Q and Others. Selected Stories by Lusin*. Chi-Chen Wang trans.[N]. The New York Times, 1941-07-20.

YANG X, YANG G (trans.), 1960. Selected stories of Lu Hsun: The true stories of Ah Q and other stories[M]. Beijing: Foreign Language Press.

ZHU H, 2016. An exploration into Howard Goldblatt's version of Gan Xiao Liu Ji from the perspective of Mona Baker's narrative theory[D]. Wuhan: Huazhong University of Science and Technology.

致　谢

本课题的研究历时四年有余，在喻园桂花飘香的季节，书稿即将付梓。在此，谨向所有帮助和支持本课题研究工作的各位致以衷心的感谢！

首先要感谢的是华中科技大学外国语学院的领导，感谢他们为我提供了从事这项研究所需要的时间上的保证以及经济上的支持。

其次要感谢我的学生们，包括本科生和研究生，感谢他们为我积累了相关章节的语料，并进行了部分语料的统计与分析以及参考文献的整理等工作。此外，其中的有些章节就是我与他们中的几位合作撰写或合作发表的论文的进一步扩展。他们分别是：王琴玲、刘倩茹、刘晓黎、余果、饶欢、党梁隽、辛沛珊、刘漫修、杨智婷、罗小凡、信萧萧。

最后我要感谢我的家人，感谢他们一直以来对我的理解与支持。

黄　勤

2022 年 6 月于华中科技大学逸夫科技楼